公元787年，唐封疆大吏马总集诸子精华，编著成《意林》一书6卷，流传至今

意林：始于公元787年，距今1200余年

U0869622

意林

意林幻青春

开启你的传奇

风之守望者

Feng zhi Shou wang zhe

1

阿江 ◎ 著

吉林摄影出版社
· 长春 ·

图书在版编目（CIP）数据

风之守望者 . 1 / 阿江著 . -- 长春 : 吉林摄影出版社 , 2017.1
（意林幻青春）
ISBN 978-7-5498-2980-4

Ⅰ . ①风… Ⅱ . ①阿… Ⅲ . ①长篇小说 - 中国 - 当代Ⅳ . ① I247.5

中国版本图书馆 CIP 数据核字 (2016) 第 319872 号

风之守望者①
FENG ZHI SHOUWANGZHE ①

著　　者　阿　江
项目出品　意林幻青春
出 版 人　孙洪军
主　　编　顾　平　杜普洲
责任编辑　施　岚　胡晓路
总 策 划　蔡　燕　李　岚
统筹策划　李　岚
设计总监　资　源
执行编辑　王天颖
封面设计　资　源
美术编辑　徐　丹
发行总监　李振红
营销总监　王俊杰
开　　本　700mm ×1000mm 1/16
字　　数　320千字
印　　张　17
版　　次　2017年1月第1版
印　　次　2017年1月第1次印刷

出　　版　吉林摄影出版社
发　　行　吉林摄影出版社
地　　址　长春市泰来街1825号
　　　　　邮　编: 130062
电　　话　总编办　0431-86012616
　　　　　发行科　0431-86012602
网　　址　www.jlsycbs.net
经　　销　全国各地新华书店
印　　刷　北京市兆成印刷有限责任公司

书　　号　ISBN 978-7-5498-2980-4　　　　定　　价: 24.80 元

目录

CONTENTS

逃避不会再有用了，
这个世界需要你的力量

目录
CONTENTS

逃避不会再有用了，
这个世界需要你的力量

第一章 那只精灵很有爱

—FENGZHISHOUWANGZHE—

“啊——”走廊尽头传来尖叫声。

她的神经被这突如其来的尖叫声刺激得跳了跳，实际上恐怖的叫声比恐怖本身更恐怖一点儿……

两个惊慌失措的女孩子从走廊另一头跑过来，慌张地对着凌桑挥手说：“啊啊啊！这边也有妖怪——”

她继续沉默。那么眼下就有三只巨大的不明生物了——啊，不对，这不是重点。

那就只剩下最后一条路线了。“从这里走！”她指明了方向，对另外两个女孩子大声喊道。

谁能告诉她，为什么中午一个高抬腿踹掉某熊孩子的门牙要被罚站到放学最后一个才能走啊？还有谁能告诉她，为什么她被罚站的原因不是“你踹掉了人家的门牙”而是“你‘微笑’着踹掉了人家的门牙”啊？

另外两个被熊孩子欺负的女孩子陪她一起留校，不过运气真是糟糕得不止一点儿！

三个女孩子在教学楼五楼走廊上拼命奔跑，她们身后一直传来“咕噜咕噜”的异样声响，三条巨大的青灰色软虫从转角处跟随过来。软虫有着半透明的躯体，头部却是一张扭曲的人脸——就像中午那个被踹掉门牙的熊孩子一样。

“阿桑！等等啊！”两个女孩在她身后哭喊。

这种情况下，最害怕的就是自己跑在最后面。

“咔——”软虫妖怪们发出兴奋的嘶叫。

跑在前面的凌桑忽然向左侧转身，右脚支在身前划出一米的距离后迅速停住，睁大眼睛看着挡在前面打包堆起来的空白试卷墙。

到底有谁能告诉她，文印室是这样处理室内堆不下的试卷的啊！试卷连起来可绕地球两圈啊！

她双手搭在试卷墙上一撑，纵身一跃就到了一米高的试卷墙顶部，在向前爬行两米后准备跳下去时，听到了下面女孩子的哭声。

“阿桑——”

凌桑的神经再次跳了跳。

其实三个女孩子都只是小学生，身高只有一米二左右。她爬回去，从试卷墙跳下去，就看见那两个女孩满脸期待地看着她。

明明扮演柔弱角色的人，应该是自己啊！

凌桑向四面张望后，撞向了文印室对面办公室的大门，拼命拧着把手，却发现房门已经锁死。

“咔——”嘶叫声绕过转角处。

“阿桑！”

“等我一下就好。”凌桑将右手的食指指尖抵在锁孔上，忽然指尖处弹出一道气流，锁孔内部立即发出“咔嗒”一声脆响，她猛地将门把手压下去打开大门，转身对后面两个同学喊道，“进来！”

那两个女孩在惊喜之下完全没有注意到凌桑是怎么开锁的，在她们跑进房间后，凌桑立即将门关上锁死，这才靠在门板上呼出了一口气。

“好恐怖……”两个女孩子低声抽泣。

“是啊。”她无奈地感慨一声，就连自己都觉得说出口的话非常没有诚意。

门板颤动发出巨响，大软虫开始撞门，门板上出现裂缝。

不得不离开门板，凌桑扫视四周，迅速寻找着可以躲避的地方。当她的视线扫过窗户时，竟发现窗外——窗台上蹲立着一个人！什么时候出现的？

这里是……五楼……没错吧？

窗户玻璃比门板更先炸裂。质地极好甚至有光泽流转的黑色长袍在风的吹拂下晃动，长袍的主人纵身跃进来，掠过凌桑的头顶上空。

银白色的长发在空中飘散，似乎还散发着荧光。这人看上去是一个很有异域风情的女人，皮肤白皙，有着西方人深邃的脸部轮廓。她的眼睛是纯正的白色，因此整个眼球看上去就像是透明的一样。她那双非常有标志性的尖耳朵让凌桑瞬间就猜想到她是精灵。

身形轻捷的精灵低头看向凌桑，准备开口说话——凌桑发誓她一定会好好记住精灵这种神奇的生物对她说的第一句话——“Please get down（请趴下）.”

“……”说英文的啊！

见凌桑没反应，美丽的精灵露出了“你是白痴吗”的怜悯眼神，随即从腰间抽出了水晶长剑。她在半空中调整了身体幅度后，勾起右腿一脚踏在凌桑头上将她按了下去，凌桑整张脸都被压到了地上，这才意识到那句英文的意思应该是让她趴下。

一声巨响之后，门板被轰炸得粉碎，就连门板周围的墙面都轰掉了一半。

大量的木屑与水泥砖块碎片砸到凌桑的后背上，她只能听见妖怪发出急促的惨叫，之后整个世界都归于平静。

"Clean up（清理完毕）."

凌桑爬起来回过头，就看见精灵风姿俊美地站在废墟之上，左手抬在面前，正对着手腕上的电子屏幕说话。另外两个小孩儿没敢出声。

"你……好？"凌桑弱弱地开口问候。

精灵缓缓转过身，有些惊异地看着凌桑，似乎调整了很久才说出相当标准的中文："中国人？"

"……"请问你现在在哪个国家？

"已经处理完毕。"西方精灵吐出比语文老师发音更加标准的普通话，眼睛温和地眯起来，露出美好的微笑。

她将剑插回剑鞘，随即双手指尖贴合，在胸前做出倒 V 字的祝福手势，虔诚地对她们俯身行礼后，吟唱出如诗歌般的语言："如果是噩梦，就请忘记。"在她将身体直起来的时候，另外两个女孩突然双眼失神，双手自然地下垂，缓缓地走向那个被精灵轰出来的洞口，踏着满地废墟走了出去。

凌桑还在仰视着在她看来相当高的精灵。

"嗯？"精灵有些意外地看着凌桑，这个孩子竟然没有被自己的灵力所掌控。

她温和地微笑着，蹲下身，用右手将凌桑的下巴微微托起，轻声说道："有微弱的灵力波动……虫子想吃掉的是你吧？"

凌桑出神地看着她："你是……"

"我叫埃斯利亚。既然你与普通人类有点儿不一样……我就不强行消除你的记忆了。快回家吧，就要天黑了。"精灵站起来转身走向窗台。

"埃……"对英文名秒忘的凌桑忽然卡壳，只得说道，"姐姐——"

精灵忽然停住脚步。

"貌似有必要告诉你，"银白色长发及腰的精灵回头莞尔一笑，"我是雄性。"

"……"

在凌桑继续卡壳的那一刻，精灵跃出窗外，黑色长袍高高扬起，瞬间在凌桑的视线内消失。如果他穿白色的长袍，一定会像蝴蝶那样优美吧？这件黑色长袍看起来更像是一套工作服……是来自哪里的精灵呢？这个世界吗？

生活依旧没什么不同。就算那一天凌桑回到儿童福利中心时已经彻底天黑，也似乎没有人知道少了一个孩子——倒是门卫处的老人看见她慢慢地在昏暗的路灯下磨蹭时，会连忙催她回来。

那是多久以前的事了？那一天她看见了一个美丽的精灵——就像是梦幻中构想的一样——就连遇见精灵之前经历的那件事都变得美好起来。

凌桑现在已经是初三的学生，回想起来，那次奇妙的经历真的是很久以前的事了。而她至今都没有被人领养，毕竟在多数人眼里，福利院的孩子很可能有什么异样的残疾。尽管凌桑看上去一点儿问题都没有，还比一般的女孩子更加漂亮，但就是没人来把她领走。

她确信自己身心的发展都没有任何问题，不过任何事都轮不到她来表达自己的意愿。她只需要像一只玩偶在福利院当摆设就好，和其他孩子一样。

眼看着就要中考了，但凌桑的成绩并不是特别好，而且她就读的公立初中的教学质量远远比不上私立学校。凌桑一边想着，一边沿着马路慢慢踱步，埋头踏着破碎的盲道，她觉得还是有必要在这时候提前考虑一下该挑选哪所技校了——从福利院出去的孩子都是上技校的，然后找到一份可以自给自足的工作就结束了。

啊！不行，太堕落了太堕落了……凌桑捂头。按照她如今的努力程度，还是有希望上那种最普通的高中的吧。

不过从最普通的高中出来，也只是进高级技校而已，不管怎样都是前途渺茫啊！

“当，当，当。”一道温和得分不清男女的声音在前方模仿铃铛声，与此同时真的有铃铛配合着响了三下。凌桑低垂的视线里忽然出现了一双黑色高筒套靴，靴子做工相当精致，侧面还印有金色的花纹。

“我不是让你看我的鞋啊。”温和的声音伴着清脆的铃铛声，再次从凌桑的头顶上方响起，她这才迟钝地抬头，忽然瞳孔紧缩——精灵！

是在她小学三年级时，破窗飞跃而来的精灵。精灵的模样至今没有任何变化，只是这一次穿的不是束身的黑袍，而是宽松的月白色大衣，完全显现出了属于精灵的高贵优雅。他的右手食指上用丝线绕着一个铃铛，像是专门用来哄小孩子开心的。

“埃……”为了表明她还记得对方，凌桑想急忙说出他的名字，但是……果然卡住了，不过好在她没有把第一个字也彻底忘掉。

“看来你还记得我。”精灵的眼睛眯成一条细缝，慢悠悠地说道。他今天穿得不是很正式，身上也没有佩剑，应该只是随意外出而已，“我来看望一下你，你叫什么名字？”

“凌桑。”她回应道。

“信息确认。”埃斯利亚点头，上身略微俯下更靠近凌桑一些，右手从宽大的袖口里取出一袋饼干拆开，然后抽出一块递给了凌桑，“这是我从北美洲带来的呢。”

凌桑低头看向饼干包装。从“北美洲”带来的是吗？话说这怎么看都是奥利奥吧……这东西在中国的超市里随处可见，虽然包装不一定是全英文的……

“啊，谢谢。”她顺从地接过，然后双手捏住饼干扭了一下，把夹心饼干分成了上下两半。

“嗯？是这么吃的吗？”明显没有被广告“污染”的精灵露出好奇的神色。

“嗯，”她把其中有夹心的那一半递给精灵，“给你。”

凌桑的眼睛十分清澈，好像永远都是这般平静，不会因为周围的环境而改变平和的心境。温柔到让人没有力量拒绝。

“好。”精灵笑起来，用嘴叼住那一半饼干，然后取下来拿在手中，对着已经把视线挪下去认真嚼饼干的凌桑问道，“好吃吗？”

“好吃。”凌桑轻声回应。

“我有一件事要跟你说，你一定要认真考虑，好不好？”

“好。”

“喏，我来自另一个世界，你会相信吗？”

“相——”刚刚把饼干的余味抿完，凌桑突然看到精灵在她眼角的余光中飞了出去……是被踹出去的没错吧？

精灵横飞到马路上，立即就被一辆疾驰而过的卡车撞走。于是，卡车毫无变化地继续疾驰而去。等等，“于是”这个词怎么衔接得这么流畅？

“这么幼稚的对话我真的听不下去了！”踹人的元凶冲着远去的卡车大吼。

凌桑一脸呆滞地看着面前突然出现的另一个人。

男人有着近乎一米九的高大身姿以及一身小麦色的皮肤，穿着很普通的白色衬衫与深蓝色牛仔裤，看上去体格相当健壮。三十岁左右的样貌，蓬松的棕色短发搭配金色的眼睛，既不像东方人，也不像西方人。

“他……会没事的吧？”凌桑呆愣地仰头望着这个比精灵更具视觉冲击力的大叔。

“啊，我们设置了屏蔽模式，其他人看不见我们，所以他在哪里都没关系。”男人无所谓地耸耸肩，随后一掌按在凌桑头上认真地大声说道，“我叫蒙格洛。我的时间有限，既然你已经上初三并且智力没有问题，那我就和你直接交代，我和埃斯利亚来自 Sritana 高中部。”

“S 星球吗？”

“……”蒙格洛的左眼眯起来，看来这女娃还是需要基本的常识。

他在顿了两秒后决定跳过常识部分，直接进入正题：“我们考察过你的学业成绩，可以说以你的成绩，不出意外的话是没有高中愿意录取你的。”

“我知道。”凌桑抿嘴。

“所以，Sritana 高中部愿意无条件接收你，你一定会考虑的。”

“是的。”她想也没想就点了头。

“好！”蒙格洛又一掌击在了凌桑的头顶上，大笑道，“期待下一次跟你的见面。”

话音刚落，他的脚下就出现了一个金色的图阵，构造像是均匀的五角星，扩散的圈点上布满了无法辨认的符咒文字。在一片金光弥漫中，男人的身形逐渐透明消失，地上的阵法也一同消散了。

眼前什么都没有，周围的人用奇怪的眼神看着凌桑一个人在那里自言自语。

她右手捂头，眼睛眯起来：“好痛！”咦？刚刚好像发生了什么奇怪的事情……

中考成绩揭晓，凌桑发挥超常，完全可以报考最普通的高中，运气好些的话就可以报考好一点儿的普通高中。这是全校最轰动的事，因为历年来全校能考上高中的人一直寥寥无几。

报考志愿需要在网上填报，这些事没有父母的帮助，福利院的工作人员也不懂，只有她自己在摸索。

当有正常高中可以上的时候，鬼还去管那个 S 星球啊，果断抛弃。

凌桑将志愿从高到低排列好，不论如何，最后一个志愿，她是有把握能被录取的，接下来就是等待。

录取情况查询的那一天，凌桑看着电脑屏幕眼角直抽搐。

“恭喜你被 Sritana 学院录取！录取通知书将于三日内寄到，请及时接收并按照步骤办理入学手续。”

这金光闪闪的非主流大字，教育局官方系统被黑了，对吧？一定是这样的，没错！

她一头撞在了桌子上。

“阿桑要读高中了啊……”福利院的人都由衷感慨，这个女孩子当初小小的身板在走廊上跑来跑去的情景还历历在目，如今，已经是要上高中的大孩子了。

不过，凌桑的身高至今还卡在一米五，因为发育有些滞后而显得相当瘦小，看上去一点儿也不像高中生。

“不过貌似被什么奇怪的高中录取了……”凌桑呼出了一口气。

不过回头想想，有高中读已经是万幸了，无须纠结这么多。

她回忆起那个大叔的原话——“不出意外的话是没有高中愿意录取你的”，那么眼下的情况就是“出了意外”，一旦出了这个“意外”，他们就硬生生地把这个“意外”重新拨正成了“正常情况下”。

“不……”她捂头。

一天后凌桑就收到了录取通知书。其实当时是有一只白色的大鸟飞进了窗口，引得一群孩子“呀呀呀”地大叫。白鸟落在衣架上向四周张望，在孩子们向它靠近想要抓住它的时候，又忽然“扑棱棱”地飞了起来，笔直地朝着凌桑冲了过去，下方还追了一群孩子。

凌桑仰头望着白鸟向她俯冲而来，“砰”的一声，那只白鸟和毫无防备的凌桑撞了个满怀，随即就像爹毛了一样，只剩下白色的羽毛蓬散飞扬。

“哦哦！”孩子们都惊奇地叫了起来。

柔软的白色羽毛纷纷从空中飘落，凌桑不知道什么时候自己手里就握了一个很大的牛皮纸信封。信封右上角印着镀金的“Sritana”字样，字的旁边还印有校徽图案，看上去就像是一面从中间整齐断裂的盾牌，右侧盾牌在上左侧在下，两个半面盾牌上各画有相互倒置的一片羽毛。

自己要去读的高中是不是有点儿奇怪？

她把信封拆开，抽出里面的一大叠文件。有一张看起来相当贵重的卡纸是录取通知书，其余的文件则是入学报到的流程。

凌桑翻开报到流程，跳过一些官方术语以及注意事项，直接看向了加粗的内容：

“Sritana 将于九月一日正式开学。由于正式开学前将确认新生第一学期的负责人，因此请提前于八月二十五日上午九时到校。截至二十八日将进行为期三天的综合素质考察，请务必保证此期间身体状态最佳。所有新生将由服级学生带领入校，新生请确认来访人员是否配备 Sritana 学院新生接待许可证。”

看起来很厉害的样子。

凌桑突然想起好像忘了什么重要的事，连忙翻剩余的资料，终于找到了缴费清单。

好便宜！学费完全是公立高中的水准……

看到缴费清单后，院长老头子就“呵呵”地笑了起来：“真是一所好高中啊！”

话说，这么廉价的高中真的靠得住吗？

录取通知书背后印有学校概略图，不过看上去貌似是只有皇室才能享受的豪华欧式广场，广场边缘摆放了十二个巨人的白玉人形石雕，展现出丰满又有力的优美体态。广场两侧是园林风景区，穿过广场则是一个仿佛来自中世纪的古老钟楼。

妈妈，我是不是要跑到国外去上学了？

一看到院长还在那里“呵呵”，凌桑就觉得一切都已经注定了。

好在她是个相当随遇而安的人，既然有高中可以上，她还是非常安心。

八月二十四日，依然安心。

八月二十五日，无人出现，话说学长学姐是把自己给忘记了？

八月二十六日，依然无人出现，一定是忘记了。

八月二十七日，她在门口吹着风，看来她被忘记得非常彻底。

“我还真相信了有这么个坑爹的学校存在啊！”

凌桑有生以来第一次发出了如此惨绝人寰的咆哮。

第二章 人生第一场竞技并没有太精彩

—F E N G Z H I S H O U W A N G Z H E—

如此折腾下来，凌桑必须赶紧补报志愿，错过了高中录取之后……果然只有技校可以填了吗？不过以她这个分数，技校倒是可以随便挑啦。她翻了一晚上的填报资料，凌晨才昏昏沉沉地爬到床上睡下，睡了没多久就听见楼下传来一声呼唤：

“凌——桑——”

她条件反射地从床上坐起来，一看窗外，天刚蒙蒙亮。

凌桑再把那声音回忆了一遍，辨认出这是个年轻男人的声音，听起来相当清脆温和，可以确定他本人应该是个相当清秀的小伙子。所以，这是什么情况？她跑到阳台打开窗户将头探出去，就看见楼下真的有一个人在向她挥手。

“你是凌桑吗？”

清晨微弱的光线照耀在这个年轻男人修长的轮廓上，他穿着一件深蓝色的长袍，款式看上去有点儿眼熟，至于他这个人……凌桑确实没见过。

“啊，是。”她回应道。

“那么赶紧带上你的录取通知书下来，快一点儿，今天是最后一天了。”楼下的年轻人温和地催促道。

所以……上帝没有抛弃她？

“嗯！马上来。”她连忙跑回室内，迅速洗漱完毕后一把抄起桌上的文件，一路狂奔下楼。

那个人在等着她，凌桑跑下去后才将这个男生的样貌看清楚了一些：十八九岁的模样，黑色的短发干净利落，他有着一张偏中性的脸，眼眸的颜色是有点儿奇怪的紫色，笔直的鼻梁上架着一副轻巧的银边眼镜，接近一米八的身高让他看上去挺拔精神。除了这身蓝色长袍给她一种不祥的预感外，只看这个青年的样貌，好像是个很正常的人。

“你好，这是我的接待许可证。”男生从衣服口袋中抽出了一张卡片递给她，“我叫源溯。”

其实凌桑并不在意接待者的真假问题，不过为了知道对方的名字怎么书写，她还是认真地查看一遍。上面确实有他的名字，但是下一排的新生名字，却不是她。

“我叫凌桑。”她轻声说，仰头望着男生，示意他可能找错人了。

“并没有问题，我并不是你的专属接待人。那个属于我管理的新生已经入学并且完成了负责人确认，所以行政部就让我顺便把你也接过去。”源溯相当有耐心地解释道。

只是“顺便”接过去啊……凌桑觉得这所学校果然没有很在意她。

“久等了吧？”源溯抚摸着她的头安慰道，“真是抱歉，是我们的失误呢，原本要来接待你的那个人一听说你是福利院的，立刻屁颠屁颠地跑到不知道哪家机构给我们牵过来一个人，把我们闹得够呛。”

“咦？”真是神一样的经历啊，凌桑眯眼笑了起来，“不可能吧？”

她跟在源溯的身后走着，前方不远处就是车站。

“你信吗？”源溯也笑了起来。

“如果没有别的理由的话……我也是可以勉强相信的。”她点头。

“啊，真是可爱的学妹呢！”源溯一推眼镜，低头看着她，解释说，“Sritana招生的话，人类都是最后一批带走的。这也是出于对人类体质的考虑，毕竟人类在我们眼里会相对弱小一些。”

其实是担心伤害到这个人类女孩，源溯之前才随便找了一个理由。不过看上去这个女孩子不太好糊弄呢，与其让她在入学后知道真相，不如一开始就慢慢地解释清楚吧。

“以前人类也是一同入学的，不过以每年的情况来看，基本第一天人类被打残一半，第二天被打残剩下一半的一半，第三天基本上全体‘阵亡’。所以到了正式开学的时候，一半的人类会选择退学，宁可再去复读一年初三。”

“……”你们学校到底是干吗的呀？搞武术的吗？

源溯继续说道：“等到第二年中考的时候，那些人类又会再次被Sritana录取。啊，这也是著名的Sritana诅咒之一呢。”

“……”凌桑继续沉默两秒，然后认真地问道，“我现在退学还来得及吗？”

源溯同样认真地回答：“不行。”

“……”凌桑再次沉默。

“不要太紧张啊，所以现在人类是安排在最后一天接待，等最激烈的竞争过去了，再与力量相对低下的人较量，这样可以将损伤程度降到最低。”

源溯时刻注视着身边这个瘦小的女孩子，凌桑穿着很普通的白色T恤衫以及廉价的蓝色短裤，长头发十分随意地用绑快餐盒的那种黄色橡皮筋儿扎成一团。她额头前的刘海儿是自己剪的，因为某个时候心血来潮想要赶一下时髦，结果剪得相当糟糕。

凌桑在听到源溯的解释后，并没有如他意料的那般，表现出过多的不安，只是默默地接受了全部的设定。她垂着头望向地面，眼眸半敛，神色黯淡。

为什么就没有一般女孩子那样的朝气呢？一惊一乍才是人类新生的常态嘛。源溯缓缓地吐出了一口气，轻声问道：“很担心吗？”

“还好啊。”凌桑像是忽然醒过来一样，立即仰起头对着源溯微笑。

真是个温暖的女孩啊！源溯心里忽然有些欣慰，点头说：“被埃斯利亚招纳的学生，都会非常优秀呢。现在还预料不到你以后的发展，一切都会好起来的。”

“嗯。”凌桑再次露出笑脸。

源溯怜爱地看着她，这个女孩子看起来就像是一只纯良的兔子，她进入Sritana真的能适应吗？这样柔弱，会被欺压得相当惨的啊。

他忽然清醒过来，自己竟然这么快就对她产生保护欲了吗？如果昨天他没有决定和一个资质相当好的学生缔结负责关系的话，他倒是很想负责这个小家伙。

强不强不重要，讨人喜欢就好了。

“是坐车去吗？”已经到了公交车站，凌桑仰头问他。

“通常不会这么做。这次我直接带你过去，下一次你要自己努力学会转移，不然就很难回家了。”源溯双手贴合拍了两下，念出咒文后忽然以他为中心爆开了一道旋风，将两个人围绕。他低头看向凌桑，担心会惊吓到这个孩子，但很快就发现她只是惊奇地看着，并且在巨大气浪的冲击下她竟然站立得非常稳。

风打在凌桑的身上竟然掀起了逆向的气流，然后以她为中心逐渐形成了一个看不见的保护层。源溯忽然觉得，这个孩子在人类当中一定有着相当卓越的天赋，虽然这样的卓越在其他种族眼里，还是不值一提。

风消散，四周的场景彻底变换。凌桑惊异地看着出现在眼前的景色，竟然就是录取通知书背后的那张风景照原型。这里天已经大亮，根据太阳高度可以判断，这里与她原先所在的地方有着很大的时差。

“这里是南门，也是正大门。”源溯告诉她，然后忽然语气有点儿微妙地问道，“你能确保你今天的状态是最好的吗？”

“我大概……每天状态都这样吧。”她点头。

“不，我是指女孩子的特殊情况……”源溯解释。

“啊哈……”凌桑愣了两秒后反应过来，尴尬地发出笑声，“目前没问题啦。”

“那就好，跟我过来吧。”源溯带领她走进了广场。

凌桑张望着穿过了白玉石铺就的广场，菱形广场边缘摆着姿态各异的玉石石像，略看都是妩媚的人形，但细看就会发现每个石像都掺杂着其他物种的成分，像是人形化后的野兽。

“这是十二守护神，不用在意，他们基本上是不会苏醒的。”源溯解释道。

“……”话说，什么叫“基本上”不会苏醒？

她加快脚步，低头跟在源溯身后急速走着，视线余光却看到那个人首蛇身的女性石像逐渐泛起光泽，张开的双手缓缓贴合，眯起眼微笑着开口。

“真是可爱的女孩子呢。”

声音虚无缥缈，但正好被凌桑听到。她浑身的肌肉一紧，再次加快脚步跟上了源溯，却听见身后传来清和的笑声：“哟哟哟！小孩子害怕了呢……”

他们穿过广场后的中世纪钟楼，楼下有一个近乎三米高的通道口，穿过去就可以看见学校最主要的庞大建筑。

“那是主教学楼。只要你掌握好这里的格局分布规律，一般是不会迷路的。”源溯解释道。

仅仅是这里的一个教学楼区域就抵得上凌桑初中学校的整个占地面积，真的是只有贵族才能享受到的基础设施呀……

“学费这么少，真的没问题吗？”凌桑轻声呢喃。

“没有问题，因为你们将来为 Sritana 创造的价值，要远远高于这些微不足道的学费。”

大概因为源溯不是中国人的缘故，他说起话来也和埃斯利亚一样咬字清晰，语速缓慢，因此听起来觉得相当舒适。

教学楼基底从这个视角望过去依然是菱形的，白色建筑整体采用圆形的弧度环绕成圈，正前方就是最大的教学楼主体，一共有四层，所有教室相连组成一个顺畅的优弧。在优弧两侧的劣弧上坐落着相对独立的副教楼，一共两栋。主干道从两座副教楼之间穿过，笔直地连通到主教楼的一楼中央大厅。

而在环形的教学楼中间是一座小型广场，现在已经聚集了不少学生。

“要加油了哦，我会尽量与后台商量，为你提供最劣质的对手。”源溯露出沁人心脾的微笑。

“啊……”所以这里真的是武术学校吗？

“过来，在这里等着，时间刚刚好。”源溯安排凌桑在围观群众外缘的某个看台上等着，而他要去与一名工作人员打声招呼，说完身形一转，很快就消失在人群中。

凌桑将头转过来再转过去，努力张望广场内的情景，但是……完全看不见。

不过却发现，她的身后有一个被固定好的临时摆放的金属架，架子下是叠放的资料，上方挂满了衣服外套。

凌桑退到后面，用手推了一推金属架，觉得它还是相当结实的。于是右脚在地上用力一踏，她顺利地跳了起来，右手一伸攀上了挂衣服的金属横挡。

由于凌桑在人群最后面，所以当她轻巧地翻身跃上那三米高的金属架顶端时，根本没人注意到。她蹲下身降低重心，双手握在前方的金属横挡上——看上去就像是一只青蛙。不过从这里一眼望过去，视野相当好。

广场内有两个男生正在对决，玉石地面在剧烈的力量冲击下已经碎裂，而广场外却没有受到任何影响。离场地最近的那一圈人看上去与其他观众不同，他们穿着相当规整的深蓝色长袍或是白色长袍，那长袍的款式——与源溯穿的是同一种。

地位是由服饰来区分的吗？凌桑继续看着，场地内的两个男生正处于战斗的高峰期，因刀刃摩擦而爆开的气流让她难以捕捉两个人的身形。

好厉害！她睁大眼。

“可以了。”在离场地最近的那一圈人中，有一个人举了手，是一个蓝服的青年。场地内还在拼杀的两个人在听到他的声音后缓冲停下，都相当期待地望着说话的人。

“你。”蓝服青年的左手指向了站在场地右侧的新生。

随即被点中的新生兴奋地跑出场地，给了蓝服青年一个熊抱。围观学生纷纷发出赞叹声，能被蓝服选中真是相当了不起呢！

剩余的那个学生还站在场地中央。

“我要了！”两道声音几乎同时响起，说话的两个人身上穿的都是白色制服。这两个人互相看了对方一眼，其中一个立即相当有礼貌地对另一个人点头，那个等级明显高一些的青年也很有礼貌地露出微笑作为回应，然后再次举起右手，对台上的新生说：“这里。”

随后剩下的那个学生也满足地跟着白服青年离开了。

通过这种自由选择的形式，每一个入学后的新生都会被学长或者学姐挑选出来进行培养。

“凌——桑？”下方传来温柔的声音。

“咦？”她低头，惊奇地叫道，“埃斯利亚！”

“你自己爬上去的吗？”精灵微笑，眼睛眯成了一条细缝。他今天依旧是穿了一身黑色的制服，在多数为白服和蓝服的人群中显得相当突出。

“啊……不好意思。”凌桑觉得这应该是不文明的行为，连忙道歉。

“我只是很好奇你是怎么做到的。”埃斯利亚解释道。一个人类如果在没有协助的情况下爬这么高，并且平衡性还这么好，她的灵敏度也真是有点儿超常。

“等等，我先下来……”她将重心向后倾了一些，伸出右腿想要踩到支架下端的金属栏杆，不过蹬了半天却没有踩到。

埃斯利亚再次笑了起来，他绕到架子后面伸出双手："你跳下来就好。"

凌桑一听，还真是毫不客气地跳了下来，正好落在精灵的怀里被他稳稳抱住。

"源溯说你还没吃午饭，所以就托我带过来一些，他那边还需要处理一点儿事情。"埃斯利亚从宽大的袖口里摸出包装好的一块面包和一盒牛奶。

其实凌桑没有吃的是早饭，只能说时差有点儿复杂。

"啊，谢谢。"她接过，慢慢拆开面包包装。

"源溯应该已经和你讲了一些基本常识，"埃斯利亚认真说道，"你觉得怎么样呢？他说你好像什么都能接受。"

"大概……吧。"

"有信心吗？"

凌桑仰头看着他，很迷茫地轻声说："或许还是有点儿吧……"

"今天是入学赛的最后一天，所以负责人的人选——已经没有多少了。"

她差点儿被刚刚塞进嘴里的面包噎住，所以，精灵是专程来打击自己的吗……

"你要加油了。"埃斯利亚还自认为相当励志地拍了拍凌桑的头。

半个小时后，一位蓝服的工作人员走上场地，用扩音器喊道："下一场，武城部的青陡与秋田院的凌桑。"

"秋……田……院？"凌桑慢慢地咬字，好奇怪的称呼。其实只是"秋田福利院"去掉两个字而已，档次就瞬间提升了？

"已经没有退路了。"埃斯利亚轻声交代。

"其实我……什么都不会啊。"

"对于负责人来讲，考察的并不仅仅是你的能力。"埃斯利亚将声音压得很低，"请加油。"

"啊……"

"秋田院的凌桑。"台上再次响起播报。

"快点儿去吧。"埃斯利亚催她。

凌桑把始终攥在手里的资料交给埃斯利亚，然后从人群中挤了进去。凌桑的身材十分瘦小，因此被她轻轻挤开的人只觉得好像有什么柔软的小动物刚刚从自己的身边经过。越来越多的视线落在她的身上，前方的人在她过来的时候稍微避让了一些，免得她太过吃力。

大家对人类都是比较宽容的。围观的人都没说话，毕竟说出丧气话就太失礼了。

埃斯利亚将凌桑走之前塞给自己的东西举起来一看，这个是——

《技校报考指南》。

这是什么东西？

“来了来了。”凌桑走到广场中央，举起右手。

“凌桑。”播报名字的蓝服工作者又念了一次，不过他的中文发音不是很标准，“凌”字念成了第四声，而“桑”字念成了第二声。

“到。”她大喊一声。

周围的人都笑了，有种看到小学生的感觉。

广场地面原本已经被上一场比赛摧残得破碎不堪，然而当她站在赛场上的时候，赛场已经自动修复完毕。看到凌桑的注意力全在自动修复的赛场上而不是对手身上，播报的蓝服工作者咳嗽了一声，提醒凌桑道：“请不要在意这些细节。”

人类嘛，大家都知道的，刚面对一些不可思议的事情时，总是会凌乱半天。

“好。”凌桑抬起眼，望向站在对面的另一个女孩子。从外貌上可以辨认出，青陡也是人类，不过长得比她高了许多，穿戴也相当规整，束身的短装上还佩戴有匕首以及长刀。

在众人意料之中，凌桑慌了手脚。

“你确定你打过招呼了吗？”埃斯利亚双眼望着广场内的场景，轻声开口。在他身后站着的是刚回来的源溯。

“让人类与人类对决，已经是再公平不过的了。学校每年招纳的人类并不多，青陡出自人类武学世家，发展的空间并不大，排名也已经在末席。”源溯轻声解释道。

“即使是末席……看起来也相当有杀伤力啊。”尤其是对一个完全没有实战经验的女孩子而言。

“我已经尽力了。”源溯无奈地微笑。

“那就看看吧……”埃斯利亚点头。

这一场对决，从气场上看，胜负几乎是毫无疑问的。青陡露出微笑，本以为自己会遇上其他种族的强大对手，惶惶不安的心在见到凌桑这个同类之后忽然就平静了下来。她要做的就是尽可能地将自己的武学功底展现出来，以获得更高等级负责人的青睐。

青陡将右手搭在佩刀上，缓缓地向右侧踱步。忽然她迅速地将刀抽出，猛地掷在广场台面上，刀尖瞬间笔直地刺入地面，只剩下一截刀柄在地面上微微颤动。

对于一个看上去完全没有杀伤力可言的柔弱同胞，她根本就不需要用刀。青陡的这个举动也让围观的服级负责人露出满意的微笑，成熟大气干练，不错。

然而出乎青陡意料的是，凌桑也随着她的脚步开始移动方向。没想到在自己气势的镇压下，她还能正常地思考，做出正确的判断。

凌桑的双眼死死地盯着青陡。

“呵。”青陡轻笑一声。既然没能吓倒凌桑，那她就除去这些花架势吧。

青陡右脚猛地一踏地面，瞬间纵身跃起，笔直地朝凌桑俯身冲刺而去，在到达凌桑面前的时候举起右手猛地向下劈出。

似乎一击就可以完胜。

然而青陡的手刃却瞬间劈空，而后失重落下——她竟然能够避开！

“不错呢。”埃斯利亚轻声感慨。

凌桑在侧身躲过青陡的攻击后，迅速抬起右腿踹向对方的腹部，动作一气呵成，娴熟干练。然而下一秒却突然失去重心，左脚一打滑，整个人向后倾倒而去。

“嗷！”后脑重重着地。

这一幕像是一盆冷水猛地泼在了观众席上。

“果然还是不行吗？”精灵无奈地呢喃。

“你倒应该想想她的退路。”源溯捂头，这样下去会没人愿意负责她的。

场上，青陡向凌桑走了过去，一脚踏在她的腹部：“就这种水平吗？”

凌桑听后，挣扎着翻身爬起。青陡大喝一声，右手握拳猛地向她的腹部挥出，凌桑急速后退勉强避让，拳头险险地从她的身体左侧划过，带起了一阵灼人的气浪，这一连串的攻击终于让凌桑露出了恐惧的神色。

惊恐让她逐渐丧失了战斗的力气，这个时候，就是真正输了。

勇气与决心，才是能让负责人看中的关键。

凌桑退到了场地边缘，而青陡也不再发动攻击。

“你自己下去吧。”青陡抽出腰间的匕首指向凌桑的喉咙。

明明胜负已定，但在场的负责人却没有一个人发言示意比赛结束。没有人喊结束，就意味着在场的两个人都没有人愿意接纳。

青陡脸上焦急的神色越发明显起来。然而凌桑却渐渐平静下来，调整好心态坚定地直视着对方，眼神中似乎带着一种“有本事你就砍”的挑衅。

刀尖向前，就要刺入她喉咙处的皮肤，但凌桑依然没有后退，色泽黯淡的眼里没有流露出任何的情绪。

“我要了！”一个白服青年突然笑着开口，举起右手，“武城部的小妹妹。”

青陡终于松了口气，将匕首放下，瞥了凌桑一眼后就离开了赛场，跟着那个对她招手的白服青年径直离开了。

凌桑还站在台上，四下一片寂静。

她将头垂下，绑在头发上的皮筋儿已经脱落，黑色的长发凌乱地从她身后披散开来。

所以，她果然是没有人愿意要吗？

在一片沉默中，埃斯利亚对她说道："回来吧。"

凌桑转身，相当尴尬地走回埃斯利亚的身前。

没有负责人愿意接纳的新生。

有史以来，还是第一个。

"很抱歉让你失望了。"凌桑对着埃斯利亚鞠躬。

"啊，并没有失望。"埃斯利亚抬起右手搭在她的头顶上，轻声呢喃，"不过这还真是一件很麻烦的事情。"

下一场比赛紧接着开始进行，多数人的注意力又被吸引过去。

"这是倒数第三场。"源溯在一侧轻声地告诉埃斯利亚。

也就是说……只能等最后剩余的负责人回头来挑选这个剩下的被负责人了。

"去休息一下吧。"埃斯利亚拍了拍她的后脑，右手托在她的下巴处，将她的头抬起了一点儿。

凌桑安静地望着他。

"不过看起来，你好像并没有很担心。"埃斯利亚有些惊讶，随即露出了微笑，"跟我过来吧。"

凌桑跟着他向主教楼大厅走去。

"源溯，你也来一趟。"埃斯利亚回过头又对源溯说了一句。

"是。"源溯点头应道。

黑服是凌驾于蓝服的存在，所以学生都会对黑服精灵展现出相当高的敬意。

凌桑跟着埃斯利亚走进了主教楼大厅，确认负责关系的双方学生都会在这里进行登记，但这个情景显然和凌桑没有什么关系。

大厅边缘有临时摆放的座椅供学生休息，埃斯利亚让她在一个固定位置上坐下等待，随即叫上源溯转身离开。

凌桑看着周围正在与自己的专属负责人愉快闲聊的新生，呼出了一口气再次将头埋了下去。

"那个就是没有负责人愿意接纳的人类新生？"

"是啊，这种情况也真是空前绝后了。"

尽管声音很轻，但凌桑还是听见了。她的脸埋在阴暗处，依然看不出什么表情。

"嘿！凌桑！"有一个人在她身边坐下，凌桑抬头看向旁边的人。

竟然是青陡。凌桑露出笑意，点头表示问候。

"啊……你真的是被招进来的吗？在我们那里，只有最顶尖的人才有资格进入Sritana呢。"青陡虽然并没有摆出敌意，但说出的话还是让凌桑有点儿不舒服。

"嗯，突然被招进来的。"凌桑温和地解释道。

“喂，我说，”青陡用右手手肘推了推凌桑的腰，压低声音说道，“你是真不怕死，还是反应太迟钝了不知道该怎么做了？”

是指她始终不愿意离开赛场的那件事。

“没什么啊，”凌桑依然笑着，解释说，“如果我直接下台了的话，就没有人愿意接纳你了。”

同样都是人类，同样在这所学校里处于力量的底层，她们都有可能会面临没有人愿意接纳的结果。

很明显那个愿意接纳青陡的白服是因为心软，担心凌桑在那种情况下受伤，才决定接纳青陡，结束这场比赛。

“啊，抱歉哦。”青陡将声音放低。她看上去像是十六七岁的年纪，比凌桑要年长一些，许多事理也很明白。两个人各自沉默了一会儿后，她又推了推凌桑，小声问：“你真的不怕没有人愿意负责你吗？”

Sritana 建立服级负责制度，是为了让新生在一对一的照顾下可以尽快适应新环境，也可以最快地汲取上届学生所积累的经验——从某种程度上来说，这比直接从老师那里获得知识要快得多。

没有人负责，那真是再糟糕不过的事了。

“负责啊……”凌桑忽然露出一点儿漫不经心的表情，与她之前单纯的形象相当不协调，“要负责什么呢……从来没人负责过我啊。”

秋田院……听起来还真是不错的名字呢。

至今都没有被人领养的自己……为什么到了这时候，却希望有人负责呢？依然不需要有人负责的吧，自己可以照顾好自己啊。

“你？”青陡有些不明白凌桑的意思。

“没什么，”凌桑恢复常态，微笑道，“我一开始就知道……没有人会愿意负责我的啊。”

一开始就知道，一直都知道。

“青陡。”那个白服办完手续，对青陡招手。

“好！”青陡连忙站了起来。

那个白服青年已经认出了凌桑，抬起右手向凌桑摆了一下作为问候。

“你好。”凌桑笑着开口。

白服青年对她点了点头，然后领着青陡离开了。

凌桑脸上的笑意逐渐消失，变回面无表情的样子，随后闭上眼再次将头埋下，安静地等着。

她很擅长用发呆来打发时间。

第三章 总有一些奇葩没有成为负责人

—FENGZHISHOUWANGZHE—

“你对那个小家伙的印象怎么样？”埃斯利亚在走廊前方走着，源溯跟在后面。

“印象挺好的……但是我已经确认好负责关系了。”源溯恭敬地回应道。

“不，我并不是想让你更改你的被负责人。”埃斯利亚驻足，回过身对源溯说，“话说，并不是每个高二学生都会当上责任人的，不是吗？”

“是的，无服学生没有这个资格，只有服级学生才能够成为责任人。高二的负责人人选不够的话，高三的会来替补。”

“我也不是问你这些谁都清楚的常识。”埃斯利亚继续耐心地解释，“我想问的是，那个家伙现在还好吧？”

“你是指……”源溯皱眉。

“就是你想的那个人。”

“他啊……”源溯露出有些苦恼的神色。

埃斯利亚很委婉地说道：“他应该没有睡出生命危险吧？你能去叫他起床吗？”

“我觉得你还是再去咨询一下那些还没有成为负责人的高三学生比较好。”源溯连忙说出一长串的话，想要打消埃斯利亚的这个念头，“凌桑相当讨人喜欢，一定会有人愿意接纳的。即使没有，我也愿意将我负责的那个新生转给别人，由我来收下她就可以。”

“你还真是个好人啊。”埃斯利亚的眼睛眯成了一条缝，笑得像一只银毛狐狸，“去说一说吧，那个家伙也就和你的关系好一点儿了。”

“你这是为难我了。”源溯缓缓呼出一口气，“叫他起床的话，我会有生命危险的。”

“拜托你了。”精灵的双手贴合在胸前，做出虔诚的祈祷姿势。

“话说你为什么对凌桑这么上心呢？”

“啊……凌桑这个孩子给我一种很奇妙的感觉，不要怀疑我的直觉，把她交给其他人，我担心会糟蹋了她的才能呢。”

“交给空泽的话，你就不担心她的才能和她的整个人一起都被摧毁吗？”

“请试一试吧。”埃斯利亚再次请求。

“那好，我去说一说，不过别对空泽抱太大希望。”源溯点头答应，补充道，“而且空泽他最近情绪很糟糕。”

“所以是时候让他出来散散心了。”

“这么说倒也是，我会尽力。”源溯右手贴在左胸口对埃斯利亚俯身行礼，随即转身离开。

对一个人类太上心了吗……埃斯利亚眯成缝的眼睛缓缓睁开。

仔细想想，好像确实如此呢。不仅仅是对那孩子有什么特殊的感觉，更是因为，那样柔弱的孩子总是让他忍不住想要去呵护。

只是“忍不住”而已，其实他心里很清楚——凌桑，是在刻意用柔弱的外表来博取别人的庇佑吧。

源溯一边敲着面前的门，一边提高声音喊道：“空泽？空泽你醒了吗？”

室内的人仿佛辨认出了这个声音，门锁忽然“咔嗒”一声自动打开，源溯推开门走了进去。

房间因为没有过多的装饰而显得格外宽敞，最里侧靠墙的位置摆放着一张双人床，房间的主人此刻正躺在床上。由于现在是秋初，天气还没有彻底凉爽下来，空泽就穿着已经发皱的白色衬衣，以及没有更换的深蓝色牛仔裤侧躺在床上，被子全部被他掀到了地上。在听到源溯的脚步声后，名为“空泽”的青年慵懒地睁开一只眼睛，蓝色的眼眸在受到光线的刺激后，深蓝色的瞳孔倏地收缩。

“你竟然醒着啊。”源溯觉得这真是太难得了。

“胃有点儿痛。”空泽发出微弱的声音。

“痛死你算了。”源溯走过来，把被子从地上扯起来扔回床上，“既然醒了那就起床。”

“什么事？”他又把眼睛闭上。

“你再这样睡下去，会睡死的。”源溯无奈地责怪了他一句。

“难得放半个月假。”

“所以你就睡了一个星期？”源溯皱眉。如果不是自己还会多管闲事地经常过来看看，给他带点儿东西吃的话……这是慢性自杀的节奏？

“请不要打扰我。”空泽有气无力地吐出一口气。

“起来。”源溯走到床的另一侧，打开衣柜取出他的黑色长袍，然后随手甩在他的头上，“我给你找了点儿事情做。”

“别烦我。”空泽的语气有了情绪，翻转过身子背对着他。

“……”源溯平静地酝酿了两秒，然后突然充满怒意地对他大喊，“空泽殿！”

“啊？”空泽喉咙里吐出了一个微弱的声音。

源溯一向是出了名的好脾气，很少看见他发怒。

空泽有点儿吃力地从床上坐起来，盖住头的长袍滑落下来，露出蓝色的眼睛疲惫地望着源溯。“怎么了？”

“出去走走吧，不然你整个人都会废掉的。”源溯觉得他再睡下去，哪天睡死了都没有人会知道。

“不想去。”他漠然回道。

“埃斯利亚让我拜托你一件事。”

“什么事？”

“关于让你成为负责人的事——”

最后一个发音还没结束，空泽就已经重重地摔回床上继续蜷缩起来：“我要睡了，别吵我。”

所以果断又回到原点了吗……

“空泽殿！你敢再消沉一点儿吗？”源溯暴走，抡起黑色长袍就往他身上抽去。

“啊啊……是什么人让你这么激动啊？”蓝色的眼睛再度睁开。

“不是什么人！就是你现在这种半死不活的状态！”源溯再次把黑袍甩到空泽脸上糊住他整个头，“你的负责人死掉了又怎么样？你这个活着的人给我振作一点儿啊！”

“不能让我偷懒一下吗？”空泽掀掉黑袍，捂着头坐了起来，“你再说一遍，是什么事来着？”

源溯松了口气，看这样子，空泽还是有救的。

凌桑在主教楼大厅几乎睡了过去。

隐约听到女生们的尖叫声以及男生们的惊呼，紧接着就是一片死寂——好像有什么诡异的事要发生了？

“空泽，你还是先去见一下埃斯利亚吧。”源溯想要做最后的努力。

像是这样直接去见那个女孩子的话……这凶残的气场摆明了他想要把打扰他睡觉的人直接毁灭呀！

所以有一个温柔的精灵导师做缓冲是多么重要的一件事啊！

“不用劳烦他了。”空泽回复，气势汹汹地继续往主教楼走去。

“不，这一次他绝对很乐意你去劳烦他……”源溯在绝望中挣扎。

“我不乐意。”一口回绝。

“……”那位小妹妹，学长只能帮你到这里了。

主教楼大厅里的其余人看见走来的空泽，全部主动地避让开来。已经消失很久的空泽殿竟然就这样突然出现了，而且一出场就是这样要削人的气场……

全体避让围观。

凌桑有些晃神地望着向她这边走来的黑服青年。他看上去只有十七八岁，但是显然已经有了黑服的资格，精致肃杀的黑服在他身上彻底显现出一种强烈的压迫感。他的身高至少在一米七以上，深蓝色的长发用头绳松垮地系在脖子后，露出了一张偏向东方人的面孔，但眼眸却是湛蓝色的，虽然像大海那般清澈，但是总有一种海啸将至的预兆。

是要去杀什么人吗？凌桑看着他从自己面前经过。

“喂喂！空泽！”源溯连忙喊住他。走过了啊！那个小家伙的存在感实在太低，被空泽一眼过滤掉了吗？

“啊？”空泽回过头，看了好几秒，终于在旁边看见了一个小小的女孩子。

凌桑从椅子上站了起来，忐忑不安地看着他。

“换个地方，这里人多。”空泽蓝色的眼睛向后一瞥，在视线投在凌桑身上之后，露出了轻蔑的冷笑。

“过来，凌桑。”源溯牵起凌桑的手。

“好。”她被源溯拉着，顺从地跟着黑服青年向前走去。

主教楼广场上的赛事已经结束，现在还有几个工作人员在收拾场地。他们在看到黑服青年出现后全部愣了一下，其中一个人向他打招呼：“空泽殿好啊。”

空泽漫不经心地点头回应：“好。”

脚步不停，在他们转入右侧的副教楼后，终于在走廊上停了下来。

这里没有其他人。

“你好，我叫凌桑。”还没等源溯提醒她，凌桑就已经很乖巧地对空泽鞠躬表示敬意。她已经清楚蓝服的地位高于白服，而黑服的地位又高于蓝服——是最高能力的象征。

源溯相当欣慰，这小家伙还真是个机灵的小鬼。现在只希望空泽的态度能够好一些了。

“你就是那个没人愿意招纳的小鬼？”

“哧！”源溯还是没能忍住，发出了一个碎音。虽说空泽一向毒舌，但也不要这样瞬间暴露啊！

他瞥了一眼凌桑的面色，发现在听了空泽的话后，她依然很平静地直视着空泽。

凌桑这孩子是反应迟钝吧？源溯从没见过有哪个人的脾气比凌桑更好。

“是的，我就是被挑剩下的那个人。”凌桑再次鞠躬，道歉道，“对不起，是我无能。”

“为什么要向我道歉？”空泽俯视着她，“我只是被催着出来散步，顺便看看是哪个奇葩打破了学校历史上无人负责的纪录的。”

“空泽。”源溯忍不住提醒他，一边按住凌桑的肩膀轻声对她说道，“空泽只是说说而已，其实他是个非常善良的人……”

空泽的视线转向源溯：“你闭嘴。”

“……”源溯无言。虽然空泽平时确实毒舌了一些，但今天真是毒舌到巅峰啊……大概是滞后的起床气？

“我说我的，与你没有关系。”空泽再一次强调。

“好吧。”源溯无奈地耸肩。可怜的学妹啊，学长我真的尽力了。

凌桑依然没有表现出任何的不满情绪，十分顺服地听着空泽的说教——这根本就算不上说教吧？完全是在释放体内的负能量好吗？

“作为失败者，就应该有会被人遗弃的觉悟。对我有什么不满的地方吗？”

“没有。”凌桑露出微笑，低头看着地面，“不会。”

“不过你可以在心里咒骂我，我不介意。”空泽再次冷笑，眼睛微微眯起，眼眸的色泽倒开始柔和了一点儿。

“怎么会呢？作为最无能的人，对别人批评的话语还会心存不满的话，那就真是无可救药了。我没有理由不满，你说的都对。”凌桑再次抬起头看着他，平静地说道，“我没有资格怀有任何的不满。”

这样的回复倒是让空泽与源溯一同沉默了一会儿。源溯似乎有点儿明白空泽到底是什么意思了。

“你倒是很清楚自己所处的位置。”空泽依然面无表情地说道，但至少已经结束了刚才的摧残。

她能有这样的觉悟，还是让他相当惊讶的。

毕竟她只是一个看上去还这么瘦小的女孩子。

“是。”凌桑应道。

“我会考虑。”空泽点头，直接转身离开。

凌桑再度晃神，刚刚……他对自己点头了啊。她的笑容终于灿烂起来，对空泽离开的背影用力地鞠了一躬，“谢谢！”

“哦，有希望了啊。”源溯欣慰地将右手拍在凌桑的头上。

“请问他有什么急事吗？”凌桑不解地问道。

“应该是去食堂了吧。”源溯说。

“去食堂削人吗？”

“噗！”源溯缓了一下，忍住笑意后说道，“他只是去填饱肚子而已，没什么的。”

就算他真的想削谁其实也是没什么的……

源溯思索了一会儿，继续对凌桑说道：“不过他最后能否成为你的负责人目前还不确定——我先来代管你的事宜比较好。你先跟我去看看宿舍怎么样？虽然可以选择不住校，不过以你现在的能力要随时回家还是很困难的。”

“好的，谢谢。”凌桑觉得源溯真是个好人，不过话说回来，“你自己也有被负责的人吧，我是不是给你添加额外的负担了？”

“啊，没有呢。因为我负责的那个新生是从初中部直升上来的，已经相当有经验了，所以不需要我提供很大的帮助，所以我目前还是相当空闲的。”

“那么真是麻烦你了。”

学校的格局凌桑还不清楚，因为实在是大到难以想象。不过听源溯解释，建筑都从主教楼向四面延展呈现环形的结构，所以迷路的时候可以沿着环形主干道一直走，这个环走到原点还找不到的话就去下一个环找……

真是效率低到惊人的防迷路措施啊。

宿舍在主教楼的后面，沿着中轴线出去还要走上很久。在他们穿过一片作为隔离带的树林后，道路分岔成了三条。

“这是主轴的路。”源溯用手比画着贯穿主教楼的道路，“现在左边的就是一号馆与二号馆，右边的是三号馆。一号馆最大，接待白服学生以及无服学生；二号馆接待蓝服，规模小一点儿；三号馆接待黑服，包括黑服学生以及各种服级的教师，虽然人数不多，但是为了空间需要，还是相当宽敞的，空泽就住在三号馆。他是高二部两个黑服之一。高二部的黑服是很珍贵的，所以你真的要努力一下，空泽不是谁都能‘勾搭’上的哟。”

“嗯。”凌桑点头，然后指着三号馆右侧的那栋占地相当大、看起来还有点儿诡异的钟楼式黑色高塔问道，“那个是什么？”

“那是行政楼。黑服与行政部接触比较多，所以行政楼就设置在三号馆附近。哦，对了，三号馆的准入规则很高，没有允许不能擅自进入，我也是得到空泽给我的通行证后才可以进出三号馆。”

“哦。”凌桑努力消化着接收到的强大的信息量，非常认真地点头。

随后源溯带着凌桑进入了一号馆。一号馆是欧式圆顶建筑，墙面雪白，坐落在二号馆的左边，以一条小路以及两边的树林作为隔离。

走入门口，凌桑就看到前台有一个老人正在看报纸。源溯与他用非中文交流了几句，老人就从柜台下取出了一串钥匙，从中挑选出一把递给源溯。源溯接过钥匙，对凌桑说道："三楼，306。"

这一次没有带行李，凌桑只能先来看一看宿舍环境。打开房门，她就看到房间里面摆了三张床铺，以及三个隔开的衣柜。比起普通的高中宿舍，这里已经非常宽敞，甚至还配备了电视和电脑设备。

"好棒。"凌桑喃喃。

"Sritana 是最好的综合性院校，条件是一流的。"源溯将钥匙递给她，"目前你的入学准备已经完成了，你是想继续参观一会儿，还是现在就回家？九月一日早上九点才正式开学，到时候你的负责人会来接待你。"

"负责人啊……"她的声音小了下去。

"虽然不确定会不会是空泽，但我们保证你一定会有负责人。"源溯安慰道。

Sritana 一定会给每个新生分配一个负责人，只是随机分配下来的负责人……质量一般都不怎么样。

"我接下来可以随便走走吗？"她问。

"可以，不过那些明显标注着禁忌区的地方，你不要进去。"

"好。"

"空泽殿，你还没死啊。"行政部的值班人员笑着对蓝发青年调侃道。

"嗯，醒过来了。"他点头，因为胃痛。不然他真的可能继续睡下去，并且在睡梦中神不知鬼不觉地停止呼吸。

空泽拉开椅子坐下，办公桌对面的人推给他三份资料。

"你叫我来就是为了给我看这个？"他没有任何兴趣。

"看一下吧，重新打起精神来。尼萨亚的事情已经过去了，他是你高一时的负责人，失去他你会很难受，这个我知道。但是，请忘了他吧，你也到了该成为负责人的时候了。"

"倒也不是很难受。"空泽轻声呢喃，"每次我要忘记的时候，你们总有人会提醒我。"

"啊？抱歉，"男人连忙笑着说，"我们以后尽量避免。"

空泽俯头看向手里的三份资料。

"这是三个潜质非常好的新生。虽然他们目前都已经有了负责人，但那些负责人的能力都比不上你。所以我希望你能从中挑选一个来培养。"

蓝色的眼睛迅速扫过三名学生的名字后，空泽将资料收拢成一叠，然后说："我不想承担负责人的责任。”

“空泽，拜托你了，不要偷懒好吗？”男人无奈地十指交合做出祈祷的姿势，“请你想想尼萨亚，他当年非常果断地做了你的负责人，而你现在却——”

空泽抬头，蓝色的眼睛瞥向对面的男人。

男人忽然意识到什么，连忙捂头道歉：“对……对不起，我不会再提他了。”

“我会看看的。另外，给我找一个人类的资料。”

“好。”男人立刻高兴地去翻文件夹，“什么名字？”

那个人类的资料，真是少得可怜。

空泽看着手里薄薄的一张纸，别人的资料都是厚度一厘米以上的一叠，而她的资料却只有一张。

他回想起凌桑那单薄的模样。

“空泽殿。”身侧传来一道温和的声音。

精灵独特的气息将他包裹，他全身的细胞仿佛都舒张了一下。

“埃斯利亚。”他称呼了对方的名字作为回应。

“看见凌桑了吗？是我把她特招到这所学校的。”精灵略微俯下身靠近空泽，眯起眼露出温柔的微笑，“请好好对待她哦。”

“好好对待她”的意思大概等于不要弄死她。

坐在前台的那个男人对埃斯利亚说：“我不看好那个小孩子。”

“但是我非常喜欢她呢。”埃斯利亚继续对空泽说，“不过选择权在你，你来做决定吧。”

“啊。”空泽用第四声发出了回应。

“空泽殿也要挑选负责人了！”

继一个人类没有负责人愿意接纳之后，这个消息成为第二个爆炸性新闻。

“啊哈哈！就算是黑服也没能逃脱行政部的命令啊。”一个白服男生大笑，随即猛地被一个白服女生打了后脑。

“这叫机遇啊机遇。”女生随即反应过来，失望地仰头，“不过话说回来和我们有什么关系啊……我们都高二了。”

“……”

第三个爆炸性新闻不久后传来：

“空泽殿负责的三个候选人已经被行政部内定了啊！”

传播消息的永远是那几个超级热心的活跃分子，不过如果真的没有人能够快速传递消息的话，如此庞大的 Sritana 绝对会消息阻塞。

于是就没有第四条新闻了，毕竟内定嘛……就毫不喜闻乐见了。除了最后看看是哪个最优秀的学生被选中之外，其余的都没有什么神秘性了。

凌桑靠在石柱下，呆滞地听着大家传递消息。

在终于搞明白了前因后果之后，她默默离开，绕着主教楼走了一大圈，终于找到了那个蓝服青年。

“源溯源溯！”她大喊，拼命挥着双手。

“嗯，有事吗？”其实源溯也已经知道了这个消息，还在犹豫着要不要告诉凌桑，让她做好心理准备。

“你跟空泽的关系很好吧？”

“咦？”源溯没想到凌桑竟然问这个问题，顿了两秒之后就笑了起来，“啊哈，还不错啦。”

“那么就麻烦你告诉我一些……”凌桑忽然扯住源溯的袖子，把他拉到了一边，“过来说啦……”

“嗯？”

凌桑踮起脚，源溯也很配合地俯下身，让她可以附在他耳边说话。

“啊？”听完凌桑的话源溯还是相当惊讶，随即笑了起来，“不错啊，你比我想的有前途多了。”

“快点儿告诉我啦！”凌桑露出尴尬的笑容。

如果一开始机遇的降临只是因为运气，那么第二次的机遇绝不会白白地出现。

天下从来没有那么好的事。

至少她从没遇见过。

“空泽殿。”她相当小心地轻声念出了这个名字。

空泽正在三楼教室外的走廊上，背靠着栏杆，无聊地翻看着那三个学生的资料——很辉煌的战绩。三个学生在小学部与初中部都取得了相当出色的成就，确实让人很难抉择。以他们这么优秀的水平，在第一场的服级鉴定中就可以取得白服中阶以上的等级。

当听到那个细小的声音响起时，他还以为自己出现了幻听。直到凌桑再次试着叫了他一声后，他才注意到面前还有一个人存在。空泽将资料放下，露出完整的脸来。

现在看上去，空泽倒是相当平静，没有任何可发作的情绪。他面无表情地开口说：“叫我空泽就可以。”

“咦？你的名字不是三个字吗？”凌桑有点儿惊讶。

“不，最后一个字不是。”

“啊……啊？”凌桑一脸茫然，原来名字只有前面两个字吗？

“凌——桑。”空泽念出她的名字。

在他手中的三份厚厚的资料里夹有一张异样的资料——太薄了，与面前的女孩子一样没有什么存在感。

她的资料，实在是考据不到，没有任何背景，也找不到父母的名字。资料上称之为“孤子”。

“什么事？”空泽的眼睛眯了起来，蓝色睫毛因此显得格外长。逆光站立的时候他的轮廓显得十分深刻，深蓝色的长发散射出荧光，让人觉得如同梦境般虚无到不可捉摸。

完全不能想象现实中会有这么美丽的人物存在……不过对于凌桑来说，这个世界本来就不太现实。

“喏……”尽管鼓足了勇气，但此时她还是觉得难以启齿。凌桑提起右脚用脚尖蹭着地面，也不敢看他，腼腆地轻声呢喃，“我有事……”

“表白的话就不必了。”空泽相当实在。

“……”

鬼才会向你表白啊！

“我会做饭！”凌桑猛地向空泽一鞠躬，几乎是喊出来，语气像是请求对方原谅那样恳切，“我会洗衣服！我会洗碗！我会打扫卫生！我什么都会做！”

除了能力逊色之外，我什么都能做到。

所以……

所以……

所以……

空泽的脸上浮现出“你这娃娃是不是有病”的异样表情来。

“所以我不是什么优势都没有的！”凌桑把最后的话喊了出来，随即大口喘气。

话说完了，她还保持着九十度鞠躬的姿势。

沉默了两秒，空泽终于开口说道：“对我来说，这确实是不小的优势。”

凌桑露出微笑，将身体直起来后望向他，空泽的双手架在栏杆上显得相当放松，眼眸里也没有太多的戾气。

“我知道了，回去吧。”他平静地开口说道。

“好！”凌桑欢快地跑下了楼梯。

空泽本以为这女孩子死气沉沉的，现在却突然觉得她身上还是有着充足的朝气的。他闭上眼睛仰起头，感受着傍晚残余的日光。天气还不错。

话说，是不是某个老好人把他给卖了？

第四章 过于善解人意是另一种程度的可怕

—FENGZHISHOUWANGZHE—

当源溯把凌桑送到家的时候，已经是人类世界的深夜。

源溯与她挥手告别："再见了哟，下次是空泽还是其他人来接你，就看你的运气了。"

"嗯，再见。"她也挥手。

随即源溯的右脚脚尖点在地上，周围忽然爆开旋风，将他包裹起来，在旋风渐渐平息的时候，源溯的身影已然消失不见。凌桑这才转过身来，抬头就看见了大门上方的金色大字——秋田福利院。

她看着这几个字，许久之后才突然回过神来，朝着大门里面走去，距离开学还有两天呢……

当回归平静的现实中后，凌桑还是有点儿不敢相信世界上竟然还有那么一个空间存在。

嗯，世界还是很美好的。

凌桑在福利院的房间并不大，毕竟资源有限，她能有一个单独的房间已经是相当不错的条件了。她打开衣柜开始挑选要带走的衣服，其中多数衣服都是那些来探望的人送的，很多衣服已经小了，但她还是没有扔掉，等到她去那所学院寄宿的时候，就把这些衣服送给福利院里那些比自己要小的孩子们好了。

整个儿童福利中心，能够正常上学的孩子就只有寥寥几个。多数的孩子或是没有自理能力或是行为极端，因而无法接受正常的教育，虽然附近的学校会抽调几个老师过来义务教学，但每次调过来的老师都不一样，教的内容也不一样，许多老师更是敷衍了事，时间到了就完成任务般地走人，因此大家的学习水平基本没有什么太大的进展，所以凌桑能够完成初中学业并且顺利升入高中，是其他孩子相当羡慕的事。

其实很多小孩子还不知道为什么要羡慕凌桑，不过是别人都那么羡慕，自己也就应该羡慕她而已。

凌桑是非常正常的小孩儿，至少凌桑自己始终是这样认为的。她没有任何生理缺陷，始终很健康，顶多是和其他的普通小孩子相比有那么一点点的不同而已。不同在哪里她也不知道，总之在老师以及其他学生的眼里，她就是有点儿不太一样。

凌桑把还能穿的衣服挑出来叠放在桌子上，整理完后，她疲惫地向后倾倒在床上。

仔细回想起来今天好像发生了许多事……好累，而且很饿，毕竟到现在自己只吃了那一个面包，可是现在一点儿进食的欲望都没有。胃空空的有点儿难受，她就去倒了杯水来喝，然后又回到床上躺下。

睡吧，明天可以晚点儿起来，或许一觉醒过来就会发现这一切奇怪的事情都只是梦吧……到了明天，自己还要对着《技校报考指南》发呆也说不定。

第二天早上，刚刚醒来的凌桑眼睛直直地看着桌子，上面的《指南》不见了，取而代之的是 Sritana 的录取通知书。

捂头，自己到底干了什么……

她已经饿得没多大力气了，只能怏怏地走到楼下去吃早饭。早饭依然是食堂烧的大锅饭，凌桑喝了一碗粥，在吃包子的时候，隐约听见空气中传来了说话声。

“哦，这么寒碜啊……好糟糕！”

凌桑分辨出这是一个女生的声音，音调尖细，而且明显并不友善。

她一口咬在肉包子上，慢慢地咀嚼着，相当平静地没有做出任何回应。

“你听得见我说话的哦，不要无视我，我就在你身后……”

她端起粥凑到唇边，继续无视。

去了一趟 Sritana 高中之后，出现幻听是正常现象吗？

“喂！你这低贱的人类！竟然胆敢无视我！”

凌桑把碗向后一掂，大半碗的粥都向后泼出去，“唰啦”一声准确地泼在了什么东西上。

“啊——”尖叫的不只是那个女生，还有作为工作人员的阿琪。

阿琪的尖叫声引来了大家的注意，随即更多的人惊叫起来，因为那碗粥分明不是泼在地上，而像是泼在了一堵透明的墙上，液体和米饭还在缓缓向下流淌。而那面透明的墙，逐渐幻化出了一个女生的身影。女生有着金色的鬈曲中长发，前额的头发全部绑起来甩到后脑，露出一双翡翠绿的眼睛。她的身高在一米六以上，穿着一件看起来很贵重的紫色长裙，不过被泼了之后已经相当狼狈。

凌桑端着碗沉默了两秒，好像……不是幻觉呢。

“你！”女生尖叫起来，“你在干什么？”

整个大厅里的人都被这个突然出现的外国女孩吓了一跳，一片混乱中凌桑终于反应过来，一脸呆滞地转过头，然后对着那个女生呢喃道："抱……抱歉，我还不太习惯你们这样的出现方式……"

外国女生愤怒地睁大眼睛，右手竖立瞬间从半空劈下。

"你知道招惹我是什么后果吗？"

"对……对不起啦！"凌桑一下子从椅子上跳了下去。

女生的右手劈出，掀起气流，在半空忽然幻化出一把透明刀刃斩落下来，面前这张一米宽的木桌瞬间从中间断裂，切口整齐，停了好几秒之后才缓缓地向两边倒下，桌上的一大碗粥跟着洒在地上，顿时一片狼藉。

第二拨尖叫声响起。

而使出空手刃的女生却一时惊愕——竟然没有劈到这个就在眼前的家伙！

躲避的速度好快！

凌桑急忙跑出门外，女生在大喝一声"站住"后，紧跟着追了出去。凌桑慌张地拐过街道转角，追赶的女生右手伸过头顶画个圈，嘴中念咒后，圆圈忽然化成一圈细小的银铁链。她轻松地甩手就将铁链甩出，捆住了凌桑的双脚。

凌桑猝不及防之下双脚被缚，只能急促地惨叫一声后向前扑倒，下巴着地，磕在地上擦破了皮。她痛得把眼睛眯了起来，看见女生朝着自己走了过来。

凌桑的双腿扭动着，就像是一条风干的人鱼，她借力顺势翻转过身体，勾脚坐起来抬头望着对方。

"喏，我叫薇薇安。你叫——凌桑？"自称"薇薇安"的女生走到凌桑面前俯视着她，"竟然这么弱啊。"

"你到底来干什么？"凌桑一脸茫然。

"我只是来看看你到底是什么人。"薇薇安略俯下身，双手搭在修长的大腿上，露出灿烂的笑容，"看看空泽殿选择的被负责人到底有多出色。"

凌桑突然露出惊异的表情："咦？真的是我吗？"

"是啊，缔结负责关系的名单已经公布了，空泽殿选择的就是你。"薇薇安解释，"不过一开始，他根本没有要做选择的意思，于是我们三个候选人还私下较量了一场——是我赢了，可是到了最后一刻，空泽殿却上报了你的名字。我到行政部一打听，找到你的地址资料，就来找你了。"

"啊……"凌桑忽然觉得自己应该安慰一下她，思索了一会儿，刚要开口却被对方打断："空泽殿看上你的模样了吗？确实长得不错啊……"薇薇安的眼睛眯了起来，优雅地吐出了最后几个字："那就把你的脸毁掉好啦。"

"你等等！"她已经不需要安慰了吧！这简直是心理变态！

凌桑惊慌地叫着，双脚使劲脱着铁链想要逃脱。但薇薇安走了过来，右手五指张开，每根手指上都浮着一束燃烧的火焰。

“别过来！”凌桑像脱水的鱼一样在地上挣扎着，眼睁睁地看着薇薇安的右手向她伸了过来——

“别再过来了！”凌桑闭上眼惨叫。

在她的右手伸到凌桑面前时，凭空出现了一道强劲的气流并且瞬间爆开，狂风席卷过巷道，薇薇安惊叫一声，不得不收回右手用衣袖掩住脸。

好劲烈的风！

在狂风中央的凌桑睁开眼，处于风眼中的她头发丝毫未乱。她的双眼死死盯着前方的薇薇安，大喊道：“不要过来了！”

“你找死！”薇薇安大喊一声。她好歹也是新生中实力最强者之一，绝对不能就这样被击退。薇薇安双手置于前胸迅速结印，随后将手向前伸出，一道屏障勉强在身前支开，她抽出右手将自己全部的力量灌注进去——这一次，她是动真格的了。

尖锐气流劈开杂乱无章的风，气流的冲撞让风更加猛烈地爆开，随后突兀的一声闷响后，狂风忽然消散，凌桑急促地叫了一声就再也没有了动静。

视线再度清晰，薇薇安看见那个人类向后撞出了三米远，现在蜷缩在墙根下一动不动。

人类终究不过如此啊！薇薇安轻蔑地挑起眼，朝着凌桑走了过去。她在凌桑面前蹲下，笑道：“你倒是有点儿能耐。”

凌桑睁开眼睛，面无表情地看着薇薇安。慢慢地，在她白皙的面孔上浮现出了一抹微笑。

微笑着的凌桑很漂亮，总是能够给人一种非常安心的舒适感。但此刻，她的微笑却似乎有些诡异——

“再见。”凌桑轻声说道，眯成一条缝的眼眸忽然睁大。

“嘭！”

爆破声凭空响起，凌桑身后的两面石墙在大风的冲击下裂出缝隙。

一道强大的气流从巷道中猛地蹿出，直奔外面的马路而去，路上行驶的车辆硬生生地被气流冲向了人行横道，顿时刹车声、叫喊声响成一片。

瞬间刮起来的风，瞬间停息。

街道上的人们在风停后好奇地向巷道的方向张望，只见翻滚着的旋风夹杂着大量的砖石碎屑旋转着飞上了天空，整条马路被撒落下来的尘埃弄得一片狼藉。

狂风消失，街道上的人以为是煤气管道爆炸，全部惊叫着散开。已经混乱的交通在一片谩骂声中堵塞起来，在警察到来之前，没人敢去查看“事故”的来源。

阴暗的巷道里，一双暗色的眼眸缓缓睁开。凌桑坐起来将双腿勾起，脚上的链条已经断裂，但她依旧坐在地上，双手环住勾起的双腿，低下头将额头抵在膝盖上。

面前干净到什么都没有了，就像是一场梦。

是梦……那曾经到现在的一切……全是梦就好了……

母亲会叫自己起床，结束这场梦吧。

母亲。

你回来啊……

她蜷缩在墙角，许久之后巷道口响起了一道呼唤她的声音：“阿桑！”

她像是睡过去了一样没有回应，直到被人抱了起来。凌桑将眼睛睁开一条缝，就看见这个陪着自己长大的工作人员阿琪。

她记得在自己小的时候，阿琪还是一个很有风韵的女人，可是现在她的身体已经发福走形了。是老了吧，也没有那么好看了，也不再用劣质化妆品与奇怪气味的香水了……

“好可怕……刚才……”她轻声呢喃，做出惊恐的表情，再次闭上了眼睛。

“吓到了吧？也不知道怎么回事呢，那么大的风……喏喏……阿桑不用怕哦，阿桑是最听话的孩子了，阿祖会保佑你的……”阿琪笑着安慰她。

阿桑是最听话的孩子……凌桑在心里默念着，这个时候是不是应该微笑呢？

阿琪啊，阿桑其实不是最乖的孩子呢，阿桑是最不乖的孩子啊……

你不知道阿桑干了多少坏事呢……

她温顺地蜷缩着，没有说话。

以前的阿琪可以一把拎起小时候的凌桑，像抓小鸡一样。而现在阿琪虽然还是可以一把抱起凌桑，但已经十分吃力了。

凌桑睁开双眼，晃了晃架在阿琪胳膊外的双脚，忽然从阿琪的怀里跳下，稳稳地落在地上：“我没事哟。”

再一次，她露出了让人没法产生任何防备的笑容。

“凌——桑——”

这一次被叫醒的时间，还是凌晨三点。

万恶的时差……

不过，喊她的人是谁？声音听起来相当熟悉的样子……

“来了！”她朝着窗外喊了一声，随即拎起已经准备好的行李箱下楼，隔着铁栅栏看见了站在外面的蓝服青年。

“源溯？”她惊异。

“嗯，早上好。”源溯微笑。

“我以为会是空泽来接我呢……”凌桑沉思两秒，然后轻声呢喃，“不过看来是我想多了。”

“不，他昨晚还说要来接你的，今天早上也难得成功地醒了过来。”源溯解释道。

“咦？”凌桑不解，皱眉问道，“是因为有什么重要的事不能来吗？”

源溯无奈地望天：“因为他又睡过去了。”

“……”

醒来的意义何在啊！

源溯忽然想到了什么，问她：“我有点儿奇怪，这回空泽真的成了你的负责人，你怎么一点儿都不惊讶呢？”

“啊，那是因为……”凌桑有点儿纠结地回忆了一下昨天发生的事情，然后抬起右手挥了一下，笑道，“我的一个同学已经告诉我啦，所以我已经知道了。”

“啊，这样啊。”源溯也没多问，只是露出温和的微笑，“既然已经确定关系了，那么你就要加油了，不要让他失望啊。”

“嗯！”凌桑重重点头，心里带着点儿小小的雀跃。

到达 Sritana 时，那里已经是清晨。“先去寝室存放物品，然后九点整到大厅与空泽见面就好——他应该可以勉强赶到的。”源溯吩咐道。

“这里的九点整是……”她迷茫。

“啊，时差。”源溯反应过来，翻看了一下左手手腕上的电子屏幕，“你在一个小时之内赶到就可以，到时候会有统一的通信表发给你们。”

“好。”凌桑跟源溯告别后，转身拖着箱子朝宿舍楼走去。

凌桑勉强拖着行李箱爬了三层楼，终于到了宿舍门口，却发现门已经开了，看来室友已经在里面了。她在门口仔仔细细地打量了自己一遍，确认自己仪态还算端庄后礼貌地敲了三下门，再将虚掩的门推开：“你好——”

“啊，你好。”

“啾！”

等等，伴着一个相当甜美的声音，好像有什么不和谐的声音混进去了？

这时一个黑色长发的女生迎了出来，她穿着一件白色衬衫搭配黑色牛仔裤，一米六五左右的高挑儿身材相当丰满匀称。她将头发全部扎起来绑在脑后，整个人显得十分干净利落。这个女生有着一张深邃的西方面孔，眼眸细长显得相当精明漂亮。

“我叫凌桑。”凌桑温和地做着自我介绍，然后向对方鞠躬问好，“请关——唔！”

瞬间窒息，凌桑反应过来的时候，已经被对方勒在了怀里。

“好可爱的室友！”这个看上去相当强悍的女生一脸陶醉地用双手揉搓着凌桑

的脸颊，“姐姐我会保护你的哦，我叫伊娜·冯彻斯特。”

“啊，谢——谢谢。”她相当感动地从对方的熊抱中挣扎出来。

“我帮你搬行李喽！”伊娜相当热情地要去拿凌桑的行李箱，凌桑连忙表示自己来就好，但伊娜已经轻轻松松地将行李箱扛了起来……

非人类果然好强大！

由于时间有限，凌桑只能先胡乱地把衣服塞进衣柜。就在这时，她又听到了“啾”的一声，这不是刚刚乱入的声音吗？是从哪里发出来的？

“你是在找这家伙吗？”伊娜一脸无聊地用手指了指最左边的床铺。

床铺上的“家伙”……是一只毛茸茸的……白色不明生物……

“啾！”

“请问这一坨是什么？”凌桑虚心地向伊娜请教。

“我也不知道，”伊娜耸肩，“我来的时候，它就已经在这里了，应该就是我们的另一个室友吧。”

另一个室友吗？凌桑顿了一会儿后感慨道：“真是个娇小的室友啊。”

伊娜认同地点了点头。

“啾！”

估摸一个小时快到了，凌桑和两个室友告别后匆忙地跑出寝室前往主教楼的一楼大厅，她到的时候大厅里已经聚集了不少学生。新生们都穿了自己的衣服，高二高三的学生多数为白服，小部分是蓝服，只有一个黑服戳在那里，因此显得相当扎眼。话说，那位学长靠在墙上是在休眠吧？

凌桑一路跑过来已经气喘吁吁，空泽比她先到，这让她觉得自己相当失礼。

“对不起，来晚了！”她对着“休眠”的空泽鞠了一个躬。

四周瞬间安静下来，所有人的视线都投在了凌桑身上。

空泽殿选择的，竟然就是这么柔弱的人类？竟然就为了这样一个看上去毫无攻击力的人类而放弃选择最优秀的新生？

凌桑相当尴尬地僵在九十度鞠躬的姿势上。

话说，大家这是怎么了？

“休眠”的空泽忽然将蓝色的眼睛睁开。

注视着他们两人的学生立即挪开视线，装作自己什么都不在意的样子，恢复常态继续说说笑笑，整个大厅中到处都响起“哈哈”的尴尬笑声。

“你不累吗？”空泽眼眸向下瞥去，看着依然保持九十度鞠躬姿势的凌桑。

凌桑这才将身体直了起来，露出灿烂的笑脸：“我会努力，绝对不会让你失望！”

就算自己是人类，她也会努力做到人类的最好。

“我不在乎会不会失望。”空泽冷淡地开口，蓝色的眼眸布满了冰霜。

“咦？”凌桑的笑容渐渐淡了，最后很疑惑地望着他。

“我只需要一个不给我惹麻烦的家伙。”空泽继续冷淡地说道，“我没兴趣也没精力调教高一学生，精英只会烂在我手里。”

他的声音不大，却能被密切关注这边动静的人听得清清楚楚，以至于大家的内心都无比震惊，全场再次鸦雀无声。

凌桑依然望着他，但是脸上表情已经是茫然无措。

空泽完全没有顾忌她的感受，继续说道：“所以对于人类，不管进步与否，能力限制都摆在那里。在先天条件上你就已经输了，不管你后天如何努力，在我们眼里都是没有用的。不管能不能教好你，我都不会有任何的压力。所以你别妄想能从我这里享受到什么优越感，我不是一个合格的负责人，完全不是。”

全场持续寂静。空泽说的每个字都被所有人听得清清楚楚，大家对那个女孩子的羡慕已经完全转化为同情。

确实，以空泽的性情与忙碌程度，他是完全不会照顾到自己手下新生的。这样的话，这个人类女孩相当于要自生自灭。

“可以不要在这种场合说这样的话吗？”凌桑将头低下，声音微弱细小，“你可以不说出来的，可以让我再高兴一阵啊……”

“我只是将事实告诉你，你高不高兴与我无关。”空泽直起身从凌桑身侧经过，并冷淡地抛出一句，“领你去教室。”

“……”她不知道该做出什么回应，只能默默地跟在他身后离开了大厅，大厅里剩下的人在两个人走后沉寂了许久。

“真是可怜哪……”终于有人感慨道。

“只是一个人类而已，确实不会有多大的前途吧，也不用太惋惜啦。”

“要受空泽殿那样的冷眼才是最糟糕的啊。”

凌桑跟着空泽到达主教楼二楼。

其实这时候几乎所有的新生与负责人还在大厅里闲聊沟通，二楼走廊上暂时还没有其他人。

“空泽……”凌桑在空泽身后急促地走着，有些慌张地喊道。

空泽没有搭理她，直到走到高一（C）班的教室门前才停下脚步。

两个人之间顿时一片沉默。

凌桑忽然平静地轻声说道：“谢谢。”

“谢什么？”空泽冷笑一声终于转过身来，收敛起锐利的视线。

凌桑这一次全然没有畏惧地仰视着他，露出微笑缓缓说道：“如果你刚才不那么说的话，舆论压力会有点儿大吧，也感谢你给了我一个台阶下。”

那样挑明了直说，虽然犀利到令人心伤，但却能在一开始就打消他人的嫉妒与猜忌。

所以，她才始终相当配合地没有进行任何语言上的反击。

空泽的瞳孔略微收缩，他真的从没有见到过能够这样看透人心的女孩子——应该说是善解人意，还是深不可测呢？

“我只是实话实说而已。”空泽的语气没有任何改变，不过倒是开始认真地打量起了她，“我自认为我没有哪里说错。”

“喏，空泽殿还真是嘴硬啊。”凌桑两眼眯成一条缝，明媚地笑了起来。

“……”空泽也眯起了双眼。

为什么忽然不知道该说什么了？忽然反应不过来了？

以前从没有遇到这种情况，之前每次都是对方对他声嘶力竭地咆哮一通后愤然离去，让他从根本上获得解脱的。

一定不是自己的原因，而是眼前的这个家伙不按常理出牌。一瞬间空泽的脑子里竟然充满各种诡异的猜测。

“够了！”

当他把这两个字喊出口的时候连自己都吃了一惊，而凌桑这次真的是相当错愕地望着他，显得不知所措，随即立即反应过来，不管三七二十一马上鞠躬道歉：“对不起，我不会再胡说了！”

“……”这是空泽有生以来见到过的最短的反射弧。

不过刚才确实是自己突然失态了……

空泽挥出左手一指，竟然旋带起了一股气流，黑服衣袖与下摆被这一股气流带动，在剧烈抖动了几下后立即平息：“这是你的教室，待会儿自己滚进去。”

“好。”

第五章 扔出去的不是毛球是同学

—FENGZHISHOUWANGZHE—

“这是你的通信表。”空泽将左手衣袖撩开，露出手腕上戴着的两个款式相同但是颜色不一样的手表，一只黑色金属框，一只白色金属框。他把白色手表摘下抛给凌桑，解释道：“这是通信表，用法和手表差不多，和我有直接定位，有什么重要事情可以通过它与我取得联系。”

“啊，是。”

凌桑的通信表有着银色金属的表带，以及与她的手腕对比还很大的方形表盘，表盘底图是一个银白色的图阵，图阵上覆盖着 Sritana 的校徽。通信表中央有一条紧密的缝隙，她将上方的金属片掀开，金属片下方是一个液晶屏幕，此时屏幕显示着 Sritana 所在世界的官方时间以及她的原世界居住地时间，底盘镶嵌有极小的英文字母键盘以及数字键盘。

这是……微型计算机？她已经看到过别人使用通信表了，每天对着这样的东西相互联络对视力要求真的好高啊。

“上手很容易，白痴都能在两天之内学会。”空泽最后解释，“希望你找我的时候不要问我太愚蠢的问题。”

“好的。”凌桑点头。

空泽转身离开。

“谢谢！”她对着空泽的背影大喊。

空泽脚步没有停下,像是没有听见一样,没有给出任何回复,身形在转角处消失。

凌桑目送空泽走后，低下头将表带扣在自己手腕上。“咔嗒”一声清脆的金属闭合声响后，表带连接的缝隙自动接合。她惊异地转了转手腕，发现通信表完全固定在自己的手腕上了。

随后最左侧的指示灯亮起绿光再熄灭，发出“哔”的一声进行确认。

Sritana 的科技好发达！

凌桑第一个走进了高一（C）班的教室，从今天开始，她就是高中生了。

十几分钟后开始有学生在负责人的带领下陆续走了进来，他们都用相当好奇的眼光望着她。凌桑伏在桌上垂着头，听着周围人小声议论她，心想大概所有人都认识她了吧。

“凌桑！”一只胳膊搂住她的脖子，她身边的座位有人坐了下来。凌桑抬起头，看见了热情的室友伊娜，伊娜的头上还蹲坐着那只白色的毛球：“啾！”

所以，剩下的一个室友就这么随便地被带过来了？

“别在意那些碎碎念的家伙，喏，你给我看着就好……”伊娜压低声音对她做了个“嘘”的手势，再打了个响指，忽然就站了起来，右手一挥，暴吼一声，“闭嘴！讨论别人的话以为我听不到吗？”

全场瞬间死寂，凌桑忽然轻笑起来，伊娜头上的毛球也欢快地发出“啾”的一声。

“那就把你的接收频率调低一点儿！接收频率太广不怕频道磨损吗？”全场只有一个女生大声把话顶了回去，凌桑一眼就认出了那个人——薇薇安。

“那么你的脑子需要人工磨损吗？”伊娜摘下头上的毛球朝薇薇安扔了过去。

凌桑崩溃。喂！你把毛球——啊呸，你把室友扔出去了啊！

“啾！”毛球瞬间粘在了薇薇安的脸上，粘得相当牢固。

“啊啊啊！这一坨是什么东西？”薇薇安惨叫，但是又不敢抓这一团毛茸茸又软绵绵的不明生物。毛球缓缓地蠕动到薇薇安的头顶上，然后极其舒服地将两只黑色的圆眼睛眯了起来，还很有弹性地在她头上蹦跳了几下。

“你给我滚开！”当毛球再次跳起来的时候，薇薇安甩手把毛球打出了窗外。

凌桑眼睁睁地看着毛球呈抛物线掠了出去。话说，这真的是室友没错吧？

“啊，你把我的室友扔出去了，这样真的好吗？”伊娜双手环胸，笑容依旧灿烂。

伊娜你到底把你的室友当什么了！虽然长得像毛球但别真的把她当毛球用啊！

“这是从垃圾堆里捡的毛球而已吧！”

“就算是毛球你也要看清楚！这是你的同学！你给我认识清楚！”

不对啊！你们两个都没有意识到那只毛球是同学吧！

“好啦……”凌桑弱弱地举手，“谁去把我们的同学捡回来结束这件事……”

“你闭嘴！”伊娜与薇薇安同时扭头对凌桑暴吼。

“你们两个给我闭嘴！”

讲台上的一个中年男人发出更狂躁的吼声，两本词典一样厚重的书被扔了过来，一本击倒一个，倒下的人再撞倒桌椅，顿时教室里震响一片。

围观的其余学生全部缩起脖子远离惨烈的“事故现场”。

“都给我听好了！我是你们（C）班班导冥罗！敢在我面前大声喧哗的都给我滚出教室！”

最大声的是你吧……

“我们听得见！不用喊这么大声！”一个男生高声抗议。

“你们的肉体听得见有什么用？你们的灵魂听见了吗？”

所有学生一起抬头仰望天花板。听得见吗……

自称“冥罗”的健壮男人看上去四十岁左右，黑色的长发全部梳了起来，在脑后扎成一束。而他的衣着则是最高端的黑服。

“都给我坐下！接下来我给你们扫盲！不是从异能开发学院初中部升上来的同学都给我听好了！”冥罗的右手猛地拍在桌上，发出了一声巨响。

所有人都把眼睛眯了起来，似乎这样就可以减少声波带来的冲击。

“服级制度是公局沿袭下来的传统，只要你足够优秀，就可以考取服级。普通服级分为白服、蓝服以及黑服，每一种服级都有低阶、中阶和高阶三个层次。你们在高一第一学期的任务就是全部给我考上白服，听到了吗？三天后就是你们第一次服级鉴定，希望大家好好努力！那个捂耳朵的同学你对我有意见吗？”

“没有。”眯着眼的男生把双手从耳边挪开。

“说大声点儿！我听不见！”

“没有！”

“你太吵了！”

“……”

左边的（B）班班导拍桌子：“（C）班班导的话都听清楚了吗？”

“听到了——”（B）班学生在听到提问后高声回道。

“你们对我有意见吗？”

“没有——”真是气势相当磅礴的互动啊……全场惊叹。

“此外,你们必须做到一眼就能分辨出对方的服级。方法相当简单,看我这里！”冥罗左手搭上自己黑服的右肩部位，他的黑服两肩处都有金色的链条，每侧各有三条，“一条是低阶，两条是中阶，三条是高阶，听清楚了吗？”

“清楚了！”全班咆哮着回复。

冥罗是黑服高阶。凌桑努力回忆，到目前为止，她见过的黑服已经有三个。精灵埃斯利亚的黑服上有三条链子，竟然也是高阶。至于空泽，如果没记错的话有一条……

黑服低阶。这么说他在高一的时候就已经考取到黑服资格了。

“第一次服级鉴定结束后才会正式开课，这几日你们务必在自己负责人的指导下进行课程选择。第一次考级结束后就可以知道你们之间的实力差距。所以这两天多和自己的负责人接触，尽可能多地获取考级经验，希望诸位成功！”

“是！”全班再次咆哮着回复。

“很好。解散！”冥罗一挥右手后转身离开教室，原本正襟危坐的全体学生在他离开后瞬间瘫软在椅子上。

凌桑的下巴磕在桌子上，只有三天的时间，大概……没有任何希望吧。她闭上眼，然后长长地呼出了一口气。

中午，凌桑在食堂领了一份看上去分量相对少一点儿的盒饭，刚坐下，视线就被一个黑服男生牢牢吸引——多数学生都会对黑服特别敏感。

这个黑服显然并不是空泽。同为黑服低阶，这个男生有着一米八的身高，比空泽高大一些，浅棕色的皮肤与银白色的短发有着相当强烈的对比度。

黑服青年从她的身侧走过，凌桑还在望着他的背影出神，头顶忽然就被一只手给按住了，她受惊地轻叫一声，回过头才发现是同班的男生——虽然还叫不出对方的名字，但已经有点儿眼熟了。

“你好。”有着棕褐色微微鬈曲头发的男生相当和善地跟她打了个招呼。除了鬈曲的头发之外，他最大的特点就是脖子上挂着一条很大的银色细环，细环上均匀地挂着十二三片水晶，细看之下，凌桑发现每一片水晶的色泽都不同，似乎是一个漂亮的装饰物。

“啊，你好。”她点头回复，“我叫凌桑。”

“我知道，我叫安明。”男生声音低沉，也没有多少表情，看样子只是因为空闲，所以想找凌桑一起吃饭而已，“刚才那个人是席勒，高二部仅有的两个黑服之一。”

“真是难得啊！”她赞叹。

安明低下头开始专心地吃他面前的一大盘午饭。

伊娜一进食堂就看见这两个人坐在一起吃饭，也端着盘子凑了过来。她的头上依然趴着那只毛球，整个毛茸茸的身子一颤一颤的，好像正在嚼着什么东西。

话说毛球真的一点儿都不记仇吗？

“过一阵子我要竞选班长，阿桑我相信你一定会支持我的。”伊娜搂住凌桑。

“当然。”凌桑点头。

“安明我也和你培养培养感情。”伊娜靠过去揉着男生的鬈毛，眯着眼睛笑起来，“真是可爱的小男生啊！”

“够了。”安明不满地抬头瞪她。据说安明才十六岁，不过看上去像是十八九岁的成熟男人了。他低下头又吃了两口饭，突然补上一句：“给我十只卡塔木珞。”

“没问题！”伊娜打了个响指，随即才虚心地问道，“话说，卡塔木珞是什么？”

“饲料的一种。”安明相当委婉地提出了这个概念，右手弹了弹脖子上挂着的银项圈，色彩斑斓的水晶片颤了颤，在白天的光线下折射出美丽的荧光。

“这是……役使兽？”终于认出这是什么的伊娜恍然，相当佩服地感叹，“都是你的吗？好厉害！”

“都是我养的。”安明自豪地露出了笑意。

“来来来，借两只给我玩一下嘛。”伊娜双手贴合。

“去玩你头上的那只。”安明相当珍视自己的项链，果断拒绝。

“头上的……”伊娜的眼睛向上瞥。

“啾！”

伊娜瞬间相当有信心地将餐盘里的一根骨头拿起来喂毛球，郑重地点头：“放心，我一定会把它喂养成最优秀的役使兽。”

你到底把你的室友当成什么了？还有你到底在拿什么喂它？凌桑捂头。

“阿桑，接下来空闲的两天，你打算怎么过？”伊娜再次搂住了凌桑的脖子。

“大概是……和我的负责人培养一下感情吧。”凌桑用很不确定的语气呢喃。

“哦，对了，你的负责人是空泽殿啊……”伊娜忽然想起了这回事，表情相当微妙。

“所以？”凌桑想知道她究竟是什么意思。

结果伊娜只是非常郑重地一拍她的肩，说道：“那你加油。”

“……”感觉有点儿不妙的样子。

到了晚上，凌桑走到教学区后的主干轴道路上，往右侧走就是三号馆了。先前她已经向源溯打听了空泽的住处，源溯觉得凌桑没办法随意进入三号馆，也就毫不顾忌地将门牌号告诉了她。

三号馆看上去仿佛是一座巨大的别墅，整体墙面呈现青灰色，房瓦漆黑，与一号二号馆相比，这里异样地清净与空旷。庭院相当大，在庭院外还有围墙以及大门栅栏，栅栏边的石柱上面似乎设有金属刷卡机。

这么说果然进不去……不过围墙只有两米高，她努力一下还是可以翻过去的。于是凌桑后退两步，然后向前冲刺，纵身跃起，右手成功地攀上了两米高的围墙顶部。

啊！再努力一下……她吃力地将半截身体撑起，抬起右腿跨上围墙顶端。正当凌桑坐在围墙上缓口气的时候，面前突然支开一道屏障将她狠狠弹开。

她的身体仿佛瞬间失去重量，在半空中飞出去两米后突然急速下坠，原以为会相当惨烈地摔在地上的凌桑却猛地砸到一个结实的怀抱里。

“哦！”她惊喜地回过头，映入眼帘的是一双陌生的暗红色眼眸。

“你的负责人没告诉你不要随便往这里闯吗？”男人将她放下。

救凌桑的男人穿着有两条金色链条的黑服，长着一张如女人般清秀的脸，酒红色的长发披散在后背，显得相当妩媚，就连说话声都柔软细腻到让人难以招架。

可是不知怎么回事，凌桑一眼就确认他是男性，这一点和埃斯利亚那个看起来性别不明的家伙很不一样。

眼前的这个黑服看上去已经是二十岁出头，不像是高中生。凌桑连忙欠身行礼表示恭敬，说道："我的负责人是空泽，我来找他。"

"空泽啊……我与他很熟的。"男人发出笑声，修长的右手食指搁在自己形状优美的下巴上，很感兴趣地仔细打量凌桑，"我带你进去。"

"啊，谢谢。"她欣喜地睁大眼。

"嗯，我只会对你这么漂亮的女孩子放心哦。"他从右侧口袋里抽出一张金色的卡片刷在机器上，"哔"的一声后栅栏打开，男人用右手推了推凌桑的头催她进去。

"可以问一下你的名字吗？"凌桑与他一起走在通往三号馆的小径上。

"夙凤。"男人始终保持微笑。他的嘴唇没有多少血色，嘴角咧开后显得相当细长，所以总会让人觉得他的笑完全不是出自内心，只是表面的一种现象而已。

"嗯，夙凤学长好。"

"叫我大哥就好了。"

夙凤领她进入三号馆大门，然后径直带着她上到二楼。

"空泽住在哪个房间？"他问道。

"嗯……203。"凌桑已经找到了 203 房间。

"你敲门吧，我就不打扰了。"夙凤说完就直接转身离开了。

凌桑看着面前紧闭的棕黑色房门，深深地吸了一口气，然后敲门，敲门声在空旷的走廊上飘荡开来，有种可怕的感觉。

空泽会不会在睡觉？他给自己的感觉一直都是睡不好觉……

室内没有回应，她又敲了两下门，里面终于有了反应："谁？"

凌桑连忙说："是——"

话还没说完，门就被打开了。空泽一眼平视过去没有看到任何人，再将头俯下就看见了凌桑，顿时眼睛眯成了一条缝。

"晚上好啊！"她的双手在胸前贴合，脸上露出美好的微笑。

"……"门猛地在面前关上，发出"砰"的一声巨响。

凌桑立即扑在门上哀求："对……对不起！我错了请不要这样……"

空泽再次打开门俯视着凌桑，面无表情地开口问道："你是怎么进来的？"

凌桑解释说："我想来找你，但是没有通行证根本就没办法进来，然后一个很好心的红头发大哥就带我进来了……"

"红头发的？"空泽眯起了眼。

"嗯，红头发的。"凌桑侧过头对着一侧的走廊呼唤了一声，"夙凤大哥——"

夙凤还没有走远，在听到凌桑的呼唤后转身走了过来，然后站在空泽的房门前，抬起右手和他打招呼：“空泽你——”

下一秒，门又被关上。

被关在外面的夙凤吐出最后两个字：“——好啊。”

凌桑抬头看着夙凤，愣了一会儿后轻声说：“你们是不是……关系不太好……”

“哪里，我们关系非常不错的。”夙凤妩媚地一笑，显然是在说反语，然后抬起右手对凌桑招了招，一边转身离开一边说，“你们好好培养感情吧，我就不打扰了。”

过了一会儿，凌桑再次敲门：“那个，夙凤大哥已经走了，学长你可以开门了吗？”

门再次被打开，空泽面无表情地说道：“进来。”

“好。”凌桑小心翼翼地踏了进去，进了房间也没有四处张望，而是相当温顺地站在原地，双手在胸前贴合，以一副纯良的表情问他，“有什么需要我做的吗？”

“不用给我来这一套。”空泽冷淡地说，“这里没有其他人。”

“其实来你寝室我有点儿尴尬……”凌桑避开他的目光，有点儿腼腆地如实说出自己目前的心情。突然跑到空泽房间里来，她有点儿不知所措。

“那里有椅子，坐下。”空泽的右手一指。没有穿黑服的空泽气息柔和了不少，白色衬衫配上蓝色牛仔裤让他整个人看上去少了距离感。

“是。”

空泽坐到床沿上，利落地抬起右腿架到左腿上，眼眸半敛：“你有什么事吗？”

“那个叫夙凤的黑服，”凌桑突然想到这个问题，“是这里的老师吗？”

“不是，他是大学部三年级的学生，会有相当长一段时间作为监察住在这里，最近三号馆有许多大学部的黑服入住。”

“监察？”

“因为接下来要进行服级鉴定，评估部门除了 Sritana 高中部的工作人员之外，还会有大学部的学生参与。”

“啊对，就是服级鉴定的事……”她这才恍然想起她来找空泽的初衷，非常不自信地压低声音呢喃，“我想知道你的意见……”

空泽十分友善地一点头：“你有权利申请放弃第一次鉴定。”

“不要这么直白，好吗？”

“实话实说而已。”

“好吧，我知道我很弱啦……”凌桑捂头，然后轻声说道，“但我还是希望你能鼓励我一下。有没有技巧给我让我快速入门什么的，如果一开始就混不下去的话，以后的日子会不好过的……”

“没这样的好事。”空泽一脸鄙夷，“不过你倒是可以说说，你有什么能力，我有必要了解一下。”

“能力啊……”她垂下头，轻声说道，“我不清楚啊……”

空泽看着她，认真说道：“对于我，你不必有所隐瞒。我们之间的关系是建立在互相信任的基础上的。”

她忽然觉得空泽真的像源溯说的那样相当好说话，而且相当善解人意。

“那么给你看看……”凌桑缓缓抬起头，忽然以她为中心盘旋起阵阵气流，身侧的窗帘被气流吹起，有规律地缓缓晃动起大波浪。

“风。”空泽点头，似乎有点儿满意地问，“掌握到什么程度？”

飘动的窗帘逐渐恢复垂落的原状，凌桑回应：“我不清楚。”

完全没有这个概念。

“人类中确实有部分人能够使用自然元素，这部分人通常都有其他种族的祖先。”空泽沉思了一会儿又说，“你接下来两天没有其他事做，是吧？”

“是的。”

“那么就尽快进入状态。”空泽将左手伸在面前，右手撩起左手衣袖露出手腕上的通信表，食指在微型键盘上按下开启键，密集的英文信息立即充斥整个屏幕并且形成滚动条自下而上翻动起来。

“太多了。”他呢喃。

才放假半个月就给他积攒了这么多的工作……明明是“放假”而不是“请假”呀。

“有什么需要我做吗？”凌桑相当恭敬地问。

空泽将通信表屏幕按下，“先把你的选修填报完成。”

“咦？哦。”凌桑在愣了两秒后才想起来确实有这么一回事。

空泽抬起右手，指尖对她勾了勾：“过来。”

“是。”凌桑走到他面前讪讪地站着，空泽看了一眼她左手的通信表，觉得这样看方位不太对，于是右手食指打个圈示意她转身。

“这样吗？”凌桑根据指示背对空泽，这样反倒让她有点儿不安起来。忽然空泽的左手环过来握住了她的左手，把她的手腕抬起，拇指一抬就掀起了通信表的表盖。

凌桑瞬间慌张，空泽的上身倾过来贴在她的后背上，偏转过头，将下巴搁在她的肩上看着她的通信表。

凌桑瞬间像是被电击一样颤抖起来，呆滞地站着任凭空泽摆布——就像是处于应激状态的动物，全身僵硬无法动弹。

空泽察觉到她的僵硬，有点儿疑惑地开口问："怎么了？"

"我……抱……抱歉。"她的声音也颤颤的，急促地喘息几下之后慌张地继续说，"没事……"

"嗯？"

"只是有点儿不习惯而已，没事的！"她急切地解释。

"哦。"空泽继续在她通信表上操作，一本正经地说明，"这次给你示范，没有下次了。"

其实是怎么回事呢……她没敢说出口。

凌桑从没有与年轻的男生如此近距离地接触过。在福利院的时候，经常有男性领导将她抱起来一起拍张合照什么的，不过那都是年纪相当大的男人。

而眼下，她第一次近距离接触到这样年轻的男性，还是一个她相当钦佩的黑服。

"这样登录学院教务系统。"空泽登入她的个人系统，甚至直接输入了她的系统默认密码。两个人这样的姿势让双方都能完整地看到屏幕，空泽的手指很灵敏，大概是由于长期操作通信表已经相当熟练的原因。

"通识课学院已经给你们选定，你只需要挑选选修课程把剩余时间填满。"空泽的左手食指指尖拉下屏幕，将所有可以选择的课程显示给她看，"你自己选吧，这个我不干预。"

"选修是面向所有学生的吗？"

"是的，三个年级都是相同的选择范围。"

"那么，可以帮我选和你一样的选修吗？"她询问。

空泽沉默。

凌桑看不到身后空泽的表情，她露出微笑轻声解释："我想多看见你啊……"

"不要后悔。"

"当然不会。"

空泽快速地按下键盘按键，确认后整个屏幕转换出现"SUCCESS（成功）"的字样。

"你可以在开课一周后更换选修，毕竟我随便填的选修不见得适合你。"

"知道了。"

"还有别的事吗？"

"啊，应该没有了。"

"那你可以回去了，明天晚上我去找你。"空泽关闭她的通信表屏幕，松开她的手将她向前一推。

凌桑非常期待地睁大眼，连忙回应："好！"

第六章 如果可以，当然做一个乖孩子

—FENGZHISHOUWANGZHE—

第二天晚上，凌桑不知道什么时候空泽才会来找她，所以吃完晚饭后就在寝室里等着。伊娜进来后将一摞半米高的书本放在书桌上，回头问她："还不去领书吗？"

"咦？"有这回事吗？

"通信表里有通知啊，你一定要养成定期查看通信表的习惯哦，学院官方消息都会第一时间在上面公布。"

"啊……"原来还有这样的用途，她连忙站起来跑出门外，"我马上去。"

沿着楼梯向下走的时候，凌桑掀开通信表的金属盖。通信表一旦进行使用者确认后就永远处于待机状态，当她打开屏幕之后，荧屏立刻弹出一则全英文的消息。

"……"初中三年永远五十九分半死不活吊在那里的英语有点儿忧伤。

她将单词分解出来再勉强拼凑出大概的意思，好歹能将就着猜出是在今晚七点去主教楼一楼大厅领书。现在是八点也许还赶得及。凌桑正思考着，忽然在下一秒右脚踩空，整个人向楼梯下滚了下去。

"嗷！"所以下楼梯的时候不应该分神去翻译英语的！

接下来她完全慌了手脚，也不知道自己到底该怎么降落，只觉得脑子里面一片混沌，好在她还是本能地护住了头，身体撞击在台阶上一路滚了下去，在到达转角平台之前，她就完全失去了意识。

被 Sritana 学院招纳的时候，她真的一点儿都没有慌乱。她知道自己不是一个正常的人类，或许这样不正常的学校，才是自己应该去的地方。

风。

她知道是风，能够保护她，也深深伤害了她的风……

当自己的身上溅满鲜血的那一刻，她惊慌无措地闭上眼大声喊叫，但是只有她的声音回响飘荡。没有人回复她，就像她被孤零零地抛弃在这个世界上一样。

慢慢地，她终于平静下来，眼睛缓缓睁开，茫然地看着血液在地上流淌。她的眼里再也没有了其他颜色，只是麻木地望着地面，赤脚踩入了浓稠的血泊中。

就像是戏水的孩子踩着水洼，她的脸上逐渐浮起笑容。

为什么会想起那么久以前的事情？莫非这就是传说中临死前的走马灯？

凌桑将双眼睁开一条缝，望着上方一片雪白的天花板，整个房间充满相当舒适的柔和气息。

她忽然感觉到旁边传来阵阵寒意，连忙侧过头，看见了空泽发黑的脸。

“……”这个时候是不是装成失忆比较好？

“还记得我是谁吗？”空泽阴沉地开口。

凌桑目光坚定地看着他，然后说：“对不起，我不记得——噗！”

话还没说完，十几本书一股脑儿地砸在了她的脸上。

“现在记得了吗？”空泽努力露出向人文关怀靠拢的表情。

埋在书堆里的凌桑呻吟：“记得了……谢谢……”

“不用谢。”

凌桑推开书坐了起来。从楼梯上滚下来只是全身酸痛，竟然没有断手断脚也真是奇迹。她感觉自己非常幸运，抬起右手抚摸了一下发麻的后脑，下一秒眼前一黑，凌桑又被什么重物猛地砸回床上。

空泽把最后两本书丢到她脸上，然后说：“你的教材。”

她这才意识到这些书竟然是空泽帮她拿的教材，有点儿感动地道谢：“谢谢。”

“不用谢。”空泽再次回复，然后相当怀疑地问，“你今晚还能跟我出去办事吗？”

“可以的！没问题！”她相当积极地再次坐了起来。

这里是一个相对较小的房间，对面墙上印着大型的银白色校徽，校徽上还有银色羽翼。凌桑回忆了一下滚楼梯的事情，这才意识到这里是医务室。

空泽把散落在床上的书一本本收起来，两只手掌分别贴在书本的上下方。忽然下方的手掌浮现出金色的图阵，上方的手掌将书按入图阵中，书本就这样慢慢消失在空泽的两手间，只剩下他的双手手掌互相贴合。“我已经把教材送到你寝室。”空泽对她说道。

凌桑惆怅地呢喃：“所以你刚才把书拿出来只是为了砸人吗？”

空泽非常坦诚地点头：“砸完后我感觉舒服多了。”

她果断地把接下来要说的话吞回肚子里，你简直是个变态。

凌桑翻身滚下床，在空泽身前站好，认真说道：“我准备好了。”

“真的可以吗？”空泽露出怀疑的神色，毕竟刚刚还愚蠢地从楼梯上滚下来。

“没问题的。”

“那么走吧。”空泽站起来打开房门，凌桑跟着他走了出去。

外面的走廊有两米宽，两侧都是单独的房间，墙壁上印满了银白色的晶莹花纹，让医务室没有想象中那么死气沉沉。这里是二楼，他们走下去到了一楼大厅，坐在柜台边的红袍女人在看到他们之后笑道："这么快就被负责人领走了啊，小同学。"

"我带她出去一趟。"空泽说道。

"空泽殿你要小心些哦，这么可爱的小同学很容易坏掉的。"

"她以后一定会经常光临医务室。"空泽相当肯定地点头。

穿着红色长袍的女人再对着凌桑挥手："下次小心一点儿，滚楼梯太没有技术含量了哟，欢迎下次光临！"

凌桑连忙向这个医务室主任道谢："我会常来的——噗！"

空泽一掌甩在她的后脑上打消了她的尾音："你是白痴吗？还想常来吗？"

"对不起，我就是白痴……"右手捂着后脑，凌桑痛得眯起了眼。滚楼梯都没觉得怎么样，为什么后脑被打了一掌后眼泪都要喷出来了啊？

红服女人再次挥手告别："祝好运哟！"

走到医务室外空旷的广场中央，空泽用右手食指在空中划动，手指划过的每个痕迹都浮现出金色的丝线在空中凝固，最后金色的丝线组成了一个标准五星图。

他又从口袋里抽出一张纸符拍在图阵中央，图阵瞬间焕发出绚烂荧光，随即边缘自动出现咒文布满整个图阵，图阵逐渐演变连缀成同心圆。

"转移。"空泽开口念道，整个图阵瞬间散开，他抬起右脚跨进图阵之中，身形瞬间消失。

过了两秒，空泽又从图阵中走了出来，一把拎起一脸呆滞的凌桑，提着她重新走进图阵中，两个人身形一起消失。

进入图阵之后明亮的光线一下子消失，出现在两个人面前的是一片黑沉的山林。

"哇哦！"凌桑发出感叹声，竟然真的瞬间转移了！

"我带你做一次简单的实践。"空泽说，"很快就是你的第一次服级鉴定，你需要尽快进入战斗状态。"

凌桑却没有注意他说什么，依然一脸惊奇地东张西望，嘴里呢喃："原理是什么？怎么做到的？可以用科学解释吗？"

"桑！"空泽的头上暴起青筋，一个拳头挥下去砸在凌桑头上。

"痛啦！"凌桑双手捂住头，然后抬眼看空泽，突然意识到空泽的眼睛竟然能在黑暗中发出蓝色的荧光。她非常羡慕地轻声说："学长的眼睛在黑暗里会发光呢！好漂亮……"

"是吗？"空泽愣了一下，可能他自己也从没在意过这一点，随后解释道，"这种现象很常见，比如埃斯利亚在黑暗里全身都会亮起白光。"

凌桑默默仰起头，想象了一下精灵全身发白光的情景。如果不能把这个光发得很好看的话，看上去一定很吓人吧。

“这里是转移连接点，公局在管辖区域的大部分地方都会设立这样的点。”空泽解释转移原理，抬起右手将食指指向地面，“下面的就是连接点。我们执行任务的时候，行政部会提供相应的转移符咒——如果你有能力的话也可以自己学会画图阵进行转移。”

她低下头，果然看见脚下是一块直径三四米的巨大灰色圆形石板，石板上刻画着细密的符咒纹路，石板外围还包裹着一层半透明的结界，似乎用来防止风化磨损。它的图案和空泽之前画出的那一个图阵似乎一样。

“哦。”凌桑理解地点头，然后抬头看他，“那么接下来要做什么？”

空泽向前迈出步伐：“走到任务地点。”

“走的吗？”

“不然呢？”

“我觉得你没准儿可以飞的……”她觉得对黑服来说，上天也不是不可能的。

“我不能，你想飞的话我倒是可以帮你。”空泽认真地低头看她。

凌桑脑补了一下自己被他扔出去十几米的“飞行”状态，连忙笑着回应：“不……不用了，谢谢。”

两个人在黑暗的森林中步行穿梭。

空泽走在前面，凌桑跟在后面。沉默了两分钟后，凌桑觉得这样太寂寞了，于是弱弱地开口提议：“在这段无聊的时间里，我们来培养一下感情吧。”

空泽随口回应：“行，你培养吧。”

“……”怎么这么随便啊？自己一个人单方面是培养不出来的好吗？

凌桑沉思了一下，然后先向他征求一个保证：“接下来你不要生气哦。”

空泽继续往前走，再次随口说道：“我有那么容易生气吗？”

“……”难道真的没那么容易生气吗？根本就是一个行走的炸弹好吗？

她沉默两秒静下心，然后开始正式提问：“学长是在什么时候考上黑服的呢？”

空泽随意地回应：“高一下学期的第二次服级鉴定，就是期末的时候。”

“我听说一旦考上黑服，就要加入公局……是这样吗？”

“没错，所有黑服都是公局成员。公局是很多国家共同建立的联合组织，用来维持各个种族之间的平衡以避免战争。黑服被公局赋予很大的权力，但同时也必须为公局效力，将自己的性命托付给公局。即使在职责中死亡，也是很常见的事。”空泽依然漫不经心地解释，似乎并没有觉得这是一件多么严肃的事情。

但凌桑却听得有点儿惊愕，连忙追问：“愿意为公局付出生命，难道就没有什么牵挂的事吗？”

空泽沉默两秒，然后回应："大概没有。"

"啊……"凌桑发出一个微弱的感叹，然后轻声说，"好可怜……"

"你觉得很可怜吗？"空泽突然有些认真地问了一下这个问题。

"是啊……没有牵挂的事情，心里一定很孤独吧。"凌桑看着他的背影说，"我虽然没有家人，但我还有朋友，感觉这个世界还有很多我喜欢的东西，所以我会很惧怕死亡，因为我还牵挂着世界，并且期待自己的未来会变得非常美好，所以我想要好好活着。"

"这么说也对。"空泽在沉默良久后终于轻声回应，他的脚步渐渐停下来，继续开口说道，"但是你以后也许会改变这个想法。"

"没关系的，"凌桑很友善地一点头，"反正我也考不上黑服。"

"……"空泽闭上眼沉默，抬起右手握拳。

凌桑连忙倒退两步，捂住头惨叫："你说过不生气的！"

"……"空泽忍耐了两秒后，终于把握拳的右手松开，忍住了。

黑暗的树林里逐渐亮起上百双红色的眼睛，起初只是暗红色的荧光，逐渐地就开始鲜明起来，低沉的野兽嘶叫声此起彼伏地响起。

凌桑有点儿害怕地揪住空泽的衣袖，原来他刚刚停下来是因为察觉到了危险。

"怕了吗？"空泽侧过头，将眼眸垂下瞥她。

"嗯，有点儿……"

"不用担心，是自己人。"

她终于有点儿放松地松开空泽的衣袖，感慨一声："啊……那太好了。"

几百双血红色的眼睛在黑暗中闪动，一声咆哮破天而起，几百双还在闪烁的血眼猛然睁圆，随即整个山林响起了野兽的整齐叫声，上百只黑色的巨兽从前方向凌桑他们两人扑来，在月色的映照下闪现出油光发亮的皮毛。

凌桑瞬间又拽住空泽的衣袖："说好的自己人呢？"

"它们不知道我们是自己人。"

"单方面的自己人有什么意义啊！"

"走。"空泽伸出右手一把就将凌桑提起夹在自己的腋下，纵身跃上身边两米高的大树枝丫上，瞬间再次纵身跃出降落在另一棵树的树枝上。

空泽在树林上空跳跃前行，上百只黑色巨兽在下方追赶。被他夹在腋下的凌桑竟然没有晕头转向，反而清楚地感觉到他奔跑得非常平稳。

"是什么任务呢？"她问。

空泽回复："这座山的山主已经年迈，无法再守护黑晶石，因此黑晶石被外来入侵的猿猴夺取。拥有黑晶石的猿猴成为这座山的新山主，但猿猴生性恶劣，给这片领域造成非常严重的破坏，而我需要取回黑晶石上交给公局。在合适的新山主出现之前，黑晶石由公局保管。”

“哦，了解。”凌桑回道，然后觉得没什么好说的，就补了一句，“那你加油。”

空泽一路在树枝上跳跃，穿过树林到达一片开阔的盆地，盆地的正中央有一个石砌的平台。由于时间久远，平台已经破败，只能依稀看出像是祭祀用的露天庙宇，上方已经没有遮挡物，只剩下了石柱的骨架。

这是本地的原始居民用来祭祀山神的地方，原始居民眼中的山神，就是这座山的山主。

空泽落在庙宇之前，庙宇中央蜷缩着一个蓬松的黑色毛团，在听到空泽的脚步声后慢慢睁开血红色的眼睛，将头抬起——它的面部似虎，头上的鬣毛布满金色的细小条纹，毛色已经没有了光泽并且毛根发白，眼皮松垮将大半的眼眸遮盖。

“黑山主。”空泽把夹在腋下的凌桑丢在一边，然后称呼对面的野兽，“我是公局特勤部第七席空泽，前来帮助你夺回黑晶石。请告知我猿猴所在的位置。”

黑色巨兽张开嘴露出发黄的獠牙，发出嘶哑的人声：“多谢，在北方沼泽……”

黑色巨兽们从四面八方聚集过来，空气中充斥着躁动的气息。黑山主努力仰起头发出一声浑厚的嘶叫，聚集而来的黑色巨兽们全部屈服地后退而去。

空泽沉默两秒，然后用平静的语气轻声对它说道：“我想你知道你已经失去了山主的地位。”

黑山主喉咙里再次发出嘶哑的声音：“是啊……”

“再见，请多保重。”空泽转身离开，凌桑赶紧跟在他身后。

走出几十米远，黑色巨兽们不再攻击他们，但是他们背后却传来异样的声响。

凌桑回过头去看那座庙宇，只见数十只黑色巨兽冲向庙宇，和体型更为巨大的黑山主撕咬成一团。

她惊叫一声，连忙扯空泽的衣袖，问他：“打起来了，它们不是同一个族群吗？”

“首领快老死了，它们想补个刀而已。”空泽很习以为常地漠然解释，“顺便竞争一下新首领的地位。”

“老首领会死掉的……”她又扯了一下空泽的衣袖。

空泽好像有点儿不理解凌桑为什么同情心如此泛滥，只是平静地说：“这是自然现象，早死晚死都要死。”

凌桑回头看身后的庙宇，黑山主拖着残败的巨大身躯抵抗年轻力壮的黑兽，勉强地将黑兽们击退之后，它又伏在了庙宇的中央，死气沉沉仿佛一尊雕像。

它在等待死亡，但是不屈的意志又迫使它不想顺应死亡。

这是生命最后的力量，她不能干预，也没有任何人能够干预。

她把头转回来，然后小跑着跟上已经走远的空泽。

空泽用通信表进行方向定位，向北方前进十余分钟后，果然到达一片巨大的沼泽地。夜晚光线昏暗，很难分清究竟哪里是陆地哪里是沼泽，但他完全没有顾虑地始终径直向前走。

“学长……小心啊……”凌桑担忧地跟在他后面，不断东张西望观察地形。

但是五分钟过去，空泽依然径直往前走，像是完美地避开了沼泽地。凌桑逐渐感觉到脚下的土地越来越凉，寒意渗透她的运动鞋弥漫到她全身。她低头望下去，发现脚下的地面竟然反射出微弱的夜光。

这是……冰？她忽然醒悟过来，他们走在冰面上！

空泽始终向前行走，冰面在他面前三米远的地方不断地向前延伸。

他竟然把沼泽表面都凝固成了冰面！

“好厉——噗！”最后一个字还没说出口，凌桑就脚下一滑，整个人向前扑过去趴在冰面上。

空泽面无表情地回过头看她一眼，毫无诚意地说道：“小心一点儿。”

“抱……抱歉。”凌桑连忙挣扎着爬起来，然后非常敬佩地感叹道，“好厉害！”

“并没什么，我有水性，就像你拥有风性一样。”空泽继续往前走，一边轻声说，“等你能自如地掌控风性，想上天都不是大问题。”

她愣了两秒后回复：“啊，不用了，我不是很想上天。”

他们继续往前行走，穿越这一片沼泽之后到达更加黑暗的树林。空气中弥漫着腐臭的气味，整个树林的氛围和黑山主所在的地域完全不同。

猿猴的嚎叫声由远及近。

“这个你拿着。”空泽把一张纸符给她，“以防万一。”

“好。”凌桑不安地站在他身边。

树林开始躁动起来，腐臭的气息更加逼近。远远地就可以看见前方有数十只猿猴一样的灰白色生物从树林上空蹿跃而来，很快就要抵达他们面前。

空泽闭眼两秒调整自己的力量，随即重新睁开双眼，蓝色眼睛透出更加明亮的荧光。他猛地向前伸出右手，手中瞬间凝固出一把接近两米长的冰刃，最先扑向他的一只猿猴直接撞击在冰刃上，胸口被冰刃刺穿立即毙命。

其余猿猴依然向空泽冲杀而来，他握住冰刃的手松开，冰刃瞬间炸裂成上百块碎片，锐利的碎片瞬间飞射向四五十只猿猴。猿猴们惨叫着后退，被刺中致命部位而死亡的三只猿猴跌落在地上。

树林深处传来一声雄浑的嚎叫，听叫声就可以断定这就是猿猴中最强大的那一只——猿猴首领。

空泽双脚迈开，略微弓起后背，晶莹的白色冰凌从他脚下的地表开始形成，就像是逐渐生长的水晶石。他的双眼死死盯着前方，一边吩咐凌桑："大的那只我会解决，小的都交给你。"

"啊！我……"凌桑很不安地抬头看着他。

他却没有看凌桑，说道："不管你愿不愿意，终究要迈出第一步，请面对现实。"

"啊……"凌桑深吸一口气，努力增强面对现实的勇气。

猩热的风从面前的树林深处喷涌而来，一只比其余猿猴大上近两倍的巨大灰白色生物出现在两个人面前，它站立在一棵巨树的粗壮枝干上，整棵树都被震得抖落了满地的树叶。猿猴首领就像是全身长着灰白毛皮的深山野人，脸部也被白毛覆盖，粗壮的双臂牢牢抓住脚下的树干，弓起后背俯视闯入自己地盘的两个人。因为汲取了黑晶石的力量，它的体型已经异常庞大，即使身体没有伸直，目测也有三米高。

"请交还黑晶石。"空泽说道。

"休想。"猿猴首领咧开嘴露出尖锐的惨白獠牙，随即把嘴张到最大，嘴中逐渐形成一个黑色的能量球。

"那就好。"空泽抬起右手，手掌向下，手心下方形成一个水球。

凌桑有点儿不能理解他们之间的对话，想了一会儿之后才明白，空泽大概不想走套路而想直接暴力解决吧。

黑色能量球扩大，环绕起白色的杂光，周围的空气开始随之旋转，树木剧烈地颤动，树叶纷飞。

空泽右手的水球散发出亮蓝色的光芒，扩展到与能量球的大小不相上下的地步。

"桑！立刻离开！"空泽对凌桑大喊。

"是！"意识到他马上要放大招，凌桑立刻转身就跑。

猿猴还在积蓄黑色能量球，而空泽却没有等它蓄满能量就径直冲上去，纵身跃起三米高，用力挥出手里的水球砸向能量球，硬生生地将能量球重新塞回猿猴的嘴里，"你太慢了！"空泽咆哮。

能量球与水球撞击，在猿猴的嘴中剧烈地爆炸。空泽被气浪掀出，向后飞离十余米后落在地面，黑色长靴在地上磨出了两道深深的印记。他抬起左手，食指与中指贴合放置在唇前，立即张开了一道透明屏障将他包裹，隔绝了爆炸产生的余波。

凌桑跑得不够快，被爆炸的冲击波掀出去两三米远。她重新从地上爬起来，就看见数十只猿猴向她扑袭而来。大脑在空白了半秒之后她本能地继续向前跑，还是没办法好好地面对现实啊！

要跑到哪里去？一想到这个问题，她忽然就晃了神。

要到哪里去？自从母亲消失后，就再也没有人给她指明方向。虽然始终竭尽全力地奔跑，但是她毫无目标……也许一开始奔跑的道路就错了。

“啧！”凌桑甩头，为什么要想起这些乱七八糟的事……只要奔跑就好了啊。

只要能活下来，她就不在乎对与错。

凌桑一路跑出树林密集区到达一个陡坡，她慢慢减缓速度，想要站在边缘向下查看一下情况。但是脚下的泥土实在过于潮湿，她只来得及发出一声咒骂就直接滑了下去。

滚楼梯第二弹。

凌桑一路滚出五六十米才终于停了下来，她躺在地上，呆滞望着暗蓝色的天空。

即使到了夜晚，天空也不是完全黑色的。

她回忆起以前在写作文的时候，一定要表明夜晚的天空是黑色的，而白天的天空是蓝色的，下雨的时候是灰色的。但是，天空的颜色不是这样的啊……是无法言喻的色泽，怎么能用一个笼统的颜色概括出来呢？

天上没有星星，月亮像笼罩在一片雾气中显得朦胧不清。她缓缓把眼睛闭上，再过一会儿就能昏睡过去。

不行。

凌桑强行振作，捂着头坐了起来。衣服完全脏了，还有不知道从哪里渗出来的血迹。她呆滞地坐了一会儿，突然惨叫一声——好痛好痛好痛好痛！骨头要断掉了！

猿猴的叫声逼近，伴随着奔跑的沙沙声。她看着周围一圈白乎乎的生物，从怀里抽出空泽给的那张纸符。

要使用这一张保命的纸符吗？话说回来，怎么用的？

当凌桑生无可恋地低头看纸符时，猿猴们从山坡上加速俯冲下来。

她痛苦地闭上眼，将纸符在手里捏皱，她不想使用这样的风。

猿猴们的嘶吼声已经近在咫尺。

闭上的眼睛猛地睁开，凌桑棕色的虹膜瞬间闪过银白的色泽：“全灭！”

狂躁的风猛烈爆开，此时完全不是杂乱无章的气流，而是整齐地水平横扫而去。

骨骼与血肉的切割声盖过了风声，距离她五十米以内的所有猿猴全部瞬间被风绞杀，灰白色的长毛扬上天空向外飞散，远处幸存的猿猴见状全部惨叫着逃离。

凌桑始终坐在地上，此时全身麻木地向后躺下。这一次真的不行了……她的双眼瞳孔涣散，虹膜的银色再次被棕色覆盖，缓缓被沉重的眼皮遮上。

为什么总是要做这样的事呢？做一个正常的乖孩子，该有多好……

空泽悄无声息地走到凌桑身侧，低头俯视她，然后蹲下身，双手抄在凌桑腋下把她扛到自己的肩上。

“今晚就到此为止了。”

第七章 从不知道面具下的自己长什么模样

—F E N G Z H I S H O U W A N G Z H E—

“好痛好痛好痛！”第二日清晨，凌桑还没彻底把眼睛睁开，就已经抱住了头不断低声叫唤。

“昨晚又滚了几圈？”

“好多圈……”她睡眼蒙眬地碎碎念，忽然尖叫一声猛地坐起来。

“精神真好。”空泽低敛眼眸，拿起茶杯喝了一口茶。

“呜！”凌桑双手捂住脸，回忆了一下昨晚到底发生了什么。

回忆结束后，她把手挪开，看见身上裹着的蚕丝被，身下整张床柔软到仿佛要塌陷下去。凌桑忽然亢奋起来，惊奇地向四周张望。墙壁上贴的是奢华的暗红色玫瑰壁纸，地板上同样是暗红色的玫瑰图案毛毯，头顶是奢侈的白玉石天花板以及用彩色玻璃装饰的大吊灯。

她激动地胡乱挥动双手，大喊：“这个这个就是电视里的那个——那个啥——那啥——”

“宾馆。”说出这两个字的时候，空泽莫名地显得很无力。

“啊啊啊，是宾馆啊！”凌桑欢快地重新倒回床上，抱着枕头在床上打滚，“我住宾馆了！”

“……”昨晚是不是用力过猛把自己的某根神经给崩断了？空泽突然问了她一句，“你平时的娱乐活动是什么？”

“看电视啊！”凌桑把枕头压在身下，整个人都与被子缠在一起，满脸幸福地仰头看着空泽。

“……”你们人类的意识为什么这么奇怪？

凌桑忽然安静下来，看着着装整齐地坐在椅子上的空泽，问他：“学长你起很早吗？”

看起来好像已经醒了很久的样子。

“我没睡。”空泽回应。

“一晚上没睡？”凌桑惊讶。

空泽好像有点儿不理解凌桑为什么会惊讶，重复一遍：“没睡。”

“啊。”凌桑发出微弱的感慨。她听别人说起空泽是“睡眠狂魔”，还以为空泽非常喜欢睡觉，结果竟然是熬夜狂魔吗？

“你身体还行吗？”空泽问。

“没事。”她翻身滚下床，低头发现自己的衣服还是昨晚那一塌糊涂的样子——空泽昨晚还真的是随便把她往床上一扔就完事了。

“顺便洗澡。”在她进卫生间的时候，空泽提醒。

“好。”凌桑眯起眼露出微笑，现在她的脑子里充满了“空泽是个大好人”的错误概念。

洗完澡出来后，她还是只能穿那身脏乱的衣服。凌桑一边擦湿漉漉的头发，一边问道：“接下来就回去了吗？”

“是的。你昨晚表现还可以，在实战中能顺便把智商跟上，就差不多可以让我满意了。”空泽说道。

“咦？表现得还可以吗？”凌桑惊奇地睁大眼，空泽看到自己的表现了吗？

“服级鉴定时什么情况都会发生。”空泽看着她，认真说道，“你需要备战的决心，不要对你自己的能力有任何怀疑，至少我对你有信心。”

凌桑很震惊，空泽竟然会对她有信心。然而她还是有些踌躇地应着：“嗯……我会……尽力。”

语言中充满犹豫。

空泽眯起眼，语气冷淡下来：“你在害怕什么？”

“……”凌桑抿起嘴沉默。

“你在害怕你的力量？不到最紧急的情况绝对不会去使用它？”空泽看着她，蓝色的眼睛瞳孔缩小，有点儿像兽眼一样恐怖。

“……”凌桑完全被空泽戳中了死穴，戳在他面前不知说什么好。

空泽继续直视着凌桑等她回复，凌桑有点儿委屈地低下头避开他的目光。

空泽突然抬起右手，手掌搭在她的头上，然后轻声说道：“逃避不会再有用了。你害怕力量，是因为你的内心还不够强大。能够天生拥有强大的自然属性，是很多人都梦寐以求的事情。你既然拥有了，就不能把它荒废。这是命运赐予你的，你就要承担起与力量所对应的责任，这个世界需要你的力量。”

凌桑重新抬起头看着空泽的眼睛，然后缓缓点头。

“一开始可能确实会不适应，以后会好起来的。”空泽继续说，“你与你的力量是一体的。没有人能在一开始就达到巅峰，你要逐渐强大起来，找到你自己的路。”

凌桑没想到空泽竟然会这么一本正经地说出这么多鼓励的话。没有人一开始就能达到巅峰，空泽虽然身为黑服，但也没有狂妄过。能够到达这个高度，所经历的事足够让他感慨的吧。

凌桑伸出右手去触摸空泽放在桌上的左手，空泽默默地接受了这样的亲近，没有做什么反应，只是静静地看着她的手伸过来，指尖与自己的指尖触碰在一起。

这么强大的人，也是可以触碰到的。

“嗯，我会努力的。”她露出微笑。

她的脑子再次充满了“空泽是个大好人”的错误概念。

空泽退了房间后离开宾馆，凌桑很好奇他为什么两手空空什么都没有拿，问道：“黑晶石……你应该拿到了吧？”

“在这里。”空泽撩起右侧的黑服衣摆，从腰间的皮带上抽出一块比拳头大一点儿的黑色水晶石。

“啊，原来是长这样的啊。”凌桑感慨。

“嗯，以后你会看见很多品种的晶石。”空泽再把黑晶石插入皮带上的皮套里。

走了几分钟后，凌桑有些不好意思地说道：“那个……我……有点儿饿。”

“啊。”空泽这才想起他们还没吃早饭。于是他在商店里买了两个面包和两瓶牛奶，把一半分给了凌桑。

凌桑在热闹的街上四处张望，出神一会儿后发现空泽不见了，瞬间就乱了手脚。

“这里。”空泽从一家服装店里伸出右手对她招了招。凌桑快步走了进去，就看见室内都是颜色鲜艳的童装。

“你随便挑两件，我买单。”空泽双手环抱在胸前，非常无所谓地看着她。

虽然凌桑对空泽的这番好意相当感动，但她还是弱弱地提醒了一下：“我觉得我已经不能穿童装了……”

“你不还是小孩子吗？”空泽俯视她。

她只能弱弱地解释：“我十五岁了……”

空泽上下打量凌桑，依然很质疑地皱眉：“你确定？”

“是啊。”凌桑低下头看自己的身体，随后忽然好奇地抬头问，“空泽你几岁？”

“你觉得呢？”空泽眯眼。

凌桑突然想起空泽是高二的学生，只比她高了一个年级而已，也就是说年龄差距其实非常小，但是却有实力上的鸿沟呢。

她咽了一口唾沫，然后有点儿忐忑地实话实说：“我第一次看见你的时候，觉得你十七八岁。现在和你熟悉了一些，我觉得你好像有二十三四岁……”

“我越看越老吗？”空泽的眼睛都快眯成一条缝了。

她捂头："对不起。"

大概是你的心灵太老了吧。

"我十七。"空泽吐出这个数量词，然后自己突然也有点儿难以置信地仰起头，出神地呢喃，"原来我才十七岁吗？"

凌桑有点儿心疼地看着他，努力从嘴里憋出一句话："你的青春到底经历了什么啊？"

于是接下来两个人换了一家服装店，凌桑在一排衣服前站着，右手在半空凝固了半天也没有动作。

"还是不买了吧，我做不到。"凌桑终于松口气将右手放下，选择恐惧症发作了。

始终在一边望着她的空泽一语戳破："你从没自己买过衣服吗？"

"我的衣服都是别人送的。"实际上，自己连商店也没去过。毕竟她不需要自己买衣服，也没人会带着她买衣服，每年固定的时间都会有人把打包好的衣服送来，部分是半新的，也有不少全新的。但是漂亮的好衣服都是别人穿过的，所以她会相当纠结应该挑漂亮的还是全新的。还有一些衣服是来看望她的大人们特地为她买的，她收到的衣服永远比其他小孩儿要多得多。

现在回想起来，自己在秋田真的是最受欢迎的小孩儿呢。

其实她是把所有人的关爱都夺走了。

"那么就这两件了。"空泽在衣架上随手取了两件小号的衬衫与长裤，走到柜台去刷卡结账，结完账后把其中一套扔给凌桑，"现在就去换上。"

走出商店，凌桑抱着另一套新衣服，继续跟着空泽走在街上。"谢谢。"听见凌桑的道谢后，空泽脚步缓慢停滞。

"追上来了。"空泽平静地呢喃，蓝色的眼向右侧瞥去，余光掠过再转回前方，忽然轻盈地一点右脚，身形瞬间从凌桑面前消失。

阴影闪过右侧的房屋屋顶，空泽以半蹲的姿势出现在屋脊最上方，缓缓直身站立望向原本身后的方位，在他面前的另一栋房屋的屋顶趴了十几只灰白色的猿猴。

猿猴们还没有放弃。

凌桑只是默默围观。自己没有能力的话就不要上前给对方添麻烦，这种简单的道理她很清楚。与此同时她的左手手腕忽然振动并且发出"哔"的一声。

有消息？她把表盖掀开，还没看清屏幕上出现的是什么字就忽然被一把提起并且向反方向拖走。

凌桑惊呼，抬起头就看见两侧的房屋急速后退，密密麻麻的猿猴紧紧跟随。

这时候应该做点儿什么？她竟然还能无比淡定地去查看通信表屏幕上显示的到底是什么消息，好在用的是中文：

“请高一（C）班全班同学于中午十二点前赶回教室，第一次班会即将召开。”

“……”谁还想去管这个班会啊！

一口气跑出小镇到达郊区后，空泽迅速止步，顺手再加上惯性把凌桑甩出五六米远，于是凌桑又滚了好几滚才停了下来。好在地上长满了青草，她的新衣服没怎么被弄脏。

当凌桑哀鸣着捂头坐起来，一睁眼就看见空泽双手各握着一把长刀，长刀刀刃上并没有多少血迹，但是草地上已经躺了五六十只猿猴的尸体。

长刀变成水沫从他双手间消失，空泽站在原地，好像刚才什么都没有发生一样。

他们之间只有两岁的年龄差距，但是实力的差距，竟然如此悬殊。

空泽双手结印，闭眼五秒默念咒术，猿猴的尸体上忽然燃烧起异样的红色焰火，几乎在短短十几秒的时间内，猿猴尸体就全部被焚烧殆尽，一片焦黑的土地上只剩下一层厚重的粉末。

“我们直接回去。”空泽转过身对她说道。

凌桑依然呆滞地看着他。

“你会习惯的。”空泽的脚下出现了一个金色的转送图阵，他抬起左手招了招，示意凌桑过去。

两个人瞬间就转移到了 Sritana 南大门，算上神奇的时差，总算还能在中午十二点之前赶到教室。

空泽需要把黑晶石交给行政部，离开前弹给她一张金色的卡片。“以后直接来找我就好。”

凌桑看着手里的卡片，认出好像是进入三号馆的门卡。“好！”她露出灿烂的笑容，与空泽挥手告别。

到达教室后她已经体力耗竭，直接伏在教室的桌上闭眼休息，等待班会开始。睡了好一会儿，她隐约感觉到有其他人走进教室坐下。他们没有固定的座位，先来的人可以坐自己喜欢的位置。

又过了一会儿，教室里有些喧闹起来。但凌桑还是安稳地小憩着，直到突然传来一声女生的尖叫，伴着让她的神经瞬间受到刺激的嘶叫。

“咔！”

这个声音……

凌桑猛地睁开眼，看到整个教室出现了无数条蠕动着的巨大青灰色软虫，头部均为一张扭曲的人脸。

这家伙……不就是多年前追着她跑遍整个小学教学楼的诡异妖怪吗？

“安明同学，我把卡塔木珞给你带来了哦！”伊娜站在讲台上对着安明挥手。

不要再引发童年阴影了好吗？话说为什么这样的怪物会有这么文艺的学名啊？

安明忽然扯下脖子上的银色项圈，彩色水晶片在半空晃荡碰撞发出清脆的响声，几乎在水晶发出荧光的瞬间，挤满了整个教室并且惨叫着的软虫全部消失不见。

水晶恢复原来的色泽，项圈又重新回到了安明的脖子上。

“好了，现在大家都精神多了。”讲台上的伊娜无视诸位同学还惊魂未定的惨态，继续讲话，“我是本次班会的主持人伊娜，现在开始第一轮的班长选举。”

伊娜的右手猛地拍在桌子上，已经受惊的全班再次震颤：“大家看着我！全部选我当班长！面包会有的，牛奶也会有的！让我带领你们抛洒青春燃烧激情吧！”

一片死寂。

凭借着主持人的身份去干别的事了啊！

“没人有意见的话就这么定了！”伊娜又拍了一下讲桌。

忽然底下传来不满的声音：“有！”

站起来的是薇薇安。她大喊道：“我不服！你燃烧你自己的性命就好了，班长的人选什么时候轮得到你独占？我做班长绝对比你更优秀！”

坐在凌桑后面的安明眯着眼睛轻声感慨了一句：“如今真是女人的时代……”

“男人简直就像死人一样被无视。”安明的同桌接口继续感慨。

“还有谁想要竞争班长吗？都给我站出来！”伊娜暴吼。

凌桑已经疲惫得睁不开眼，额头再次磕在桌子上，呢喃：“还有谁敢站出来啊……”

“很好！接下来就是投票时间，选我的都给我举手！”伊娜再次拍向讲桌。

“慢着！”薇薇安大喊，“拿你的实力说话！班长的事就在第一次服级鉴定后再来判决！我要挑战的对象就是你！谁能赢谁就有资格领导全班！”

“好——”伊娜爽快地应下，但拉长的尾音还没落下，就听见一道微弱的声音哀怨地响起：“我们选的是班长，不是实力最强的人。”

所有人都看着这个正处于半死不活状态的人类。

“呃……”凌桑有点儿尴尬地环顾四周，然后继续把头埋在桌面上，“不好意思，打扰了，你们继续。”

她从不参与选举活动，毕竟从小到大她都是没有什么威慑力的存在——她从没当过什么班干部。

“选举选举。”安明快快地举起右手，慵懒地喊道。

“哟！”原本被无视的男生懒洋洋地起哄。

虽然热情都不高，但还是选举比较有意思一点儿。

投票下来，伊娜以压倒性的票数成为班长。

整个班会凌桑都睡过去了，她甚至觉得自己并没有醒过来的必要。不知道过了多久，她听到桌面的敲击声，神经抽了抽，然后迅速惊醒将头抬了起来。

一睁眼就看见薇薇安放大的脸，凌桑“哎”了一声迅速后退，椅子向后倾斜了四十五度，忽然重心不稳，她整个人向后倒了下去，先撞击在桌子角上后又磕在地上。

然而后脑着地的时候，口袋里的什么东西散发出荧光，她只觉得自己像是倒在了一堆棉絮上。回过神来，她躺在大理石地面上，后脑除了撞桌角造成一些疼痛之外，竟然并没有大碍。

自从来到 Sritana 后就命运多舛，不过似乎有什么东西隐约保佑着自己呢……

凌桑感觉口袋里有什么东西异常冰冷，她将手伸入口袋，从里面摸出来一张纸符。很明显纸符已经启动过，上面的咒文已经消失，寒气在慢慢散去。

是空泽把这件新衣服甩给她之前就塞在口袋里的吧……她摸向另一个口袋，里面还有一张尚未启动的纸符。

空泽殿真是个好人啊！凌桑无比感动，自己以后一定要好好孝顺他老人家。

“你吓死我了，”薇薇安见她没事也松了口气，刚刚完全忘了人类是多么娇弱，经不起任何惊吓。不过见到凌桑如此结实后，她就恢复常态，敲了敲桌子，“我说，你是在与我作对吗？”

“啊！等等，让我想一下……”凌桑站起来拍着身上的灰尘，然后想了一会儿才记起自己睡着之前发生了什么，然后微笑着解释说，“啊，其实并没有这个意思……”

“你以为你这样一副善良的样子我就不知道你心里在想什么了吗？”薇薇安也露出微笑。

“那你说说吧，我在想什么？我也想知道我在想什么。”

相比而言，似乎是凌桑的微笑更持久一些，这反而让对方觉得她的微笑有些可怕。

真的不能知道她在想什么，即使是如此温和的微笑，也像是深不可测的水潭，无法猜测那潭底到底是有什么在潜伏着。

“其实我什么都没想。”凌桑在薇薇安一时语塞的时候，略微欠身低下头表示礼貌，“给你造成困扰的话，希望你原谅，我没什么意思的。”

“……”薇薇安说不出什么话来，完全没法继续生气，但又不甘心完全看不透面前这个家伙。她感觉一定要赶紧找一句狠话作为结束语然后扬长而去，可是竟然找不出来。半晌，她才近乎沮丧地抛下一句“你真是够了”就离开了教室。

于是教室里只剩下凌桑一个人，她的微笑逐渐淡去，最后在脸上完全消失。

刚醒过来还是有点儿困，她觉得自己的思想其实还是蛮简单的。

面具是自己为自己戴上的，似乎一开始就不知道自己到底长了什么模样。

第八章 语言才是真的枷锁

—FENGZHISHOUWANGZHE—

接下来的两天没有其他重要的事，凌桑也没有看见空泽出现。毕竟空泽并不是一个爱闲逛的人，而她又没有理由去找他。

凌桑在闲逛的时候倒是遇见了源溯，他拎着一袋子的东西走了过来，看见凌桑就和她打招呼说："好好准备。"

"你也是在准备什么吗？"她问。

"布置一下会场，毕竟服级鉴定属于公局的正式活动，不能够敷衍。"

"我可以去看看吗？"凌桑问道，目前对场地的概况她还一无所知。

"嗯，看来空泽不在啊，那我带你去熟悉一下环境。"源溯挥挥手示意她跟上。

这一次的服级鉴定明显与开学前的比赛性质截然不同。开学前的那次对决在主教楼中央的广场上开展，并不很正式，而服级鉴定则在主教楼西南侧的竞技场上举办。

凌桑在前几天熟悉学院布局的时候来过这里，但那时候并不知道这里到底是什么区域。竞技场整体就是一个白色的半圆穹顶建筑，后侧高前侧低，有相当大的弧度，四面都安装有窗户，用来采光。由于建筑占地广阔，凌桑上一次沿着这里走上一圈都用了不止十五分钟，因此她更是对这样磅礴大气的建筑物心生敬畏，没敢进去看看。

"服级鉴定的注意事项查看了吗？"源溯领着她从正门进去，一边轻声问她。

"啊，那是啥？"她的消息一向不灵通。

"行政部已经在通信表中公布了，如果你没收到的话可以去教务系统查看。"

"啊……难道是那个？"她恍然，"那个……"

难道就是两天前收到的那一大篇滚动着的英文吗？

当时自己一看到就彻底凌乱地把它关掉了，好吗？

"看不懂吗？"源溯好像意识到了问题所在。

"嗯。"她惭愧地点头。

“不可能啊，已经写得相当通俗易懂了啊。”

“我是指……语言。”

“啊，”源溯恍悟，“这里的官方语言是中文与英文，虽然我们交流用中文比较多，但官方还是更重视英文，你需要好好学习一下，我待会儿给你慢慢介绍好了。”

走廊的两侧都是关闭的房门，房门上写着编码作为监控室与工作室。走到尽头后视线豁然开朗，凌桑面前是一个凹陷下去的平地，比篮球场要大，地面由光滑平整的大理石铺就，四周墙壁均打造成了观众席的台阶，一圈台阶加起来可以容纳一百人以上。以目前学院的学生规模来看，是没有办法把观众席坐满的。

七八个学生正在做台阶以及地面的打扫工作。

“这是四个小型竞技场之一。”源溯一边向她解释，一边对着下方的一个人招手，把手里的袋子甩过去给对方，“另外三个竞技场由另外的门口进入，相互之间隔音，至于你们新生的第一次服级鉴定，就是在这四个小型竞技场同时进行。”

“那么大型的呢？”凌桑问道。小型竞技场都有如此规模，大型的就更加了不起了吧。

“大型的在正中央，在这里是看不到的。”源溯伸手指过去，对面是一堵由一块白色岩石雕成的墙，墙面上的所有深色纹路都是来源于天然形成的矿脉。他的手腕一转画出一个圈，“那里是蓝服与黑服的服级鉴定场所，并不能当作平时的训练场用，另外每年在Sritana举办的冬季大赛，也是在那里进行。”

凌桑忽然想到另一个问题，仰头问道：“这次的服级鉴定是面向所有年级的吗？”

“是的。高一必须参加，高二和高三可以自己报名。每一次的鉴定学生参与度都很高，高二高三的大部分人都会参加，尤其是蓝服和黑服要鉴定，那简直是灾难。”源溯笑了起来。

“那么你也要参加吗？”她有些意外地问。

“是啊，服级鉴定对我们而言，和期中考期末考差不多，是用来检测自己水平的时候，就算不能够晋升，遇上比自己强大的对手，也是可以吸取经验的。”

“那么……空泽呢？”

“我就知道你要问他。”源溯的右手拍在凌桑的头顶上，“他也会参加的，每一次都会参加。”

场地上除了学生之外还有几个年长的人在，他们的主要工作是布置结界。一旦涉及武力就必然会造成现场破坏，结界的用途就是使场内的破坏不波及观众台。

不过凌桑自认为以她的能力，绕着这个小型的竞技赛场跑一圈下来都会气喘吁吁，更别说给这个场地造成什么破坏了。

“白服的通过率是多少？”她担忧地轻声问。

“其实高一的第一次鉴定，会淘汰相当多的人。”源溯实话实说，“在高一下学期，学生们才会陆续获得白服资格。”

“啊……”她缓缓呼出一口气。

“你决定要参加吗？”源溯问凌桑。

“嗯。”虽然心里完全没底，但她还是毫不犹豫地确定自己要参加。

这倒让源溯有些意外。以入学前她的初赛态度来看，她的竞争意识并不强烈。或者说，凌桑给他的感觉便是，她没有积极进取的心。

而现在似乎真的有了莫名的动力。

“他给你洗脑了吗？”源溯露出微笑。

“可以这么说吧……他对我有信心，我不能辜负了。”

源溯点头：“量力而行就好。空泽是个很拼命的人，希望你不要被他影响太大，对于结果，我们都不会强求。”

“嗯。”她点头。

只要有空泽的期待在，她就有一种看不见的压力。其实仔细想想，即使自己没有考上服级，空泽也不会说什么，但自己会过意不去，毕竟他可是明确地说出口了。

语言，真是枷锁。

“你要是空闲的话，来看看我们是怎么布置结界的吧，可以学习一点儿基础。”源溯一边走下台阶一边对她挥手，“下来。”

“好。”凌桑顺着台阶一级级跳了下来。

场地中除了多数白服与少数的蓝服，还有一个黑服在观察这里的环境。黑服的年龄目测有三四十岁，有可能来自大学部甚至是公局。凌桑忽然觉得如果多数学生都要参与服级鉴定的话，那还真的是大工程呢，一定会在初赛淘汰出一大拨人。

那个黑服根本就没有看凌桑一眼，其余人也都完全无视了她，好像她本身就是存在感极低的人。她看着几个白服学生像是种水晶一样布置结界，过了一会儿还是对源溯说道：“我先走了。”

她觉得自己来这里不太合适。

“嗯。”源溯点头，最后把一些微小但是很重要的注意事项告知给她，“尽快把状态调整到最好，到时候监考你的不会是高中部的人，面对完全不认识的考察人员也千万不要惊慌，沉着冷静能给人留下好印象，知道了吗？”

凌桑点头。

“回去吧。”源溯拍了拍她的后脑。

凌桑顺着台阶一级级爬了上去。那个始终背对着他们望着别处的黑服男人转过身，灰色的眼眸看着凌桑的背影，轻声问源溯：“那家伙是谁？”

“高一新生，是人类，现在由空泽接管。”

“一开始我也觉得是人类，但她的灵力很独特。”其实黑服一开始就察觉出来，不过看那孩子还在这里，也就没有直接提出来。

“是拥有风性的人类，还是很少见的。”源溯解释道。

人类是一个庞大的种族，成分也复杂到难以准确划分。在人类那个世界没有独立出去以前，不少种族与人类都有过结合，他们的后裔在一代代的血缘淡化后，逐渐消磨了祖先的能力，全部成为非常普通的人类。但也有部分血脉会意外觉醒，这样的人类，学院也会将之招收进来。

凌桑大概是比较好地继承了某个风系祖先的血脉吧，至少源溯是这么认为的。

“作为人类，风灵的气息也过于纯正了。”黑服提醒道，“如果可以，还是劳烦你们去调查一下她的家族史，很可能在前两代中有大人物存在。”

“是。”源溯应允。

他突然想到凌桑是埃斯利亚特招进来的，也许，埃斯利亚也感觉到了这一点吧？

由于是人类，凌桑的服级鉴定被分到了白服鉴定的最后一天。当这份通知传到她的通信表里时她还是感慨了一下，因为太弱的关系，人类总是受到特殊照顾啊。

安明看着自己的通信表呢喃：“我是第一天的第一批。运气很好。”

“哟，我们都可以来看吗？第一批！”伊娜相当兴奋地搂住他的脖子。

“请随意，我不介意观众多一点儿。”性格一向平和的安明点头，然后查看通信表，继续说道，“对手是（A）班的慕德兰。”

“慕德兰？”听到这个名字，伊娜显得相当惊异，“是席勒学长手下的人！据说是所有新生中资质最好的……”

“没关系。”安明耸肩，他并不挑剔。

于是在第二天上午八点第一批入场的时候，班级里大部分的学生都好奇地去围观安明的比赛。同学们都坐在竞技场边缘的台阶上，只要不影响比赛，白服的鉴定是允许任何人前来观看的。

安明与慕德兰入场后，分别站在竞技场左右两侧的边缘处。最里侧的台阶上坐着两个黑服、两个蓝服，以及五个白服。其中一个黑服就是慕德兰的负责人席勒，一个蓝服为安明的负责人，其余人员都是监察。

凌桑意识到自己在服级鉴定的时候，空泽也会来看……想到这里，不知为何她觉得有些尴尬。但愿那家伙照常睡过头然后错过吧。

还是不要被他看见为好，自己的能力……一定会搞得相当糟糕。

一声清脆的铃声响起，竞技场上的两个人连用言语问好的时间都没有，慕德兰迅速离开原地，身形在空气中疾驰消失，瞬间安明所在的地方产生巨大的爆炸，碎裂的大理石碎片竖立如同钢刀，大量的石块碎末飞溅出竞技场，在就要射入观众席时被结界阻挡，坠落在地。

前来观看的学生接近一百人，观众席上传来一阵此起彼伏的惊叹声，高二部的席勒选中的新生确实实力强悍。

安明惊险地勉强避开爆炸，气流冲撞出火花后两个人的身形才显现出来，慕德兰的长刀砍上安明右手握着的匕首，在冷兵器的较量上安明明显不是慕德兰的对手。

安明勉强用匕首招架住，嘴中念出咒语。观众席上的人并不知道他在念什么，但却见他脖子上挂着的银项圈有了动静，其中一枚水晶忽然震颤并发出鲜红色的光。

“桀——”一声喑哑但是穿透力极强的嘶叫响起，安明面前的地表猛然炸裂，扬起的碎片弥漫全场。待碎片落下大半后，从烟尘上方透出一颗银白色的狭长头颅，像是龙一般张开嘴，露出尖锐的獠牙，红色的眼眸发出血光。当烟尘沉下更多后，庞大的躯体缓缓显现，竟是一条巨大到骇人的银白蟒蛇。

蟒蛇把毫无防备的慕德兰瞬间压在庞大的躯体下。

清脆的铃铛碰撞声再次响起，结束。

“好快！”凌桑吐出短暂的一句话后就没有了其他感想。以这种方式击败对手，不管安明的负责人还是席勒都相当凌乱，观众席上的人也一脸茫然。

龙头蟒蛇全身散发出荧光后消失，那枚水晶也恢复了原状。地上被拍出的一个人形坑中，慕德兰已经彻底昏迷，没有了动静。

观众席响起一片讨论声：

“使用役使兽是被允许的吗？”

“不知道啊，没有这个规定，也没规定不能用吧……”

“但是以前应该没人这么用过。”

鉴定席上的人员在纸上做好记录，十秒钟之后清晰的女广播声传来：“请两位等待通知，参加今晚的复试。”

高一的服级鉴定分为初试和复试，在初试中表现优异的学生才能够进入复试。

所以这样的流程下来，三天的鉴定时间还真是挤得满满当当的。

第一场结束后，慕德兰被席勒拎走，安明退场，随即就进行第二场。第二场凌桑继续围观，两个男生之间的对决虽然在十分钟之内勉强分出了胜负，但鉴定人员均没有做出明确的表态。作为最高决判者的黑服看完资料后立即将资料还给白服，女播报员在十秒钟后播音：“均未通过白服鉴定，期待下次你们的参与。”

白天只是大量的淘汰赛，鉴定者从中挑选出有白服潜质的新生，请他们参与夜间的复试，也就是正式鉴定，在正式鉴定阶段新生将与鉴定者直接比试，展现出全部的能力进行精确的能力定位，由此产生的白服便得到了公局的正式认证。

接下来的几场，参赛者几乎全部被淘汰，很少有两人中的一人获得正式鉴定的许可，能够两人都进入复试的情况再也没有出现。

大量淘汰的结果简直相当残酷，但即便如此，黑服高阶的判定也没有任何可以回转的余地。在众人还看得起劲的时候，凌桑默默地站了起来离开。

“哎，不继续看了吗？主持的黑服很帅哦。”伊娜对她说道。

她顿了顿，笑着点头：“嗯，不看了，我先走了，你们继续看吧。”

走出竞技场之后，凌桑才大大地缓了一口气。

没有任何希望吧……只是更加压抑了而已。

“桑。”忽然一道冷淡的呼叫声让她全身一颤。

这里的人说中文的语音都很不一样，与她熟悉的人都喜欢称呼她“阿桑”，很多都把“桑”这个字发成第二声。空泽大概是为了和别人的称呼有所区别，就只称呼她“桑”这一个字，但是会把“桑”念成第四声重音，搞得她一开始完全意识不到空泽是在称呼她。

不过只要不把她的“桑”念成第三声，她就觉得大家的发音都挺不错的。

凌桑转过身，没有抬头看对方是谁就立即鞠躬道：“啊，空泽好。”

在这里碰面好巧啊……

“通信表有直接定位。”空泽直接回复了她这个还没说出口的疑问，语毕立即转身离开，“跟我过来。”

“是。”凌桑先是小跑几步跟上，再缓缓地跟在他身后走着，一边还试探性地轻声问，“是关于服级鉴定有什么要交代的吗？”

“啊。”空泽应一声，也是用第四声的语调，表示肯定的默认。

“源溯学长已经给我讲解过一些了。”不知为什么，凌桑此时的情绪莫名地变得微妙起来，仔细想想这句话好像并不应该说出口，空泽是一片好意才来找自己的。

“我这两天出去了，没有尽到负责人的义务，你可以随便埋怨我，我无所谓。”空泽步调慢了下来，蓝色的眼向后瞥去。

“啊！没有的……”凌桑有些急切地想要表达，但是不知道应该怎么解释。

“所以我一开始就不想当什么负责人。”

说这句话的时候空泽几乎是在呢喃，最后几个字都变成了空气中的杂音般瞬间消失。明明是在抱怨，可是凌桑听着却有点儿心疼他。

“利用最后这段时间，我还是跟你做一下交流。”空泽说道。

他们走向的是学院主干道后方的宿舍区，笔直的林荫道穿过左侧的一号二号馆与右侧的三号馆。他们行走到宿舍的后方，来到一片树林，脚下的白色石板也逐渐变成了细碎的石子路。

林子里十分凉爽，阳光从树木间隙里洒下来，在地上形成斑驳的细碎圆斑。穿过树林，视线忽然开阔，映入眼帘的是一片斜向下延展的草原。

草没有经过任何的修剪而生长到一米多高，风拂过的时候像是海洋掀起一层层的波浪，凌桑出神地望着眼前的美景。

她在作文中写过“田野里的麦穗在风的吹拂下像是波浪般翻动”，但那已经是一个太过于通用的比喻句了，实际上她完全没有见过麦穗在翻动，只是想戳中老师的看点换取高分而已。但如今，她真真切切地感受到了这波涛翻滚的场景，一层又一层，无穷无尽地从天边蔓延而来，经久不息直直地到达她的脚下。

凝望着远方，不知道为什么心中弥漫出柔软的泉流，凌桑欣喜地张开嘴，神情舒缓地将眼睛闭上。

风。

风吹过草原。

她的身体逐渐失去重心，缓缓向前倒了下去，就在这时她忽然觉得领口一紧，迅速惊醒，睁开眼，才发现是空泽勾住了她的衣领。

“你还想滚吗？”空泽眯眼。

她连忙后退站稳。前方的坡度有点儿大，一旦滚下去绝对一时半会儿停不下来。

凌桑呼出一口气后笑了，整个原野的风忽然消失，涌动的绿色浪涛平静了下来。

空泽看着她，她真的可以轻易地操纵风。

缓缓地又掀起了风浪，但是风向完全逆转，浪潮从凌桑的脚下荡漾开来推向远方，一圈圈地呈现出圆润的弧度。

“你是第三天鉴定，但是我接下来几天需要外出，我会尽量赶回来看你鉴定。”此时空泽是在鉴定前最后一次与她交谈，“最重要的是，信心。你要知道你自己有特殊的能力。能够被 Sritana 招纳的学生，都是非常优秀的人才。”

凌桑抬起眼睛望向空泽，然后应了一声。

“我看过你的资料，你确实是由埃斯利亚要求特招进来的学生。埃斯利亚很少使用特权，他至今只要求特招过两个学生，其中一个就是你。所以，你要相信自己是非常独特的存在。”

“嗯。”凌桑点头后再惊叹，“空泽今天好温柔……”

“嘁！”空泽露出一点儿冰冷的笑意。

凌桑继续将视线投向草原的远处。

这个时候的她完全忘记了对于鉴定的迷茫与不安，微风在身边围绕，长发飞扬。

“谢谢。”凌桑闭上眼，缓缓露出笑意。

当她再次将眼睛睁开的时候，空泽已经使用移送阵消失不见。

第九章 如果噩梦也是来源于风

—FENGZHISHOUWANGZHE—

服级鉴定的最后一天，凌桑依旧没有收到任何消息。所以……伟大的Sritana再一次将她无视了吗？参考入学时的经验，她只能耐心地等着，甚至在入夜的时候忽然感到一阵轻松。

大概真的出于疏忽忘记了吧？这样的话就完全避免了尴尬场面……她捂头。

不过回想起来，明明用了那么久做了心理准备，甚至还好好地打起精神决定充满信心地应对。这样还没开始就失败的话，感觉是更加可惜的事啊。

她倒在床上。

“啾！”毛球在另一张床上发出不明的叫声。

凌桑衣服也没脱就睡了过去，迷糊中听到伊娜的脚步声。伊娜见她睡了也就尽量减少声音不打扰她。凌桑在一天前就已经得知伊娜考取白服中阶的消息，只是白服制服要到所有考核结束后才统一分配下来。

台灯关上，她再次睡了过去。不知道过了多久，通信表忽然传来刺耳的鸣叫声并且发出振动，这样的刺激相当有效地让她瞬间惊醒翻身坐了起来，像是做了噩梦一般大口喘气。

“嗯？”伊娜朦胧地有了意识，挣扎了半天才将眼睛睁开一条缝。

凌桑打开通信表，屏幕上迅速弹出最新收到的一则英文消息。伊娜将身子侧了过来，含糊地将上面的英文翻译了一下：“请高一（C）班凌桑同学于今日上午两点到达竞技场东北门场地进行鉴定。”

上午……两点……

她默默地将通信表屏幕调整回去查看时间。

上午一点四十七分。

“不——”她惨叫着从床上滚落，没有任何整理就夺门而出。

“相当积极啊……”伊娜躺回床上立即不省人事。

凌桑一路奔跑到学院西南区域的竞技场主建筑，毫无杂念地径直冲向了东北门入口处。原先还一直在想象自己进入场地的时候会有多么忐忑不安，但是……

现在已经完全顾不上产生心理活动了啊！

她沿着观众席下方的一个特定通道进入竞技场地，一口气跑到场地中央才停下大口喘息，侧过身对鉴定席上的人举手：“到……”

黑服高阶伏在桌子上休息完全没有搭理她，倒是他身边的那个蓝服中阶右手支着头从蒙胧的睡眼中清醒，看了时间后呼出一口气呢喃：“迟到五分钟。”

“我尽力了。”喘完气，她直视面前的蓝服轻声说道。

“迟到是不好的行为。”蓝服的眼睛眯了起来。

“一点四十七分发的通知，我是人类。”她解释。

一提起她是人类，对方就理解了她为什么跑过来要这么久。于是蓝服的神色温和下来，再次疲惫地伏在桌子上，轻声呢喃：“抱歉，通知晚了，我们只是太累了。”

“辛苦你们了。”她安慰道。

等等……这气氛不太对吧？这完全不是服级鉴定该有的对话吧？

蓝服几乎就快睡过去，睡眼蒙胧地呢喃：“熬夜赶工还要打起精神来面对你们这群精力旺盛的年轻人，三天下来已经撑不住了啊……”

“拜托你再撑一下。”她继续安慰说。

对话怎么越来越奇怪了啊？

接下去，那个蓝服就没了动静。

“那个……”她举手，“请问我的对手是谁？”

黑服高阶醒了过来，一推蓝服，蓝服自然地倒向一侧，连人带椅子摔在了地上。

好像迟钝到没有察觉到任何疼痛，蓝服打起精神爬起来走到凌桑面前，右手拍在她的头顶上：“你是最后一个，所以直接进复赛，搞完之后我们就可以收工了。”

“最后一个吗……”果然是最后一个。

这个蓝服有二十多岁，年轻却又很成熟，应该是个大学生。

“你应该觉得幸运啊，至少省略了淘汰环节，直接被我们鉴定。”蓝服虽然觉得这个小家伙几乎没有通过鉴定的可能，不过还是相当喜欢她如此可爱的模样，很有耐心地给她解释。

“那么辛苦你们了。”凌桑朝着蓝服与黑服鞠躬。

“这么多场下来，还是第一次听到有人感谢我。”蓝服笑道。

“开始。”黑服慵懒地喊了一声。

蓝服青年瞬间在她眼前消失，实力根本就不在一个水平！

她吸入一大口气。冷静……一定要……冷静。

背后的风起了异样，她立即迈开右腿，身体前倾，右手手掌拍击在地上降低重心。一把匕首从她头顶迅速掠过。

竟然避开了，蓝服青年觉得不可思议。随即凌桑一个利落的回身甩出右腿想要将他绊倒。但她的力气实在是太小了，蓝服见状露出微笑，迅速向后撤离半米再向前冲刺，甚至连匕首也没再用上，而是提起右腿膝盖直接击在凌桑的腹部将她掀出。

凌桑连叫也没叫一声就落在地上滑出半米远。

对于人类，这样的攻击就足够了。

“不行啊。”蓝服青年喃喃。这简直是比最差的那一档还要低一个档次。

她在地上蜷缩成一团。果然是……不行吗？

“桑，站起来。”

被叫到名字的凌桑像是触电般全身一颤，迅速地抬起头向观众席望去。这个时候已经不会有观众了，但那里却站着一个瘦长的身影，没有穿黑服，双手插在牛仔裤的口袋里，蓝色的双眼认真地望着她。

她摇晃着站起，缓了两口气后迈开双脚稳住重心，将视线重新投向蓝服青年。

“不放弃吗？”蓝服望了观众席上的观众一眼，将视线挪回来看向凌桑，“即使是负责人来了，也不要太逞能。”

“我会尽力的。”她眯起双眼，重新露出微笑。

气流爆开，当能够定向移动的时候就形成了——风。一旦风能够汇聚，能量就开始形成。蓝服谨慎地后退避开危险区，观看的黑服高阶判决者也终于提起了兴趣。

“决心还不够。”空泽说道，声音传到凌桑的耳里。

决心……

“伤害对手的决心。”空泽语调平缓地补充。

她的眼眸睁大，望着蓝服青年。

“你的负责人到现在才给你科普这些是不是太晚了？”蓝服再次抽出匕首划在她眼前，但割裂的只是气流——凌桑已经退到一米后。

反应速度一流。

凌桑忽然举起右手，旋绕的风向上涌动，随即猛地将右手挥下，杂乱无章又躁烈的风向前奔腾而去。蓝服挥出右手支开屏障，烈风冲击在他面前即刻呈弧度向两边散开并消失，蓝服撤掉屏障，黑色的短发仅仅有些拂动而已。

“还不够！”空泽又喊了一句。

不够……决心。

凌桑惊惶地喘息。

伤害对方的决心……

自己……是伤害过人的……那个时候的决心……决心吗？

不，不要再想了……

眼里几乎就要渗出眼泪，她努力地将眼睛睁大来看清前方的对手。

“真是可怜哪！”蓝服的眼眸半敛。他相信这个孩子刚来到这个世界不久，还不能接受这样的规则。逼迫一个如此纯真的孩子融入这个残酷的世界，也是另一种形式的扼杀。“就这样吧，给你一学期的时间去适应……”

大概是实在不忍心面对这样一个柔弱到让人心疼的女孩子，蓝服也没有了将她打击到彻底失去战斗力的兴致。每个人在第一次面对杀戮的时候，都是这样迷茫啊。

他的手想要搭上凌桑的头，但还没接触到，皮肤就产生了像被毒虫叮咬似的细小刺痛，随即手掌裂开数十道细小的裂口，细密的血液渗出。

“风刃。”他呢喃。

猛然爆开的风让他毫无防备地被冲击到远处，好在他反应迅速，双手交叉挡在胸前，最大限度地减少了冲击力。虽然没有失去重心倒下，但也足够狼狈，他的头发全部向后逆拂，等到风平息下来后显得相当凌乱。

“再试一次吧……”凌桑的声音微弱，像是在祈求。

“好。”蓝服答应，没有再抽出匕首，而是双手握拳在胸口贴合，虎口处相贴再分离，拉出了一把银色的长枪，在耍了个花式后被右手握住。

将真正兵器展现，看来这一次是真的对决了。主持的黑服高阶依然没有做出任何评论，这就意味着默许最后重新来一次。

“你有随时放弃的权利。”蓝服青年在做出最后的告诫后，猛然向前冲跃，中国古代长矛式的银色长枪举过头顶在上方水平挥出一个圆面弧度，火焰从长枪边缘燃烧起来，漫上他的整个右手手臂。

他毫不犹豫地将长枪劈下，但劈碎的依然是气流，那个女孩子已经不在原地——真是相当迅速又精确的反应。一道风直面扫来，他轻易地用长枪劈开，散开的风冲击在场地结界上反弹回来，顿时场内气流一片混乱。

杂乱的风模糊了视线，但他还是能够清晰地捕捉到那个娇小的身影正在向他逼近。他提起左脚脚尖点在地上，口中喝道“静”，顿时场内所有的气流消散开来，他立即将长枪平举，水平地刺向对方胸口。

只要不是瞬间致命，以Sritana的医疗水平，只要还有一口气在就不太可能挂掉。

但是凌桑已经跃起了半米。按照常理，跃起的时候必须在地面上寻找反作用力做支撑，但凌桑似乎完全省略了这个环节，因此才会有如此迅速的反应速度。

像是身体直接凌空而起。

她的脚尖落在枪头上，用体重将长枪顶端按压到地面。这一次她使劲地蹬了地面后才跃起，大喝一声，右手举过头顶挥下劈出一道风刃。

这样的招式蓝服还是能够轻易应对的。他的左手再次支开屏障将风刃挡下，但风刃消失的时候屏障竟然也连带破碎了。

“呃。”蓝服睁大眼。怎么可能……风刃的能量比自己想的要强。

散落的风从地表席卷而来汇聚在一起，这一瞬间全场平静。

空泽浅色的唇勾起微凉的弧度。

“打倒他。”

气流挥散，在蓝服完全没有防备之时，一道风刃猛地贯穿了他的右肩，破开了一个血洞。蓝服被撞击出去，背部砸在地面上发出一声闷响。

一只鞋带松散的白色球鞋点在地面上，随即另一只提起的脚也落了地。以凌桑为中心的一个小圈扬起微弱的风将她包裹，她的头绳已经散开，漆黑的长发裹挟着一缕缕的细风凌乱地在背后飘扬。

刚才是悬空了吗……空泽眯起双眼。从这个视角看过去并不能明显地观测出她是否飘浮在半空，但是分明这时候才刚刚落地……

风消散，褶皱的衬衣瞬间毫无生气地贴合在她精致的骨骼上。

凌桑茫然地站在原地。

“干得挺漂亮。”蓝服发出笑声，她惊恐地望着竟然还能笑出声的青年。

“那个……你没事吗？”她小声地问道。

“没事的，三天下来你是第一个伤到我的……可能我真的太累了。”蓝服的左手捂住右肩，缓缓地从地上站了起来。

“由，你先去休息。”始终沉默的黑服高阶终于开口，“资料我来收拾。”

“哦，结束了吗？我去睡觉了。”蓝服松了口气，脚下忽然出现了一个五星图阵，他在消失之前还是笑着给黑服补上一句，“不管怎样一定要给一个白服资格哦。”

青年消失，只剩下了凌桑与黑服，还有依旧在围观的空泽。

接近三十岁的黑服从桌上取出凌桑的资料，对空泽说：“负责人，你叫空泽？”

“是。”明明空泽刚刚还在观众席上，但此刻声音却从凌桑背后传来。空泽瞬间转移到凌桑身后，右手搭在凌桑的肩上。

“首先恭喜你可以有白服低阶的资格。”黑服对着凌桑露出并不明显的微笑，但灰黑色的眼眸里却没有任何温度。他缓缓站了起来，由于他有一米八五左右的身高，因此此刻俯视着空泽，“我希望抽时间与你谈谈，不过现在我真的要休息了。”

黑服高阶伸出左手露出手腕上的通信表，空泽也撩开左手的袖口，手腕竖立贴了上去，两个通信表的金属表盖贴合在一起，随即两个通信表的指示灯都闪烁一次。

这样就获得了对方的联系方式与基本信息。

黑服高阶随即整理摊摆在桌上的一大叠资料，收拾完后收入文件夹，用提公文包的姿势夹在腰间。

“慢走。”空泽右手还搭着凌桑的肩膀，对高阶相当有礼貌地告别。

高阶对空泽点头后，转身离开。

凌桑沉默着，在黑服高阶离开后，空泽才将眼睛向下瞥，但是看不见她的表情。

“怎么？不高兴吗？”

第一次服级鉴定就能考上白服并不是一件容易的事，可以让许多被淘汰的人相当羡慕。

凌桑细瘦的肩膀微微向上提起再落下，身子轻微地颤抖着，但就是没有发出声音。

竞技场是没有灯光的，在夜晚主要光源来自四周天然玉石砌成的墙壁散发的荧光。黑服高阶离开之后，荧光在不知不觉中黯淡了，等到有感知的时候四周已经暗淡到几乎与夜晚的天空一样。

空泽将凌桑的身子拨转过来，意料之中，凌桑咬着唇努力憋着情绪，但眼泪还是大滴大滴地滚下，低着头不敢看他。

空泽的语气和缓下来，轻声说：“习惯就好了。”

虽然凌桑的表现好得出乎他的意料，但说到底还只是一个尚未涉世的小孩子，这一点会让任何人都同情的。

“不是……”凌桑紧紧闭上眼，从喉咙深处挤出微弱的声音，“不是——”

“去休息吧。”空泽拍了拍她的后脑。

“我杀过人。”

凌桑终于说出这句短促的话，惶惶不安地抬头看着空泽，暗色的眼眸颤抖。

“嗯？”空泽明显愣了一下，随即又觉得好笑地“嘁”了一声，“谁会在意这种细节？”

“呜……”她一时不知道该说什么，也彻底忘了一开始想表达什么。

也许一开始就不想表达什么，只是为了发泄自己复杂的情绪罢了。

到底是怎么回事……

“对不起，我只是……”找不到伤心的源头，她也没有再哭，但是要将这个奇怪的气氛扭转回来的时候，却又发现自己说不出什么话来。

“都这时候了，也睡不了多久了。”空泽没再理她，转身走向观众台下方的出入口通道，随后补上一句，“有兴趣的话来我房间补一觉，八点钟把我叫起来。”

凌桑一时愣愣地还没反应过来，可是口头上却已经习惯性地说了一个“好”，几乎是过了十余秒才反应过来踉跄地小跑着去追赶他。

进入三号馆，大厅没有开灯显得非常空阔阴森，凌桑紧紧地随着空泽走上了楼梯，然后进入房间。空泽并没有打开天花板上的吊灯，只是打开了床头上方的两盏台灯。

昏黄的灯光柔和，睡意重新来袭。

“一起睡床上就好。”空泽从柜子里拉出另一床薄被子甩在床上，他坐在双人床的右侧，脱了鞋躺下。

凌桑还站在床的左侧有些不知所措。“你是……什么时候得知消息的？”

“嗯？”

“我的鉴定消息……”

“与你同时收到的消息。”空泽的眼睛闭上。他没有换衬衫与牛仔裤，只是将右手甩过头顶摆出放松的姿势，“你睡我旁边就好，我不会动你。”

所以说空泽一收到消息就去看自己了吗……只不过应该是慢慢走着去的，所以到场稍微迟了一些。凌桑还是不敢躺下，小心地问着这个意识已经逐渐涣散的人：“你不换衣服吗？”

“睡觉这种事情将就一下就好了。”他侧过身背对凌桑，闭着眼伸出右手按下床上方的台灯开关。

凌桑默默地抱起了另一床被子，然后蹲下去滚在了地上，还是打地铺好了。

但是刚才闹腾了一下，神经有些太兴奋了。她用被子将自己裹成一条，因为没有枕头而有些不舒服就越发睡不着。在她滚来滚去许久之后一个枕头砸在她的头上。

空泽没睡？

“喏。”凌桑试探着发出一个音，一边把枕头拖到自己侧脸下，果然舒服了许多。

“有什么想说的就说吧。”空泽的声音虽然模糊，但此时听起来竟是相当清澈。没有了其余的杂音，整个房间都弥漫了这样的轻和，竟让她有些不知道该怎么开口了。

只能确定两点：一、空泽是想让她讲讲心里话；二、空泽现在心情还不错而且有点儿无聊。

“不必了……”她轻声嘟囔着，裹着被子蜷缩起来，闭上眼睛，“也没什么的……”

在空泽眼里只是一件小事而已吧，而自己却始终一次次地回首以致成为噩梦。

“那就随你。”空泽的声音低了下去。

“呜。”可是又好想告诉别人怎么办？空泽这爱搭不理的态度让她很是委屈……

“哧！”空泽轻声嗤笑，“你还是说吧，如果我没中途睡着，应该是能听到一些的。”

就算心理再强大又怎样，不过是个小孩子，甚至比其余的孩子更加脆弱与娇柔。

“那是……”当凌桑开口的时候，却忽然发觉并没有想象中那么难以启齿。她大口吸入一口气，当有人倾听的时候，忽然觉得这件事也没有原先那么让她惶恐了。

“那是什么时候……不记得了。”

不过记得清清楚楚，就是那个时候，她看见了风。

没有形态与颜色的风。

她并不是没有父母的孩子。虽然没有见过父亲，但她记得自己的母亲。年轻的母亲有着纯黑的漂亮长发，而那时长发却在背后剧烈地甩动。

母亲在奔跑，她的手被牵着踉跄地跟在母亲身后。她必须竭尽全力地跑才能跟上，缺氧让她大口喘息着近乎抽泣。但孩子实在太小了，跑上一阵就必须由母亲抱着才能继续前行。

她那时候甚至连母亲叫什么名字都不知道，至今也不知道。

后来，母亲将她安置在一个阴暗的角落，她不必再奔跑了。但是母亲，离开后就再也没有回来。

她相信她在更小的时候得到过与其他孩子一样的关爱，但已经完全搜寻不到这样的记忆，唯一能想起的就是被母亲牵着或是抱着奔跑。

母亲消失了。没有人再理睬她，她一个人走在陌生的街道见到陌生的人。在被送往秋田福利院之前，她的记忆并不是空白一片。接纳她的是一个男人。她也曾依恋上能够庇护她的人，愿意为了他去街上乞讨，孩子能讨到的钱远远比大人多得多。

她很讨人喜欢，因为她很会察言观色，把每句话都说得很好。她要到的钱最多，因此她遭遇厄运也是最晚。

她看着男人们把其他孩子的腿脚打断，但她只是看着，双手抓着门框听着其余小孩儿的哭叫。她继续沉默着当作什么都没看见。

终于有了空隙逃离，只是这一次逃离却没有了母亲的引领。

她被围堵在小巷的墙根下，十几个男人手持着棍棒。

只要残废就好了，就永远也没法逃离了，就能博取更多人的同情，乞求到更多的钱。

但她不愿意。

棍棒落下的瞬间她发出尖叫，风刃劈出将最前方的三个男人贯穿。

身躯倒下，她的双眼睁开，看见了在血光中风的痕迹。

良久，她走到小巷外。

不知道该到哪里去，等她反应过来时才发现，这是回去的路。她全身溅满了血液，其他孩子看见她都尖叫着拖着残疾的身体远离她。

唯一还记得那时候的想法是：其实你们也很脏啊。

只不过你们沾染的是自己的血。

第十章 人类新生中唯一的白服

—FENGZHISHOUWANGZHE—

她抛弃了这些曾经与她一样的孩子们，之后她继续乞讨，但是逐渐地偷盗次数更多了一点儿。直到最后被抓住狠狠地挨打，再被送到了派出所。

也是那时候众人才明白，她是没有父母的孩子。

也就这样到了秋田。

所以，如果她那时候没有做坏事，她就不会拥有这么平静的日子。如果不能让别人关注到你，你便只是一粒随风逝去的尘埃。

之后她成为福利院里最讨人喜欢的孩子。

在她长大一些之后，跟随着工作人员去出访其他机构交流，在另一个福利中心她看到了一个残疾的女孩子。她们瞬间认出了对方，那个女孩子“哇”的一声大哭起来，而她只是安安静静地抓着阿琪的衣角沉默着，完全是一副什么也不知道的模样。

“我讨厌你！你是坏人！我恨你！”

那个女孩子这么哭喊着，她依然不露声色地垂头望着地面，右手扯了扯阿琪的衣角像是寻求安慰。

“哟哟，阿桑别怕啊。”阿琪蹲下来摸着她的脸安慰她。

那个机构的工作人员不认识凌桑，也来安慰她，怕她被吓到：“不要管丘丘，她一直很莫名其妙。你叫阿桑，是吗？”

她没有回答，倒是阿琪相当自豪地接口说道：“是啊，是秋田的宝贝哦。”

“要是我们这里也有这么漂亮听话的小孩子就好了呢，也会当宝贝哄着的。”他们赞叹。

阿琪拍了拍她的后脑，她马上仰起脸露出微笑，张开双臂做出一个“给抱抱”的姿势。

大人们大声笑了起来，一个女人高兴地抱起她并转了一圈逗她玩。

她听到那个孩子越发凄惨的哭声，然后听到一个女人对那个孩子的呵斥声。

这个世界就是这样的。

等到再年长一些的时候，她回忆起那个孩子对她哭喊的话，是因为羡慕她的幸运吗？还是因为一开始就知道她杀了人，觉得如果她能更早一点儿把那几个人杀掉，他们就都可以避免残疾的厄运了？或者是，记恨她当年穿着那件沾了血的白色衬衫，一个人奔跑着离开了他们，把他们抛弃在黑暗里？

她双手沾染的不只是死亡，还有那些孩子的噩梦，同样还有她自己的噩梦。

凌桑已经睡着了。

空泽闭着眼听她均匀的呼吸，在入睡前露出嘲讽的微笑，轻轻吐出一句："真是太可怜了，桑。"

早上七点多醒来的时候，凌桑已经彻底忘记之前发生了什么事情，直到打开通信表查看时间时看到一则未读消息，她才突然想起来。

信息是凌晨五点发送的，也没有进行消息提醒只是默默地传输了过来。"恭喜你晋级白服低阶，服装领取请等待下一步通知。"

在消息后面还有附录，是高一部白服鉴定晋级表，所有获得白服资格的新生名字都在表格中，按照白服等级由高到低排列。排名第一的是慕德兰，隶属于高二部黑服席勒，看来慕德兰在复试中完美地洗刷了初试中的耻辱。

高二部只有两个黑服。席勒手下的人能够如此优秀……而自己的负责人明明也是黑服……

她望向还睡在床上没有醒来的空泽，如此无能的自己会不会让空泽苦恼呢？

似乎空泽昨晚吩咐了自己八点整叫醒他，所以凌桑先是整理了被子塞回衣柜，再把衣柜里堆积成一团的衣服重新折叠好放回去。再等了一会儿看着已经接近八点，她相当小心地凑到床边打算叫醒他。

空泽还真的是穿着衣服睡觉，他略微侧着身子勾起腿，浅色的双唇微微张开，也不知道到底是在用鼻子还是在用嘴呼吸。

看他如此安详的状态，凌桑还真不忍心叫醒他。她将脸凑上去仔细观察空泽深蓝色的睫毛，真是一张漂亮的脸啊！她极其小心地压抑着自己的呼吸，但还是有微弱的气息扑在空泽的脸上，空泽瞬间睁开眼睛，蓝色的眼眸空洞无一物。

就像是水面上缓缓浮起数个微小的水泡。

随即一只放大的手掌出现在凌桑眼前。

"砰！"

被一掌推倒在地还滑出两米远，凌桑捂着脸在地上打滚。

好强烈的反应。

空泽在床上坐了许久才清醒一些，这才转头看着还在地上打滚的凌桑，相当不理解地开口："你在做什么？"

"……"不想理你，凌桑继续滚。

空泽看了一眼时间，相当欣慰地呢喃一声"正好"就起床走去卫生间洗漱，要出门的时候意识到还有一个家伙躺在地上，才回过头吩咐她道："回你的寝室吧，整理完了就在一食堂等我。"

这么说空泽要带她去做什么事？凌桑瞬间高兴地停止滚动爬了起来，说一声"好"后就转身离开。

刚走出房间，她就看见左侧走廊上有两个男性黑服在谈话，一个是她上次见过的夙凤，这个妖魅的年轻男人像是刚洗完头，还在用毛巾擦着湿淋淋的长发。另一个略微年长的黑服就显得相对严肃一些。

两个人都察觉到了一双温静的眼睛怯怯地看着他们，转头后就看见一个身高不足一米六的清瘦女孩子不知所措地立在那里。

因为要去楼梯口就必须经过这两个黑服，但凌桑不敢太随意地绕过去。

"早上好。"她露出微笑，对两个黑服欠身问候。

"是空泽负责的小家伙啊。"夙凤细长上挑的眼睛永远充满不明意味的笑意，"在空泽这里过夜了吗？"

"哪里，我是来叫学长起床的。"她的反应十分迅速也很精确，再用完美的微笑掩盖痕迹。

"喏，过去吧。"夙凤很理解地给她让出了一条路。

"再见。"她向夙凤二人道别后就欢快又急忙地绕了过去。

另一个黑服这才轻声开口："听说有人类通过白服鉴定。"

"是啊，空泽负责的人一定很优秀。"夙凤耸肩，将毛巾甩在右肩上，"不过一点儿也看不出有什么杀伤力……"

"大概这样的外表才是最大的杀伤力。"

凌桑一回到寝室，伊娜劈头就问她到底有什么结果。

"大概似乎好像也许……有白服资格了。"她说道。

"哟，不错嘛！"伊娜发出感叹再问道，"到现在才回来，真的要这么久吗？"

"我去空泽学长那里过夜了啦……"凌桑尴尬地解释。

"棒！下次过夜记得带上我！"伊娜欢呼。

啊不！空泽房间绝不是什么可以开派对的地方啊！凌桑连忙转移话题："新生服级鉴定完了，接下来还有什么重要的事吗？"

"咦？你完全不知道吗？今天是蓝服鉴定啊，比白服鉴定精彩多了哟！"

"哦……还真忘了。"实际上她完全不清楚所有事件的时间，得知这个消息后凌桑恍然明白过来，空泽大概是要去看蓝服鉴定吧。

当空泽换上黑服走出房间门的时候，通信表传出"嘀"的一声响。他没有查看通信表而是直接向楼梯口的反方向走去，走到走廊尽头，正好是主持白服鉴定的黑服高阶打开了房门。

"佩里。"空泽已经通过电子信息得知这个黑服高阶的名字，此时略微点头表示敬意。

"不用客气，进来说话。"

空泽虽然想到凌桑还等着他，不过眼下应该不会耽搁太久，于是没有犹豫地进门，随手把门关上。

"将凌桑安排在最后一个，是你刻意的吗？"空泽直接说出重点。

"没错，我先前就见过她一次。"佩里解释，"对于她晋级为白服低阶，你对我们有什么意见？说实话，不必拘谨。"

"没有意见。"他承认。实际上凌桑可以获得白服资格，他还是相当满意的。

毕竟她只是人类。这届一共招纳了五个人类新生，只有一个获得了白服资格，就是凌桑。

"实际上以她展露的能力，已经可以胜任中阶。但是她的实战技能还不行，所以我只能给她低阶的资格。"

空泽点头。他知道佩里想要跟他说的重点并不在这里，一个黑服高阶并不会对这样的事过于在意，"请你直接说吧。"

"你对她的能力了解多少？我是指她的风性。"

"大概只是那样。"空泽实话实说。他没有探测过凌桑的能力极限，她的风性并不稳定也难以估测。

"我想知道她的风继承自哪里。"佩里说出重点，"这样纯正的风性，即使是风之贵族也难以拥有。她的资料里来源是空白，希望你能对她多加关注。她需要得到最好的指引，在这一点上，有你这个黑服负责人再好不过。"

"我会注意，"空泽应允，"先告辞了。"

"请。"

蓝服鉴定九点钟开始，八点半凌桑在一食堂等待着空泽，她一边咬着馒头一边观察着来来往往的学生，就是找不到任何穿了黑服的人。

接近九点，多数学生已经前去主竞技场围观蓝服鉴定，她还站在食堂门口。

“真是个白痴。”空泽从后面出现，一掌拍在了她的后脑上。

“呜。”她捂头。

“我不来的话，你就一直等着？”空泽眯眼。

“你这不是来了嘛……”她又笑了起来。

“嘁。”虽然小家伙说话没什么气势，但总是能够戳到重点，让人无力反驳。空泽又拍一下她的头，迈步离开食堂门口：“直接去竞技场，没时间了。”

“呜，你还没吃早饭吧。”凌桑小跑着跟了上去。

“早饭一直都是可有可无的东西。”

“喏，我带了一点儿。”她从上衣口袋里掏出一个白煮蛋，从后面塞到空泽右手手心里，“还是填一下肚子比较好。”

因为一直没等到空泽，想来他不可能抽出时间吃早饭，她就事先从食堂里拿了这个比较好携带的东西。

空泽一时没有回复，半晌才懒懒地应了一声：“谢了。”

主竞技场的入口有南北两个，平时都是封闭的。由于蓝服鉴定对外开放，而且蓝服的实战技巧很值得白服研究学习，因此前往观看的学生相当多。

主竞技场就在建筑的最中央。走廊尽头设置有接待处，空泽与接待的蓝服说明后取过递上来的工作证，凌桑还隐约听见蓝服对别人轻声抱怨了一句“这么晚”。

空泽是蓝服鉴定的工作人员之一吗？凌桑仰头看了空泽一眼，这么晚才到场还能如此轻松，真的没事吗？

主竞技场的格局明显与小型竞技场不同，场地依旧是在水平台的下方五米处，但是观众席并没有台阶成为座位，而是用一个水晶制的透明围栏把它从竞技场边缘隔离，于是围栏外的平台就都成了观众席。

围栏外已经站了不少等待观看的学生。一眼望过去，凌桑瞬间发现观众席也有等级的大致划分，白服的观众基本上都集中在南门入口处，蓝服大多集中在偏近北门的位置，而少量的黑服观众集中在北门通道口。

由于空泽的关系，凌桑直接跟着他从北门进入，直接戳在了黑服聚集区。

有一个黑服负责人的好处就是能够随时和最难以接触的黑服碰面……

空泽将工作证的带子挂在脖子上，右手搭在一米高的水晶栏杆上一撑，纵身跃起翻过栏杆，朝竞技场跳了下去，黑服长袍掠起，他在坠落五米后轻盈地俯身落地。

从观众席上看过去，空泽的身形由于距离问题而变得很小。主竞技场同样呈圆形，但是直径大得多，按照最外缘的一圈计算大约有四百米，要是绕着跑上两圈就是凌桑在初中时最深恶痛绝的八百米长跑。

“真是准时。”同样挂着工作证的席勒轻声说道。

蓝服鉴定的主考依旧是黑服高阶，但是助考这个吃力不讨好的活儿基本上都是由 Sritana 本校黑服学生负责。而第一场担任助考的就是空泽。

第一个挑战者是蓝服低阶的青年。

随着一声清脆的铃声响起，蓝服冲向空泽刚亮出自己的武器，就被空泽一个飞身踢踹出去。也不知道空泽用了多大的力气，那个蓝色的小点就直接笔直地弹射出去，撞击在竞技场的墙面上，砸出了一个蛛网形裂痕。

瞬间丧失战斗力，淘汰。

“对高三的学长好歹要尊敬一些吧……”凌桑听到一个黑服女性忍着笑意轻声说道。

“……”被踹出去的是空泽的高三学长吗？

在一边等候的医务室人员迅速跑进场地，把蓝服拖走，看来医务室的态度真的不怎么样……

凌桑附近的黑服和蓝服都相当安静地在围观着，观众席另一头的白服以及无服学生们已经欢呼起来。

由于第一场比赛过于迅速地结束，几乎不用做什么场地清扫，第二场立即开始。第二个蓝服中阶挑战者明显对空泽的飞身踢相当忌惮，极力避免与空泽的正面冲突。但就在他有幸能够与空泽擦肩而过的瞬间，空泽相当轻松地用左手臂弯勾住了对方的脖子，再向下扯住他的衣襟。

直接将蓝服青年的身体在半空抡出一个弧度，再使出一个完美的过肩摔，蓝服青年相当惨烈地砸了下去，有必要说明的是他是头朝下狠狠地砸了下去。

“啧。”观众席上的黑服都眯起了眼。

这是有多么强大的黑能量……凌桑忽然发觉白服鉴定真是太温柔了……

当第二个蓝服被医务室拖出去之后，主考的黑服高阶勾手示意空泽过去，交谈了几句其余人都听不见的话后，空泽点头，随后转向黑服观众区举起右手，伸出食指一挥做出一个“交换”的手势。

席勒越过水晶围栏跳入竞技场，空泽从下方的通道口离开。在他还没消失之前，白服的女生们终于商讨出了什么结果，一齐朝着他大喊：“空泽殿——”

看来空泽的人气还是非常高的。

因为结界的原因，竞技场内是很难听到外面声音的。空泽没有任何反应地走入通道口离开。

五分钟后北门边的侧门打开，空泽出现。

“起床气发泄完了吗？”凌桑一开口，所有的黑服都被惹得笑了起来。

空泽的脸黑下来，不满地提起右手手肘，凌桑瞬间条件反射地捂头。

黑服们再次没能忍住笑了起来，真是可爱的小鬼。

“到这里来。”空泽屈起手指弹了一下她的额头，她的头瞬间受力，被迫向上掀起了三十度。凌桑眯着眼睛许久才把眼睛睁开，连忙小跑着跟随空泽离开。

高三部的三个黑服目送他们，有一个可爱的被负责人好像很有趣的样子。

主竞技场与小竞技场之间的墙壁间隔设置着休息室，大大小小共有三十余间。空泽象征性地敲了十七号休息室的房门，还没等到回复就径直推开门走了进去。房间大约四十平方米，靠墙的左右两侧各有一排棕色沙发，分别坐着两个蓝服青年，他们此刻都在做各自的事情，其中一个蓝服就是源溯。

凌桑这才明白，空泽是特地来找源溯的。

“第几场？”空泽直接开口问道。

“九。”源溯将手里的书合上，对空泽微笑。

凌桑瞥了一眼源溯手里的书，看着高端的棕黑色封皮和全英文的书名，感觉这书应该很有知识含量的样子。

“那么很快了。”空泽对源溯点头，“好在你的对手不会是我。”

“啊……就算对手是你，也没有关系的。”源溯再次笑起来。

“我不怎么想把你打残。”空泽说，“我还是看着你鉴定比较好。”

“啊，谢谢呢——”源溯还想说什么，房间门再次打开，一个掌管通知的白服女生进来说：“第八场和第九场准备。”

凌桑忽然觉得蓝服鉴定也挺快的，一下子就到了第八场。

大概是黑服的助考动起手来都比较凶残吧。

“啊，好。”源溯把书递给凌桑，挥手，“我先去准备了喽。”

“祝好运。”空泽也扬起右手随意地一挥。

凌桑很虔诚地翻开书想瞻仰一下，空泽瞬间把书从她手里抽出：“你不能看。”

凌桑的头顶冒出一个问号。

空泽走出休息室，凌桑也相当期待地跟了出去。可能因为准备得比较久，她在观众席的栏杆上伏了相当长的时间都没有看到源溯出场。

空泽安安静静地站在她身后。

她偷偷侧头瞄过去，就看见空泽相当认真地翻看着那本书——

为什么你就可以看啊？

感觉到凌桑炽热的目光，空泽的双眼还是没从书上挪开，一本正经地解释说：“我只是对源溯进行人文关怀。”

——你到底在关怀什么啊？

播音员终于播报第九场开始，源溯在竞技场下方通道口出现，与他对决的是高三部的黑服低阶。

铃声敲响的瞬间，两个人同时从原地跃起，源溯立刻投掷出右手指缝夹着的两张纸符，他前方的水晶地表立即整个炸裂开来，而黑服已经凌跃至半空抽出了腰间缠绕的黑色长鞭，鞭子散开腾起火焰，在半空抡出劲烈的风。

长鞭甩至地面再度将水晶地表炸裂。

凌桑忽然觉得神经有点儿疼。

“源溯有很多值得你学习的地方，你好好看着。”空泽一边看书一边对她说教，“他其实和你一样，也不是战斗民族出身。”

“真是对不起，我看不清楚。”凌桑睁大双眼，想要看穿竞技场内爆破后产生的烟尘。随即在一片白色的雾气中投射出再度交锋的火光，忽然一道气流爆开，将全部烟尘冲散，只见高三部的黑服把长鞭甩下抽在距离他两米远的源溯的肩上，瞬间衣服破了，皮肉也受了伤，而源溯竟然像没有感觉似的笔直向前冲刺，抽出腰间的匕首刺向对方。

然而这次攻击并没有对黑服造成致命伤。黑服甩开长鞭腾出右手，一掌击在源溯的左胸口，心脏受到冲击的源溯倒飞出去，落在地上后滑出了三四米才停了下来，却没能站起来。

“失败了。”空泽毫不在意地呢喃。

凌桑看清楚了大概的过程，她发现源溯没有什么具体属性，也没有非常强悍的体力，他的攻击力全部依靠使用远程咒术以及近身体肉搏术。

源溯被带离场地，作为助考的黑服学生因为受伤也进行了替换。凌桑继续出神地望着。

空泽将书本合上，转身离开：“我先走了，你想看就继续看。”

凌桑知道他应该是去看望源溯，但是隐约给人一种他要去某个角落安静地把书看完的错觉。

她由衷觉得空泽对他的朋友真好，虽然空泽的朋友并不多，但一旦被他视为朋友，他似乎就会很认真地去关照对方。

凌桑觉得自己似乎也受到了这样的关照。

自己也算是空泽很好的朋友了吧？

第十一章 风与水，黑服精灵的特招生

—F E N G Z H I S H O U W A N G Z H E—

在蓝服鉴定结束后的次日，凌桑就接到了领取白服的通知。她在总务室登记好并做出不会将自己的服装借给他人穿戴的承诺后，就领取到了两套白服低阶的制服。

然后又接到（C）班班导冥罗发送来的通知，要求九点整召开班会，所有取得白服资格的学生务必将白服穿上。

凌桑将白服披在自己的T恤衫外。因为每件制服都考量了每个学生对应的体格，所以制服出奇地合身。所有服级的样式基本相同，白服胸前刺绣花纹为清雅的蓝色，与视觉冲击力最强的黑服相比，白服显得柔和很多。

她在镜子前侧过身，镜子清晰地映出了她修长的身体轮廓。凌桑难得会看着镜子里的自己这么久，换上完全陌生的衣服后，感觉镜子里的人也完全陌生了。

还有，她忽然觉得自己还挺漂亮的。

“阿桑，我给你扎头发哟！”同样穿了白服却显得更加丰满的伊娜对她招手。

但是你手上握着的分明是一把剪刀没错吧?

在伊娜的步步逼近下凌桑没敢拒绝，任凭她打理自己的头发，反正自己发型本来就挺糟糕的。伊娜修整了凌桑凌乱的刘海儿，凌桑闭着眼也不知道会变成什么样。

“好——啦，看上去顺眼多了。”

她睁开眼望向镜子，额前碎发被剪成了V字，柔软地覆盖着额头。她的脸凑向镜子仔细看着，感觉更像是一个完全不认识的人了。

伊娜减掉了她头发下端最为枯燥扭曲的一截，用彩色头绳把头发全部绑起，还在脑后盘成一个结，彩色丝线夹杂在黑色长发中透出绚丽的色泽。

“哦！好厉害！”凌桑甩甩头，发结竟然没有散开。

她还是第一次被盘出这么漂亮的发型。

“下次我教你怎么把头发绑得漂亮哦。”伊娜又往凌桑的发结上插了三根蓬松的白色羽毛做装饰，随即双手一拍，“好啦，保证惊艳全场。”

“那么你呢？”凌桑看着没做任何打扮的伊娜，她依旧只是扎着干练的马尾。

“我喜欢这个。”伊娜把毛球捉起来放在自己的头上。

“……”别把你的室友当头饰啊！

凌桑在走进教室前，忽然有些忐忑地放缓了步子。伊娜拖着她，相当骄傲地闯入了教室。在凌桑刚进入教室的瞬间，全班响起“嗖”的一声，随即沉寂五秒，终于有人议论起来。

“这个不就是那个谁谁谁吗！”

“啊对！就是那个！那个——会跳舞的小妹子！”

“啊啊！就是那个会跳舞的还拿过柔道第一名的阿斯卡小妹子！”

“对了！就是那个会跳舞、拿过柔道第一名还在羽毛球赛上夺冠的阿斯卡王室小妹子！”

“哦哦！就是那个会跳舞、拿过柔道第一名、只会打乒乓球但却在羽毛球赛上夺冠的阿斯卡——”

“这是哪门子的妹子啊！”伊娜一脚踹向讲台，桌子掀起九十度后倒下。

“凌桑。”安明相当平淡地念出了凌桑的名字，全班听到这个名字后再度死寂。

凌桑沉默地在靠角落的座位坐下，果然还是有点儿尴尬。

每个班级的整体实力基本上都是相同的，第一次服级鉴定结果出来，每个班都大约有百分之二十的通过率，而这百分之二十的尖子中会有凌桑这个人类，还真是让人无法理解的事情。这个时候，多数人却暂且忽略凌桑为什么能考上白服的问题，而是惊讶于今天的凌桑为何如此让人着迷。

“考上白服，顺便学会打扮了啊。”

当然还是有少数人存在的。

凌桑不露声色，只是把眼睛轻微地瞥过去看了薇薇安一眼，然后重新把视线挪了回来，有点儿不怎么想理她。

“洗洗你的嘴！”伊娜把毛球扔到薇薇安的脸上。

“关你什么事！”薇薇安再度把毛球扔回伊娜头上。

不管之前的“战况”如何激烈，在黑服高阶的冥罗走入教室时，全班瞬间展现出其乐融融、无比和谐的一派美景。

“到齐了没有？”冥罗咆哮问道。

“到齐了——”全班咆哮回复。

“很好！考上白服的人诸位也都看到了。这不仅仅是能力的认同，还是荣誉的象征！如果剩下的人不能在本学期末的第二次服级鉴定通过白服鉴定的话，就让我亲手来好好教教你们！”

“好——”全班抖着汗毛咆哮。

凌桑忽然想到了一件别的什么事，让她瞬间把班导的音量屏蔽了一半。自己穿上白服了，还特地打扮过……应该尽快让空泽看看吧？

这个时候空泽在哪里呢？好期待把衣服穿给空泽看。

欸？似乎自己忘记了一件特别重要的事……

她失声惊叫，随即立刻闭嘴再环顾四周，但是所有人都已经注意到她了。

“那个……”她弱弱地举手，向班导申请，“我可以先走吗？就这一次……”

“你说什么？”冥罗大喊。

“我说我可以不参加这次班会吗？”凌桑也顾不得那么多，直接站起来，右手拍在桌子上大喊，“今天是黑服鉴定！”

全班瞬间肃静。没想到凌桑这个小家伙喊起来也很有魄力……

“这和你有什么关系？”

“我的负责人是空泽！”

冥罗愣了两秒，随即爽快地左手一挥指向教室门口：“批准！”

“十分感谢！”凌桑冲出教室。

全班再次发出“嚄”的一声。凌桑是第一个敢和班导对吼的奇异品种……

凌桑跑向竞技场，入场的通道口开着，但是当她进去没走多远就被驻守通道的蓝服工作人员拦下：“黑服鉴定是不对外开放的。”

“可是……我的负责人在里面啊。”她央求。

青年看了她全新的白服，右手傲慢地叉着腰：“回去吧，这种场合不是什么人都能来的。”

“我只想见他而已……”她压低声音。

“真是胡闹！”蓝服的右手扬起，想要吓走她，却被另一个人握住了手腕。

“如果负责人是黑服的话，应该可以进去的吧。”声音柔和。

“源溯！”蓝服有些不满地喊道。

“喏！证明你和黑服的关系相当好，就可以进去了。”源溯松开手瞥了蓝服一眼，再看向凌桑，双眼眯起来笑道，“你今天真漂亮，空泽看见一定会很惊讶的。”

“啊……”她想了一会儿，在身上摸出空泽给她的那张三号馆宿舍准入卡，展示给那个还对她相当不友好的蓝服，“这个可以吗？”

蓝服瞥了一眼确认金卡的真实性，勉强点头，右手一指通道口：“将就，进去吧。”

“谢谢！”她抓着源溯一路跑了进去，然后回头问他，“源溯学长身体还好吗？”

“我没什么问题的。”他只要大步走就可以跟上小跑的凌桑，“不过空泽的话一定会闹出麻烦……黑服鉴定的风险非常高。”

凌桑应了一声，继续往前走去。

“白服低阶与白服高阶的实力差距或许并不会太过悬殊，但从白服晋级为蓝服是一条鸿沟，从蓝服晋级为黑服更甚。”源溯继续解释，“黑服低阶要升为黑服中阶，可能就是翻倍的实力差距。越往上，跨度就越大。空泽上学期期末才考上黑服低阶的。”

源溯已经解释得很清楚，凌桑默然地没有继续询问，但她的脚步却慢了下来。

按照源溯的暗示，空泽是通不过这次服级鉴定的。

“我觉得你还是不要来围观比较好，”源溯说实话，“空泽已经让我来这里给他处理一些后续问题，他故意没有通知你。”

“我也只是忽然想起有这回事……”她轻声说道，“想起来的时候，我很自责自己竟然忽略了他，我对他的关注还不够。”

“不，你不用想这么多的。”源溯连忙说，“他真的不希望你来。”

“……”凌桑思索了两秒，然后问，“那我来了，应该没关系吧？”

“没关系的，反正他也看不到观众席上有什么人。”

走出通道，就到达主竞技场。

观众席上只有寥寥数人，多数都是黑服。黑服精灵埃斯利亚伏在水晶围栏上向下俯视，听见声音后缓缓转过身对凌桑招手：“没想到会见到你啊。”

“嗯。”凌桑对他点头问候。

“那就一起来看吧。”埃斯利亚眯起眼睛露出微笑。

“这个是？”凌桑指着精灵脖子上挂着的三条银项链。项链下端各吊着一枚水晶，强大的力量汇聚成流转的光芒。

埃斯利亚拿起水晶，眼眸半敛，轻声抱怨：“这个啊……他们也真是的，什么结界都交给我，让我的压力有点儿大……”

竞技场再度传来爆炸声，埃斯利亚挂着的一枚水晶颤动起来。他闭上眼睛，双手指尖贴合扣成倒 V 字将水晶笼罩，颤动的水晶再次恢复平静并泛起色泽，竞技场的结界防御重新稳固。

凌桑攀上水晶围栏望了下去，下方白色的雾气弥漫，什么也看不见。

这是……水汽？

就连作为监察的黑服高阶主考也站在观众席上观看，因为黑服鉴定的情势，是完全不能让第三个人安稳地立足于场地内的。

水汽瞬间蒸发消散，场地中心腾跃起金红色的炎龙将场地烤炙。炎龙全身都由火焰汇聚而成，双眼则是流转散发的白焰，炽热的火焰从炎龙张开的嘴中弥漫。

炎龙盘踞了整个主竞技场上空，这一次凌桑看得清清楚楚，炎龙尾部盘绕在一个黑服的腰上，那个黑服暗红色的长发披肩，像女人那样柔美妖娆。

夙凤！

凌桑睁大双眼。空泽的对手……竟然是大学部的夙凤。

回想起之前空泽对他有点儿奇怪的态度，凌桑似乎理解了一点，排除感情方面的因素，他们两个人的属性本来就天生犯冲。

空泽已经退到竞技场的边缘。主竞技场的水晶石地表已经全部碎裂，墙壁也已经被冲击得布满裂缝。在结界的保护下，剧烈的攻击丝毫没有波及竞技场以外。

空泽将右手食指贴在唇前轻声念咒，伴随着咒语，一层水圈在他脚下荡开，随后水浪涌起，将他全身围裹。空泽的黑服已经碎裂大半，露出的白衬衫上满是血迹。

“已经耗了半个多小时了，差不多该结束了。”源溯也伏在栏杆上，轻声呢喃。

空泽要抗衡夙凤，实在是太勉强了。

“在他那里，可没有最后一次的说法。”埃斯利亚依然平静地观望，眼眸温和。由于他的虹膜与瞳仁都是纯白色的，因此很难看出他眼睛的焦距落在哪里。

水圈奔散，空泽右手举起，原本没有固定形态的水忽然凝固，随即整个地表震动起来，发出晶体摩擦的唰唰声。这样的震动在结界外都能清晰地感受到，埃斯利亚很有先见地又对结界做出了巩固。

巨大的冰凌拔地而起，在空泽身后组出一个半圆的弧度将他笼罩。在他手下的冰凌全然不像固体，而像是有了灵性的活物，千万条冰凌汇聚成尖锐的冰川，在他右手的指令下像是洪流般向前扑压而去。

炎龙消散，整个主竞技场瞬间被冰封，顿时如同天寒地坼的严冬。向上生长的冰凌冲击着结界，被埃斯利亚护在手心中的一枚水晶碎裂开来，化为粉末。

“啊……”埃斯利亚看着自己的手心，轻声呢喃，“这会让我很苦恼的啊。”

空泽是水性。

“水能够克火吧？”凌桑问源溯，传统五行常识她还是有的。

源溯轻声解释：“虽说如此，但是实力差距太悬殊的话，这也是无效的。”

“实力差距……吗？”

黑服低阶与黑服中阶，仅仅相差一级，就完全是成倍的差距。

冰凌从尖端开始粉碎，夙凤完好的身形从融化的冰块中显露出来。

空泽站在冰凌最高点，提起双刀跃下，冰凌在他意志的控制下仿佛再次拥有了生命般开始涌动。

站在原地的夙凤身侧爆开火焰，炎龙再现腾跃全场。

融化的冰直接升华为水汽，大雾再次将视线掩盖。瞬间几乎所有的水汽都被蒸发得一干二净，已经碎裂到没有任何完整之处的竞技场终于出现在众人的视野之中。

夙凤依然站在原地，黑服出现褶皱，有破损的刀痕，看上去也受了不小的伤害。而此时的空泽已经躺倒在竞技场边缘的墙角下，还有意识地睁着双眼，只是再也没有了站起来的能力，他的胸腔下侧有一个拳头大的血洞，黏稠的血液在碎裂的地面间缓缓流淌蔓延。

结束的铃声响起，埃斯利亚在第一时间贴合双手撤掉剩余结界。源溯冷静地翻身越过栏杆，从观众席一跃而下赶到空泽身边，把两张符咒贴在他胸腔上用来急救。

凌桑呆滞地看着。

埃斯利亚微笑着侧头看她的时候，发觉她的眼神已经全然不是原先的那种气韵。

“有没有想到……一些你从没想到过的事呢？”尽管如此，埃斯利亚还是温和地望着凌桑没有表情的侧脸，他的透明眼睛似乎能够把所有的心事看穿，纯正的精灵王族拥有最纯净的感知力。

“啊，是的。”凌桑很平静地望着夙凤离开的背影，过了许久，她才开口，“我有点儿想保护他了。”

空泽并不是万能的神，自己也不是被他庇佑的一只幼鸟。在力不从心的时候，空泽也会如此无助。大家都一样。

“有珍惜的东西就好了，命运会倾听你的愿望的。”埃斯利亚的眼睛再次眯起来。

“愿望啊……”她呢喃。

“你需要变得更强，”埃斯利亚的声音压低，缓缓地传入她耳内，“请加油。”

“……”她还站在原地思考，埃斯利亚转身离开。

源溯背着空泽离开场地，破碎的竞技场逐渐自动修复并在五分钟之内恢复了平整完好的原状。

她要得到她想要的，而且要呵护这些上天赐予她的美好。

很久之后凌桑回忆起来，才意识到自己是在精神放空的情况下，被埃斯利亚轻易地洗了脑。

他轻轻叩响关闭的房门。

“埃斯利亚。”精灵报上自己的名字。

两秒后源溯打开门，恭敬地略微欠身向精灵行礼，再侧过身去让开通道。房间不大，非常简洁，深蓝色的窗帘已经拉上，遮挡了大部分的光线。

埃斯利亚走向床边。空泽平躺着，头部略微向左侧，浅色的嘴唇略微张开呼吸。

“空泽。”精灵的右手指尖摸上了对方的下巴。

空泽感知到触碰后气息起了变化，皱眉，头部侧向另一边。

“他刚睡下。”源溯有些担忧地轻声解释，“你还是晚一点儿再叫醒他比较好。”

“啊……他应该不会很介意吧。”埃斯利亚温和地笑着，用手把空泽的头轻轻扳了过来。空泽忽然睁开眼，右手猛地揪住埃斯利亚的手腕，指尖嵌入皮肉。

“空泽。”埃斯利亚又轻唤了一声，“清醒一下。”

空泽的眼神在看清来人后柔和下来，右手松开无力地落回床上。“什么事？”他又要昏睡过去，目光涣散。

精灵从怀里取出一个透明玻璃的小瓶子，打开瓶盖把里面的透明液体灌入空泽嘴里。空泽没有多大的排斥，昏昏沉沉地吞咽下去。

“会好得快一点儿。”埃斯利亚继续俯视他，“你真是太拼命了，高一下学年期末才取得了黑服低阶，是不可能在这么短的时间内冲刺中阶的。”

“不用你来关心。”空泽无所谓地再将头侧向另一边，但是眉头再次皱起。

“真是固执啊，”埃斯利亚轻声笑起来，“请你还是尊重一下我这个做老师的，在考级上多听从我的建议吧。你的身体很宝贵，不要随便把自己身体搞垮，可以吗？”

“……”他不说话，眼睛已经牢牢闭上。

“休息吧。”埃斯利亚转身离开，又补充了一句，“对于不能勉强的事，还是不要勉强为好。”

埃斯利亚利用其黑服教师的特权，一共特招过两个学生。

一个是凌桑，另一个就是空泽。

大概都是他特招的缘故，也就促成了这两个家伙缔结负责关系。

被黑服精灵选中的人，是不会让这个世界过于平静的。

埃斯利亚还在走廊上的时候，远远地就看见一个女孩子跑进医务室三楼转角口四处张望。

“埃斯利亚！”凌桑见到他后，欣喜地叫了一声跑了过来。

“回去吧。”精灵却是这么开口，低下头看着她，银白的睫毛覆盖半个眼眸，“空泽很快就会回来，等等他就好，现在不要去打扰他。”

“好。”凌桑虽然愣了一下，但还是点头应下，转身跑开。

明明有沮丧的情绪，却能把情绪全部收敛，让人难以察觉，精灵轻轻呼出一口气。

虽然现在一直是空泽在照顾凌桑，但不得不说，凌桑，空泽那个生活自理三级残废的人就拜托你了。

刷卡后凌桑进入了三号馆，走到阴森的二楼后她敲了203的门，没有回应。

所以说，过了一个白天，空泽还没回来吗？没有门钥匙，她试着将一道细小的气流弹入钥匙孔里。如果是人类世界的锁，除非锁出了故障，不然没有她打不开的。但是这门锁却没有丝毫动静，她呼出一口气折返回楼下，想到外面去看看。下楼的时候凌桑正好撞见一个黑服走了上来。

席勒？

由于席勒的外貌特征十分明显，所以她一眼就辨认了出来。凌桑连忙靠边让路，席勒停下来看着这个可以进入三号馆的白服低阶。

“你是？”他皱眉，“我似乎见过你。”

“我来找空泽。”她低头轻声回应。

“哦。”席勒瞬间回想起来这就是空泽手下的那个小家伙，他继续走上楼梯经过她，提醒说，“他应该还没有回来。”

席勒没有参加这一次的黑服鉴定，不过始终在观众席观看，他很清楚以自己目前的实力还无法挑战中阶。

凌桑跑下了楼梯，出了建筑门口后转向左侧的庭院。天色已经暗了下来，实际上今天下午已经正式开始上课，理论课程对她来说并不是太难，咒术只需要记忆就好了，而一些常识性课程比人类社会的初中水平更精简一点儿。晚上基本是没有必修课的，因此她可以很空闲地来找空泽。

她仰头看着三号馆的二楼窗户，空泽那个房间的窗户并没有关死。

于是她就爬了进去。

凌桑把整个房间都打扫了一遍，又把已经在卫生间洗脸台内浸泡了一整天的衣服重新洗了一遍，然后挂到阳台上晾干。接下来似乎就是要等空泽回来了，虽然没把握他能回来，但她还是抱着这样侥幸的心态。

不久后凌桑就听到了钥匙插入锁孔的摩擦声，她欣喜地跑到门前立正站好，当门打开的时候她猛地一个鞠躬：“欢迎回来！”

当凌桑再次抬头看向空泽的脸时，他的表情变得相当呆滞。

门猛地被甩上。

喂！空泽，你把自己关在门外了啊！

她连忙想把门打开，但明显空泽在外面拽住了门把手，以她的力气根本打不开。

“你是怎么进来的？”空泽在门外问道。

“我们可以不要隔着门板说话吗？”她一头撞在门板上。

下一秒门就被空泽一脚踹开，凌桑瞬间被掀到门板与墙面之前的空隙里，她感觉到自己似乎已经被拍扁了。

通过这么粗暴的力度，她对空泽的身体状况完全放心了。

空泽把门掰开，甩上门发出一声巨响。这时他就站在了被拍在墙上的凌桑面前。

面对空泽，凌桑一瞬间大脑空白一片。

不对，自己明明有很多话想对他说，可是完全想不起来。这是怎么回事？脑功能退化了吗？

第十二章 无法超越的奥义所在就是精力过剩

—F E N G Z H I S H O U W A N G Z H E—

“你是怎么进来的？”空泽又问了一遍。

“呜……爬窗户。”她坦白。

“二楼？”

“嗯，二楼。”到这时候她才忽然想起她要说什么，于是兴奋地将双手打开，把白服展现给他看，“我的新衣服！”

“哦。”空泽疲惫地应了一声。

“……”凌桑的积极性瞬间被打击得啥都不剩，算了，只要让空泽看到就好了。

“你的头发。”空泽似乎终于看出一点儿什么不同来了。

“啊，对！是不是不一样了？”她瞬间又提起了精神。

“是不是洗过了？”

“……”你的重点怎么回事啊？

“回去吧，我很累。”空泽转身到床边坐下，接着直接躺倒在床上。他身上披着的是一件白色的丝质宽大长袍，看风格好像是埃斯利亚才会穿的，他现在往床上一躺，这件原本很漂亮的白色长袍活脱脱堕落成了一件睡衣。

“你……还好吗？”她小心地问。

“没事。”他闭上眼，忽然轻笑一声，“你穿白服感觉还不错。”

“啊！”她惊喜地叫一声，终于等到这句期待已久的话了。

“我没经历过白服。”空泽好像要把话题转移开。

“哈？”凌桑一脸期待。

“因为那时候我在想……”他的眼睛睁开，声音相当平静地叙述往事，“穿了白服的人拥有的优越感真是可笑啊，让我穿上白服与他们一样，还不如保持无服状态好了。”

“哦！”凌桑对空泽如此高深的思想觉悟表示赞叹。

“所以我第一次服级鉴定就考上了蓝服。”

“噗！”

你的脑回路到底是怎么回事啊？励志性完全变质成了秀优越吧！

“你觉得呢？”空泽侧过头，疲惫地望着她。

“你还想让我说什么？”她全身散发出幽怨的气息。

“嘁！”空泽笑出了声，随即笑容逐渐淡了下去，认真地说出接下来的话，“我很欣慰你比其他新生都成熟得多，其实，我承认，你比他们更优秀。”

“我……”这反而让凌桑有些不知所措了，她轻声又细碎地呢喃，“其实我有多糟糕你也知道……”

“你会很优秀。”

凌桑的嘴微微张开，但又什么也说不出来。

被空泽夸奖真不好意思呢……

“你要在我这里过夜吗？”空泽将头侧向另一边，轻声提议道。

她再次露出笑意：“好啊。”

凌桑的时间观念相当强，即使不设定闹钟也会准时在固定的时间醒来。清晨七点，她在地铺上翻了个身，听到空泽均匀的呼吸声，就爬起来趴在床边，看见空泽还真的又穿着一整套的衣服睡了一晚。

鉴于上次的经验，她先是后退了几步，站定后又觉得退得不够远，于是干脆退到墙边贴在墙上，然后抄起门口鞋柜上的一把毛刷，朝床上的空泽扔了过去。

空泽迅速睁开眼接住飞过来的毛刷，看也不看立即坐起来原路甩回。

“噗！”凌桑捂头蹲下。毛刷砸在她头上，又一个反弹落在地上。

这都可以吗？这前后的力度完全不在一个档次上，好吗？

把起床气发泄完的空泽这才似乎有了清醒的迹象，先是翻看通信表确认时间，再完全无视掉蹲在墙角的凌桑，翻身下床，打开衣柜翻找可以穿的衣服。

空泽发现自己的衣服已经全部整齐地分类叠放好，完全不需要翻找。他这才意识到还有一个小家伙存在。空泽转过头去的时候，凌桑捂着头弱弱地说了一声“我回寝室了”，就默默地打开门离开。

空泽不理解地提着一件白色T恤衫站在原地，刚刚发生了什么吗？

凌桑回到一号馆，在镜子前拉下已经凌乱的头绳重新梳理头发。

“阿桑又是夜不归宿哦！”伊娜抱着毛球在床上翻滚。

“啊哈！不要在意这些细节……”凌桑自己也笑了起来。

“对了，阿桑，你报的是什么选修课？”伊娜忽然提起。

“选修啊……我也不知道……”凌桑呢喃，“随便填的……”

只知道是和空泽一样的选修，还没问过空泽对什么样的课程感兴趣……

“今天一整天都是选修哦！”伊娜愉快地举起双手。

虽然相当期待，可是不知道为什么一股寒意从背后悄然爬起……

凌桑上午的选修课是心理咨询师培训。

空泽，你到底选了什么奇怪的课程啊？

她坐在像是用来开讲座的百余人容量的教室里，哀怨地看着已经伏在桌子上长眠的深蓝色头发的青年。

你挑选这个唐僧念经式的选修分明就是为了来睡觉的吧！

“那个……学长啊……”凌桑轻声问，“请问你是怎么通过每门课考试的……”

这个技能她一定要学习啊！学长，求求你把闪耀着主角光环的诀窍传授给每次明明有认真听课可就是永远成绩倒数的学渣吧！

“考试吗……”空泽摆出一张睡意正浓的脸，抬起头用一种“原来还有考试这回事”的表情看了一眼凌桑，然后又慵懒地趴下继续睡，“叫源溯帮忙突击一下就好了。”

“……”学渣的身后原来隐藏着一个学霸吗？她再次碎碎念，“不会被发现吗？”

“没人有意见。”没人敢有意见。

“……”

见凌桑没有回应，空泽又补上了一句：“你好好听课。”

“谢谢鼓励。”凌桑双眼眯了起来，感觉自己在不久的将来也要帮他突击了。

看到面前摊着的一本厚重的全英文心理学课本，凌桑分明听到了某种东西碎了一地的声音。

她再看空泽这副半死不活的样子……

昨天的黑服鉴定真的很伤身体吧，他应该连打人的精神都没有了。今天还能过来上课，也真是难为他了。

中午凌桑一个人在食堂默默地吃着午饭，空泽端了一个盘子走了过来，坐在了她的对面。盘子里的食物……根本就不是正常的分量。如果说空泽可以一连清醒三天再一连睡上三天的话，那么没准儿也可以一连吃上三天的饭再一连饿上三天，一定是这样的没错。

“明晚有新老学生交流会，也就是新生欢迎会。每个班都会有节目，你参加吗？”空泽搅着一杯饮料，像是在提什么无关紧要的事。凌桑一直盯着他的吸管看，其实是在等待目睹空泽吃掉这么一大份的食物。

“啊……我会唱歌哦。”她笑道，“只是合唱的一个小插段，高二部原来也会出节目呀，好期待空泽出场。”

"我在最后的节目。"空泽叼起吸管含糊地应着。

最终凌桑还是没能看见空泽吃午饭的情景，因为空泽在喝完饮料后把这份午饭……打包带走了。

下午的选修是墓茔课。在赶往实践场地的大巴上，空泽才把这个词翻译成中文告诉凌桑。

"是挖坟的吗？"她很认真地问。

"你想这么理解的话也可以。"空泽相当"友爱"地回复。

大巴上一共有二十多个人。因为外界的环境比学校里要热很多，大巴在离开校门后，空泽就把黑服脱了下来，将黑服的两只衣袖环过腰间在身前打结，车上其余人大半也都已经脱下了服级外套。

凌桑扭头观察选报这门课的都是什么同学，可他们却都对她爱搭不理的。

"没有高一部的，过来的都是蓝服和黑服。"空泽看出了她的心思后解释，"墓茔课据说有点儿黑历史。"

"你应该阻止我的。"

"不是你要和我报一样的课程的吗？"

"嗯……"凌桑思考两秒，然后很有信心地回复，"不过有你在应该没问题的。"

大巴行驶在平坦的草原上，车头前方的不远处浮着一道半透明的黑色图阵，车子从图阵中穿出的瞬间，由之前平坦的草原驶入了树林，整辆车开始颠簸起来。

坐在最前方的黑服高阶女教师侧过身，对满车的人灿烂一笑："今天我们去挖卡塔木珞的老巢。"

"哦。"一车的人都波澜不惊。

只有凌桑惊恐地睁大眼。等等！好像出现了一个很耳熟的名词，童年阴影又要出来了……

车子停下后，所有人都下了车。在他们面前的是一座荒凉的山丘，山丘下方是一个两米高的黑色山洞，洞口布满了白色的丝线，像是密集的蜘蛛网。

一个蓝服打了个响指，身上瞬间盘旋起神秘的蓝色磷火，然后他完全没有犹豫地走入了洞口。几乎在瞬间，火焰就被黑暗吞噬，他的整个身形突然消失，紧接着响起了一声凄厉的惨叫，伴随着缥缈的回音传入了众人的耳中。

所有人都汗毛一竖。

"前进吧，同学们！"黑服女教师气势磅礴地一挥左手，喊道。

在那个冒进的蓝服遇险后，黑服学生首先进入。空泽拖着凌桑一起走进了洞口。山洞里面一片漆黑，两个人在行走两步后，脚下瞬间踏空。

"嗷嗷嗷！"凌桑惊叫。

下面是空的！她是自由落体状态！

空泽轻喝一声，身体下方突然发出晶体的摩擦声，冰凌从四周向中央汇聚，竟然瞬间形成了一个相对光滑的中央平台，接着空泽提着凌桑落在了冰面上。

在空泽之后坠下的学生们全部砸在冰面上，好几个人还相当顺畅地滑了好几圈。

空泽在冰面上行走，在他走出一段距离后，身后的冰面忽然开始坍塌，那几个刚站稳的蓝服学生惨叫一声，不受控制地坠了下去。

凌桑跟紧空泽，拽住他的黑服衣袖，生怕他把自己这个亲密队友也给坑了。

当空泽找到一块突出的岩石可以落脚后，剩余冰面全部化成水滴落下去。他的眼睛在适应黑暗后可以感知到大概，这个山丘是中空的，但是不知道深度。空阔的黑暗中突出的岩石交错，柱状的岩石之间缠满了白色的丝质分泌物，凌乱密集的丝线之间缠绕着一个个巨大的虫茧。

他们的头顶上空忽然传来了猎猎声响，空泽仰头望去，看见只剩惨白骨架的蛾子飞行而过。

“到虫子蜕变的时节了。”他轻声呢喃。

空泽踏着只有一分米宽的岩石继续前进，凌桑死死地拽着他缠在腰上的黑服，紧紧跟着他。这样即使打滑掉下去了，也可以拖上空泽垫个背……

“话说……”空泽压低声音，但在如此安静诡异的气氛下，他的声音还是显得相当清晰，还伴着微弱的回声。

“嗯？”凌桑仰头看他。

“我今天状态还不是太好，你尽量自己小心一点儿。”他轻描淡写地提醒。

“啊……好。”凌桑点头。由于昨天黑服鉴定的原因，她知道空泽的身体情况很糟糕，在能不坑空泽的时候，她一定不会去坑他的。

“谢了。”空泽继续向前走。

“不……不用谢，真的不用谢。”凌桑连忙挥右手，在自己力所能及的情况下，她真的不会故意坑自己家负责人的。

不过她有预感，由于自己太弱，最后很可能还是要坑空泽的。

两个人走到这块石柱的尽头，距离对面的石柱只有两米。空泽轻松地一跳就跨了过去，转过身退后两步给凌桑腾出空间：“过来，不要看下面。”

但是被这么暗示之后，凌桑本能地向下看去。

“啊啊啊——”

下方是一个巨大的白色虫茧，半透明的茧内包裹着一条已经腐烂发黑的干瘪大虫，只有一张扭曲的人脸还没腐烂，张大的嘴像是在发出最后的咆哮。

在蜕变的时候失败了，就成了永远被束缚在茧内的亡灵。

只要能明白过来，这或许并不是很可怕的事。但凌桑在受惊的瞬间一个趔趄栽了下去，惨叫声相当流畅地前后衔接在了一起，最后喊出一个发音：“空——”

对不起，一下子就把你给坑了，而且坑得这么没有技术含量。

空泽纵身跃下，挥出右手就要在凌桑身后布开一片冰层。但冰层完全来不及汇聚，只形成了薄薄的一片，凌桑的后背就砸碎了冰面再度下坠。

由于双方角度的偏差，空泽的胸口一下子撞击在一块凸露的岩石上。他伸出右手攀住岩石让身体悬挂在半空，大口喘息许久才从一阵眩晕中恢复视觉，冲着下方的一片黑暗咆哮：“桑！”

“咔——”上方的展翼声临近，扑跃下来的灰白色蛾子像是一具包了皮的骷髅骨架，双翼是骨骼支架间蒙上了一层半透明的薄膜，只有一张人脸依然保持了卡塔木珞软虫的原型。

空泽抿嘴，右手用力一撑纵身跃起，利落地抽出一把长刀劈出一道光刃，砍在卡塔木珞蛾的腹部，但是竟然只留下一道白色的痕迹。

力量还没有恢复，他没有多大的攻击力。

空泽侧身蹲下避开俯冲而来的蛾子，再度纵身跃起，双手握刀在空中挥出一个大弧度。长刀砍在卡塔木珞蛾子的脸上，顿时石膏般的人脸如同面具一样碎裂开来，长刀嵌入卡塔木珞蛾子的身躯骨骼，将其水平割裂成两部分。

空泽再次落回岩石上大口喘息，胸腔外的白色衬衣开始渗透出暗红色的血液——伤口撕裂了。他立即解开腰间的黑服，把黑服披上，再扣紧胸前挂扣，防止被别人发现他身上的血迹，紧接着纵身跃下了岩石去寻找凌桑。

凌桑睁开眼。

完全没有失重的感觉。

身体感觉不到任何实物，她直起身向下望去。

身体竟然悬浮在了半空。

仿佛自己没有任何的重量，当她勾了勾左脚，身体又开始缓缓地下坠。没错，身体完全可以随着自己的意志行动，是风掌控了身体，或者说——

自己变成了风。

空泽当时的预言真的没错，自己似乎真的可以上天。

以这种速度落下去应该没问题，凌桑终于松了口气。这时上方的风忽然异样地压了下来，她呆愣地看着空泽从自己身边坠下，还用一种“你在干吗”的困惑表情看着她。但两个人只是打了一个照面儿，空泽伸出左手却没能抓住她，于是继续坠落下去。

“啊喂！”凌桑终于反应过来大叫了一声，但是空泽的身影已经淹没在了下方的黑暗中。

如果没看错的话，空泽在消失前的表情分明是在说“你浪费了我的感情”。

对不起，万能的黑服，祝福你。

“咔——”上方传来嘶叫，伴随着展翼的声音，一只灰白的卡塔木珞向她俯冲而来，张开细长干瘪的节肢想要抱住她。

凌桑惊恐地挥出右手，甩出一道气刃击在卡塔木珞的人脸上。飞行的卡塔木珞惨叫一声后旋转坠落五六米又飞跃了起来，而此时凌桑已经踏上了它的后背，俯身揪住了它头上的两根须子。

“咔——”卡塔木珞在半空挣扎扑腾，凌桑使劲把它头上的两根须子往后拉想要调整方向，只听到“咔嚓”一声，蛾子的脖子被她掰断，整只蛾子瞬间失去了动力，笔直坠落下去。

一个在底部勘察的蓝服低阶仰头，好像又有谁要掉下来了，他很明智地让出一块空间。先前他已经连续被两个人击中，现在他的腰很不好。

卡塔木珞蛾子还是扑压到了他的身上。

“好棒！再来一次！”骑在卡塔木珞背上的凌桑感叹。

再次被压倒的蓝服说出一句凌桑听不懂的脏话，翻身一脚踹开卡塔木珞，凌桑也顺带着被甩了出去，在地上滚了好几圈后才停了下来。

“痛啦！”她捂头坐了起来，看见面前的人是一个蓝服后，她也没有再抱怨，站起来相当恭敬地问道，“请问你有没有看见空泽？”

“没有。”青年不想搭理这个白服低阶，掸了一下衣服后直接无视凌桑继续往前走去。凌桑默默地跟在他的身后，本能地扯住他的衣摆，就像是扯空泽的那样。

底部温度比上方低了不止十摄氏度，脚下的泥土湿软，零碎地堆积着已经腐烂的尸体与分解后的白骨。奇怪的异味在空气里弥漫。

“滚开，别碰我。”蓝服低阶的青年回过头，面目凶恶地瞪了凌桑一眼。

“咦，谁？”凌桑顺着他的视线也回过头去看。

“说的就是你！”

“啊，你说什么？”凌桑仰头。

“别碰我！碍事的白服！”

“你说什么？刚刚风太大——”

蓝服低阶一下就将凌桑甩开，凌桑在向后滑离两米后，身躯前倾稳住了重心，双脚迈开增大摩擦力停了下来。

“你的脾气比你的服级还要大哦……”凌桑轻声念叨。

就算是黑服的空泽，也没有这么刻薄地对待过她，刚才还特地跳下这个洞穴来找她。

“你说谁呢？人类的小鬼！”青年终于被激怒，大声咆哮。

“这里还有其他人吗？”她张望四周。

“那也要看你有没有资格说我！”青年挥出右手，一道光刃从地表掀起。

对付这样的小鬼，随便一点点恐吓就足够了。光刃劈出绚烂的白光，空气中瞬间响起炸裂声，但是烟尘弥散后凌桑还完好如初地站在原地。

“这样就对了。”凌桑耸肩微笑。

青年这才发现凌桑并不是站在原地，而是已经水平地后退了五六米远。此时头顶上方传来了嘈杂的嘶叫声，两个人抬头一看，就发现竟然是听到下方响动的卡塔木珞蛾子全部俯冲而下，向他们发起了攻击。

几乎在瞬间，青年就被几十只卡塔木珞蛾子吐出的丝包裹成了一个灰白色大球。

他发出咆哮声，顿时大球表面浮现出密密麻麻的裂纹，随即炸裂开来，粉碎的卡塔木珞残体飞溅开来。蓝服青年在中央缓了几口气，才一面用手掸着沾满绒毛的蓝服，一面怨恨地瞪了还在微笑着和他招手的小鬼头。不对，对方招手的对象好像不是自己……

“呦，一下子招惹这么多只蛾子还真是好样儿的啊，班纳瑞。”一个高三部的黑服从他后侧出现，戏谑地拍了拍他的肩膀。由于这里造成的响动很大，附近的同伴全部被吸引过来了。

“还不是因为这个小鬼！”班纳瑞指着凌桑，充满怨念地咆哮。

“你竟然会把小鬼保护得这么完好，真是意识的飞跃啊！”

随着这个黑服的调侃，其余人都笑了起来。凌桑很是愉快地举手说道：“班纳瑞真是大好人呀！”

“你给我闭嘴！”班纳瑞咆哮，这个白服好烦啊！

目前一共汇集了七个人，凌桑跟着大部队一起向前走去。

前方是一个断层，下方则是看不见底的深渊。好在衔接断层两面的有一道宽约两分米的石柱，只需要走过去再跳出两米远就好了。

凌桑走在最后，走在她前面的就是板着一张脸的班纳瑞。众人走到石柱中央时，上空盘旋的卡塔木珞蛾子发现了这一行缓缓行走的生物。一只蛾子发出嘶叫，引得上百只蛾子全部发现了这七个人，顿时兴奋地向下俯冲而来，形成白乎乎的一片。

行走的人全部惊恐地仰起头。此时忽然一道诡异的风刮起，原本在石柱上重心就很难保持的人瞬间就像是撒芝麻一样，一个接一个地落了下去，蛾子们全部被下坠的人吸引，瞬间向下俯冲追赶而去。

石柱上只剩下凌桑以及距离她最近的班纳瑞。由于班纳瑞离风眼最近，所以在摇晃一阵后还是站稳了。他已经意识到风是从自己身后吹来的，惶恐地缓缓回过头后就看见凌桑一张微笑的面孔。

微笑的凌桑把手指戳在对方的背上。

班纳瑞也惨叫着落了下去。

凌桑深吸一口气再缓缓地呼出。好了，坑完了。

因为自己一不小心坑了空泽，所以务必把周围能坑的人全部坑一遍，这样才对得起自家这么善良的负责人。

她站在石柱上打开通信表，空泽说过有什么绑定的定位……凌桑胡乱地戳了一阵后，屏幕忽然拉出视频界面，显示出一张放大的脸。

“啊啊啊，空泽！”凌桑在惊讶后欣喜地叫道，“看得到我吗？”

“你的脸已经贴在屏幕上了。”空泽回复，他的声音从通信表中微弱地传出。

“视频通话好厉害！”通信表简直是黑科技！

“你是不是又做什么奇怪的事了？”空泽眯起双眼，蓝色的睫毛几乎触碰到屏幕。

“绝对没有。”她立刻一脸严肃。

“他们刚刚掉在我面前了。”

“……”被你发现了。

说了一句“那我来找你”后，凌桑就迅速关闭了通信表，纵身跃出石柱向下坠落，在十余秒后张开双臂，随即相当亲热地扑在班纳瑞的后背，把他重新压回到地上：“你好。”

这里一共有二十多人，差不多要到齐了。

“我说了就是这个小鬼把我们弄下来的！”班纳瑞爬起来，但凌桑还是死死地挂在他的后背上，就像一只树袋熊。

“……”其余人显然不信，都没有搭理他。

凌桑从他的后背上跳下，四处张望寻找空泽。在扫描到第二遍的时候，她才看到他在人群之外。空泽坐在地上，背靠着一块巨大的岩石，此刻闭着眼睛正在休息。

于是凌桑也没过去打扰他，只要确认他在这里就可以安心了。

“都集合了啊。”作为墓茔课教师的黑服女人也从上方跳了下来，稳当地蹲在地上，然后站了起来。她翻看通信表确认了时间，仰起头轻声说，“剩下的那几个也应该下来了……”

语毕，凄厉的惨叫声从上方传来，众人立即散开腾出一片空地，务必要让每个人都体会到落地的痛苦。

最后两个蓝服砸到地上后，教师再次清点人数，确认后打了个响指：“到齐。实践课程正式开始，请以最快的速度离开这里。”

众人一愣，空泽也忽然把眼睛睁开。

现在才正式开始，之前的活动是用来搞笑的吗？

女教师将一个银口哨儿衔在嘴里吹响，锐利的哨音瞬间响彻整个黑暗的空间。

“咔——”所有在上空飞行的卡塔木珞全部俯冲而下，同时地表的泥土开始碎裂，一张巨大的白色人脸从下方破土而出，张开嘴露出狰狞的獠牙。

所有人来不及咒骂一声，就第一时间跃起离开了原地。下方的地表瞬间爬满了巨型的人脸软虫，还有更多的软虫一只接一只地从地下涌出。

学生们一边凭借着岩石向上攀登，一边不断地砍杀从上方袭击而来的卡塔木珞蛾子，如果慢一些就会被下方的软虫吞噬。

所有学生的实力层次完全展现出来，在最上方的始终是黑服，最为滞后的就是蓝服的学生。空泽在逃离的黑服队伍中排名第三，这样莫名其妙的大逃亡他已经习惯了。

但凌桑还是第一次遇见。她一开始还能跟在蓝服队伍的中间，很快就落到了最后，在连续跳上几块岩石后就丧失了力气，瞬间就被前方的蓝服抛下老远。边缘的岩石纵横交错明明很适合跳跃攀登，然而她却在惊恐之下彻底乱了手脚，不断地向下滑落。

一只卡塔木珞软虫咬住了她的脚，凌桑惨叫一声，右手紧紧扯住石柱防止被拖下。上方一只俯冲的卡塔木珞蛾子趁机扑在她身上一口咬住她的右肩，凌桑不得不松开手向下坠落，瞬间就陷入了涌动的软虫堆里。

她张开嘴，光亮逐渐在眼前消失。

一切……好像是真实的呢……

不够强大的话……真的会死掉……

可是……我还想……

活着。

“啊啊啊啊啊——”凄厉的尖叫变成了咆哮。

空泽已经跳下去准备捞她。

但他忽然瞳孔紧缩，看见下方涌动的软虫堆炸裂开来。一条大虫子冲飞上来撞击在他的胸口，差点儿让他一口老血吐出来。

狂暴的风瞬间席卷开来。

这怎么会是……人类的力量？

在意识到危险后，空泽迅速折返，重新向上逃离。

整个墓茔都在震动，墙面迅速开裂，岩石粉碎向上抛掷。

这次变成了真正的逃亡。

整个山丘轰然崩塌。

来不及逃出的空泽瞬间被上方坠落的岩石埋没。

当右手被扯住拖出一截后终于把头露出岩石废墟时，他才恢复了意识。慢慢把眼睛睁开，空泽张开嘴吸入了一口新鲜的空气。

“你在干吗？”黑服青年责备他，绕转到他身后，双手抄在他的腋下把他下身也拖了出来。

“啊。”他甩了一下头，抖掉了满头的细碎尘土，随口应了一声。

“都跑出来了呢。”黑服女教师站在废墟的最高处，双手环抱着俯视所有人，最后视线定格在空泽身上，问他，“空泽，你今天状态不好吗？”

把空泽拖出废墟的那个黑服青年回应说：“是的，他昨天才被大学部的夙凤打了一顿。”

教师很理解地点头：“这样啊，下次有情况的话就向我请假吧。”

“啊。”空泽再次随便地应了一声，右手拂过额头揩去有些糊住眼睛的血液。如果不是自家被负责人一直在那里造孽的话，他也不至于会搞成这样。

“你今天好像没把脑子带上。”空泽身边的黑服中阶开玩笑道，然后把右手搭在空泽的头上，把他已经凌乱的头发揉得更加惨不忍睹，“尼萨亚不在了之后，我们就没交流过，找个时间我们聊聊吧。”

尼萨亚。

空泽瞬间屏住了呼吸。

又听到这个名字了。

不过自己在前一段时间好像已经忘记了他。

大概是因为现在每天都要为凌桑这个小白眼狼瞎操心吧。

空泽双眼没有焦距地侧头看过去，凌桑软绵绵地挂在班纳瑞的后背上。她耷拉着脑袋，没有什么精神，受的伤似乎不轻，但还是很享受地继续欺负那个有点儿呆萌的蓝服，班纳瑞正在抓狂地对她咆哮。

当凌桑看见空泽的时候，瞬间就打起了精神向他招手。

空泽眯起眼。

大概就是这个小家伙吧……把他的注意力都吸引过去了。

甚至都让他忘记了本以为会介怀很久的事。

“你脑子里都在想什么啊？”黑服中阶笑着又一拍空泽的后脑勺儿，完全像是大哥在宠溺自己小弟一样。

空泽突然站了起来，一个跃起飞身就把对方踢了出去，然后随手掸了一下发皱的黑色制服，狠狠地一眼扫过去："你给我适可而止。"

"瞬间满血复活了啊。"被踹出去的黑服中阶依然一脸微笑，瞬间冲上去一拳揍在空泽脸上，把他打飞了出去，"就算尼萨亚不在了，你还是要孝敬我的。"

空泽瞬间翻身站起，待黑服中阶再次冲上来要补一拳的时候，他避开拳头提起右腿膝盖猛地撞向对方的腹部。

"你去死好了！"

中阶再度被踢了出去，所有人一脸无聊地看着这两个拼体术的黑服。

"真是好精力啊……"一个已经筋疲力尽的蓝服把眼睛眯成一条缝。

"这就是我们永远无法超越的奥义所在……"另一个蓝服顶着已经杂乱不堪的头发接口。

"那只是个别黑服好吗？"一个围观的高三部黑服幽怨地反驳蓝服的这个结论。

"空泽加油！空泽最棒！"凌桑左手勒住班纳瑞的脖子，右手用力地挥啊挥。

"貌似那个家伙精力更好一点儿。"

这一次围观的同学们完全没有了意见。

最后所有人依然是坐车回去，实践课程仅仅是一个下午就把所有学生消耗到虚脱。凌桑蜷缩在座位上没再说话，空泽靠在座位上已经疲惫得再次睡了过去。

车子驶回草原，越过草原后就是学院北侧的森林。沿着主干轴驶到一号二号馆与三号馆的岔口后大巴停了下来，凌桑不知道该不该把已经睡到没知觉的空泽叫醒。

其余人都已经离开，这时一个穿着红色制服的女人走上了车。凌桑认得她，她是医务室的负责人。

"你还好吗？"女人露出微笑，把她抱了起来，"这样高危的实践活动，你还是不要参加比较好。"

女人身后还跟着一个红服的年轻男人，当那个男人要把空泽扛起来的时候，空泽的蓝色眼眸忽然睁开。

随即伴随着一声惨叫，男人被无形的力量撞到对面座位上，铁皮制成的车身瞬间凸出去一个人形。

更恐怖的是变形的车身竟然缓缓地恢复了原状……

但是那个男人已经直接瘫在地上失去了意识。

空泽完全没意识到自己刚才又干了什么，意识涣散地站起来走下车。

"空泽。"凌桑忽然微弱地叫了他一声。

"嗯？"空泽眼眸向后瞥去，看见了凌桑的面孔。

"……"虽然不知道该说什么，但凌桑还是露出了灿烂的微笑，对空泽挥手告别。

第十三章 恶魔蛰伏于心显于形

—FENGZHISHOUWANGZHE—

一天后的迎新晚会完全由学生自己组织，学生会将这项任务分配给各部门部长，部长均为高二或高三部学生担任，而高年级的学生又相当懒惰地再将任务往下一级分配，以至于手忙脚乱地组织晚会的全部都是高一学生。

拖延症到了一定境界都是不见棺材不落泪。为了举办这个活动，高一部全体同学还特地暂停一整个下午的课程去布置会场。

凌桑拿着拖布从走廊的一头拖到另一头。刚看见打扫完的曙光，又有两个人毫不在意地走过，潮湿的大理石地面瞬间出现了两对脚印。凌桑双眼眯了起来，沉默两秒后再拿着拖布奔跑一个来回。刚停下，那两个刚走过去的学生又走了回来。

“小心啊！”凌桑忽然惊叫一声。

那两个学生明显也被这叫声吓了一跳，转过头就看见一个拖布旋转着飞驰而来，木头柄完美地横向砸在了这两个人的脸上。

“噗！”什么情况？

“都说了要小心了。”凌桑走过去捡起地上的拖布后，幽幽地提醒道，“小心地滑。”

“……”一个被砸出鼻血的男生沉默。

“地滑你个头啊！”另一个男生咆哮。

“还有点儿手滑。”凌桑点头。

“真是找死！”男生冲上去，鞋子在潮湿的地表瞬间打滑，整个人惨叫一声向后倒去。

确实很滑……

“还有时间在那里吵吗？”摔倒的男生头顶上方忽然传来严厉的命令，“你们两个给我去搬桌子！立刻马上！”

那个始终沉默的男生拖着跌倒的人默默地离开。凌桑仰头，看见站在椅子上的女生相当眼熟……

她尝试着念出那个名字：“青……陡。”

武城部青陡，那个入学竞技与她较量的人类同胞。

“呀……凌桑，”青陡也记得她，笑了起来，“地板不用再拖了，你去帮忙把后备区的椅子扛到D区吧。”

“啊……好。”凌桑把拖布靠边放后转身离开。

每个具体任务都有组长负责统筹，一看青陡这架势，肯定是指挥的一员。

搬了三趟桌子，半个小时后她确实累了，就坐在舞台的边缘上稍微休息一下。一会儿之后又听到青陡的声音：“凌桑，把那块白板搬到后备区。”

“啊……”她疲惫地眯起眼，磨蹭着从一米高的舞台边缘跳了下来，慢慢地向青陡指定的方位走了过去。

“快点儿快点儿啊！”青陡催促道。

“等等啦……”凌桑扶着自己未老先衰的腰，把木板拖到后备区，折返回来想找个位置坐下来休息一下，却又听到了青陡的声音：“凌桑！过来把这个举起来！”

“啊……等等。”她先坐一会儿再说。

“过来！偷懒的话小心我把你拉进黑名单！”

凌桑呼出一口气，站起来就要蹭过去，忽然另一道尖锐的声音插入：“让你过去你就过去吗？你给我坐下！”

凌桑吓得一屁股坐在椅子上。

她惊异地转头望过去，发现说话的竟然是薇薇安。她环抱着双手瞪着青陡，又瞥过眼睛瞪着凌桑，大声斥责：“真是没用！不愿意的话直接给她一拳就好了！”

“咦？”凌桑突然觉得薇薇安变成了女神。

“我指挥她和你有什么关系？”青陡甩出手里指挥用的木棍，木棍击在薇薇安面前，一道屏障在薇薇安面前出现，木棍瞬间被弹开。

“你一个无服的学生也想指挥白服？”薇薇安忽然吐出一句嘲笑的话。

青陡瞬间表情僵硬，许久之后才说道：“谁？”

“还有谁？”薇薇安得意地耸肩。

青陡缓缓地将脸转向了凌桑。

“那个……其实没什么的……”凌桑瞬间觉得背脊有些发凉，连忙笑着应和。

因为清扫的运动量太大让她流了很多汗，她就把白服外套脱了下来绑在腰间，所以别人没有仔细看的话，就不会发现她腰间绑着的衣服是白服。

“不可能……”青陡呢喃，脸色惨白一片。

自己竭尽全力都没能进入面试，而这个当初败在自己手上的家伙竟然可以？

凌桑觉得气氛有点儿尴尬，连忙说了一声“我先走了”就转身离开。

“站住！我有说让你走吗？”薇薇安叫住她，“你以为我会无缘无故来帮你吗？你不给我们组干活儿，倒是跑到最差劲的（E）班去给别人完成任务？给我滚回去擦桌子！”

“……”凌桑捂头，转身默默回到自己班级的管辖区。

好嘛，是自己搞不清情况。

活动没有老师的组织，也就没有了冗杂枯燥的致辞与发言。晚会开幕后，主持的蓝服简单地交代几句话后就开始表演节目，这时全校的学生大多都到达了会场。

第一个歌舞节目其实没有多大的意思，等到节目结束的时候凌桑才听到通信表始终在发出轻微的“嘀嘀”声。她连忙打开屏幕，发现收到了空泽发来的一则信息：

来后台。

考虑到离她出场还有一段时间，凌桑就相当兴奋地离开了观众席，穿过人群到达后台。后台都是准备上台表演的学生，她张望了很久，后脑忽然遭受一道重击。

“痛啦！”她哀怨地回头。

“高三部需要帮忙，你去找那个家伙。”空泽随意地一指远处的某个人。

“你拿我当什么了？”就算是免费劳动力的话，你也不用这么积极地把你的被负责人献出去吧。

“快滚过去。”

“哦。”凌桑瞬间屈服。

等到空泽离开的时候，凌桑才察觉出空泽似乎有什么不对……眼睫毛分明长了一倍而且颜色也不对，更重要的好像是……他抹了红色口红，是吧？是吧是吧是吧！

凌桑满脸错愕地侧过头看着空泽的背影，这时那个高三部学长已经在招呼她了：“你好，请过来帮个忙。”

她走过去接下对方递过来的箱子，箱子相当轻。

“喏，帮我们把箱子放到地下室就可以了。你走过转角就可以看见一扇小门，下去就是。”

“嗯，知道了。”凌桑抱着箱子走了过去，刚走出几步就听见另一个女生对那个学长轻声说：“去那里真的没问题吗？不是说去年在里面死了人，现在还没找到吗……”

凌桑的后背再次汗毛直竖。

她走过后台的转角，发现那里确实有一条狭窄的走廊。不过走廊尽头是封闭的，而且这里也没有其他人，旁边有一扇木门虚掩着。门确实不大，凌桑抱着箱子走了过去，用脚轻轻推开门。

里面空无一物，似乎看不到有什么楼梯可以走，当她再把身子向前下方探了探，才看见有金属梯架延伸到不见底的下方。

她可以先把箱子扔下去再爬梯子吗？

凌桑摇了摇箱子，猜测里面是什么，考虑扔下去会不会摔坏里面的物品。当她的注意力全部挪到箱子上时，忽然听到走廊里传来细碎的脚步声。

嗯？为什么要走得这么小心翼翼？

当她还没来得及回头的时候，后背忽然被一只手掌推了一把。虽然对方的力气并不大，但足够让一个站在边缘的人瞬间失去重心掉下去。

凌桑的眼睛睁开，瞳孔急剧收缩。而此时她竟然连一声惊叫也没发出，而是猛地一个侧身就揪住了那个推她的人！

“啊！”

尖叫的不是凌桑。

她才不是那么愚蠢的人呢。

两个人都在急速下坠，凌桑忽然在半空侧过身，将尖叫着并且不断挣扎的女生按到了身下。

地下室并不深，很快身下的那个女生就猛地撞击在地板上再次发出一声惨叫，凌桑压在她身上减少了撞击伤害。

“你在干什么？”凌桑的瞳孔舒张迅速地适应黑暗，依然死死地揪住那个女生的衣领。

箱子过了一会儿后才落地，砸在地上发出清脆的撞击声，回音在空阔的地下室萦绕。

身下的人暂时由于剧痛失去了知觉，凌桑凑上去仔细看这张脸，在辨认出来的瞬间猛吸了一口气站起来向后退去。

青陡！

一瞬间她推翻了自己先前所有的想法，自己是不是在不小心脚滑时顺手拖了一个无辜经过的人类来垫背。

青陡清醒后也迅速爬起来向后退去，面色惊惶地看着凌桑。

她只是看见凌桑走了过去，但也不知道自己为什么要跟上去。后来看见她站在一个洞口边，明明没有置她于死地的念头，却无法控制自己的手，把她推了下去……

就这么被发现了？不行！

凌桑与青陡两个人同样惊恐地对视着。

相当恶劣地把人类同胞拽下来替死，被发现了怎么办？

出于一时的嫉妒就把她推下去，被发现了怎么办？

不行！

不行！

“那个……”凌桑弱弱地举起右手。我们好好商量一下？

“去死吧！”青陡忽然咆哮一声，面目狰狞地抽出腰间的长刀猛地向凌桑的心口刺去。

既然被发现了，那就让她永远都说不出这件事就好了！这样就没人会知道自己到底产生了怎样可怕的念头！

凌桑惊叫一声急速后退。咦咦咦咦咦！剧情又反转过去了？

凌桑俯下身，长刀掠过她的右肩。当刀再一次水平劈来时，她迈开双脚，迅速降低重心，右手按在地面上仰起头来。

不明白！

看着青陡已经充斥了血色的双眼以及脸上露出的诡异微笑，寒意再次弥漫全身。好可怕……

“没人会知道……”当青陡再次说出这句话时，她自己已经笑到颤抖。

凌桑的嘴慢慢咧开。

好像明白过来了。

当对方冲上来再一次将长刀砍下时，凌桑一跃而起，双手贴合举过头顶用力劈下，大喊：“再见！”

风刃劈出，长刀被风刃硬生生地斩断。对面的青陡完全没有招架之力，被强劲的风刃猛地掀起，撞击到墙面后发出一声闷响。青陡连惨叫都来不及发出，就彻底没了动静。

周围一片昏黑，凌桑根本不知道青陡被甩到了哪里。

四周寂静到只能听见自己剧烈的心跳声。

“啊。”她张口想要说话，却只发出了一个急促的短音。

自己刚干了什么？为什么也会有如此凶恶的念头？刚才分明……就是想杀死对方！

为什么这样可怕的心理……真的蛰伏在她的心里？

凌桑大口喘息，向后退了两步，身体开始麻木。

到底干了什么……

就这么毫不留情地对同胞动手……

她的后背忽然贴在了一个结实的物体上。

“啊！”

后面明明很宽阔的，不应该退上这么几步就撞上墙。血腥味在周围的空气中飘散着，凌桑僵硬地转过头，发现背后真的站着一个——

全身是血的人！她惊恐地仰起头。

“不是说去年在里面死了人，现在还没找到吗？”

那个不知名学姐的声音忽然变成了笑声在她的脑海中回荡。

虽然对方身上满是血迹，但那张苍白的脸还是隐约可见。男人咧开嘴露出诡异的微笑，僵硬的右手摸向她的左脸，冰凉的触感迅速弥漫全身。

“啊——”

气流爆开化为风刃向对方刺去，但是如此凌厉的攻击对对方竟然无效。凌桑在慌乱之中抽身后退，但那具冰凉的躯体竟然始终死死地贴在她的身前。

凌桑慌乱之中举起右手的匕首挥下去，这时脚下却突然传来微弱的震动，与此同时面前的身躯突然僵硬地倒下，而她在一个趔趄后终于站定。

等等！她的手里什么时候出现的匕首？

忽然眼前骤然亮起，凌桑的瞳孔急剧收缩。

尖叫声将她淹没。

她就站在舞台上，右手还握着匕首，面前的地上躺着一个人。等等，怎么回事？

刚刚发生了什么？脚下的是……她后退了两步，没错，就是舞台的升降台。

“真是够了！”凌桑右手松开将匕首丢在地上，然后转身掀开后台的红幕从舞台上消失。

“……”原本喧哗的观众席突然一片死寂。

躺尸的人忽然坐了起来，随即捡起匕首站了起来，也撩开幕布离开了舞台，还扔下了最后一句貌似不是台词的话：“一点儿意思都没有，好吗？”

“……”观众继续一片死寂。

前台大幕落下，高三（A）班节目表演完毕。

后台的人忽然看见两个血淋淋的人出现，惊叫声瞬间穿过幕布传到前台，观众席上的学生再度打了个寒战。

这到底是什么鬼节目啊？

“你还好吗？”装作尸体的人接过工作人员递来的毛巾一边擦脸，一边问还在径直往走廊外走的凌桑。

“你觉得我会好吗？”她回过头凄凉一笑，然后继续疾步离开。

“你叫……凌桑。”那个身高一米八以上的高三男生忽然报出了她的名字。

“嗯？”凌桑停住脚步回头看了过去。竟然知道她的名字？她一时还是没有记起眼前这个有着一双清澈的琥珀色眼睛以及一头亚麻色长发的学长是谁，倒是对方先表明了身份：“我们在墓茔课上见过面。”

“啊。”她忽然想起，这个就是高三部的黑服中阶，那天和空泽打成一团的那个。Sritana 高中还没有黑服高阶的学生存在，因此黑服中阶已经是最强者。凌桑恭敬地向对方鞠躬，问候道：“你好，我想起来了。”

“我叫横野。”黑服中阶对她点头，露出相当温和的微笑，“感谢你的配合。”

“去感谢我那‘有爱’的负责人就好。”凌桑也露出了温和的微笑。

横野看到对方如此美好的笑容，竟然感觉到一阵黑暗能量从她瘦小的身体里泄露出来，好恐怖的微笑……面前女孩子的怨念可能真的非常大吧。

“我还有事，先走了。”凌桑再次鞠躬后急忙转身跑开。

横野将毛巾甩在肩上，脱下了恐怖至极的血色衬衫，缓了一口气后说道：“空泽你还真舍得啊——空泽？”

横野僵硬地将头转过去，就看到了那个刚才明明一直站在凌桑身边，但就是没有被她发现的某个负责人。

“啊！空泽，你要干什么？”

凌桑还是成功地赶上了自己班级的表演。她赶紧到后台换好了衣服，扎了头发，就像是什么都没发生过一样地站在队伍中间跟着众人一起合唱。

合唱的曲目并没有多大新意，但是当合唱的齐音渐渐结束时，一道轻和的独唱声响起。

阴魇梦中寻花白蕴
镜碎衍无清水千溟
眼迷胧雾月不见你
我已看不见你的背影

愿安平如今
誓若相近
我看见你走远消泯

散华随风而离
已看不见你的背影
风声已响起
笙歌已凋零
花开落寞季没有你的痕迹

残念随风而去

唯有你的爱我还在寻

空知已幻影

余温已凉凛

我留驻原地等候你的消息

并不轻柔的音调，充满了浓郁的幽怨情愫。音乐伴奏很轻，整首歌几乎就是歌唱者的清唱，全场寂静无声。

没人听过这首歌，歌唱者的歌声听起来就像是在遥远的过去传来的似曾相识的民谣。

当初在挑选独唱的时候，凌桑用这首歌的前两句曲调就立刻获得了独唱名额。

音调空灵到不敢惊扰,犹如这个女孩那永远无法猜透的温柔笑意里蕴含的情绪。

独唱的尾音缓缓落下，合唱声接着再次响起。凌桑在一群人中并不突出，但就是那种暗淡的光华让她全身覆盖上了一层柔和的色泽，美得如同梦境。

后台的精灵缓缓睁开眼，露出晶莹剔透的眼眸，轻声呢喃:“这个调子我听过。”

埃斯利亚身边的一个红色长发女人侧过头看向他，暗红色的眼眸充斥着无法遮掩的凌厉神色。

“是吗？”她轻声开口说出两个字，可是声音却并不是女声。

后台的所有人都已经放下手头的工作安静地听着，在空灵的独唱结束后才重新陷入准备上台的忙乱中。

“虽然没有听过歌词，但是这个曲调……不会错，风之精灵曾经与我交流过，为我唱过这首来自风的居民的歌谣。她说，这是一首让人悲伤的曲子啊……”

精灵的眼睛再次闭上，白皙的脸上浮现出微弱的笑意，仰起头就像是在享受微风的吹拂，然后轻声地吐出最后的感慨：“没想到还能再次听到，依然是这么忧伤啊……”

女人暗红色的眼眸继续看着他，朱唇轻启：“风的居民吗？”

“你现在真是足够漂亮了呢。”埃斯利亚忽然转换了话题，露出愉快的微笑，看着比他矮了半个头的红色长发女人。

“嘁！”女人嘴里发出一个碎音。已经暗示得足够多了，干脆直接说出来好了，埃斯利亚。

精灵纯净的气息瞬间从身边消散。

节目最后一场，高二部学生联合敬献。每年的晚会最后都会搞出什么不得了的节目，因此在报幕完后，观众已经非常期待。

节目名——《澜彩》。

昏暗的舞台打上了柔和的蓝色灯光，舞台表面泛起水波流动般的光芒。一个婀娜的东方女子身形逐渐显现，款款踏水而来。她张开双臂，青色纱衣飞扬，白色绫带缠绕在身后缓缓飘浮于空中。女子些许的银色长发被松松撩起，在后脑束以银冠，其余长发逸散在背后。

观众全部睁大眼，就连坐在首席的教师们也都非常惊异。

高二部从哪里弄来的清纯美少女？

意识到这个问题，有几位教师已经反应过来，偷偷地笑，然而不明真相的学生们依然在舞台下方惊叫喝彩。

展现出东方气韵的银发女子垂眸，在舞台上旋绕一圈，纱衣飘起如同青蝶展翼。与此同时，轻音乐响起，少女驻足立于立式话筒前，闭上眼睛开始唱歌。

歌词由神秘的民族语言缓缓唱出，几乎没什么人能听懂。虽说她的模样已经有十八九岁的成熟韵味，然而音色却依旧如十五岁左右的少女那般空灵清澈。期盼爱情到来的懵懂以及一种难以言喻的惆怅与欢欣，最后都融化在女子轻柔的倾诉声中。

在观众席上的众人深深地沉浸在女子悠长的歌声中时，坐在首席的教师们却完全出戏地笑成一片。

“真没想到他是这样的黑服……”一位老师对另一位老师说道。

另一位老师轻声笑着回复：“拜托你别说出来啊……”

曲末，少女睁开金色的眼眸，双手再次打开，身形在一片蓝色的荧光中渐渐消散。

就在轻音乐也渐渐消失的瞬间，忽然响起了微弱的鼓点声。

最后一个节目从不会如此轻易地完结。

鼓点声越发响亮，在进入高潮的瞬间，舞台的左右两侧忽然响起清脆的银铃声，随后在左侧旋出一道火红的身影。

红色长袍铺展开来，燃起变幻的流火。身影的主人打开双手，宽大的袖口随着动作甩动，连带着点缀在红色长袍上的流苏一起绚丽地飞扬。她赤脚踏着越发急剧的鼓声，脚腕上的银铃在每次踩踏的动作中发出清脆的响声，与鼓点完美地交杂在一起。舞蹈渐渐到达最高潮，忽然鼓声停息，女人双手平展站在原地，逐渐睁开眼睛，露出了她那双美艳的暗红色眼眸。

比先前歌唱的少女美得更加妖冶！

急剧的鼓声忽然再次响起，从舞台另一侧旋转而出一个蓝衣的女人，银铃声再次与鼓点声交杂在一起。当蓝衣飞扬的裙摆触碰到红衣女人的指尖时，红衣女人忽然一个旋身与蓝衣女人一同踏出一模一样的舞步。

两团颜色鲜明的火焰在鼓声中炽热地燃烧，裙摆的无数银色金属片在灯光的映照下熠熠生辉。

热烈激扬，舞步快到无法捕捉舞者的身形，甚至让人产生杂乱的错觉，然而每一个动作却又完美到不可挑剔。

“嗒嗒嗒……”

鼓点已经密集到无法细辨，银铃声也连缀成一片，忽然“咔嗒”一声脆响，红衣与蓝衣同时抽出腰间的折扇打开，半径半米有余的扇面儿几乎可以遮盖住两个人大半的身形，两个女人同时转身易位，折扇扬起至头顶。

空气中忽然闪现出扑朔的银光。

“嗒嗒嗒！”

最后三个鼓点声落下，银铛声一起消失。

两个女人将折扇收拢插回腰间，同时向观众席鞠躬谢幕。

当她们将身体直起来的时候，大家才发觉红衣的女人比蓝衣的女人略微矮上一些，但是这两个女人的身高却远远超过了普通女人。

竟然在此时才发现！

青衣的银发女子从后台帷幕中踏出，双手伸展如同凌水般款款而来，在即将到达舞台中央时骤然转身，银色长发飘散，青色长衫被右手揪住，飘散的长发忽然幻化成银色蝴蝶飞散，又化为荧光消失。

现在站在红衣与蓝衣女人中间的则是一个穿着白色衬衫与长裤的人，虽然脸上还化着彩妆，但看这身形明显是男人无疑，而且这象征性的银色已经让众人瞬间觉悟这个人是……

席勒！

高二部的两个黑服之一！

众人还没从惊愕中反应过来，红衣与蓝衣女人同时转身，甩开穿在身上的华丽舞衣，现出属于男人的刚硬身形。

一个红发红眸的男人，一个蓝发蓝眸的男人，还没等观众辨认出这两个人到底是谁，舞台的大幕就已经落了下来。

第十四章 人可能不在，而仇恨始终都在

—F E N G Z H I S H O U W A N G Z H E—

没人辨认出那两个美绝的女子到底是高二部的哪两个男生，当舞者退入后台后，后台的工作人员都轻声笑了起来。

高二部的节目结束便意味着晚会结束，此时后台已经没有其余排演的学生，只剩下几个学生会的工作人员在收拾场地。

“你真是够卖力啊。”蓝色长发的舞者笑着，伸过手去钩住红发男生的脖子。

“哪有？你更尽兴一点儿。”红发男生举起右手，用指尖搅着耳边的一缕发丝。

这时忽然有一道不和谐的柔软声音插了进来。

“我刚刚才探索出相机技能哦！”

凌桑站在红发男生的身前，抬起左手，用通信表对准他，通信表屏幕上立刻出现了男生那张满是女性魅力的脸，然后她按下确认键，“咔嚓”一声后，图片存储。

“你够了。”

红发男生撩起衬衫衣袖打开自己的通信表，翻开照片库，里面五六十张照片全部是穿着红色长裙的舞女。顿时他的太阳穴暴起青筋，右手食指果断地按下某个键。

凌桑的通信表中的照片库突然全部清空，只剩下“DELETED（删除）”几个闪烁的英文字母提醒着她刚刚发生了什么。

“嗷嗷嗷嗷！你把我拍的照片全删了啊！”凌桑心疼地看着空白的照片库。虽说拥有负责关系的两个人的通信表确实是相互绑定的，但也不用紧密到连照片都可以共享还可以被负责人间接删除的地步吧！

“请你不要拍奇怪的照片。”空泽眯眼。

“嗷嗷嗷嗷！没有黑历史了……”凌桑在照片库翻来翻去，但是就连回收站都被清空了。

“我去卸妆，先走了。善意地提醒你一句，不要往通信表里存储一些乱七八糟的东西，我是有权利随时查看的。”空泽露出一个诡异的冷笑，然后转身离开。

“请尊重我的隐私啊！”

蓝发青年始终都在笑。

“……源溯学长。”凌桑哀怨地瞥了一眼蓝发青年。

源溯一愣，然后笑着说道：“啊呀，这么轻易就被你认出来了啊。”

其实根据外表是完全辨认不出彻头彻尾变样的源溯的，但只要认出那个红发舞者是空泽的话，随便想想就知道他的舞伴只能是源溯了，在舞蹈上和空泽配合得如此好，除了源溯不会再有第二个人能够与空泽有如此的默契。

源溯是空泽的伙伴。

“我也去卸妆，凌桑再见。”源溯挥了挥手后也转身离开。

凌桑忽然愣住，过了半晌才眨了一次眼睛。

等等，自己是不是忘记了什么相当严重的事？

翌日的射击课上，凌桑将弓箭拉开，眯起眼睛瞄准靶子上的红心，右手正准备松开，左手手腕佩戴的通信表突然振动起来。紧绷的弦瞬间向前弹出，羽箭笔直地射出，在扎入目标时发出“铿”的一声脆响。

凌桑看向靶子，因为被通信表带着抖了一下，这次完全射歪了。

她把弓箭架在背上，掀开通信表，上面显示出空泽发来的一则消息：

立刻到达主教楼三楼，就是现在。

她犹豫了一会儿，打出一条回复发送过去：

正在上课。

空泽秒回：

逃。

说得毫无羞耻感。

她看着周围的同学也较为分散，而射击课教师坐在长椅上只顾着与另一位教师谈话，于是她也就毫无羞耻感地逃课了。

一口气跑到主教楼再爬上三楼，就看到空泽正背靠着栏杆站在走廊上，站在他对面的是一个白服高阶的青年。

周围只有极少数路过的人，凌桑背着弓箭出现在两个人面前，顿时气氛变得奇怪起来。

“这位是青陡的负责人，高二（D）班的鹫业。”空泽直起身，向凌桑介绍那个青年。

“你好，我们当初见过一面。”鹫业脸上虽然没有笑意，但也不至于过于严肃。

但是空泽提到的“青陡”两个字让她的神经忽然一抽。

“你好。”凌桑强忍着没有表现出紧张的情绪，礼貌地微微欠身，冷静到连气息都没有丝毫紊乱。

“青陡的事，你知道吧。”鹫业直截了当地提出。

凌桑的神经又一抽。

空泽蓝色的眼睛瞥向她，观察着她所有的动作细节。

“她……怎么样——嗷！”

空泽抬起手肘猛击在凌桑头顶，不满地喝道：“是想要承认吗？你这个白痴！”

“不……到底是……什么情况？”她捂头，抬眼望着依然一脸严肃的鹫业。

“我昨天半夜才在舞台地下室找到她，她昏迷了一整天，今天早上才醒过来，指明是你要害她。”鹫业简洁地交代完，但还是相当理智地阐明，“我当然也不会无缘无故地来找你，希望你可以给出解释。”

“其实……”凌桑弱弱地想要解释，空泽又忽然打断了她，一边提起左手手肘击打在凌桑头顶，一边气场强硬地对鹫业开口：“那么你觉得呢？就这种家伙会有什么必要的恶意与攻击性？”

鹫业无言以对，这个小家伙看上去确实温顺到让人不自觉地想要去保护。半晌，他才勉强地开口，但气势已经完全削减到虚无：“在服级层面上，以一个白服的能力去伤害一个无服是最有可能的。”

尽管他并不相信凌桑是白服，但调查了资料后发现，凌桑确实是白服低阶，这一点毋庸置疑。

“如果凌桑真能下定决心做出这种事，那我会好好表扬她的。”空泽说。

“……”鹫业越发无语，话题已经完全被空泽扭转到了别的什么地方。虽说空泽一向被认为孤傲到难以接近，但如今看来他还是相当袒护自己负责的学生的。

凌桑当然明白空泽是在为她开脱，但是她总归还是要面对这件事，更何况自己真的做了一些不好的事情……

“我能去看看她吗？”她仰头望着鹫业。

“可以。”鹫业点头，“如果能见面的话，那最好不过了。”

凌桑进入了医务室一楼的一个房间。

鹫业打开门，凌桑径直走了进去，没有丝毫的迟疑，这让鹫业十分不解。

房间很宽阔，没有床，最里侧只有一排长椅，上面坐着一个披了白色外套的女生，脸上没有任何血色，头发也因为没有梳理而凌乱地披散着。

“青陡。”凌桑不急不缓地念出对方的名字。

那个坐在椅子上的女生一惊，抬起头，毫无光泽的双眼睁大。当她的目光触及凌桑的目光时，忽然她整个面容扭曲起来，瞬间从椅子上站起并且发出凄厉的尖叫——

“你走开！别过来！”

鹫业无奈地走上前，一把抓住青陡的肩膀将她重新按回到座位上，然后用身体挡住她的视线，问道：“现在你已经见到她了，有什么想要说的？”

“走开！她要杀了我！”即使被按住，青陡依然不断地挣扎，像是中了诅咒。

听着凄厉的惨叫，空泽的眼睛眯了起来，继而嘴角勾起冰凉的笑意：“这么神志不清的人类，你真的会相信她的话？”

凌桑安静地站在原地，茫然地睁眼看着。

真的……神志有问题了吗？

人类的意志竟是如此脆弱……

“还是等你理清楚了事情的脉络，再来找我好好谈谈吧。”空泽转身就要离开，一边拍了拍凌桑的后脑吩咐道，“桑，走了。”

空泽始终没有问凌桑任何问题，这真的是……完全信任她吗？

两个人离开房间后，转身就看见了身后的红服女人，这个医务室的负责人。“莉亚。”空泽向她点头问好。

“我已经检查过了，青陡的意识确实有点儿混乱，已经不能为我们提供正确的信息了。”莉亚双手环抱在丰满的胸前，无奈地耸肩，对凌桑露出微笑，“所以具体的过程，只有你知道了，是不是？”

空泽的眼眸也瞥向了凌桑。

“大概是。”凌桑脸上没有了笑意。

“那么你可以给出解释吗？能把整个过程复述出来吗？”

空泽依然望着凌桑，开口说道：“即便是同一件事，不同的人叙述出来的事都不太一样。”

“喏，凌桑。”莉亚俯下身与凌桑平视，“是否可以允许我提取你的部分记忆？青陡的记忆提取出来简直一团糟，很难作为参考。”

“可以。”她果断地应下。没有什么可以反抗的，毕竟事实就摆在那里，即使将记忆提取出来，她的内在思想应该也不会被他人察觉吧。

“那么，多谢你的配合，事后会有一点儿记忆紊乱的副作用。”

“没关系。”就算是将她的记忆搅乱一点儿……实际上这十几年的记忆中也没有多少是值得她珍藏的。

不过这么一想，她忽然觉得自己在福利院的回忆还是很美好的，以及和空泽在一起的记忆也很美好。

这就是传说中的“要失去了，才知道珍惜”吗？

“不用担心，就算暂时乱掉了，也会很快恢复的。”莉亚似乎察觉到了凌桑微妙的情绪，耸肩笑了起来，“请跟我过来。”

凌桑将她的手按在一颗水晶球上，动画片看多了会觉得圆形的水晶球真是相当没有创意，用水晶球提取什么东西也都感觉习惯了。她专注地盯着球内侧看，一片透明中忽然浮现出蓝黑的浑浊色泽，很快整颗球内就混沌一片。

莉亚食指在球上方环绕逆转着时间，球内开始出现奇怪的事物——红色舞女的转身回眸，转瞬化为一缕红光消散；晃动的街道，一个奔跑着的人变成捕捉不到的残影，残影消失后出现了一个五十余岁的肥胖男人在向她招手，男人涣散后又出现了一根飘扬着国旗的旗杆——都是夹杂在记忆里的碎片，即使是她在不经意间用视线捕捉到的某个物体，也能在一片模糊中显现出影像。很多东西空泽和莉亚都看不懂，只有她能认出来。在莉亚眼里，这些潜意识中的影像只是某种必然会产生的干扰而已。下一秒，莉亚的食指忽然点在球上。

流转的一片混沌忽地停住，再缓缓地开始凝聚成另一番完整的景象，虽然依旧模糊不清，但是可以勉强辨认出那是凌桑刚刚接过一个纸箱的情景，整个球面显示的是双手捧着一个纸箱，看来显示的是以她的视角看到的事物。

凌桑十分新奇地想要看得更仔细一些，但是她忽然瞳孔涣散，身体僵硬地向后倒了下去。空泽半蹲下来接住她，她的手脱离了水晶球，但那记忆情景还在继续回放。

空泽完全蹲下将凌桑横抱在自己的怀里，她闭着眼平静地呼吸，显然已经睡着了。

空泽对凌桑的记忆并没有多大兴趣，但还是突然被一个一闪而过的记忆片段吸引了注意——视野像是在奔跑般地晃动着，但是前方逐渐显示出一个模糊的女人身影。

女人还很年轻，穿着米白色短衫与黑色运动长裤。从背影中就可感觉出她一定是一个非常美好的女子，黑色长发浓郁到泛起荧光，像是落满了天空的星芒。

空泽眯起眼，这个也许是……

女人拉着一只小手。

以凌桑的视角看过去，就是这个女人在拉着她奔跑。

莉亚忽然右手一挥抹去了水晶球内所有的痕迹，水晶球重新恢复透明。

“再让我看一下。”空泽提出这个要求。

那个女人……或许就是凌桑的母亲。如果凌桑真的是风的居民，那么她那消失的母亲也许是突破口。

“不行呢，医务室工作者也有必须遵守的道德。我们不能去窥探不需要的其他细节，因为会涉及个人隐私。”莉亚解释说，随即露出微笑对空泽点头，“情况我已经了解，你可以放心了。这件事并非凌桑的缘故，让我和鹫业说明就好。”

空泽抱起怀里的小家伙站了起来："那么告辞。"

她依然在奔跑，惊惶不知所措，也完全不明白为什么要奔跑。

"妈妈！"她发出急促的叫喊，睁大眼。

女人回过头，乌黑的长发拂过肩膀，秀净美丽的脸上浮现出微弱的笑意，她终于停下来蹲下身，将扑到她怀里的小小的孩子紧紧搂住。

"你真不该……"明明笑着的女人却说出悲伤的言语，紧紧搂着她，"不……是我不该……让你出生。"

凌桑猛地睁大眼睛。

自己完全不记得这段记忆，但竟然如此清晰地重演。是梦吗？是幼年时消逝的记忆吗？

人的潜意识真是神秘莫测啊。

她已经很难再记起母亲的模样，但是梦里的母亲竟然如此清晰。

"感觉还好吗？"

听到问话后侧过头，她看见空泽坐在椅子上。他并没有抬眼看凌桑，而是左手端着一个装了什么白色饮料的茶杯，右手握着小勺子漫不经心地搅拌着，整个房间弥漫着浓郁的茶草香气。这样清晰的气味让凌桑有种错觉：是因为这样舒适的香气，她才能够想起那段已经淹没了十几年的记忆。

不过……她不是很确定这样一段记忆的真实性。

"给。"空泽把杯子递给她。

他们在空泽的寝室里，现在已经是夜晚，凌桑也不知道到底有多晚，只知道空泽没有睡而已。

她接过并不烫手的茶杯，双手都握在杯子上享受着茶水的温度。

"谢谢。"她轻声道谢，抿了一口奶茶，浓郁的香气在口腔里弥漫开来，瞬间让她清醒了不少。

"你的母亲叫什么名字？"空泽忽然提起。

凌桑差点儿把第二口奶茶喷出来，她强忍着咽了下去，然后一脸哀怨地看着空泽。

空泽别过脸，依然不看她："我并没有翻看你记忆的兴趣。"

"如果有兴趣的话也没关系的。"她诚恳地说。

"我想知道你母亲的名字。"空泽再次问道。

"母亲啊……我不知道名字。"凌桑有些遗憾地坦白。也许小时候知道，但是后来忘记了，毕竟那个时候自己真的还小，要忘记是件很容易的事。不过也有可能一开始就不知道……

“噢，那就算了。”空泽慵懒地回复了一句，靠在椅子上闭眼休息。

“那个……发生什么事了？我之前在干什么？我突然昏过去了吗？”凌桑忽然疑惑地问。

“没什么大事，不用管它。”空泽随口说道。果然副作用还是有的。

第二日凌桑还是被领到了医务室。像空泽这样的黑服学生逃课已经是再正常不过的事了，至于凌桑，也只需要负责人与教师打个招呼就可以无下限地连带逃课。

房间里已经没有了青陡，但是鹭业在，此外还有一个相当眼熟的人。

“横野。”空泽念出他的名字。

“啊，我也只是听说了，就顺便来看看。”横野琥珀色的眼眸虽然清澈，却清澈到像是没有尽头，“感觉这种事情有点儿搞笑。”

“在旁人眼里确实很好笑。”空泽用爱搭不理的态度随意回复，“那么你来干什么？”

“作为唯一的目击者不该解释一点儿什么吗？”横野勾起微笑。

凌桑恍然，那时候某具“尸体”确实在场，在黑暗的角落里静静围观。

“但你没有阻止，是吗？”

说出这句话之后，凌桑也觉得自己说得太直白了。毕竟对方是黑服中阶，和黑服说话一般都要仔细过过脑子。

横野并没有对凌桑的话表现出任何不满，依然平和地微笑着说道：“我在的时候确实可以阻止，那么我不在的时候呢？”

“但你确实在。”凌桑仰望他。

横野耐心又理智地解释道：“但我不会每次都在。而仇恨，始终都在。”

凌桑没再反驳。

他只是让要发生的事就在该发生的时候发生了而已。虽然凌桑清楚横野站在她这边，但终归觉得他的这番表现充满了寒意，虽然横野并没有明显的冷淡气质。

“其实我只是来略微干涉一下最终的决定而已。”横野用微妙的眼神看了一眼一直站在那里显得相当难堪的鹭业，继而对他轻声说道：“你如今也不必后悔，凌桑现在有了一个合适的负责人，就证明你当初的选择是正确的。”

“你也真是够了。”空泽没有好脸色地瞪着横野，“好好说话，以及不要随便使用窥心能力。”

鹭业的嘴紧紧抿着。当初他确实选择了能力看似更加卓越的青陡，而他原本是完全有机会选择凌桑的。如今的种种，确实可以追溯到他当初一念之下所做的选择。

“所以到底是要怎么样？”凌桑很紧张地轻声问。

“武城部青陡开除处理。”说出这句话的是鹫业。

在场的人中，除了拥有窥心技能的横野，其余人都不知道鹫业此时的心理活动到底是怎样的，当然更无法得知依旧一脸神秘微笑的横野到底想要干什么。

“我并没想要干涉决定。”空泽摆出与他完全无关的神色，实际上跟他确实没有任何关系，但他还是好奇横野为什么会对这样一件小事做出干涉。

黑服在学院以至公局都有极大的影响力，如果横野没有如此随意地插一脚的话，青陡大概是不至于如此快地被开除的。

“我已经处理完毕，你们忘掉这件事就好。”横野左手揉住右手拳头，黑色皮质手套发出细碎的摩擦声，“不过，你好像有话要说？”

横野的目光落在凌桑身上。

“没有。”我和你不是很熟，即使有的话，我也不想和你说。

“我并非是不可理喻的人吧？”已经自然而然感知到凌桑所想的横野眯起眼睛，“别把黑服想得有多么无法理解。”

“……”我现在什么都没想，信不信由你。

“嘁。”横野忽然被凌桑这句独白逗得笑起来，顿了几秒后他认真地开口说，“弱者就应该被淘汰，作为人类，如果不能有什么大成就，在我们眼里就是可以任意蹂躏的蝼蚁。至于因为一点儿细微的刺激就丧失理智的人类，更是我不愿意看到的垃圾。”

“啊。”她微弱地应了一声。

“我言重了，但这是事实。”横野对凌桑点头，随即转身离开。

一直站在远处围观的莉亚这才走了过来开口说道：“已经结束了，没有别的事了。”

“你到底叫我们过来做什么？”空泽有点儿抱怨地眯起眼看着她。

“是横野让我叫你们过来的。”莉亚耸肩。

“哦，那没事的话我就走了。”空泽转身离开。

第十五章 拘泥的尘埃，我会帮她抹杀

—F E N G Z H I S H O U W A N G Z H E—

凌桑默默地跟着空泽回去，一路无言。在林荫遮蔽的无人小道上，她脚踩着不知几年沉积下来的腐烂的落叶，终于试着轻声开口：“其实并没有那么……”

“我知道。”空泽冷淡地回应。

像是完全被拒绝了一样，她只能继续沉默。其实一切的起源只是那么微不足道的一点儿属于女生的微妙心理而已，一时难以控制的自我，再到突然惊恐之下自我意识的溃散，潜藏的本性就暴露无遗。

天使在瞬间堕落为恶魔，是如此轻易的事。要永远保持天使的模样，就不要有任何的机会将心里的恶魔释放出来。

她屏住呼吸，感受着心脏平缓的跳动。我们都保持了一副天使的模样，但这真的是自我吗？抑或，被压抑的恶魔才是真正的自我呢？

“空泽。”她忽然抬头看他，认真地说道，“真的，那时候，我真的有杀了她的想法。”

你能理解吗，这种情绪……不是人类的你会有吗？你能理解，一个因为内心的阴暗而迷茫的人类产生的奇怪情绪吗？

“那又怎样？”又是一句冷淡的回复。

但这句回复就像迎面泼来一盆冷水，反倒让凌桑瞬间从这个执念里解脱了出来。

那又怎样……

“谁都会有阴暗面，你只需要考虑你要成为什么样的人，再对自己做出约束。能约束自己的只有自己。”

“啊，这样吗？”凌桑似乎明白了一点儿，逐渐有些释然了。

“好的我，与不好的我，都是自我，你要接受的自己就是这样子的，不管你做什么，都是自我的表现。”空泽又说，“不要纠结于自己的不好，恶魔永远会在你心里，你只要努力将自己变成一个更好的人，就可以了。”

“啊，知道了。”凌桑感觉自己仿佛喝了一大碗心灵鸡汤，顿时充满了正能量。

空泽突然转头望着凌桑，补充说：“不过犹犹豫豫的真是麻烦死了，想灭掉一个人，就做得干净点儿。”

“……”不要突然往鸡汤里下毒啊！

接下去两个人都沉默了一会儿，凌桑轻声说道：“总之谢谢你。”

谢谢你一开始就如此地维护我。

至于横野……不知道要不要跟他道谢呢？依然不是很理解他到底想做什么啊。

“你最近是不是太紧张了点儿。”空泽的语调变得有些微妙，他回过头对她说，“周末没课的话，你要不要回家放松一下？”

“嗯？”这话题转换得有点儿突然。

“我有家访任务要完成。”

“……”负责人的职责里有这回事吗？

空泽走上天台，横野正站在天台的栏杆边感受着凉爽的风。

气温一旦降下来，就让人瞬间遗忘了夏天给人带来的炎热。

“感觉还不错吧？”横野开口，也不知道是在问天气还是在问心情，抑或是——别的什么事。

“还好。”空泽也不知道自己是在回复天气还是心情，总之就是感觉还好就行了。

“你还是想知道吧？”横野露出微笑。

“无聊的好奇心总归是有一些的。”他点头。

横野与空泽的关系还可以，虽然没有像源溯那般和空泽非常亲近，但至少也没有像其他黑服那样，与空泽一碰面就会气场不和。

因为横野曾是尼萨亚搭档的缘故，空泽在刚入学时就与横野有较多的接触。交流虽然不深，但还是有一定程度的互相了解，于是这两个黑服的关系在别人眼里就显得有些好到无法让人理解。

其实仅仅是因为凌桑的这件事，两个黑服还要特地碰面，想想都觉得有些好笑。

“我就是特意摆出架势给她看的。”横野温和地解释，“我很喜欢她。”

“就算她再讨人喜欢，也不用你来关心。”空泽靠在栏杆上舒展开双手。收拾一个这样的小鬼，他自己就足够了。

“你偏袒她并不是因为她讨人喜欢吧？”

“哪有？”空泽蓝色的双眼慵懒地眯了起来。

“不承认就算了。”横野笑起来，“那一天墓茔课的暴风是她制造的吧？晚会的时候，她在舞台下用风刃攻击我，可是完全击碎了我的防御。”

横野抬起右手，袖口由于重力顺着落下，露出小臂上数道已经愈合结痂的割裂伤口。那一天他身上的血液，并不全是表演用的红色浆液。

感觉凌桑毫不费力地就用风刃绞碎了自己防护的屏障。

“能伤到我的人，你觉得实力究竟有多高呢？”横野的笑容再次让人看不透了。

“在正式场合发挥起来，还是那个死样子。”空泽并没怎么惊异，语气里似乎还有点儿哀怨。

在日常偶尔给人制造点儿小惊喜并没什么用，一个人的力量，只在于他可以稳定运用发挥出来的那一部分。

“埃斯利亚特招的人果然都不得了啊！”横野感慨，“凌桑能加油追赶上来的话，会很优秀的。”

“所以？”空泽抬眼，漫不经心地问道。

“啊，我只是表达一下我的惜才之心，为她排除一些会拘束她思想的东西。外表的柔弱是她的优势，但她心里的柔弱啊……我会帮她抹杀。”横野诚恳地说明缘由，“就是这样而已，每一届的学生里都会出现几个奇葩呢。”

空泽默然，仰起头，凉风吹拂起他的长发。

尼萨亚，空泽，凌桑。

形成一个完整的联系了……果然他……也需要承担起负责人的责任啊！

回想之前发生的种种，自己在作为负责人的期间，似乎也明白了很多东西。

秋田福利院。

空泽望着这几个字良久。秋田院……原来是一个简称吗？

“不要在意多出来的那两个字。”凌桑捂头。虽然只是多了两个字，但是整个格调瞬间就变低了。

“我这样看上去还行吗？”空泽自然地转换了话题。

他今天穿了日常的白色衬衫搭配普通的牛仔裤以及球鞋，除此之外还是做了相当大的改变，头发用皮筋儿高高地扎在后脑。也不知道他是怎么把头发变成黑色的，不过既然他能在表演的时候把头发变成红色，那么把头发变成黑色貌似也没什么。

“不错啦。”凌桑笑道。除了头发过长不像男生之外，其余的还是相当接近人类的。

“阿桑！”门卫的老人观察了凌桑很久，终于叫出了她的名字。

“我回来啦！”她招手。

老人相当兴奋地拉响警铃，随即室内的工作人员全部冲了出来，在看到门口的一个女孩子后全部愣住。半晌，阿琪才率先认出她来，惊喜地大喊：“阿桑！”

于是其余人这才醒悟过来——这个女孩子原来是凌桑。她的头发整齐地在脑后盘起，额前的刘海儿也修剪得十分合适，衣服的风格也变了，眼前的她穿着绣着蓝色花纹的精美白色长袖 T 恤衫。

虽然大家之前就知道凌桑很漂亮，但是从未见过像今天这样光彩照人的凌桑，让所有人眼前一亮，完全不像是从秋田走出去的人。

“我回来了哟！”凌桑举起手跑了进去。

阿琪扑向她想把她抱起来，但是瞬间停在原地，双手不知所措地拽着裙摆，她觉得自己的衣服毛毛糙糙的，手也还没来得及洗干净，已经不适合再拥抱她了，会把阿桑弄脏的。

然而凌桑毫不犹豫地扑上去抱住了她。

“高中怎么样？”阿琪兴奋地顺势把她抱了起来。其余人也都围了上来，连带室内的小孩子也都跑了出来。为了防止他们冲出大门，门卫老人连忙把小门关上，这时他注意到了还站在金属大门外的人。

“你是？”

“我是 Sritana 高中部的学生，凌桑的学长。”空泽回复。

“啊？死里塌哪？”

空泽额头上青筋瞬间暴起，但还是很礼貌地回应：“请翻译成斯里塔那。”

“空泽学长，进来进来哦！”凌桑对空泽招手。

接着所有工作人员都望向空泽，露出“原来不是学姐”的惊讶表情。

空泽双手环抱在胸前，迈过小门的门槛走了进来，细长的眼眸迅速掠过四周，将这个秋田院看了个大概。

“你是阿桑的同学吗？”阿琪相当好奇地问。如果男孩子留这么长头发的话，总会让人联想到什么不良少年吧。

“啊。”空泽用第四声应着，随意地耸耸肩说道，“我是凌桑的负责人，前来拜访。”

他还真没想到凌桑到了这个年龄竟然还住在这种地方，先前他还以为像凌桑这么讨人喜欢的小孩子应该早就被人收养了才是。

“空泽到这里来——”凌桑对他招手，转身走入大厅，空泽跟了进去。

凌桑的房间在三楼。走楼梯上去时，空泽忽然被迎面跑下来的一个比他还要高的胖胖的男生抱住腰，男生大笑：“嘿嘿嘿嘿嘿——”

凌桑僵硬地回头，看见空泽整个人都变得……毛茸茸的。

奓……奓毛了吗？

“阿西，你赶紧给我松开！”凌桑惊恐地发出指令。

“嘿嘿！”男生听话地松开空泽，欢快地跑了下去。

空泽握拳的左手举在半空，好在没有一拳头挥过去，不然这个已经是重度智力障碍的男孩子会一下子变成极重度智力障碍。

“那个……无视掉就好了……”凌桑讪笑着安慰他。

到达三楼，凌桑打开一个房间的房门，继而转身立在门口：“我住在这里。”

空泽一眼就看完了整个房间，连头都没有转一下。

怎么说呢……已经习惯了Sritana的建筑风格后，瞬间调整到如此“简约”的风格，总有种从一本精美漫画瞬间跳到另一种画风粗糙的漫画的感觉，嗯，还是彩色漫画到黑白漫画的那种。

见空泽完全没有表态，凌桑回过头去看了一眼自己的房间。等等，从Sritana回来之后，审美方式确实被扭转过去了，她瞬间感觉自己房间的画风有些奇怪。

等等，除了觉得自己的房间格外狭小单调之外，貌似还有一些不对劲……

“啊。”她知道了，这已经不是她的房间了，自己只是离开了一段时间而已……

“你们在干什么？”

清脆的声音响起，凌桑被这突然响起的声音吓得全身都颤了一下。

空泽依然什么都没表态地在一边站着。

凌桑背后站着一个七岁左右梳着两个辫子的小女孩。凌桑认识她，她是在凌桑入学前不久才从别的中心转来的小朋友，一开始不愿意说话，喜欢蜷缩在角落里，但是在熟悉了这里的环境之后，她就变得相当活跃。

嗯，这小朋友很漂亮也很机灵没错。如果预感没错的话……

“这是我的房间！”小女孩用几乎可以算是尖叫的音调开口，眼睛睁得大大的。孩子们的领地意识都非常强烈。

如果预感没错的话……自己，已经被取代了。

长大了，就没有年幼的资本来讨人喜欢了，秋田需要一个新的宝贝来成为吸引众人的亮点。

“啊……抱歉。”凌桑呆滞许久后终于开口，再扫视一眼房间。

她努力保持的雪白墙面已经被画上了各种扭曲的铅笔涂鸦，本想找到一点儿自己留下的痕迹，却发现什么都不剩了。床和书桌还在，衣柜已经换成了一个更小一点儿的粉红色小衣箱。

“走吧。”凌桑无所谓地一耸肩，对空泽轻声说。

空泽依然没表态，看到凌桑如此平淡的态度，他倒是觉得有些可笑。

下楼的时候，凌桑正好撞见阿琪急急忙忙地跑上来。阿琪已经意识到发生了什么事，显得相当局促不安：“其实……阿桑……真的很对不住，因为房间实在是分配不开，优优一定要自己一个人住，闹腾了好久……”

“没关系的。”凌桑轻声说。

“阿桑，你来我房间住吧，以后都来我这里住好了。”阿琪见到凌桑这样宽容的态度，反而变得更加慌张起来。

“其实……”凌桑刚想说她以后可以一直住校，但是空泽忽然开口，用无法辩驳的冷淡语气说：“交给我就好。”

似乎空泽说话一向是这样的语气，但这个时候听上去，似乎有尖刺毫不留情地戳了出来。完全就像是在说“把她这个人交给我，不用你们管了”。

“这……”阿琪越发无措。

“不是这样啦——”凌桑赶紧插入打断，但接下来她也不知道该说点儿什么。

场面很尴尬。

在越发诡异的气氛下，凌桑一把拽住空泽的手跑下楼梯，一面对阿琪喊道：“我带学长出去玩！晚上回来！”

凌桑拉着空泽一直跑到马路边才停下，让她奇怪的是，空泽竟然乖乖地配合着让她拽着跑。她缓了两口气，果然听见了空泽的声音：“你有什么感想？”

“哪有什么感想？这不是再正常不过的事吗？”说完这句话，她才觉得自己有些过于激动，大概是刚才跑步的缘故，也有可能是……自己其实非常介怀这件事。

“噢。”大概空泽也真的没话说，随便应了一声后就沿着街道往前走。凌桑连忙跟上他，轻声向他解释：“啊……不要介意，我其实没什么可抱怨的……”

“我介意什么？”空泽反问，侧过头露出少许奇怪的笑意。

在这个瞬间，凌桑不知为何竟然脑补出了空泽会挂着这样美好的笑意扔出原子弹的情景……

“你这样真的会让我无话可说的。”她平静地将视线投在地上，呢喃，“我不会永远留在那里的……我终究要离开那个地方。”

“离开才好。”空泽眼眸的色泽柔和下来，“你的人生不该困在那种地方。”

确实到了该离开的时候了。她去了 Sritana 并不算太久，但已经清晰地感觉到自己的思想有了相当大的改变。柔弱只是年幼时用来自我保护的方式而已，现在自己已经长大，逐渐失去了博取同情的资本。

现在能够保护自己的，只有自己的强大。

自己需要更强大。

不仅是自己，还有自己所要守护的一切，都只能依靠自己的力量。

此时回忆起空泽以及埃斯利亚说过的那些话——

“啊，你们说得没错啊！”像是瞬间的释然，凌桑仰起头笑看着空泽。

“我们说什么了？”空泽不知道凌桑怎么想的，对于这样快速的话题跳转一时无法理解。

“没什么。”凌桑耸起细瘦的肩膀，相当愉快地笑着。

但空泽不明白她在笑什么，就咧开嘴发出“嘁”的一声。

两个人继续走在街道上。

凌桑望着街道，轻声呢喃：“忽然觉得街上好挤……”

街上过往的不仅有行人，还有许多半透明的身影在人群中穿梭。

“从异能开发学院回到这里，如果你没有一点儿长进的话，那真是足够失败了。”空泽见怪不怪地轻声解释。

“那么你也看得到？”

“一些无关紧要的东西罢了，如果你不想看见的话，就屏蔽好了。”空泽分明已经把这些东西屏蔽得一干二净了。

“真的可以这么随便地屏蔽自己不想看到的东西吗？”

“可以的。”空泽点头。

“那么电视广告怎么不去死啊……”

空泽提起右手，一拳击在凌桑头顶。

她惨叫一声，感觉到整个大脑都在脑壳中滚动。过了好一会儿余震都没过去，她忽然反应过来震动的似乎并不是她的头。凌桑僵硬地转过脸去看身侧的马路，马路中央沿着黄线赫然裂开一道口子，像是直接被撕裂的牛皮纸。

她呆愣地看着。这完全是无法用电脑特效模拟出来的真实感，在路人杂乱的尖叫声中她还杵在原地，很淡定地捂头呢喃：“一定是错觉，屏蔽就好了。”

空泽又一拳击在她的头上。

“痛啦！”她终于叫唤出来，余光看见那裂开的洞口处有黑色的黏稠物体爬出，像软体动物一样在洞口伸展开八条黑色的软腿，随即翻滚着“吐”出一大块像是包了膜的黑色液体，从中泛出一双惨白的鱼眼望向他们。

“空泽，你是不是把什么奇怪的东西吸引过来了……”凌桑后退。

“我的气息已经全部收敛，能够吸引异物的也就只有你。”

“哪有……”

“你的灵力已经展露得相当厉害了。”空泽确实感受得到凌桑的灵力。刚接触到凌桑的时候她的灵力有点儿微弱，但随着能力的逐渐展现，被压抑的灵力也随之扩展，不知不觉间就已经膨胀得让人讶异。

到底这个身体隐藏了多大的力量？里面是否真的蛰伏着一只难以驾驭的野兽？

“那就跑啊！”凌桑瞬间折断反射弧，拽起空泽就要向反方向跑去。

咦？拽不动……

她以相当诡异的起跑姿势定格在原地。

“你到现在还想跑吗？”空泽阴森的声音在她身后传来。

“至少不能在这里上演大战啦！”凌桑放开空泽，自己一个人向公园里跑去。那一团黑色物质果然迅速地尾随她，伸出的八条长腿轮番掀动，在地表疾速爬行。

爬行经过之处就像扫起了一阵狂风，街上的路人明明什么都没有看到，却感到一阵阴风袭来，随即感到身边像是擦过了什么黏稠的物体。

前方是一个简陋的公园，中央有一大块水泥地，水泥地中央摆放着一架大象模样的儿童滑梯。凌桑绕到滑梯后停下喘息，几秒之后滑梯轰然坍塌，就像是被一个重物猛地压扁了的整块塑料一样。

她惊惶地后退，看到耸立起来高达到两米的黑色球团。

“你在 Sritana 是白学的吗？”

她又后退一步，后背贴上了空泽的胸口。

她没有回头，瞬间双脚迈开，将右手平伸在胸前，口中念出一段咒语后双手向身侧水平打开，然后像吟咏诗歌一样继续将咒语念完。

很快以凌桑的脚下为中心张开了巨大的金色六芒星阵。

能够瞬间驱动出如此耗费体力的大型法阵，这一点让空泽很满意。

图阵前方像是湖面落入一滴水般荡开波纹，自下而上浮现出一个全身雪白的庞然大物，完全出现后才看出是一只巨大的白毛猩猩，双手抡着一个与它同样大的木槌。

等等，猩猩？木槌？空泽的双眼眯了起来。话说回来，这召唤出来的到底是什么东西？六芒星阵是这么用的吗？真的没问题吗？

“吼！”白色猩猩忽然发出震耳欲聋的咆哮声，抡起木槌猛地砸下，将黑色生物瞬间击扁在地，发出“噗”的一声巨响。瞬间黑色液体像是井喷的石油般四溅开来。狂风从原地暴起，白色的猩猩在风中消散后图阵消失。

只剩下满地黑色黏液，一片狼藉。

“哟！”凌桑欢快地举起右手，忽然后脑猛地被重击——她发誓她从没被如此剧烈地重击过。

面朝下砸在地上，空泽的脚踩在她的后脑上拧了拧。

“你上课真的有好好听吗？”空泽几乎在咆哮。

“呜……”啊不，鼻子！鼻子要碎掉了！

“乱用阵法这么猖狂，你咒术老师知道吗？”

“呜……”对不起，我玷污了神圣的咒术，罪该万死，但是请你先把你的脚挪开好吗？鼻子真的要碎掉了！

第十六章 轮到你来选择我

—FENGZHISHOUWANGZHE—

“给我起来！”

是你的脚不让我起来，好吗？

空泽终于把脚挪开，凌桑在地上捂住脸滚了一圈。用脸砸地这种无比惊悚的事，她都不知道自己是怎么做到的……

“走了。”空泽转身离开，轻声抛下一句结束语，“那是在修马路时被埋在下面而沉睡的原居民。”

实际上在人类居住区的水泥地表之下，有着属于这个世界的数以万计的原始居民。任何一个世界都不是只由一个种族独享的。

凌桑捂着脸默默地跟在他的身后，本应该是她带着空泽参观附近环境，结果变成了空泽带领她前进。

“这是你的初中吗？”走了许久之后空泽停下脚步，突然开口问道。

凌桑挪开捂脸的食指与中指，露出一条缝好让自己看见，确实是她的初中，她瞬间愣住，陷入了回忆中。

每天从这里上下学的情景浮现在眼前，甚至还有明天要背上书包来这里上学的冲动。

“你知道？”她轻声应着。

“你的资料上有写。”空泽大概只是一时兴起才问了这个问题。

她仰头望着教学楼最上方已经生锈停滞的巨大时钟。

很多事情也像这个钟一样，永远停留在这里。

她前十五年的生活，都留在了这个世界，注定与她的未来截然分开。

“后悔吗？接触到另一个世界，你不会再有曾经的普通生活了。”空泽认真地问她。

凌桑将双手放下，鼻子因为磨破了皮显得有些粗糙。

“不后悔。”她望着那个时钟，轻声回复。

“是吗？”

“我相信我与众不同。”

注定去哪里的，就应该去哪里。生命如果有绽放的资本，那就应该让它绚烂。

在小镇上绕了一圈之后，他们重新回到秋田。

集体看电视是秋田一贯沿袭的传统，大厅里放上五十只塑料小板凳，然后孩子们齐刷刷地坐下，一眼看上去像刚刚被收割过的稻田。

于是……这就是传说中的唯一的娱乐活动？

空泽似乎对这样单调的生活状态相当无语，无法直视动画片的画面质量。凌桑忽然神秘地拖起他往室内走：“我带你去看好看的哦！”

她走进的是阿琪的房间，然后拿起遥控器打开了房间里的电视。

空泽眯起眼。所以还是看电视吗？

“你这是什么表情啊？我可是有看私人电视的特权啊！”她说道。

“还是电视。”空泽分分钟鄙视她。

“可是我可以看自己喜欢的节目了啊，每个频道都可以看。”

“这是电视？”

“电视怎么了？”她不解。

空泽扭过头去：“我不想与白痴说话。”

“……”话说电视到底怎么了？

不知不觉一个月过去了。

“不知不觉你个头啊！”

那么换一种说法：距离入学已有一个月了。

“你是怎么把那些时间忽略的啊？”

不要连旁白都要吐槽。

“……”

在一个月的时间内听两人份的课程做两人份的作业，选修还要完成两人份的任务，诸如此类的日子绝不是说过去就过去了的吧！

但日子确实还是过去了。

“所以你不觉得你有所长进吗？”无事一身轻的空泽微妙地夸奖她。

“长进了什么……”凌桑捂脸。除了养成拔腿就跑的习惯而且速度超绝之外，貌似没有什么别的长进了。

“啊，还有一个消息。”空泽这次主动来找她，确实是有一些重要信息要传达的，“为了实现资源的优化，负责人不是固定不变的。”

“啥？”她惊异地仰头望他，貌似听到了什么不得了的消息……

"入学一个月之后就会开展负责人更换的活动。优秀的学生有资格拥有优秀的负责人。"空泽双手环胸，相当平静地俯视她。

她有些无措："这个我不知道……"

"请你一定要养成及时接收通信表消息通知的习惯。"

"……"凌桑默默地打开通信表，去看她那未读的十几条全英文通知。

空泽似乎完全没有把这件事放在心上，最后告诉她说："所以有人要挑战你的时候，就看你的意愿如何了。"

空泽没有说看她的"能力"如何，而是说看她的"意愿"如何。

"啊，我知道了。"她垂下头，轻声回复。

"祝好运。"空泽离开。

凌桑艰难地去翻译那份行政部下达的文件——《负责人更换竞技条例》。

在公共宣传栏里将贴上每个高一部学生以及其负责人的名字，名字下方将安装一个小罐子。

每个学生都会领取到两支木签，其中棕色木签用来投放罐子。自己想要挑战哪位负责人负责的学生，就可以将棕色木签放入那个学生名字下方的罐子中，第二天就可以随时随地对那位学生进行挑战。一旦挑战成功，就可以与对方交换红色木签，交换红签就意味着交换负责人。

优秀的学生可以争取到更优秀的负责人。

凌桑看着手中的两支木签，木签坚硬光滑，摸起来触感不错，两支木签的上方都雕刻有字样——

凌桑空泽。

这是绑定起来的名字。

一瞬间她恍了神。

竟然想把这两支签子珍藏起来。

那一晚，她没有投出她的棕色木签，而是与红色木签一同妥善地裹起来藏在怀里。

负责人更换活动一共持续三天，在晚上投出了木签，第二天就必须提出挑战，逾期作废。

如果同时被不止一个人挑战，那就请节哀。

夜里，凌桑将两支签子摆在床头拜了三拜。不求不被挑战，只求来挑战的不要太多，这要求不算高吧？

将木签收回怀里，她仰头倒在床上睡去。

第二天，凌桑眼睛抽筋地看着自己名字下方满满一桶的木签。

宣传栏的其他木桶里就稀稀拉拉的几支签子，有些木桶甚至还空着，只有她与慕德兰的两个木桶充实到让人咋舌。

虽然早就预料到这个结果，但完全没做好应对如此糟糕结果的打算。

一大清早就来查看木桶的凌桑与慕德兰相互哀怨地对视了一眼。

多数学生都希望自己能拥有一个黑服负责人。首先忽视那个黑服的性情如何，至少能被黑服负责本身就是一件非常光荣的事情。

“加油啊，两位。”守着宣传栏以免发生混乱的行政部人员对着凌桑与慕德兰露出神秘的微笑，随即摘下这两个木桶递给他们，“好好收着，今晚九点再交还回来。”

“……”凌桑与慕德兰抱着各自的木桶，依然毫无交流地同时转身离开。

今天她没有上课。

因为隔壁班的一个男生把大刀砍在她桌子上，几乎把桌子劈断后，她果断地逃课了。活动期间任意逃课是没有任何问题的，甚至授课教师还十分有爱地与她挥手告别，并向她献上祝福。

凌桑奔跑到主教楼二楼后，掀起一道风把那个向她扔大刀的男生从走廊栏杆掀了出去。本想要躲藏起来，摆脱那些投了满满一桶木签的人，但她一走出主教楼，就看见三把短刀掠过空气向她飞来。凌桑迅速侧身再俯身，短刀从她头顶上方擦过，她仰头就看到二楼栏杆上蹲着一个男生，与她视线接触后那个男生敏捷地从二楼栏杆上跃下。

凌桑迅速离开原地潜入最近的图书馆。

图书馆在地下室，因为有墙壁上发出的荧光照射，光线相当充足。她的后背贴在书架上，听见有人的脚步声在渐渐向她靠近。

她轻轻地从书架上抽出一本书，但书本之间细微的摩擦声让对方立刻感知到了她的方位，越过两个书架向她冲来。凌桑已经打开书本并且将右手按在书页上，在看到对方发动攻击后，右手猛地向前伸展，一张书页被完整地撕了下来并且被水平地投射了出去。

男生勉强避开，书页几乎全部嵌进了他身后的书架。风的力量消散后，方才如钢刀一般坚硬锋利的书页才恢复柔软的原状塌了下来。

凌桑的双手拍在书本的两侧再将双手拉开，书本悬空在她双手之间，瞬间撕裂开，每一张纸都互相脱离悬浮在空中。她的右手举起，所有书页都汇入了比刀刃更具杀伤力的力量与速度。只等她将手挥下。

“你可以走了。”凌桑轻声开口。

男生意识到她的这个技能有巨大威力，很明智地立即转身离开。

待危机解除后，所有纸张就像是枯萎了一样飘落在地上。

话说……要赔吗？

凌桑杵在原地望着满地纸张，它们却忽然颤动着，再次悬浮了起来。她吃惊地后退一步，所有纸张瞬间聚合在一起重新拼凑成了一本完整的书，看上去没有任何破损的痕迹。

悬浮在半空的书飞了出去，被握在另一个白服中阶的男生手里。

另一个挑战者。

还没等凌桑反应过来，挑战者就已经换了一个人。一道强光突然横扫而来，将她撞了出去。凌桑的后背撞击在身后的书架上，整个书架受力倒下，书本全部散落在地。

“就这点儿程度啊。”男生的右手燃烧起白色的火焰。

“破掉的书麻烦你修了。”

话音未落，所有散落在地的书悬浮到空中，瞬间散开变为成千上万张纸。这个男生明显吃了一惊，但当纸张全部同时向他射来时，他迅速反应过来在身前支开了一道防御结界，所有纸戳在了结界上，每张纸都有一半嵌入了结界内，在男生撤销防御后瞬间破碎。

等到他抬眼看向对手时，前方已经没有了凌桑的身影。

“站住！”不甘心的咆哮声响彻整个图书馆。

凌桑一整个上午就在狂奔中度过，中午也完全没法抽出时间去吃饭。正当她精疲力竭的时候，路过的薇薇安甩给了她一个装在纸袋里的面包。

“嗯？”她终于暂停了一下奔跑的脚步。薇薇安貌似是总会莫名其妙地变成老好人的那一类……

“去死吧！”紧接着薇薇安对她扔出了三把短刀。

“对不起，我马上就走！”凌桑一声惨叫后继续跑路。

也许木桶里还有薇薇安的木签。

下午凌桑回到寝室避难，伊娜看着她剧烈喘息的模样笑了半天：“你啊，在外面跑得这么招摇，不就是要变成被攻击的对象吗？”

“那么我要宅在这里吗？”她虚心求教。

“总之藏起来是没错的，今天早上大概有九个人问过我凌桑是谁。”

“……”都冲着空泽的名义来追杀一个存在感为负值的无辜学生吗？

“凌桑！”一个女生破门而入，“你在这里，是不是？”

“对不起，她不在！”凌桑惨叫一声纵身跃出窗户。

黄昏之后，凌桑敲响了空泽的房门。门打开后，空泽还在用毛巾擦着湿淋淋的头发，再准确一点儿说，他只穿了一条大裤衩儿站在门口，绝对是刚洗完澡。

“求收留！”凌桑不管三七二十一，扑上去抱住了空泽的腰，侧过脸贴在了他胸口上。

“……”

她的腹部猛地遭受了一道高抬腿重击，整个人瞬间飞了出去，相当惨烈地撞到了走廊对面的墙上，然后听到了一声关门巨响。

“空泽殿求收留啊……”她绝望地拍了拍门板。

于是，第一天就这样“愉快”地过去了。

“愉快你个头啊！”

晚上九点，在凌桑把木桶还给行政部之后，今天的大逃杀暂时告一段落。空泽在房间里一边用台式电脑刷着全英文的网页，一边漫不经心地开口问终于有时间吃面包补充体力的凌桑：“你没受伤吗？”

“啊，没有。”在跑路的时候连续摔了好几跤之类的算不上受伤吧……

“听说慕德兰都因为体力不支而受伤了。”空泽像是提起了什么无关紧要的事。

“那大概是因为有一半追杀我的人至今还不知道我长什么样子吧。”她相当诚实，其实她的样貌在开学前后的变化真的有点儿大。

“……”

刷完网页后，空泽起身去泡茶。当那种熟悉的清香又弥漫在整个房间里的时候，空泽轻声问起：“那么你怎么觉得呢？”

“嗯？关于什么？”她侧头。

“负责人的事。”空泽把一杯奶茶垫了盘子递给她。

其实空泽会做泡茶这种事，还是让她感到相当不可思议的。

茶还很烫，凌桑垂下眼睛看着杯子中升腾起来的朦胧的水蒸气。

“负责人的事啊……”她的声音像是陷在水蒸气里一样，显得格外朦胧，“我还是想和你在一起。”

“这一次该由你来选择我了。”空泽坐回桌边，倒了两杯茶放在桌上。

“是的呀。”她应着，将奶茶端在嘴边喝了一口。

很舒适放松的感觉……以后，还是可以和空泽一起喝茶的吧。

这时忽然响起了敲门声，这就是空泽倒了两杯茶的原因。空泽说了一声“进来”后门打开，原来是源溯。

“啊，凌桑也在这里啊。”源溯笑道，坐在桌边与空泽面对面，“晚上都是与空泽一起睡的吗？”

“噗！”凌桑差点儿把刚喝进嘴里的奶茶喷出来。

为什么要用一脸慈详的表情说出这样的话……

“哪有‘都’啊！只是偶尔啊！”她纠正。

“没关系的。”源溯一推眼镜，随即对她正经地一点头。

因此对旁边泼过来的奶茶毫无防备。

“啊啊啊！空泽！好烫的，啊啊啊！”源溯捂脸，身体一个后倾就连带着椅子一起摔到了地上。

源溯学长，你的形象平时保持得挺好的呀……

“你给我适可而止。”空泽平静地往空杯子里倒茶。

凌桑默默地去了卫生间扯来毛巾递给源溯。

“咳，我是来——”源溯瞬间恢复常态，接过奶茶，“说大赛竞技的事。”

“我知道。”空泽轻声应道，右手轻轻摇晃着茶杯。

“我想学院是有意愿让黑服之间进行合作的。”

“那真是件困难的事。”空泽闭上眼轻松地微笑。

“去年的大赛竞技，你只打了初赛与复赛吧？”

“是啊，”空泽睁开眼，“现在说这件事还早。”

“不早了，准备起来是相当耗费时间的。”

“那也不是消耗我的时间。”空泽持续着冷淡的笑意，“如果需要我的话，自然会有人来动员我的，比如你。”

“啊。”完全被戳中意图的源溯有些尴尬地轻笑一声，“确实，横野让我来与你说一声……你愿不愿意与他搭档去打高三组？”

去年这个时候，空泽以蓝服高阶的身份成功地打下初赛与复赛，但并没有进入决赛，毕竟他在连续的两场赛事中丧失了半数战斗力。那时候与横野搭档的是尼萨亚，这两个人似乎是黑服之间愉快合作的经典范例，两个人在总决赛中大获全胜，让 Sritana 在三个主要异能开发学院的比赛中蝉联冠军。

简单点儿来说，空泽在去年真的是相当尽责地扮演了炮灰的角色。

而今年，横野在高三部找不到适合搭档的人选，所以希望空泽这个高二学生和他一起去打高三组。

凌桑坐在床沿上安静地听着。对于不明白的事，她不会直接开口问，而是先琢磨一下是什么情况。

以她的情商，听上一会儿后，还是可以理清脉络弄清眉目的。

“再说吧，时间还早。”空泽虽然没有直接拒绝，但可以看出他并不是很想答应。

“其实真的不早了，搭档磨合起来是很费时间的。”源溯也不再强求他，立即表达自己的意愿，于是转移话题回头说道，“阿桑。”

“哎！”凌桑在出神时忽然听到自己的名字，吓了一跳，反应过来后才连忙应了一声。

源溯眯起双眼，眼眸中隐约的紫色越发浓郁，看上去有些诡异，像是正在施展什么术法。

“怎么了？”凌桑有些担忧地皱眉问道。

“啊，只是想尝试一下最近刚学的预感术。”源溯闭眼两秒再睁开，眼眸已经恢复常态，随即他露出微笑说出了预言，“阿桑最近要小心一点儿，可能会丢失重要之物。”

“啊……”凌桑不可思议地睁大眼。

“你真的会相信这种现学现卖的东西？”空泽眯起双眼，对不自觉地相信源溯的凌桑说道。

“我就随便上了两节课而已，所以，阿桑，你不用当真的。”源溯笑起来。

不过对于一个学霸来说，一节更比六节强，所以凌桑还是会好好注意一下会不会丢什么东西。

第二日凌桑的小木桶里只有两支木签，看来多数人都在第一天就过于热血沸腾地将签子投完了。

凌桑应对那个追赶她的女生并不是很吃力，一道风刃劈出去就将对方甩出十余米远。这种越来越轻松的状态是怎么回事……

自己好像已经习惯 Sritana 的节奏了？

以前总是非常在意自己会不会伤害到别人，现在似乎已经可以随意掌控攻击的力度了。以前也从来不会主动去攻击别人，现在竟然觉得理所当然。

潜移默化地养成了这些习惯，真是一件可怕的事啊。

到了傍晚她才遇上那个叫“白湘”的男生。凌桑仰头望上去，三楼天台顶部的男生瘦削精壮，黑色的头发顺风飞扬，不过更飘逸的是他那中分的刘海儿。

她又低头看向脚前戳在地上的一支箭，心想对方对女生真是一点儿也不客气啊。

白湘再次抽出背后箭筒里的一支箭，搭在弦上拉开。地表的风突然刮起，射出的箭在风的攻击下被轻易折断。

凌桑再次仰看向他，但白湘原本站在天台的身影竟然瞬间消失。

她睁大眼，发现根本捕捉不到对方踪迹后立刻转身撤退，但面前忽然出现了像是在快进电影时产生的一排黑线，随即白湘出现，挡住了她准备撤退的路。

凌桑惨叫一声过后就被打飞了出去。对方是白服高阶，实力远远超过她。

“空泽是你的负责人吗？”白湘走近她，“结果你也只是在第一次鉴定中达到低阶的水平。”

当初提名给空泽的三个人选中包括白湘。

她抿嘴，还没来得及施展动作就被白湘揪住衣领提了起来。凌桑忽然屈起膝盖重重地顶入了对方腹部，在白湘吃痛松手的瞬间落地，再一个飞身踢将他踹了出去。

不祥的预感……

白湘滑出去两米后并没有倒下，反而似乎被彻底激怒了。

周围的空气异样地流转起来，白湘双手贴合结印，咒语念出后他的脚下浮现出了金色的图阵，凌桑想后退一步，但根本无法动弹，图阵已经扩展到了她的脚下。

她双手打开在面前贴合，挥出锋利的风刃，但在图阵的包围中发挥不出任何威力。白湘瞬间近在眼前，她感觉到自己再度被提起，随后头朝下狠狠地砸在了地面上。

“呜！”凌桑呻吟，一瞬间的撞击让她全身丧失知觉。

随即身体离开地面，她不知道白湘到底对她做了什么，然后又被重重地砸回地上，脊椎产生剧烈的疼痛，让她感觉自己似乎已经瘫痪了。

“签子给我。”白湘一脚踏在她的胸口。

凌桑感觉侧脸有点儿发痒，温热的血液流下，让她觉得很不舒服。身体依然没什么知觉，她茫然地睁着眼睛。

白湘的食指贴在唇前念起了咒语，红色的木签从她怀里飞出，落在了白湘手里。

“这个就给你了。”白湘甩下他自己的红色木签转身离开。

凌桑依然望着天空，眼前一片血色弥漫。

感觉不到自己的存在。

眼睛无法再张开。

“会丢失重要之物……”

真的，丢失了啊……

源溯你再学霸一点儿真的可以逆天了。

第十七章 折扇佑姬

— FENGZHISHOUWANGZHE —

“啊呀！被打败了啊。”

“这不是很正常的事情吗……”

凌桑坐起来之后发现自己在医务室。她捂头，好痛……那样细碎的言语……自己败在大庭广众之下有点儿尴尬……

不过尴尬算什么！

她勾起双腿，低下头将额头抵在膝盖上。这一次空泽大概不会再来看望自己了。

空泽……

“啊，醒了啊。”门推开。由于并不是空泽的声音，所以她一点儿都不敏感，以至于很久都没有反应过来。

一只手掌按在了她的头上，手的主人轻声说道：“请你振作一些啊。”

她终于将头抬起，第一时间映入眼帘的是原属于白湘的那支红色签子。这个年轻的医务室工作人员将签子拎到她面前：“给，这是你的。”

“……”凌桑默默接过。

“这并没有什么的，”青年安慰她，“其实呢——”

“我不需要开导。”她很有礼貌地回绝。

“你很需要。”青年也很有礼貌地要求。

凌桑翻身下床，轻声说：“我要回去了，谢谢你。”

“那么，注意休息。”

凌桑用左手揉着右肩，还是有要散架一样的疼痛……不过医务室能够这么迅速地让她恢复到如此程度，已经是相当厉害了。

离开医务室，凌桑仰头看见的竟然是夜幕。

这个时候自己是不是应该想点儿什么？总结出一点儿感想？

可是不知道该想什么……

正常情况下，这时候一定会有人出来为她好好疏导，然后她豁然开朗放开一切。

但不需要，她自己可以想明白的，她完全没有任何想不通的地方。

空泽……不能去找他。现在她不想见任何人。

打开通信表，空泽没有发来任何信息，时间已经是二十二点。她并不饿，只是心慌得难受。凌桑绕过医务室走入后面的树林，靠着一棵树坐了下来。

是不是应该从头开始想想？如果不能想明白……被空泽看见了，他应该什么都不会说，只会留给她一个冰凉的微笑吧？

他应该会接受现实，也应该对自己有些不满意，但是他不会把不满意表现出来。

但是……到底是哪里不对……哪里……让人不满意了？

她睁开眼眸。是自己让人不满意吗？

开学以来，不管是空泽还是埃斯利亚，甚至是将意图表现得更明显的横野，这些与她亲近的人，对她的潜在情绪分明就是……不满意吧。

这样的不满意虽然没有恶意，但是有点儿令人无奈。

希望她可以做得更好。虽然她已经在竭尽全力不让他们失望，但感觉到的依然是……不满意，到底错在哪里……

凌桑从怀里抽出另一支棕色木签，她还没把自己的木签投出去。

自己好像一直都是循规蹈矩的普通人，做不出什么令人惊讶的事情。

把它投出去……大家会满意吗？是这样吗？

凌桑站起来走向宣传栏。到那里有很长的一段路，她裹紧了衣服，却依然感觉到了夜风的冰凉。

她感觉不到自己的踉跄，走到宣传栏前举起了手中的木签。

露出微笑，她已经……想明白了。

是这样……对吧？

空泽、横野，以及诸多对自己抱有期待的人，等待着另一个自己。

她呼出一口气，将木签投入木桶内，然后转身离开。刚走了几步，凌桑忽然停住，随即毫无预兆地向前倒了下去。

一道阴影慢慢覆盖上了她的后背，蓝色的眼睛在黑夜中显出朦胧的幽蓝色泽。

就知道是这样。空泽像是有点儿无奈地回头看了一眼宣传栏，随即睁大了双眼。

凌桑将木签投入的木桶上方的名字是——慕德兰。

清晨醒来的时候，凌桑躺在宿舍的床上。天已经大亮，当她将右手甩过头顶伸了个懒腰时，脑中一片空白，想不起任何事。

随即昨天所有的画面瞬间在脑海中闪过，凌桑瞬间全身瘫软地静止在了床上。

自己是怎么回到寝室的呢……想到这一点，凌桑坐了起来。不过先不管这个，眼下还有别的更重要的事……

她翻身下床去整理服装。全身都没有什么力气，也不敢去回忆自己上一顿饭是什么时候吃的。凌桑洗漱完后就起身去了食堂，走到食堂门口却见到了非常多的人。她杵在原地踌躇了一会儿，终于还是走了进去。

完全没有在意其他人的眼光，凌桑默默地坐下吃了早饭，结束早餐后，径直起身向寝室走去。今天是周日，不需要上课，但也是负责人更换的最后一天。

她显得与平日一样安静，安静到近乎冷淡。

那些注意着她的视线因此显得更加疑惑。

回到寝室，伊娜不在，只有在床上滚动的毛球静静地看着她。

“你会不会因为别人不知道你在想什么而苦恼呢？”凌桑很随意地轻声问它。

“啾！”毛球在床上滚了一圈，黑色的眼又望向了她。

有这么一个安静的室友真好。凌桑露出微笑，将右手食指戳在毛球的额头上：“我干了什么事，请你不要说出去哦，不过你本来也说不出话。”

“啾！”

凌桑揉了揉毛球，坐在写字台边抽出了一支粉笔，在写字台上画出一个直径半米的圆。

咒术入门，画圆是必备的技能，而且务必一次性画出完美的正圆。她坐在椅子上耐心地画着，自己的脑海中有一张完整的召唤阵底稿，她曾经花了一个星期将图阵的每一个细节全部印刻在脑中。

凌桑轻声念咒，发出的每个音都不是实音，只是气流轻微颤动发出的细碎气音。

桌面上浮现出了完整的图阵，精致华丽，每一个咒文的最后一笔都互相嵌合连缀。

“我需要你。”

她将右手手掌按在图阵中央，灵力散发出来汇成蓝色的光芒，在她身上环绕。

获得兵器的方式有很多，最简单的是购买或者掠夺。但最好的兵器都拥有开了灵智的器灵，在主人消亡后，器灵也会从这个世界上消失，进入异界开始长久的休眠，等待下一个适合自己的主人将自己重新唤醒。

只要它在异世感知到召唤者的灵力并且认可对方，就会苏醒，重新现世。

“请接受我，凌桑参上。”

粉笔画成的图阵忽然亮起金光，金光化为丝线覆盖整个图阵，图阵上的咒文在感受到她的灵力后开始扭曲，凌桑忽然有些不理解地犹豫了半秒。

图阵……自己发生变化了，扭曲成一个她完全没见过的具有棱角的新样式，金色光芒被幽蓝色光芒取代。

“不管你是谁，我都需要你！”她开口。

幽蓝色的光将整个房间照亮。

“啾……”毛球发出不安的叫声。

凌桑将手掌抬起，缓缓离开桌面，蓝色的图阵中央像是水面荡漾出涟漪一样波动起来，随即从中浮现出一根深蓝色的圆柱形物体，缓缓抬升，直到底端也脱离图阵。

图阵瞬间消失，整个房间恢复原状。

“咔嗒”一声落在桌面上的，是一截三分米不到的短棍。

凌桑抚摸上这截冰凉的物体，它像是刚从冰块中解封一样，在接触到常温的空气后散发出白色的雾。深蓝色的棍身剔透，可以看到其中夹杂着天然形成的裂纹。

召唤来的兵器果然看起来非常贵重。

实际上一开始她并不确定真的能够从异界召唤出什么，但现在确实做到了。凌桑握起短棍，最后一抹凉气在她温热的掌心消散。

“谢谢你了。”

她的拇指扣在短棍的侧面轻轻一拨，短棍立即打开——是一把折扇。

银色的扇面儿由银丝细密地织成，上面绘制着蓝色的流纹。

“你有名字吗？”她问。

一道柔和的风吹起，掀起了她额前的碎发。

“佑姬。”她念出这把扇子的名字。

“殷——”再度吹起的风中夹杂着高频率的清脆吟叫，一个浅蓝色的荧光物体从扇子中跃出，在她眼前旋转一圈后又跃入了扇内。

她可以说她完全没看清这是什么吗？感觉像是一只大鸟……

凌桑将打开的折扇举过头顶，一瞬间，房间里所有与地面接触的物体全部腾空。

她惊愕地再将扇子缓缓地挥下，悬空的物体都安稳地落回原处。

“啾！”毛球掉在床上滚了两圈。

“拜托你了，佑姬。”她将扇子合上插在腰间，立即出门。

慕德兰在高一（A）班，但他此时并不在教室。当凌桑绕着学院一圈圈跑时，忽然听到一声：“你在找我吗？”

她回头看见的就是慕德兰，慕德兰举起了右手的木签。

“是的。”她相当礼貌地回复。

“你是觉得生活太美好了吗？”慕德兰眯起眼，挥出右手，手腕处的银环突然实体化变成一把长刀。

“真是对不起，打扰了。”凌桑回复。

就地遇见，就地解决。

慕德兰提起刀猛冲向前，凌桑也抽出腰间折扇。刀劈出，折扇挥下，气流瞬间冲撞在一起，爆开刺眼的火花。

两个黑服负责的学生的较量！周围的人看到这一幕迅速聚集过来。

虽然看上去那个瘦弱的女生在体质上处于劣势，但在第一回合的较量中，竟然没有立刻暴露出多大的差距。

“散！”

如此强大的对手彻底激发了慕德兰的战斗欲。他瞬间使出超强杀技，顿时凌桑头顶上空悬浮着的尖锐刀片猛地向她射来。凌桑迅速后退，避开大半后踮脚落地，随后竟然向前冲出，再度挥出折扇：

“斩！”

将自己的意志赋予通灵的兵器。

她没有料到佑姬竟然能与她在第一次战斗中就配合得如此默契，仿佛已经与她相识很多年，似乎与她血脉相连。

“殷——”一声清脆的吟叫声后，佑姬忽然增加了重量，凌桑感觉自己像是挥出了千斤重的铁球，实际上所有的重量全部来源于汇聚在扇前的风。

庞大的气流团扫荡开来，围观的群众被席卷冲散，现场惨叫声一片。凌桑脱离地表御风飞行，瞬间转移到慕德兰身前，一个飞身踢毫不客气地踹在对方的胸口上。

毕竟是整个年级的最强者，慕德兰在如此猛烈的冲击下竟然还能迅速侧身稳住重心，继而用刀劈开气流向风眼中的凌桑攻去。

“已经闹够了，我可不会留情面！”慕德兰的瞳孔急剧收缩，露出野兽般狰狞的表情。

“我也是！”凌桑在风中收敛眼眸，嘴角咧开一条缝，呵出的气体竟然化为一缕白色的水汽随风消散。

又一次气流撞击。

这一次已经没有了围观的学生，没来得及跑远的人又被气流掀出去了十余米。

白玉石广场轰然坍塌，在一片烟尘与气流弥漫中，红色的火焰瞬间爆开冲散风暴。站在广场中央的慕德兰急促地喘息着，已经极度狼狈，火焰在他身上环绕。他再次将双手贴合，发出清脆的拍击声，火焰汇聚成长龙，伴随着震耳欲聋的咆哮声向上冲出。

凌桑悬浮在半空，风的包裹让她的身形缥缈到不可捉摸。她将折扇举过头顶，毫不迟疑地猛然将佑姬挥下。佑姬告诉她咒言的名字，她大声将咒言喊出：“伏！”

千万道风刃从高空劈下，已经塌陷的广场地表再度爆开，发出巨响。即使是悬浮在半空中的她也被连续性轰炸反射回来的气流掀飞，瞬间失去了平衡，笔直坠落在塌陷区的边缘。

弥漫的烟尘几乎让人窒息，凌桑轻轻挥扇将烟尘扫开，几秒后视野豁然明晰，就看见慕德兰坐在塌陷的广场中央已经无法站起来，就连质量极好的白服也被风刃割碎，暴露出伤口。

凌桑站起身望着他，慕德兰从怀里抽出他的红色木签扔了出去，被凌桑接在手里。

“这个归你了。”慕德兰似乎是极为爽快的人，甚至露出毫不介意的笑脸。

凌桑将自己的红签扔给他，对他一个鞠躬后转身离开。

手里的木签写着：席勒。

到了晚上，她依然没有去找空泽。

主教楼虽然不是最高的建筑，但是天台平坦宽敞，坐在上面吹风是相当舒服的事。

她可以掌控风，但被她控制的风永远比不上自然的气息来得轻和。自然的风能够浸入每一个细胞中去。

有人站在她的身后。凌桑在感知到异样气息的瞬间转过身，看见的是黑服，但并不是空泽。

“席勒学长。”她轻声问候并向他鞠躬致意。

“真是碰巧。”席勒只当作自己也是来吹风，碰巧遇见了她。当然只要双方都心知肚明就可以了，他也只是随便回复一下。

“慕德兰还好吗？”她轻声问道。

毕竟总得扯出一些话题来聊的，席勒一定也是想找她谈一谈。出于对黑服的尊敬，她还是得自己先下水。

席勒背靠在天台栏杆上，右手从裤袋里摸出了一只打火机，“咔嗒”一声后亮起了微弱颤动着的火光。

“啊，他没事。只不过才发现你的那支签子并不是你自己的。”

“抱歉。”她轻声应道。

“然后他去攻击了白湘。”

“真是抱歉。”她捂头。也许慕德兰一开始就对空泽很感兴趣吗？所以对于自己的攻击才没多大的反抗，没准儿他真的想换一个负责人玩玩。思索了一会儿，她继而问道：“成功了吗？”

“没有。”

这几天下来慕德兰已经非常疲惫，再去挑战白湘确实是没有多大的胜算。

“所以你来找我……是因为这件事吗？”

“并不是。我只是来认识一下你。”席勒俯视她，手中的打火机又“咔嗒”一声跃出火焰，“我对于负责谁并不是很在意，你的能力也不错，只要你的智商比慕德兰高一点儿就行。”

凌桑忽然觉得席勒黑慕德兰和空泽黑自己有一拼。大概黑服就是天然黑吧。

“其实……”她轻声喃喃。但不知道该怎么说，席勒虽然比自己预料之中更有耐心而且性格也相当随和，不过他能不能明白呢……

“我想知道你是怎么想的，关于你失去空泽的负责权后，会把注意转向我。”席勒似乎察觉到了她奇怪的心绪，“只是因为拥有一个黑服负责人很光荣吗？”

凌桑沉默良久后轻声说：“如果我把签子投回去将空泽赢回来，你会怎么想？”

“意料之中而已。”

“那么如果你是空泽呢？”

“还是意料之中，如果你并不愿意改变负责人的话。”

“那么就是这样了。”她点头，始终没有抬头看席勒，“他们在潜意识里期待的，或许就是这样一种能够不计后果并且彻底打破束缚的自由吧。”

席勒没料到自己会听到“自由”这个词。

“自由吗……”他喃喃。

“自由。”凌桑重复。

为了获得自己所需要的一切而竭尽全力，倾尽所有哪怕是天翻地覆都与我无关。

束缚……实在是太多了。

席勒没有说话，或许是不明白，但他始终没有表现出任何的驳斥。之后他似乎是忽然想到了什么，仰起头望向天空，轻声说：“明天早上九点，别忘了把红签上交给行政部。”

“好的。”她再次对席勒鞠躬表示礼貌，“这件事我还没完成，现在我立刻去补上，先告辞了。”

没有等席勒回复，凌桑就转身跑开，沿着通道的楼梯跑了下去。

其实在第一次见到凌桑时，席勒是完全没想到这个家伙会有如此大的发展的。

其实所有人都这么以为。

一号馆的男生寝室与女生寝室是相互隔离的。

“你好，快递。”她微笑着敲门。

开门的是一个陌生的男生，他眼睛立刻一亮：“快递送来的妹子？”

“送你个头啦！”凌桑满脸微笑地一掌拍在男生脸上把他推开，往里探头，“白湘在吗？”

“喂！丫头，你给我滚出去！”从一楼追上来的宿管大叔大口喘气。如此一来走廊上的其余宿舍门都打开，听到声音探出头的男生们全部眼睛一亮：

“有妹子！”

“啊哈——”刚从卫生间走出来的白湘只穿着一条裤衩儿，看见贸然闯入的女生确实是吃惊不小，“你是——”

在宿管大叔的怒吼以及其余男生扑上来要抓住这只妹子来好好疼爱的双面夹击之下，凌桑不管三七二十一地打开折扇把白湘打出窗外。

“把空泽的签子给我交出来！”

“所以不仅是炸掉了广场，还差点儿炸掉一号馆男寝吗？”听到这个消息后，优雅的精灵露出满意的微笑，“还真是出人意料呢。”

“在某种程度上，破坏性与空泽一样强。”医务室的负责人莉亚笑着，细长妩媚的眼睛缓缓垂下，望着手中的杯子，看着里面散发出香气的晶莹液体轻轻晃动。

“这一届的负责人更换竞技似乎是最混乱的一次。”埃斯利亚将杯中的液体一饮而尽，眼睛睁开一条缝，“所以——你给我带来的到底是什么饮料？”

“听说精灵不能喝酒，所以我就来试试。”莉亚微笑，看着埃斯利亚的脸露出了痴迷的朦胧神情。

“对行政人员下手你可要考虑清楚后果。”最后吐出一句语气如同美好祝福般的“遗言”，埃斯利亚伏在桌子上“阵亡”。

凌桑重新将属于自己的木签上交。

什么都结束了吗？

在攻击慕德兰引发轰动后还要夜袭男宿舍，营造持续性轰动效应，所有人都已经成功地认识了她。

在她把席勒的签子还给慕德兰，打算要回慕德兰手里的签子还给白湘的时候，慕德兰很诚恳地对凌桑说：“不用了，你把空泽的签子给我就好了。”

然后她把席勒的签子狠狠地戳在了慕德兰头上。

空泽依旧是她的负责人，席勒依旧是慕德兰的负责人，绕了一大圈后仿佛一切又回到原点，她终于可以毫无顾忌地去找空泽了。凌桑兴奋地敲响空泽的房门，许久之后门才打开，明显是睡过了头而且刚刚被吵下床的空泽眯着眼睛看向凌桑。

“空泽殿，早上好——”她露出灿烂的笑脸，但是视线内忽然映入了一个鞋底，顿时眼前一片漆黑，“噗！”

后仰倒地。

放下腿后直接一脚踩在她脸上的空泽瞪着充满了杀气的蓝色眼睛：“不就是赢回负责权而已，在这里嘚瑟什么？”

“呜……”整张脸都不好看了的凌桑发出呻吟，她真的错了。

或许一开始被白湘打败是上天给予她的一次摆脱有严重起床气的负责人的珍贵机会，自己明明还有机会和慕德兰交换负责人，让慕德兰也来体验一下空泽的“霸道总裁恨上我”的酸爽感觉，但是她竟然没有好好珍惜，直到失去了才后悔莫及……

空泽的脚挪开，随即走回室内，猛地带上门。

就是这么一个悲伤的故事。

到了夜间，凌桑的通信表忽然响起，是空泽的传唤。当她再次敲门的时候，门很快就被打开，这一次她迅速地捂住头蹲下，做好最大的防护措施。

“怎么了？”传来的声音竟然不是空泽的，她抬起头看见的竟然是埃斯利亚。

“嗯？”

“进来，”埃斯利亚温和地对她点头，“空泽找你哟。”

凌桑习惯性地坐在床沿上，空泽与埃斯利亚面对面坐在桌边，两个人正在喝茶。凌桑感觉埃斯利亚脸色不太好，原本就很白皙的脸现在几乎到了苍白的地步。

“埃斯利亚，你是不是生病了？”凌桑问道。

“只是醉酒而已……”埃斯利亚捂头，右手手肘放在桌上来支撑头部。

“昨晚被莉亚灌醉后一直昏到了刚才。”空泽平静地闭着眼喝茶。

“并没有昏那么久，好吗？”精灵的咆哮声往往是很无力的，由于他声音本来就柔和，所以喊出来时就显得有些……娇羞？

这一定是错觉。凌桑闭上眼抬手挥掉头顶的大雾。

“请问找我有什么事？”凌桑连忙打岔，结束精灵的尴尬。

“呵。”埃斯利亚连忙将前倾的上身靠回椅背，迅速打开双手甩出月白色长袍的宽大袖口，然后再收回衣袖妥帖地放在身前，双手交错插在袖口中，摆出一副端庄姿态，脸上故意带着点儿生气的神色。

瞬间美好到让凌桑感觉刚才什么都没发生。

“是关于赔偿的事，行政部已经把罚单下达。”空泽一拍桌面，桌面出现了一张写满数字的清单，“所以你闹事也不要闹得太愉快啊！”

空泽勾起的这个销魂的尾音让凌桑整个人都颤了一下。

砸掉了广场，再炸了男生宿舍，这样的赔偿金……想想都觉得这辈子赔不完了。

她捂头：“空泽殿，你还是把我卖掉吧，论斤卖的话我还是比较值钱的。”

埃斯利亚轻声笑起来：“其实并没有多少钱，毕竟所有设施都有自动修复功能，只是把不能修复造成的损失清算了而已。如果你能够像修图书馆的那位一样自己去修广场的话，行政部也是相当乐意的。”

修图书馆的那位……凌桑仰头回忆，他真的被迫去修图书馆了吗？

不过让自己去修广场这种事怎么想都是乌托邦吧！

第十八章 王者的荣耀：炸白祭塔

—FENGZHISHOUWANGZHE—

“最简单的方法就是从我这里拿任务单，完成后公局自然会把报酬拨给你。”空泽耸肩。

“黑服级别的任务单恐怕凌桑还接受不了吧，”埃斯利亚继续微笑，“我还是直接让行政部派发任务给她就好。”

凌桑忧伤地恍悟：“你们这是在压榨免费劳动力吗？”

“是啊。”埃斯利亚相当诚实地点头，“但是你们完成任务所获得的资金回馈还是很优厚的，如果平常你缺钱的话，也可以去行政部领取任务。”

“那么这一次就麻烦你了。”凌桑对埃斯利亚点头道谢。

“接下来我也没什么事了。”埃斯利亚站起来就要离开，在经过凌桑身边时忽然察觉到了异样的灵力波动，就突然停在了她面前。

“怎么了？”凌桑问。

埃斯利亚侧头望向凌桑：“你身上携带了什么灵体吗？”

“灵体？”

“像是役使兽之类的……或者是器灵。”

器灵。凌桑忽然想起来了，是佑姬。她的右手搭在腰间按住折扇：“只是……扇子。”

“请务必给我看一看。”精灵虽然说得很缓慢，但是脸色却很严肃，这让凌桑完全无法蒙混过去，只能把扇子掏出来，掌心朝上握在手里。

“你怎么得到的？”埃斯利亚眯起眼，右手搭在扇骨上发出荧光。

“异界兵器召唤阵。”她有些不安地开口。

被埃斯利亚握着的折扇在他灵力的刺激下急剧震颤。

“股——”

清脆的鸣叫声再度响起，幽蓝色的器灵跃出，直接冲击在埃斯利亚的胸口将他撞了出去！

折扇从埃斯利亚手中脱出，飞回到凌桑怀里。

“佑姬！”凌桑惊惶地站起来。

空泽也惊讶地睁大眼，迅速反应过来纵身跃出，挡在埃斯利亚身后让他撞在自己身上，不然埃斯利亚会撞在桌角上导致后背受伤。

空泽在受到撞击后向后滑出了半米，好在终于稳住重心停了下来。“桑！”他恼怒地喊道。

“殷——”

蓝色的灵体在空中盘旋，如火花般散落的蓝光充斥了整个房间。凌桑也是第一次看见灵体完整的身形，那是一只有着蓝色条纹的轻盈大鸟，双翼铺展开来有五米长，脖子细长体形优美，乍一看像是鹭鸶科的鸟类，但那几乎与身体等长的尾翼让它更像是什么神话中的高贵种类。

“羽凤。”埃斯利亚惊讶地说出它的学名。

幸而房间足够大，蓝白色的羽凤很成功地盘旋了一个来回，没有对任何东西造成破坏。

“回来！”凌桑越发不安地喝了一声。

“殷——”羽凤仰头发出细长的鸣叫，随即旋身俯冲而下化为蓝色的荧光。房间内瞬间掀起大风，直到蓝光全部回到折扇后，才慢慢消散。

折扇颤抖了几下后再也没有了动静。

凌桑握着折扇，惶惶不安地看着埃斯利亚与空泽，随即立刻鞠躬道歉：“对不起！”

“你怎么得到的？”埃斯利亚又问一遍。

“真的是……召唤阵。”凌桑很担心佑姬，如此鲁莽的佑姬会不会被空泽和埃斯利亚讨厌？她可是真心喜欢佑姬。

“羽凤性情孤傲，它不会甘心沉寂在黑暗的异世。”埃斯利亚挥出右手示意空泽不要做出任何行动，然后呼出一口气放松了一些，略微低头，“抱歉，是我先惊吓到了它，但我可以确定它属于另一个人。”

“啊。”难道自己硬生生从它原主人手中夺走了它？那么后果如何？那个原主人会杀过来砍死自己吗？

这真是没趣。

“羽凤数量稀少，成为器灵的羽凤都会芳名流传，我可以列举出全部的名字。”虽然埃斯利亚依然处于惊异的状态，但他还是能够相当平静地与凌桑耐心解释，“你知道它的名字是不是？可以告诉我吗？”

虽然很不明白事态为什么这么严重，但仿佛已经很严重了。凌桑踌躇着将握住折扇的手背在身后，然后坚定地望着精灵开口："不能告诉你。"

她与精灵的透明眼眸对视。正当她以为自己这样的坦然能够让精灵不再追究的时候，精灵忽然"扑哧"一声笑了出来，而且笑得有些过分，以至于肩膀一耸一耸的："真是可爱呢……可是你刚才已经念出它的名字了。"

"所以，你的问话意义何在？以及我不是很理解你的笑点。"

始终面色阴郁地站在一边的空泽也冷笑着开口："佑姬。"

"……"你们两个真是够了。

"屈身于折扇的羽凤只有佑姬，"精灵止住了笑意，然后一脸认真地告诉她，"既然佑姬愿意认你为主，那么请你好好待它，我并没有想要夺走它的意思。不过羽凤实在过于珍贵，所以不要让它在外人面前展露形体暴露身份，不然会引起不必要的抢夺，明白吗？"

"明白了。"

虽然释然了，但凌桑隐约觉得似乎有更加不对劲的地方——先前是她要瞒着精灵，现在更像是精灵将什么重要信息瞒着她。

埃斯利亚似乎比自己更了解佑姬。

"我先告辞了，"埃斯利亚向两人行礼，"欢迎随时光临行政部。"

精灵走后，空泽瞥了凌桑一眼，倒也没再说什么，直接坐回了椅子上，将桌上凌乱的纸张整理成一沓摆在一旁。

"空泽。"凌桑也安静地坐下，轻声问候了一句。

"过来喝茶吗？"他又倒了一杯。

凌桑直接起身坐到桌子的另一侧。今天的茶换了品种，闻上去像是草药味，颜色也是浅绿色的，显得相当晶莹。

"这是埃斯利亚送来的茶。"空泽解释。

"嗯。"她接过来抿了一口，味道并不是很甜，但是草药味像是渗入全身一般让人觉得相当舒适，仿佛可以让焦躁的人很快平息心境。

"所以还是选了我？"空泽带着点儿冷笑轻声说，但是眯起的眼眸却显得相当柔和，"如果是其他人带领你，或许你会有更好的发展。"

"只要选择出现一些变化，也许我会走上完全不同的道路——你是这么觉得的吧？"凌桑微笑，眼睛只是望着浅绿色的茶水，一双平静的眼睛投影在水面上，被氤氲的雾气缠绕。

如果当初没有遇见埃斯利亚，那么自己现在只是一名普通的高中生，就在庸庸碌碌的生活中让自己的生命走向既定的尽头。如果没有遇见空泽，由其他负责人带领自己的话，自己的人生还是会出现巨大的改变吧……

所有在后来展现出来的天壤之别的差距都可以追溯到当初任何一个微小的抉择，命运曾经赐予每一个人改变一切的力量。但那力量太微弱了，微弱到自己当时都没有察觉到。

“我并没这么觉得。”空泽平静地开口，但听起来并不像是在否认。

双方都没有看对方。

“我只想选择你。”凌桑承认，“大概只是这样而已，你可以当作——我喜欢你就好了。”

她不愿意离开空泽而已。

到底是什么情愫呢？空泽与自己在一起，也会很开心吧？

“那么就很高兴再见到你了。”空泽再次勾起微笑。

她也露出微笑，轻声说：“很高兴再见到你。”

喝完一杯茶后她就告辞离开，空泽没有送她。

第二日，凌桑的通信表接到了行政部发来的信息。她走到空旷的行政楼，虽说没有闲杂人等禁止入内的明确禁令，但是基本上不会有人主动走进去作死，所以行政部寂寥到有点儿肃杀。

精致却厚重的古铜色大门敞开着，从内散发出一股阴森的凉气。凌桑轻轻地踏进去说道：“你好——”

大厅里侧摆着一个水晶石雕刻的柜台，里侧坐着一个正在看报的三十岁左右的成熟女人。女人抬眼看到了她，随即露出微笑：“炸掉广场的小家伙来了啊。”

其实炸掉广场的事情还有慕德兰出的一份力，好吗？不过规则似乎就是挑战者要支付全部的赔偿，所以那个曾经追杀她的男生至今还在修图书馆。话说她是不是也要发展一下修复技能，这样将来毕业了要是找不到工作还可以去装修公司当一个首席混日子。

“我是来领——”她刚开口就听见“咔嗒”一声，一个黑色的布袋被放在了柜台上。

“任务单已经发到你的通信表里了，这是行政部免费提供给你的工作物资，请接收。”

“啊，好。”她接过布袋，对女人鞠躬后转身离开。

因为后天有野外生存竞赛，高一部与高二部全体参加，并由高二部的负责人向被负责人传授野外生存必备能力与常识，所以凌桑必须在明天结束之前赶回，以防不测。虽然不知道这个“不测”指的是什么，但是一想到空泽要是找不到自己的话，那自己的下场一定不会很美好。

行政部发给她的物资包括两张定点转移符咒以及三张备用符咒，顺带的两把匕首似乎是赠品，还有一个扁平的半圆形金属物体，有握紧的拳头般大小，上面雕刻的银色纹路很精美，像是高端的艺术品，有点儿像精雕细琢的纯银胭脂盒。

底部粘贴的似乎是使用说明，不过她辨认不出是哪个国家的文字。凌桑翻开通信表任务栏，打开行政部发来的任务信息：

请使用移送符A到达指定区域，炸毁修建中的白祭塔。更多帮助会由兽人族黑林支部提供。

炸毁……白祭塔……

这是什么鬼任务？不过应该只要炸掉就算完成任务，可以回来了吧？就在不久前炸掉广场的凌桑忽然觉得再去炸一样东西简直毫无压力……

她取出移送符夹在右手食指与中指间，使用灵力驱动后符咒燃烧，随即她的脚下出现一个图阵。“转移。”她念出驱动语，身形自下而上消失在符阵中央。

祭祀台前亮着蓝色的幽火，平坦的地面上铺满细碎的白色石子，再上面用更大的白色圆石排列出巨大的五星阵，此刻五星阵中忽然射出金光，金光连缀成一个标准图阵，待金光消散后，凌桑已经站在五星阵中央茫然地望向四周。

这里明显是一个山洞的内部，有些潮湿，她所站的祭祀台比地表高出了半米，而台下的干草堆中伏着的似乎是体型庞大的……灰狼？

蓝色幽火颤动，一只灰狼迅速惊醒，金色的眼睁大，耳朵竖立起来显出受惊的样子，随即下方匍匐的狼醒来一片，其中一只还凑上来用鼻尖嗅了嗅凌桑的脚踝，鼻翼翕动两下后忽然打了一个喷嚏。

“咦？”凌桑后退两步踩在白色圆石上，此时洞口处传来一声咆哮，底下的灰狼全部缩回去逃出山洞。

门口逆光站着一个高度超过两米三的庞大身躯，身躯的主人双腿修长健壮，后背脊椎向前弯曲，头顶着一对狼耳。凌桑眯起眼，这是……狼人？

狼人俯身钻入山洞，巨大的脚掌踩在干草堆上发出“咔嚓咔嚓”的声响，在走到凌桑面前后，粗暴地用双手抄在她的腋下，将她抱了起来举过头顶，然后凌桑的头猛地撞上了山洞的顶部。

“嗷！”她闭上眼捂头。狼人的智商怎么回事啊？

狼人把凌桑举起来之后仔细看着图阵。

“就来了我一个人，没有别人了。”凌桑说。你再找也找不出别的什么东西的。

“呜。”狼人喉咙里发出微弱的低呜，把凌桑按在自己左肩上。

凌桑稳当地坐在了狼人宽壮的肩膀上，虽然她相当感谢狼人的好意，但是出洞口的时候难免又与上方的洞顶“亲密接触”了一次。

这只狼人侧头，一脸不解地看着凌桑如此痛苦的表情。

相比于空泽殿的“手肘击”，这样被撞几下其实是小意思。啊不！自己难道已经变成受虐狂了吗……

“吼！”狼人再度咆哮一声，山洞外的狼人们全部跟着发出咆哮，再外围的大型灰狼们一同仰头嗥叫。

凌桑一低头，意外地看到一只脖子上系了一根麻绳被拴在一株灌木上的白兔子此刻在淡定地啃草皮，她发现自己竟然能在一群狼的嗥叫声中清晰地听到它啃草皮时发出的“扑哧扑哧”的声响。

凌桑从小就有极为敏锐的观察力，以至于她总是有些神经质地执着于完全不值得关注的事物。

她坐着的这只体型最大的狼人在咆哮完后开始向更高的山脉上攀登，坡度虽然陡峭，但是只要俯下身，四肢并用就可以轻易地跃上去。凌桑为了安全起见，转过身挂在它的背上，搂住了它粗壮的脖子。

野兽的毛皮有一种独特的腥味，狼人的毛根坚硬甚至有些扎人，不过到了秋天，它们的体表已经开始生长出准备冬天防寒的绒毛，因此摸上去还可以接受。

很快，狼人带着凌桑爬上了最高的山丘顶部，远望过去山林都在脚下。不知道这里与 Sritana 的时差是多少，此刻这里已经是傍晚，天色昏暗，整个森林沉寂在一片阴影中，所以能够一眼看到远处那个极不和谐的地方——一块近百亩大的空地中央耸立着施工中的白色建筑。建筑地基呈圆形，已经建了有近三十米高，根据目测那地基一圈周长有百余米。

话说这个真的不好炸……就算真的炸掉了，这建筑看上去好歹也投入了不少的资金，这样说没就没真的好吗？

其余的灰狼都爬上了山丘，站在他们身后发出粗重的喘息声。为首的狼人忽然又是仰头嗥叫一声，然后纵身跃下山丘，沿着接近九十度的断崖向下奔跑，速度之快，竟然让凌桑只有紧贴它的后背才不会落下去。

真是彪悍的物种！其余灰狼全部追随在后。

已经进入炸白祭塔的状态。以这种速度狂奔不到十分钟，就来到了一处有十余米高的断崖边缘。狼人伏在地上保持静息状态，凌桑从它的背上翻身滚下落在一边，也伏在地上。

凌桑向前望过去，距他们百余米远的地方就是那座庞大的白祭塔。由于断崖下方完全没有了树木的遮掩，因此不适宜贸然冲杀上去。建筑外侧搭建有金属支架，支架上分散地站了几个缓缓挪动的人。建筑中心拓展出去的是接近十米高的金属防护栏，防护栏下围绕着黑压压的一圈人，目测是防卫军队。

这个距离完全不行，凌桑眯起眼仔细测量。

话说这样与他们连招呼都不打一下，直接冲上去就炸真的好吗？炸伤了人的话行政部会负责吗？

学院发放的制服都是特制的，胸前斜置的衣领口内侧还有里衬，可以安全地放置几十张符咒。凌桑从怀里取出一张爆破符，心想以自己的力气扔出去最多也就二十米，不过用风送过去的话没准儿能成功，反正爆破符一共发了三张，先拿这张练手就好——等等，好像听到了什么“嗤嗤”的声音？

她僵硬地扭过头去看，发现自己手里竟然不知道什么时候出现了一坨沉甸甸的黑色球状物体，上面还拖着一根正在冒白烟的导火索。

什么时候启动的？啊不对！应该吐槽的是这个毫无新意的形状吧！现实中还真的有人会使用这种东西吗？

灰狼们的耳朵全部竖起来，几乎折成九十度，不过狼人首领立即把惊吓转为兴奋，抓起凌桑手里还在冒烟的炸弹瞬间就扔了出去……

啊喂！好随便啊！就这么随便地扔过去了啊！

狼人的力量巨大，炸弹在持续飞行百余米后，落在了白祭塔最顶部还没修建完的宽阔平台上。

凌桑茫然地眨眼，扔炸弹的狼人首领欢快地咧嘴吐出舌头哈气。

五秒后，一朵蘑菇云在白祭塔上空升腾而起，紧接着是“轰”的一声惊天动地的巨响，凌桑闭上眼，捂住耳朵，甚至都能感受到整个山岭的震颤，随即一股灼热的气浪扑面而来。

待扑来的沙尘沉淀后，她才抬起头将眼睛睁开一条缝，看到整个还在施工的建筑都笼罩在一团白烟中。

如此强大的爆破力绝对对得起行政部，对得起 Sritana，感觉已经完成任务的凌桑松了口气，但是当白烟逐渐散开后，她惊讶地睁大眼，原本十分亢奋的灰狼们再次将耳朵竖起九十度。

竟然只是顶部两层破损了！地基安稳如故！虽然外侧的防护栏都已经被冲击得扭曲，但建筑本体却没有被撼动分毫。

完全不行吗……

远处传来一片喊叫声，紧接着黑压压的军队向此处涌了过来。对方是身披铠甲、文明程度更高的正规军，而这边简直就是民兵呀！狼人首领咧开嘴发出咆哮声，刚要纵身跃出就被凌桑顺手揪住了尾巴。

“嗷！”狼人面朝下扑在地上，凌桑利索地爬上了它的后背，对身后的灰狼命令道：“撤退！”她并不想因为轰炸的败露而让狼人部落受到任何损失。

凌桑是 Sritana 派来的人，因此狼人有必要率先听从她的调遣。狼人首领起身后看见其余灰狼均已撤离，于是它也不得不转身背着凌桑一同逃离现场。

山狼是这片山丘的主宰，所有生灵都畏惧它们的力量。

虽然其余物种经常对山狼粗暴的统治有所不满，但是必须承认的是，有了山狼的统领才能够维持这片山丘的平衡。在山丘面临文明程度更高的先进物种的改造时，狼人作为山狼族统治者必须竭尽全力做出反抗来守卫更为弱小的物种。

这是作为王者的责任。

在上一任首领死亡后，势力严重削弱的山狼一族开始寻求外界的帮助，新一任首领上台后与公局取得联系，公局将此事与其他事物一同绑定分配给了 Sritana 行政部。

狼人的奔跑速度远远快于穿盔甲的种族。甩掉敌军之后，凌桑默默地从怀里抽出第二张爆破符，启动后默默地往后一扔。

一声震耳欲聋的爆破巨响后，所有奔跑的灰狼全部被震得四脚瞬间脱离地面，然后又落了下来。

被轰炸的军队没再跟上来。

长途奔跑后，狼群潜入隐蔽的栖息地。

“呜——”首领将她放在一层柔软的干草上，俯下身子，金色眼睛望着她，从喉咙里发出“咔咔”的微弱声音，似乎是在说它们自己的语言。

凌桑伸手揉着狼人的耳后根。虽然语言不通，但是基本能够通过非语言信息互相理解对方的意思。

她从怀里抽出最后一张爆破符。果然赚钱不是那么容易的事情。

天色已经完全暗了下来。

狼群并不打算在夜间出动，所以分出一半外出放哨，另一半则留守原地休息，后半夜再相互替换。凌桑靠在山洞角落，七八只小狼崽在她脚边玩闹成一团。由于山狼体型巨大，所以即使是几个月大的小狼，体型也像是一只成年豹子那样，从她面前扑腾过去时会闹出相当大的动静。

她打开通信表发出视频通话请求，空泽在半分钟后同意请求并展开通信页面，一道蓝光从指示灯中闪出，扩展为扇形后扫在凌桑脸上，确认是本人后两头接通联络。

山林里的信号非常差，但是凭借着只有一格的信号，还是能够勉强地接通。

第十九章 启动雷王

— FENGZHISHOUWANGZHE —

“失败了吗？”空泽一开口就直戳要害。

“好歹鼓励我一下啊……”凌桑哀怨地开口，低下头将额头贴在屈起的膝盖上，“我就想咨询一下……白祭塔炸不掉怎么办？”

“不是还有雷王吗？”空泽说，“它的威力相当于一百张爆破符。”

“雷王……”她忽然想起了那个像是胭脂盒的银色工艺品，欣喜地问，“怎么用？”

“上半部分与下半部分朝相反方向旋转一圈就会启动，之后你要在十秒钟内离开至少五百米距离。”

“这速度可以去死了，好吗？”

“雷王是蓝服以上才敢使用的技术支持，也不知道行政部把这个发给你干吗，而且它——很贵。”

“贵不是重点，好吗？”她忽然愣住，“话说回来，你怎么知道我手里有雷王？”

“都说了我与你信息共享。”空泽冷笑，“包括我知道你已经使用了两张爆破符。”

她右手捂头，单方面的信息共享让自己的隐私何在：“真的要炸掉那么好看的一座塔吗？”

“外交部先前进行过交涉，确认在交涉无效后才决定采取破坏性手段强制阻止计划进行，他们希望在破坏后可以顺利推进谈判。”空泽简要交代缘由。

真是万能的黑服，竟然什么都知道。不过这样先炸后谈判的节奏真的是常态吗？凌桑仰头，貌似觉得不太对劲的只有自己吧，那么一定是自己的问题，一定是。

“要是真的完成不了再来找我，我可以抽时间过来帮你炸掉。”

虽然凌桑相当期待看到黑服徒手炸白祭塔的壮观场景，不过还是相当不想麻烦空泽他老人家，于是点头应了一声后关闭了通话。

是不是从白祭塔内侧破坏来得容易一些？

拴在洞口的兔子依然啃着草皮，发出细微的咀嚼声。

她走出去解开绳索，抱起兔子回到洞内。凌桑双手抄着兔子前两条腿将它举在面前，兔子弹了弹后腿，并没有大幅度挣扎。

“今晚你陪我睡好了。”她把兔子放到一边。

兔子温驯地伏在地上继续啃干草，她侧倒在地，小狼崽拥上来和她挤在一起睡下。

凌桑睡了一阵，不知睡了多长时间，伏在她身上的狼崽动了动。她睁眼就看见一头巨大的母狼叼起它的狼崽子离开洞口，接着又进来一只狼人粗暴地抄起三只狼崽离开，然后一只狼人进来把凌桑也抄了起来。

迁徙吗？隐约中她听到爆炸声，洞外回荡着众狼的嗥叫声。凌桑瞬间清醒，睁大双眼，挣脱开狼人跑到洞外，向地势较低的下方望去。上百只狼人和灰狼正在向下奔跑，迎面而来的是穿着铠甲的物种，他们背着像是在中国近代流行的火铳。

数十道细小的红色流光射到半空再轻盈地落下，然而在落下后却猛然炸出巨洞，腾跃起一大片的火光。几乎就在瞬间，红色的火在远处连绵成海。

山狼惧火，然而狼群却毫不畏惧地穿越火海与军队正面冲击，虽然狼人实力彪悍，然而军队数量众多，一时间下方乱成一片。如此的交锋已经不知道是第几次了。

一匹母狼扭过身要把凌桑叼走，凌桑一掌推在它的脸上让它先撤离。白色的兔子竟然安安静静地伏在凌桑脚边，红色的眼映照着红色的火光，显得有些诡异。

就像是它的眼睛燃烧起了火。不对……是真的！它的眼睛里渗出红色的流光。

“咔——”凌桑惊愕地听到一只兔子发出了恐怖的叫声。

狼崽子的玩具果然也很可怕。

兔子全身燃烧起火焰，身形膨胀到接近两米高，舒展开四肢后白色的短毛变得蓬松，终于蜕变为一只——巨大的兔子。

除了体型巨大，它跟之前唯一的区别在于它的尾巴竟然与身体等长，并且可以灵活地甩动，掀起一阵狂风。

“咔——”兔子仰头嘶叫，露出惨白的啮齿獠牙。

“你再叫也还是一只兔子。”凌桑揪住兔子的耳朵，忽然纵身爬上它的脖颈儿处，迈开双腿固定住身体，“看你还蛮聪明的样子，跳吧。”

兔子纵身跃起，后腿一蹬山丘边缘，瞬间跳到十余米高的上空，三四米长的蓬松尾巴平展在空中保持平衡，协助身体飞得更远。

即便是黑夜，在有着依稀月光的天幕下，依然能够看见一块巨大的阴影覆盖在树林上空。兔子后背遮掩住下弦月的光芒，下方的整片树林都暗了下来，火焰越发将一切映照得通红。

月光逐渐从跃过的兔子背后重新照了下来，当属于夜间的光亮再次笼罩树林，兔子落地发出了“轰”的一声巨响，粗大的后腿瞬间踩倒近十人。跃起的兔子再度扑向后方军队，一个扭身扫出的长尾粗暴地将上百人掀倒。顿时处于优势的军队完全溃散，咆哮的狼人直接攻了进来。

“前进！”凌桑揪住垂下的兔子耳朵，兔子纵身跃起，向前跳出几十米的距离，在奔跑中的每一次落地都异常轻盈，完全没有先前那般轰动，最后到了断崖边有一次蹬腿飞跃，一下子就越过几百米的宽阔空地，到达此刻守卫空虚的白祭塔。

既然已经引发交战，那她就必须尽快解决祸端。时间拖得越久，山狼的伤亡就会越加惨重。

凌桑从兔子背上跳下，笔直地落向白祭塔顶端，在俯身用右手拍地减少冲击力后安稳落地。巨大的兔子跃至工程区的对面，回过身望着凌桑。

天台顶部有一条向下的通道。凌桑揭开通道上的木板，沿着临时搭建的简易楼梯走了下去。虽然建筑已经有二十余米高，但内侧并没有分楼层，而是一个已经装修完毕的巨大中空空间。

内部一片昏暗，当凌桑轻声走到楼梯中央时，忽然整个空间亮了起来，在她眯着眼适应光线时，前方几乎水平地飞过来一个穿着黑色束身衣的男性，他抽出腰间的长刀后侧身，扭转过去相当大的幅度后将刀举起，向凌桑劈下。

凌桑的瞳孔急剧收缩，连忙跳离原地，甩出的长刀被她躲过后将金属支架轻易削断。当她滞留在半空时，听到身后传来异样的风声，一侧过脸就看见身后突然出现了三个黑衣男性在空中向自己甩出了长刀。

瞬间定格。

抽出折扇打开，风刃扫射，狂风炸裂。

凌桑跳落在地上，白服被割裂了一道，血液迸溅而出。在如此紧急的情况下，她完全感受不到自己身体的异样。又有十余个身影从上方跃下时，她迅速起身凌空跃起，一个旋身将折扇挥出巨大的弧度，风刃化为光散开。

黑衣人落倒一片，她才坠落下去，双脚迈开，俯身稳住重心，左手从怀里掏出雷王握住，挑眼看着前方剩余的四个人：“要一起死吗？”

黑衣人似乎并不认识雷王，完全没有意识到雷王的危险性，于是再次跃起，举着长刀冲向凌桑。

凌桑抽出腰间的匕首挡下向她劈来的长刀，但她的体术与刀术都不太好，当其余人也扑跃而上时她只得选择抽身后撤。凌桑向后跳跃时，后背忽然撞上一个坚硬的金属台，她吃痛地惨叫一声后，翻身避开了落下的刀刃。

长刀劈在金属台上的琉璃罩之上，琉璃罩竟然没有丝毫的损坏。她一眼瞥过去，就看见了罩子中央是一块巨大的紫红色水晶石。凌桑忽然勾唇一笑，随即猛地掀开琉璃罩，拿出里面的水晶握在手里。

空泽说过，杂质少、色泽纯粹的晶石一般都很贵。

黑衣人的面容终于扭曲了，更为重要的是金属台上摆放的水晶换成了启动的雷王，银色的纹路中散发着不祥的红光。

凌桑迅速转身奔跑离开，虽然远处的出口封闭着，但她一道聚集的风刃劈过去后就将主门一侧的小门板劈碎。

一个黑衣人想要拿走雷王，但是启动的雷王已经改变了形态，圆盘四周出现的金属细脚嵌入了下面的金属台中，几乎已经和金属台融为一体。

黑衣人们毫不犹豫地选择逃命。

逃到建筑外的凌桑一眼就看见了等待在原地的长尾巨兔，“跳！”她发出指令，兔子不解地转身，竭尽全力蹬出后腿纵身向前一跃，它的尾巴在就要脱离地面时被凌桑一把揪住。兔子带着她向前飞出了一百余米，一人一兔还在半空中时，凌桑回过头去看那个寂静的建筑。

三，二，一，零。

死寂。

瞬间整栋建筑像是内部打了强光一样从内到外透亮，随即墙壁崩开裂缝，从里面投射出刺眼的束状光线。

如此恐怖的爆破力绝对不是一百张爆破符可以相比的。如果可以的话，凌桑想称之为——核武器。

“快！”她惊慌地对兔子大喊。

但是飞跃到半空中的兔子只能依照惯性继续飞行，在距离地面还有十余米时，背后灼热的气浪猛烈地袭来，紧接着而来的是一声惊天的炸响。

嗯，雷王果然很贵。

“咔！”兔子嘶叫一声，如此庞大的躯体竟然被爆炸的冲击力轻易掀出去几百米。凌桑紧紧揪住兔子的尾毛，撞击在地面后滚出去十余米远才停了下来。

折断的树木散落一地，看上去一片狼藉。凌桑失去知觉后，右手松开，紫红色水晶滚了出去。

许久，一道清脆的落地声响起后，一个黑衣人站在凌桑面前，俯身拾起水晶，然后抽出长刀劈向地上已经昏迷过去的凌桑。

“咔！”一只巨大的兔子抬起后腿将黑衣人一脚踩下。

凌桑朦胧中又听到了兔子啃草皮的“扑哧扑哧”声，不过头皮好像有点儿紧……

“啊啊！”她坐起来，兔子连带着被拖了起来，伏在她的头上。

不能啃头发啊！

她把已经恢复正常体型的兔子从头上扯了下来，然后把一大缕头发从兔子嘴里拖出来。虽然头发没有被啃断，但是已经像阶梯一样变成一级一级的了。

凌桑这才发现自己身边躺着一个面朝下被踩到地里，后背与地面齐平，呈诡异姿势的黑衣人。后背一阵发寒后，她抽走黑衣人手里的紫红色水晶，抱起兔子跑开。

凌桑回头望去，不只是建筑区被夷为平地，就连周围的山林都被巨大的爆炸波及。她疲惫地向上攀爬，忽然后领被提起，一仰头就看见了一张灰狼的脸。

“呼！”她松了口气。

灰狼扭头将她甩在后背上，随即跃上三米高的岩石开始奔跑。

两百多只山狼站在断崖边缘迎接她。

任务完成。

通信表几乎是丧心病狂地响了起来。

“再睡会儿……”她翻了个身按下取消键。

忽略负责人的呼叫是需要付出惨痛的代价的。

“桑！”一声狂暴的怒吼让她彻底惊醒，瞬间顶着凌乱的头发坐了起来。

空泽蹲立在窗台上，蓝色的眼眸在夜间发出诡异的幽光。

“啊啊啊！这是女生寝室啊！”

“没有能力阻止我进来就给我闭嘴。”空泽跃入房间。好在今晚伊娜并不在，顺带捎走了毛球，房间内只有一个笼子放在写字台上，笼子里是一只还在闷头啃干草的白兔子。

凌桑从山林回来后发现空泽并不在学院，随后从源溯那里得知空泽接到公局任务，在她离开学院后不久也外出了。

“啊，是什么事啊……”依然瞌睡的凌桑尽量睁大眼。

“明天野生竞还让我给你准备物资吗？”

凌桑愣了一会儿才明白过来“野生竞”是“野外生存竞赛”的简称。因为竞赛会持续两天两夜，所以这期间必需的物品都需要自己提前准备。

“所以？”凌桑很顺从地附和。

“你去死就好了。”空泽默默地转身跳上窗口离开。

为什么感觉空泽真的好无语？

她感觉不妙地打开通信表，屏幕上立刻弹出六条空泽在不同时段发来的信息：

准备物资。

收到没有？准备野外生存物资，我目前没法回校。

你想死吗?

想死的话我送你。

你想要以怎样的姿态从这个世界上消失?

请翻回第三条往下看。

你纯粹只是喜欢恐吓别人吧!

刚刚空泽能够隐忍到没有立刻拿她的头当球踢还真是辛苦了。

“空泽殿你等我一下啊!”她惨叫着滚下床。

商业街在夜间也是开放的。

商业街在学院北门外，只要出学院的北门即后门再驱动固定的阵法立刻就可以到达。夜间的商业街并没有过于繁华，一片柔和的黄白色灯光让人觉得相当舒适。

“所以你还是完成任务回来了?”刚从外地执行完任务回来的空泽连黑服也没有更换就直接带凌桑去商业街。

“是的。”

“后来行政部觉得那个级别的任务至少得交给白服高阶完成，例如驱动雷王。”空泽漫不经心地说着。

“啊……没关系，人的潜能都是被逼出来的，反正我也完成任务了，而且扣除那部分赔款之外还赚了不少。”凌桑从随身带的背包里抽出一个小布袋，“另外山狼还送了很珍贵的东西给我哦。”

她将布袋小心地打开，里面是一粒粒金色的不规则熔块。

“金子吗?”空泽貌似对这个并不感兴趣，“确实可以兑换不少钱。”

“还有这个!”凌桑从袋子里揪住兔子耳朵，把兔子拎了出来。

“……”从山里抓来的兔子吗?空泽看着兔子呆滞的表情，心想应该是这只兔子太傻了才会被凌桑抓到吧。

他还是闭上眼冷笑了一声：“不过你已经把最贵重的东西上交了。”

凌桑先前已经把那块紫红色水晶交给了行政部，作为完成任务的证明。

“咦?”

“那是能源石，价值远远高于你从行政部得到的回报。”

“我已经很满足了，而且那种东西就算再珍贵，如果我不能使用的话也只是浪费吧，倒不如让它有更好的去处。”凌桑愉快地解释道，本来以为如此高尚的自己可以更新空泽对自己的认识，但迎来的却是一个再熟悉不过的空泽手肘击。

“痛啦!”她捂头。

“你看着我。”空泽忽然极度不爽地开口说道。

“呜?”凌桑眯着几乎喷泪的双眼抬头看着他。

五秒四目相对的死寂。

“看出点儿什么了吗？”空泽的眼睛更加不祥地眯了起来。

如果自己说“只看到了浓重的杀气”会不会死？

“你真的不觉得有些更重要的问题需要提前咨询我吗？”空泽的杀气越发浓烈，咧开的嘴角几乎露出尖牙。

凌桑痛心疾首地恍然！随即抱住头防止头部遭受二次肘击：“对不起，我错了！”

能量石更好的去处绝对是奉献给你！毫无疑问您老人家更应该获得优先权！我是个白痴没错！所以请不要再提起你那金贵的手肘了！

“嘁！”空泽冷笑一声，神色缓了下来，这么看起来刚刚倒像是在开玩笑。随即他双手环抱在胸前，加快脚步向前走去，凌桑拎着兔子，迈着小碎步追了上来。

“我们要准备点儿什么吗？”

“最基本的东西。野外生存竞技中禁止使用灵器，会出现一切可能的突发情况，我们原本具备的自然属性会大幅度被压制，所以最考验体术和耐力。”空泽慵懒地解释后再补上，“这也算是每年一次的大型活动。如果将它的意义再扩展一些，就等于每年冬季大赛竞技参赛者选拔的最初筛选。”

“大赛竞技。”她抠出这四个字眼轻声重复了一遍，先前也确实时不时地从别人口中隐约听说，“又是怎么样的呢？”

“异能学院并非只有Sritana，最强的异能学院一共有三所。其中，Sritana是实力最强的综合性院校。另外还有Kinto以及Maskiter，其余的便都是一些不入流的小院校了，不过即便是小院校，实力也不容小觑。每年能够冲入决赛的都是Sritana、Kinto和Maskiter，拿到冠军的学院可以获得公局下一拨的一大笔资金。”

“很盛大吧？”

“嗯，而且除了正式赛事，会有意料之中的一片混乱。”空泽露出“相当期待混乱”的谜样微笑。

当凌桑继续向前走了几步后，空泽忽然一个手掌拍在她的后背上。“嗷！”她叫了一声连忙转身避开。

“你受伤了吗？”空泽眯起双眼。

“常在学院飘，哪能不挨刀。”凌桑捂头。

“真是个好觉悟。”空泽调侃道，又一掌拍上凌桑的后背，这一次凌桑竟然没觉得很痛。

“咦？好了吗？”她在原地转了一个圈但看不到后面。貌似真的瞬间被拍了一拍就好了……

“这样的小问题只要治愈术就可以解决。你抽空把坏掉的白服上交给总务处，那里会给你免费换一套。”

“哦……”她应着，“那么空泽的黑服是不是也要经常换……”

“是的，反正白拿的。”

“哦。”黑服负伤率大概更高吧。

空泽走入了一家相当普通的店铺，买的也是普通到有些难以理解的物资：十条结实的五米长宽绳、一捆几乎透明的细线、五把小刀、一盒刀片与一盒银针。

“如果为期两天的话，大部分物资应该是食物吧……”凌桑弱弱地提起。

“两天不吃并不是大问题。”空泽并没放在心上，继续检查金属器具的质量。

“啊不！关键是我会有很大的问题……”

空泽没理她。于是凌桑明智地没去打扰他，毕竟能不死的时候，还是不要去作死。好在自己手头现在有不少钱了，那就多储备些干粮好了，至于这些物资大概空泽自己会背的吧……

空泽将装满的布袋扛在肩上往回走，一阵长久的沉默后，他先开口说道：“其实你可以不陪我来，不过我还是想带你来看看，毕竟你到了高二也会担任负责人的工作，到时候你不仅要自己解决一堆破事，还要带一个累赘。”

有些时候她真的莫名觉得空泽很温柔。

“嗯。”她轻声应着。因为自己真的是个累赘，所以也不吐槽他最后那句话。

夜晚的商业街相当寂静，在街上行走的黑色影子多半是透明的，从他们身上直接穿过时，总能觉察到阵阵寒意。世上还有那么多无法获知的存在，不知道他们是什么，但是大家确实存在于同一个世界，一同呼吸。

“我可以问一个问题吗？”凌桑仰头，想问很久了。

“说。”

“空泽殿，到底是什么殿下呢？听起来似乎是什么贵族头衔呢。”她轻声说道。

毕竟大家都会习惯性地称呼他“空泽殿”，源溯告诉她“殿”是“殿下”的意思，不过具体的源溯也没有说，让她自己来问空泽。

“大概只是个称呼而已。”相当平静的回复。

“会有这样的称呼？”

“就像把‘阿’字放在你的‘桑’字前面一样，我的只是挂在后面而已。”空泽很肯定地点头。

“那样更奇怪了吧。”“空泽阿”和“空泽殿”没有一点儿可比性好吗？这么一发散思维，凌桑忽然忘记了接下来要说什么，张嘴半天只发出了两个奇怪的音：

“阿泽啊——噗！”阿泽手肘击。

第二十章 信空泽，得永生

—FENGZHISHOUWANGZHE—

黑服的身影踏入冰凉的地下通道入口，幽蓝的灯火亮起。

“谁？”一把冰凉的钢刀贴在他的脖子前。他没有动，眼眸眯起来微笑，轻声吐出自己的名字：

“埃斯利亚。”

刀锋收回，通道亮起白色的荧光，用欢迎贵宾的方式接待黑服高阶的精灵。埃斯利亚将右手贴在左胸前对墓穴的守护者行礼，为了来这个神圣的地方他还特地在外貌上做了改变，平日里披散的银白色长发全部撩至脑后扎起，垂下来的长发分作两束缠绕住，再撩上去与白色头绳绑在一起。

只是略微的改变就完全颠覆了他平日柔和的形象，属于男性的锐利与刚硬显露无遗。

“抱歉冒昧前来打扰。”他说道。此时正是午夜。

“啊，你也是难得来一次，好久没见了。有什么需要我们做的，请吩咐。”接待人认出了他。

埃斯利亚作为极少数的黑服高阶之一，在公局里是相当重要的人物，因为精灵的特征相当明显，所以一眼就可以确认他的身份。

“不用紧张，没有什么大事。”精灵露出微笑，往通道里侧走，接待人在他身后跟随。

“我只是突然想来看看……堙主是否还安好？”

虽然埃斯利亚的语气一向温和，但是说出这样不祥的话来，太过于温和了，反而柔软到把所有掩藏的锋刃都暴露了出来。

接待人背脊发寒，犹豫许久后才应道：“没有任何问题。”

“是吗？”精灵依然笑着，眼睛眯成一条缝，“真的不用紧张，我不会来找麻烦的。”

走出百余米后，通道越发宽阔，而这里已经是零摄氏度的低温。

“带我去看望一下堙主，应该没问题的吧？”

“当然没问题。”接待人双手结印念咒，面前通道忽然展开，气温骤降。

埃斯利亚一只脚探出。冰凉的莹白地板结满了冰晶，升华的雾气四处弥漫。

很久不见了啊，堙主。

他仰头，冰封的厚重墙面之下有一副晶莹的水晶棺，与冰块完美地嵌在一起。

上一次见到堙主的时候，水晶棺刚刚封印在神墓中，包裹它的只是薄薄的一层冰。如今看来，冰块像是有着蓬勃的生命力一样生长了不少，已经将水晶棺推移至如此高的上方，并且将它埋在不知道多深的地方，只能隐约看清堙主模糊的轮廓。

已经过去这么多年了，冰块与水晶会生长在一起也是再自然不过的事。

堙主的身影依然在那里，只是肉眼看到的轮廓已经模糊。

“请问堙主怎么了？”接待人相当忧虑地问道。

“啊，并没有怎样。”埃斯利亚轻声喃喃，“不过我可以确定他丢失了什么，虽然他的灵魂已经不在这个世上，但我还是想来看看他。”

“丢失了什么吗？”接待人不解。

“是啊。”埃斯利亚举起右手挥下，厚重的冰墙浮现出暗蓝色的封印，咒文与图腾缠绕得相当烦琐，“封印也有变化了。”

“到底是怎么回事？”接待人越发焦虑。

“没什么，我只是来看看他，你不要在意。”埃斯利亚继续微笑，语气就像是吟唱诗歌一般，“或许是他把那么珍贵的东西当作礼物送出去了吧。”

云龙佐铭，羽凤佑姬。

堙主生前使用的长刀与折扇，在他亡故后也陪伴他一同入葬，似乎在不知不觉中被召唤走了一个。

精灵的眼眸半敛，银色的睫毛覆盖半个眼眸。

凌桑若是再心血来潮召唤一次的话，佐铭会不会也跟着走了……那样就真是大乱了啊。

“抱歉打扰了。”精灵对接待人行礼后，悄无声息地转身离开。

高一部与高二部联合的活动共有两百余人参与，这已经是相当盛大的光景了。埃斯利亚的脖子上又挂满了水晶石，用来封印过强的兵器力量，据说黑服高阶的精灵一个人的力量就可以镇压所有器灵。

没有人知道埃斯利亚的力量极限在哪里，性格温和的精灵不擅长攻击，几乎从没展现出真实能力。

“都给我听好了！”（C）班班导冥罗在广场主席台上咆哮，“每个人要在半小时内赶到东方森林，取走那里的一块石头才有资格进行野外生存技能竞赛！没有取得石头的人直接淘汰回去上自习！”

“是——”广场上响起一阵热血沸腾的叫喊声。

凌桑默默地啃着包子作为最初的体力补充。空泽今天依然穿着黑服，一个挎包扣在腰间，显得相当有运动风格。凌桑出神地望着空泽，嗯……包子很好吃，空泽很好看……嗯。

比起其余人，他们这对负责关系的学生装备似乎格外少，凌桑虽然背着一个撑起来的背包，但是包里主要是那只兔子。因为没有明确说明不能使用役使兽，所以携带一只可以变大的兔子还是很方便的。

“话说准备物资这么少，真的没问题吗？”凌桑相当担忧。

“你觉得学校是让我们去野炊的吗？”空泽瞥了她一眼，“去年是全体带回了一绑就脱不下来的男子八十斤、女子五十斤的铅块，你觉得今年的石头会很小吗？”

“……”相比较而言还是石头好多了，至少休息时可以放下来。

看空泽如此深恶痛绝地几乎抛弃了所有行李，看来他去年真的经受了八十斤铅块的巨大摧残……

冥罗这个天然的扩音器最后咆哮：“具体定位以及接下来的路线布置参考通信表！还有一个注意事项！每一块石头都有标记！所以一旦损坏同样会被淘汰！现在准备出发！”

两百余人同时起跑绝对相当壮观。

“开始！”

空泽拖起还在啃包子的凌桑纵身跃出，凭借他强悍的体力，两个人瞬间冲刺在一拨学生队伍的最前端。

东方森林在学院教学区之外。空泽打开通信表，屏幕自动展开一张地图，本人此时所在的位置为蓝点，而目的地为红点。

蓝点在向红点持续接近中。

“为什么要跑……这么快……”凌桑已经在使用风力减轻奔跑负担，还是落在空泽身后大口喘气。

“石头一定会有大小。”空泽意味深长地回应。

“啊，对哦……”先到的人一定会有机会拿最小的石头，顿了一会儿，凌桑又说，“空泽殿你好像对这个活动相当痛恨的样子……”

她说的是实话。

空泽侧过头对她笑了一下，半张脸都出现了阴影：“因为去年我背了一百六十斤的铅块。”

“……”奔跑中的凌桑反应了半天，瞬间崩溃地咆哮，“你的负责人到底是谁啊？和你有多大的仇啊！”

“所以刚开学时我还真考虑过要不要把那个叫白湘的收下来玩玩，至少男性的体质绝对比你好得多。”空泽扭过头去继续加速奔跑。

“不要把你的痛苦转移到下一届身上啊！”

“没能力把我的那份也带上就给我闭嘴！”

“……”

其实仔细想想，空泽还是相当悲惨的。

在全速奔跑的情况下，他们在十五分钟内就靠近了目的地。为了配合野外生存竞技，组织方还对树林进行了改造，穿过树林后，前方呈现的是十余米宽的断崖，断崖对面有一块宽阔的空地，上方放置着一百块左右的圆柱形岩石。岩石大小不一，表面相对光滑，雕刻有精致的纹路，纹路上还有繁密的白色咒文覆盖。

“一百整。”空泽扫视一遍后喃喃道，“淘汰一半。”

他从怀中抽出一张纸符，右手食指与中指夹住后竖直放在眼眉中央念咒，符咒发出荧光后竟然恢复了原状。转移符咒没能启动，看来符咒能力也被埃斯利亚的自然之力压制了。

“真的只有拼体力了。”空泽将符咒塞回怀里然后后退，丈量好距离后猛地向前冲刺，在断崖边缘纵身跃起，到达最高点时俯身一个前空翻，然后平稳地落在对面断崖边缘。

虽然能够一次性跳过十余米的距离是相当了不得的事，但凌桑还是可以看出来这个举动有些冒险。

空泽转身望向凌桑，大喊：“你的话大概可以飞过来。”

凌桑是拥有飞行能力的，只是这个能力目前很不稳定，几乎无法实际运用。不过到这份儿上，空泽还是相当小看了凌桑……的智商。

“函数！”

一声巨大的闷响后伴随着一片山林的震动，一个巨大的阴影覆盖在山林上空，阴影越过断崖之间的这片空地后落入后侧的树林里，再次传来一声闷响。

刚刚飞过去的分明是一只兔子吧？

等等！有尾巴那么长的兔子吗？那真的是兔子吗？

凌桑从树林里走回来，头顶上安安静静地趴着一只再普通不过的兔子，就像是棉花糖融化在了她的头上一样。

“这是什么？”空泽的左眼抽筋。

“啊哈哈！当作役使兽就好了，不用太在意。”凌桑举起手拍了拍兔子的后背。

“哦，挑石头。”空泽顺手抄起身边一块最小的圆柱石。石头最小的也要接近一米高，估计下来重量至少也有五十斤。

凌桑绕了一大圈终于找到最为满意的一块。她这才发现每块石头上的白色纹路不是咒文，而是密密麻麻印制在上方的……编码。她选择的是36，空泽选择的是79。

每个区域都有不同的信号波段覆盖，他们来到这块空地上一分钟后通信表振动，打开后弹出的信息为：请输入你所挑选的号码。

“形式好复杂。”空泽喃喃自语后输入数字。确认后，传来下一条指令：请继续向东方前进，等待下一步指示。

后面的学生已经用各种方法陆续到达这块场地挑选石头，空泽从腰包中抽出事先准备好的宽绳，将圆柱形的石块熟练地捆扎起来，再抽出一根宽绳编成可以背的双肩带，虽然将石头甩在背上显得相当轻松，不过压在背上的瞬间他的身子还是向前趔趄了一下。

比起各种抱石头的方式，背起来是最省力也是最轻松的选择。“你要扛着还是背着？”空泽在自己准备就绪后侧脸看向凌桑。

“我觉得我的问题不在这里……”凌桑抱着石头，身子全部贴上去，就像是一只树袋熊抱在树干上。

完全抱不起来……

“你也背着好了。”空泽抱着最后的希望，一脸阴郁地抽出绳索将这块石头也绑好，提着肩带把石头拎起，“过来。”

凌桑走过去后转过身，很顺利地像是背书包那般将两根肩带穿上，此时空泽还提着肩带的上端，承担着石头的全部重量。

这家伙真的可以吗？这种不祥的诡异感觉是怎么回事？

空泽的双手瞬间松开。

“嗷！”

凌桑整个人向后倒下去砸在石头上。

“……”

虽然早就知道是这个结果，但是也不用这么夸张地演示一遍。

“对不起，我真是拖后腿的队友。”凌桑捂脸。

“不，你拖了我全身。”背了两块石头的空泽想用目光杀死她。

悲剧的人注定要将悲剧重演。空泽也没想到这次还是要重复自己高一时的惨剧，凌桑这个被负责人虽然在平时让他挺省心的，但终归是硬件设施跟不上……

在“硬件设施”的耽搁下，已经有十余人超越了他们率先进入东方森林区域。

空泽并不急，何况背着两块柱石也使他没法快速行动。

源溯与他负责的男生经过时还相当友好地与他们打了个招呼，调侃说："你今年还是这么忧伤啊……"

凌桑越发内疚地看着空泽。看来空泽去年的忧伤真是尽人皆知……

空泽相当冷静地举起右手，将手掌搭在一块石头上。

瞬间这块柱石被他从背后抽了出来，扔出去砸在了源溯的脸上。

"走了。"空泽继续冷静地向前走，顺手捡起地上的石头扛在肩上走入森林。

"……"凌桑一面跟着空泽走，一面回头看倒在地上捂脸的源溯。

源溯你没事吧？源溯你好，源溯再见。

空泽把石柱重新绑在身后，在进入森林后纵身攀上身边最粗壮的枝丫，再利用臂力将身体翻转，然后跃出至另一棵树最大的分枝上俯身落定。

他动作敏捷，一气呵成，然而在落定时，粗壮的枝干先是猛地一个颤动，然后才静止下来，毕竟背上还有两块石头，即使不考虑自己的负荷也要考虑树枝的承重力。

"上来。"空泽低头看她。

如今凌桑身上只有一个背包，因此能够很轻松地爬到树上与空泽蹲立在一起。

"要站在树上吗？"她有些不解。在地上行走不是更加轻松一些吗？

"我在野外执行任务的情况不少，所以有些经验我可以直接告诉你：在不确定的时候不要过于滞后，但也千万不要走在最前方。"

站在树上的视野相当好，空泽话音刚落，远处的树林就猛然响起轰炸声，一声凄厉的惨叫后，一道浓烟从林间飘扬而起。

"所谓的让别人先死吗？"她眯起眼喃喃道。

"你入门了。"

空泽纵身跃出，落在前方五六米开外的另一棵树上。背负着如此的重量竟然还能够如此轻捷地行动，凌桑心服口服。这时又有十余人从他们下方经过，空泽干脆就坐在枝丫上平静地向远处望去。

凌桑坐在空泽身侧。"不急吗？"她问道。

"不急，在没有下一道指令下达前，做任何事都没什么用。"

"我好像还不知道空泽殿的负责人是谁呢……"凌桑小心地轻声开口，侧过头去看他的侧脸，"是不是横野？"

一开始以为是埃斯利亚，后来很快就知道埃斯利亚是老师而不是学生，那么高三部能力最强又与空泽关系比较好的人，大概就是横野吧。

"不是。"空泽平静地回复，双眼始终直视前方。

凌桑觉得空泽好像有点儿放空了。

“……”凌桑准备默默地遗弃这个话题。不知道空泽是不是不小心放空，她觉得突然打断他并不好。

也许是这个话题不好。

“是横野的搭档，尼萨亚。”空泽忽然轻声说道。

语调平静到没有任何波澜。

凌桑也恍了神。这个名字……她隐约听到过，但每次要追溯下去的时候，所有关于他的信息都像人间蒸发了一样无从考证。可以确定的是，目前的高三部已经没有这个人了，他只是留下了一个名字而已。

“在这学期你们新生入学前半个月，他在任务中意外牺牲，那一场战役损失了三个黑服与两个蓝服，我和横野都在场。”

所以结束战役从前线回来后，空泽才会一蹶不振地连续“休息”了一个多星期，但是已经疲惫过度的身体始终没能得到任何改善，反而更加糟糕。

如果在这期间没有源溯的照顾，恐怕他真的是想直接睡到饿死了。

直到凌桑噼里啪啦地滚入他的生活，才让他的心绪逐渐好转，不久之后甚至逐渐将这件事有意无意地遗漏在记忆的最深处。

“呜……抱歉，我不该问的。”如果自己能更清楚一点儿的话，她肯定不会提出对空泽而言这么敏感的问题的。

“没关系，众所周知的事我也没什么好隐瞒的。”空泽不介意地冷笑一声，耸肩道，“黑服总是完成最为艰难的任务，死亡率也是最高的，在选择成为黑服时就要有随时牺牲的觉悟，所以一开始，倒是我的执念太深了。”

尼萨亚是高三部乃至 Sritana 唯一个黑服高阶的学生，但就是如此优秀的人却过早地陨落，也因此造就了不可超越的传奇。

“不想提起的就不要提起吧。”凌桑低下头压低声音，“那么空泽愿意成为黑服，是为了什么呢？虽然我以前好像问过这个问题……”

“似乎并没有什么。”空泽继续平静地说，冷色调的蓝色眼眸迷离。

“没有什么吗？因为不知道自己要做什么吗？”

“如果有的话，大概就是想要变得更强，想要让自己变得有价值，就是这样很普通的想法而已。”

“我觉得这个想法并不普通啊。”凌桑说。

接着两个人许久都没有再说话。直到后方传来喧哗，剩余的石块已经不多，看来后来者已经产生了争执。

空泽站起来，左手搭在树干枝丫上稳住重心，跃下树干落地后向前走，凌桑也从树上跳了下去。

前方的树林到处都是被轰炸后形成的焦土，大概是在竞技前事先布置好了埋伏区，此时他们已经安全走在先行者们试探出的路线上。

空泽的通信表率先响起。接收到新消息：请粉碎53号石块。

“果然有任务下达了。”

凌桑踮起脚去看空泽通信表的内容，喃喃道：“53号……貌似会比较难找吧。”

“不会难找，每个号码都已经与拥有者绑定，那么我的对手一定是与我实力水平大致相当的人。”空泽很快做出判断，“那就只剩下一个人。”

另一个黑服，席勒，53号。

“行政部真会玩……”凌桑无奈地吐槽。

空泽的通信表瞬间展现了一张信号图，一个蓝点标注79，一个红点标注53，双方直线距离精确至523米。

“很快就会见面了。”空泽抬起头，“桑，走了。”

看着其余人在携带了石块后不得不将原先准备的行李抛弃，凌桑忽然觉得真是信空泽，得永生。

红点与蓝点持续接近。

直线距离10米。

“桑，拿着。”空泽把打包在一起的两块石头甩给凌桑，石头砸在凌桑身上直接将她压倒，险些让她喷出一口老血。

这重量……空泽到底是怎么做到的……

卸下石头的空泽一身轻松地从腰带间抽出匕首，自然地走上前，到达一片浓郁的灌木丛前。灌木的对面突然急速地跃出一个身影。

果真是席勒！

“呵！”席勒发出喊叫，先是侧身到另一边，再借助翻转力右手猛地掷出三枚刀片，空泽轻松地用匕首挡下两枚刀片，另一片从他侧肩划过，他的左肩衣服撕裂，迸出血液，然后刀片笔直地射入远处凌桑脚前的土地中。

“每次都是我们两个，真的很无聊。”后发的空泽挥出匕首，席勒抽出长刀挡下，空泽左手抽出腰间另一侧的一把匕首，毫不犹豫地刺向对方。

席勒痛苦地眯起眼，咧开嘴发出声音：“我也觉得很无聊。”

凌桑虽然没有喊出声，但还是受了不小的惊吓。虽然双方目的只是粉碎对方的石头，但只有先粉碎对方的战斗力，才能去粉碎在其保护之下的石头。

在气流的冲撞下，双方都被推出两三米远。在野外竞技中，每个人的能力都受到了不小的压制，很明显双方都已经无法使用自己原本的力量。

第二十一章 追击：柱石的争夺

—FENGZHISHOUWANGZHE—

这种情况下，真正考验的是体术。

每个人都会在将来的某一天遇到走投无路的情况，那时候只有拥有最强悍的体力支持，才有存活下来的机会。

空泽与席勒较量的初始，体术力量均处于巅峰，想要分出胜负显然相当困难。如此一场较量下来必然是两败俱伤，在开始就透支完体力的话，持续到后天清晨才结束的野外竞技，他们会彻底疲惫到瘫痪。

战斗欲已经激发的双方根本就不可能停下，没有一方会分离出闲暇的意识来考虑体力透支的后果，因为一旦有所松懈就是最大的破绽。

尽管是体术，但凌桑还是无法用肉眼捕捉到双方迅速移动的身影，每个动作只有瞬间定格时才能看清楚。没有使用任何咒术，地表依旧被掀起的气流轰炸至塌陷，凌桑拖着两块石头后退至安全区域。

席勒也没有携带石块，也就是说慕德兰同样在保管。因此想要提前结束两个人的战斗的话，就得依靠自己去破坏慕德兰手中的53号。

糟糕！她能够想到的话，慕德兰当然也想得到……

咦？也许他脑回路有问题想不到呢？

凌桑拨开灌木丛到处寻找，终于看见一个青灰色短发的男生坐在树下，他的身边放着两块捆绑在一起的石头，而他正在刷自己手腕上的通信表，不知道在看什么。

“……”当时席勒的抱怨的确没错，你果然智商有点儿问题。

凌桑瞄准那两块石头，挥起右手想要劈出一道风刃过去，结果右手劈了个空。

自己的风性竟然被压制住了。

慕德兰注意到这边的动静，青色的眼睛看过来，在见到凌桑后，他还抬起右手打了个招呼：“你好。”

“你好……”凌桑也打招呼，现在已经不知道该怎么继续吐槽他了。

要不就先和对方建立一下友谊，然后近距离破坏53号石头。她其实真的不忍心去践踏慕德兰这个纯真少年的感情，但为了空泽，她还是得牺牲一下。

但是在靠近慕德兰的同时，她也不能抛弃自己的那两块石头，为了防止自己的两块石头被别人破坏，她只能拖着它们去找慕德兰。

慕德兰忽然露出惊奇的表情："你那里有 79 号？是空泽的号？"

"呃，是的。"她愣住。对方的脑回路竟然一下子绕了回来。

慕德兰站起来，诚恳地问："我把 79 号砸掉的话，他们两个就不用打了，是吗？"

凌桑忽然一本正经地说："不，不是这样的。"

"不管是不是，我先砸了再说！"慕德兰瞬间睁大眼，抡起自己身边的两块石头背在背上，同时抽出一把匕首向凌桑丢了过去。

凌桑拖着石头避开，匕首劈空嵌入地表。

慕德兰站在前方，背着两块石头已经让他无法腾出过多的力气来攻击，因此动作也非常迟缓。

真不愧是高一部实力最强悍的人，能背起两块石头，还能自如地行走，这体力还真是了得。可惜智商有点儿问题，因为他完全没必要这么认真地把两块石头背上。

79 号与 53 号石块，必须破坏其中一个才算是完成任务。

凌桑抽出折扇，但是当拇指顺势一拨的时候竟然发现折扇……根本就打不开！像是真的有什么力量将它封印，强行要打开时还能感受到佑姬的颤抖。

埃斯利亚的力量到底有多强，才能够镇压所有的器灵？黑服低阶到中阶几乎是质的跨越，那么中阶与高阶的实力差距又有多少……黑服高阶，已经是近乎神明一般的存在了吗？

"你真的可以吗？"慕德兰相当有兴致地看着凌桑窘迫的处境。

她咬牙，将右手举过头顶再挥手甩出风刃。尽管连自然属性都受到了极大限制，但还是能将部分能力发挥出来，不过风刃的威力已经削减到无法造成致命伤害。

慕德兰双脚迈开，降低重心，将长刀平举在自己身前，轻易地用刀身砍断风刃。

"再来较量一次吧。"慕德兰露出微笑，卸下背上的两块石头甩在一边的树下。

既然又放下了，刚才为什么还要背起来？

"好。"凌桑也只能破罐子破摔，猛地一提两块石头的肩带，潇洒地用力将两块石头甩出——等等，好像不对劲……

她和慕德兰都眼睛抽筋地看向身旁的一棵树，只见两块石头用带子绑在一起，连接处的带子卡在树枝分叉上，两头的重物垂下，正好让它死死地挂在上面。

重点也不在这里，关键是……自己到底是怎么把它甩到两米高的树杈上去的啊？自己的潜能到底是怎么回事啊？

"好厉害……"连慕德兰都忍不住赞叹一句。

“如果可以，请让我重来……”凌桑彻底凌乱地对慕德兰解释。

“先不管那个，这次我不会饶你。”慕德兰提起长刀冲上前，在没有石块重压后身形显得异常敏捷，纵身跃起将一米长刀劈下，凌桑抽出腰带上的匕首将其横挡，冷兵器剧烈摩擦迸出火花。

凌桑瞬间收敛力量侧身避开，长刀劈在地上，她一个横腿绊在对方的脚踝上，早有准备的慕德兰及时跳离，一个后空翻后轻捷地落地。

又一次对视，死寂。双方即将在同一个瞬间跃出向对方攻去。

但凌桑却瞬间转身，双手拍在身边 53 号石头上，风刃劈出，53 号石块从中间断裂。

智商真是个好东西。

慕德兰瞬间愣住，他似乎刚反应过来凌桑并不是真的要和他打，因为凌桑从一开始就知道自己打不过他。

“吼！”他愤怒地咆哮，扬起右手冲上前，气流向凌桑冲撞席卷而来。

凌桑被他一掌拍在胸口，整个人被掀出去五六米，砸在一堆灌木丛里才停了下来。她的意识逐渐清醒，非常难受地咳嗽了两声，发现自己咳出血之后吓得全身寒毛倒竖。

开学这么久了，第一次被打吐血……自己会不会……死掉啊……

一边在心里默念着“我不想死”，一边捂着胸口往灌木丛外走。走出灌木丛，她忽然发出惊呼——

慕德兰反应了一秒才发现凌桑不是在对着自己叫唤，他猛地扭头去看那棵树。

一声碎响，一个黑影落在树上，树在摇晃了几下后静止。这是一个黑色蓬松头发的男生，望着地面上惊愕的两个人露出诡异的微笑，右手扯住两块石头中间的肩带纵身跃起，两块石头与他一同脱离树枝而去。

“站住！”凌桑再度尖叫，纵身跃出灌木丛，也忘了纠结自己到底会不会死的问题，扑上去跃上树枝开始追赶那个男生。

她的身体本来就轻巧灵活，只要加上对风的一些掌控就可以将行动速度翻倍。那个黑色短装的男生已经跳至五米远的另一棵树上，拖着两块总重超过一百斤的石头竟然还会如此迅速。

凌桑也在树枝间蹿跃，但竟然无法赶上那个拖着两块石头的家伙。另一道身影划过她的身侧，疾速跳跃的慕德兰瞬间赶上了她，与她踏在同一根树枝上同时跃出。

瞬间凌桑觉得自己有点儿跟不上节奏。在理解不了慕德兰脑回路的时候，自己大概也相对变傻了。

“那是高二部的白服中阶木离，我见过。”慕德兰眼睛直视前方，竟然还向凌桑解释情况，“虽然只是白服，但他的行动速度至今无人能够超越。”

“我想知道你追上来干吗？”凌桑一脸不解。

“我要亲手砸掉79号石头。”

凌桑沉默了两秒，只能说：“行吧。”

凌桑猛地踏在树枝上再度纵身跃出两米高，右手攀上前方一根更粗壮的树枝，然后一个旋身踏上树干再猛地向下冲跃，那个叫木离的男生就在下方。

“呵！”她劈开一道风刃，粗暴的风刃击在男生的背后，已经跃至半空的木离忽然笔直坠落，但在下坠一米后又猛地攀上另一棵树，顺势踏上树枝再度加速跳离。

她的风已经没有多大威力了。

凌桑咬牙追赶，已经离她越来越远的木离在蹬上一根树枝的时候，树枝瞬间折断，整个人落了下去消失不见。

拎着那么重的东西还敢在树上跳，一开始就是作死的好方式。

凌桑纵身跃下，一个前空翻后俯身落地，不远处就是砸在地上还被两块重石压住的木离。

“还给我。”凌桑走上前，身上旋转开气流，拂开周围一人高的杂草。

木离没有说话，相当冷静地坐在地上看着凌桑靠近。逐渐地，他脸上浮现出笑容，几乎是在半秒之内，他整个身形在她面前消失。

“什么？”身后扫来异样的风，打破了停滞的空气，凌桑迅速转身，但后背还是被猛地一击，整个人滑了出去。她支开左腿俯下身，球鞋卡在地上磨出两道深深的擦痕，她又顺势转过身将左手击在地上才彻底停住。

好快的速度！她不可能赶上！

凌桑喊叫出声，举起右手猛地挥下。但在数十道风刃还未触及对方时，木离就已经从眼前消失，她慌忙地抬头，木离已经在她上空抽出短刀劈下。

她已经竭尽全力使头部避开攻击，短刀刺入她的右肩，再向外划出一道裂口，血液瞬间喷溅出来。

慕德兰在远处看着，他的左脚踏上了被遗弃在地上的两块石头。

他将左脚抬起，猛地踩下去，想要踩碎79号石头。

一道黑色的身影突然出现，一个飞身踢踹在慕德兰的头上，把他踢了出去。

空泽俯身拉起地上两块石头的肩带，然后猛地抡起两块石头，朝着木离丢过去。

石块狠狠地砸到木离胸口上，和木离一同飞了出去。

凌桑大口喘息，惊喜地回过头看着空泽。

“辛苦你了。”空泽似乎已经知道是她破坏了53号石头。

她露出微笑，连忙说：“没关——噗！”

最后一个字还没说出来，她忽然像是呛了水一样，猛地喷出了一口鲜血。

好惊悚！好在有空泽在，她觉得自己再怎么喷血应该也死不了。

空泽走到她身边，右手拍在她胸口受伤的地方。被他的手触碰之后，凌桑胸口的焦灼感竟然减缓了不少。

“谁打你的？”空泽眯起眼看她。

“我自己作死作出来的。”她没有供出慕德兰。毕竟确实是她作死在先，既然已经坑了慕德兰一次，现在就当作赎罪好了。她抬头看空泽，发现空泽的眼神有点儿凶残，于是又解释说：“没事的，也不是很严重……”

“我现在不给你调理，信不信你明天突然死于内伤？”空泽眼神依然凶残。

看到空泽如此认真的神色，她忽然意识到……貌似真的很严重。她以前经常听到那样的新闻：某某出车祸后感觉自己身体良好，于是没有就医，几天后突然死亡。现在自己大概就处于这种自我感觉良好的状态吧。

慕德兰在不远处看着她。

空泽侧头望向慕德兰，说道：“你回去吧，席勒肚子被我捅了，你去看一下情况。”

慕德兰没有说什么，转身离开了。

空泽的右手离开了她的伤处，轻声说：“瘀血已经清了，没事了。”

感觉好多了的凌桑连忙道谢：“谢谢。”

话说回来，为什么木离要夺走石头？难道是刚才与慕德兰打架时没有关注到通信表的振动吗？

她打开通信表，果然已经接到通知：请摧毁17号。

在打开的地图上，红色的点已经与蓝色的点重叠。

她将表盖按下，走到木离身前拖起两块石头，木离在腰部遭受强力撞击后，一时没有站起来。不过到现在……木离都没有发出任何声音。

凌桑与木离平静地对视，有种相当微妙的感觉。

木离温静的眼眸带给她的感觉与其他人完全不同。空泽的眼神向来冷厉，源溯的眼睛一看就觉得像是大哥哥那样让人感觉亲切舒适，至于埃斯利亚那样奇异的眼眸，就像是不见底的深水，无法做出任何推测。

而木离的眼睛带给她的感觉就是——平静，他的内心似乎也很平静。

另一侧灌木晃动，凌桑与空泽循声望去，就看见一个有些陌生的女生走了出来。

“木离！你没事吧？”女生似乎是木离的被负责人，看见木离坐在地上后，惊恐地大喊一声。

木离露出微笑，对女生点头表示他还好，然后身形瞬间从原地消失。

空泽忽然侧过身抽出腰间的匕首，挡下出现在颈边的一把短刀——木离的身形出现在他身侧。下一刻，木离的身形再次消失，空泽睁大眼努力辨认对方的身影。

高二部的人都知道木离的实力早已达到蓝服的境界，但是出于某些特殊的原因，他始终保持了白服中阶的服级。

空泽与木离周旋的同时，那个女生开始攻击凌桑，要帮助木离破坏36号石头。

凌桑与那个女生对视一眼。

“呵！”她们同时咆哮一声，凌桑手中的匕首挥出，对方也抽出腰间的长刀抵抗。此时对方的力量更占优势，一个冲劲就将凌桑推出，顺势提起右膝击向她的腹部。

凌桑被掀了出去，对面女生的长刀劈在她的36号石块上，石块瞬间碎裂。

碎了啊……她终于精疲力竭地停止了反抗。

木离瞬间离开空泽十几米远，对空泽点头示意后转身离开。那个女生也立即跑进灌木丛逃离现场。毕竟空泽在场，他们很容易被反杀。

地上只剩下空泽的79号。

凌桑坐在地上，没有再站起来，她已经没有力气了。空泽走过来，俯身拉起凌桑，把她扛在肩上。左肩扛石头右肩扛人，重量非常均衡。

走了约有五分钟后，空泽停下把凌桑与石头都扔在地上，自己也坐下休息。

凌桑伏在地上没有动弹。这时候才觉得身上真是痛到喷泪……空泽从系在腰间的包中抽出一张符咒拍在她的后背，凌桑哀叫一声后感到伤口开始发痒，疼痛逐渐减弱，然后觉得舒服了不少。

一会儿，空泽把她掀了过来，右手拍在她的胸口伤处，给她调理一下之前的内伤。

“空泽你竟然还有治疗技能……好厉害……”凌桑由衷感慨。

“我没有治疗天赋，只是利用我的水性来促进你的血液循环而已。”

“啊，这样。”听起来也蛮养生的样子。过了一会儿，她再问，“那么石头坏掉了……我可以走了，是吗？”

“你什么时候可以认真地看一下通信表？”空泽说。

凌桑抬起左手，打开表盖后立刻看到一则弹出的信息。

部分信息有呼叫或振动提示，部分信息不会有提示。而呼叫提示也分许多种不同的呼叫声，所以一向对提示不感冒的凌桑完全混淆了各种分类，不过再怎么混淆，结果也是一样——她总是想不起还有通信表这个东西。

请再次输入你的号码。此信息在明日中午前有效。

“这是？”她有些错愕，轻声念叨，“这么说还有机会……”

“是的，两天时间并不是让你来郊游的。”而是到处争夺。

“呜，我就要我原来的石头。”凌桑丧气地放下左手闭上眼。

“……”空泽忽然抬起右手，猛地拍在她胸口。

“噗！”凌桑又是一口血喷出，内……内伤加剧了啊！

这里已经是傍晚，通信表显示现在时间是四点，然而天色已经昏沉阴暗，灰蒙一片，透不出多少光线。

空泽仰头，看见的除了树林洒下的一片荫翳，还有细长的雨丝纷纷滴落下来，雨水落在鼻尖上，凝成一个又一个的小点。

“嗯。”他轻声地发出一个音，像是感慨。果然连天气也要恶化了……如果只是下雨的话也太便宜这群野外生存的学生了。

一道金光霎时划破天幕，笔直地坠落在地面上，顿时轰炸声、雷鸣声交汇，不远处的森林燃烧起熊熊烈火。

落地雷。

他捂头。

大雨滂沱而下，瞬间被打湿的凌桑爬了起来，往空泽所在的干燥地方蹭了蹭。

因为空泽是水性的关系，可以随心意驱散雨水，仿佛形成了一个天然的保护罩。

金色的雷电携带紫色的焰火，整片树林顿时惨白一片，光闪过又恢复到了此前的阴暗死寂，随后才响起轰鸣的雷声。

凌桑仰望色彩绚烂的天空。

“不怕吗？”空泽轻声问道。

“很漂亮……”她喃喃。

自小她就不明白为什么其他小孩儿害怕闪电，每当雷电天气的时候她都会跑到室外观看，然后被阿琪抓回去与其他哭闹的小孩儿坐在一起。

自然的造诣，在她眼里是非常值得敬畏的。

“空泽相信……神的存在吗？”她望着天空，眼神炽热而茫然。

空泽无言。

存在吗？神……

那一种由美好愿望塑造出来，凌驾于所有人之上的神明……大概只是信仰而已。

因为自己没有坚定地信仰过什么，所以才觉得神明是一种可有可无的东西吧。

而像埃斯利亚那样的精灵却又不一样，他始终有着虔诚的信仰，所以本来不太相信神明的他又有点儿相信神明的存在了。

一点儿微弱的金光在天空中炸裂。

空泽睁大眼，瞬间提起凌桑与石块，纵身跃出树下，以最快的速度冲出十余米。

身后金光崩裂，随即轰炸出热浪，将两个人再度冲击出十余米的距离。即使在暴雨之下，原先两个人休息的地方依然燃烧起滔天焰火。

滚在地上的泥浆里真是糟糕透顶。空泽撩起贴在侧脸上的长发，把它甩到背后，相当不愉快地呼出一口气，连夜间栖身之处都没有了吗？

一阵一阵的白光将树林照得透亮，雨水迷糊了眼睛，让他的睫毛也粘在了一起，越发睁不开眼。

“走了！”空泽对着凌桑大喊一声后站了起来，现在就连他都彻底湿透了。

凌桑踉跄地跟上他。狂风席卷，这样骤变的天气真是一点儿也不科学。

“这里已经不在学院内了。”

“什么——”在暴雨中，凌桑听不清空泽在说什么。

“我们在另一个地方。”空泽说。这里已经感觉不到 Sritana 的结界波动。

凌桑眯着眼睛去看空泽的脸，竟然觉得空泽此时有点儿生气。

为什么要生气？因为下雨吗？

“你别紧张啊……一切都还好……”凌桑笑着安慰他。

“我没事。”他依然面无表情。

“你好像有点儿不开心。”

空泽沉默了两秒，终于深吸一口气承认了自己现在的状态，解释说：“当我感觉到自己的力量离埃斯利亚那群人还差得远时，我就会有点儿难受。”

埃斯利亚能够轻易地压制所有人的自然属性，还能同时压制器灵，甚至能在他毫无察觉的情况下，让他们进入另一个地方，现在还在这里制造出暴雨和雷电。

黑服精灵的力量太强大了，他超越不了。

“空泽，不要勉强自己啊。”凌桑轻声说道。她的声音几乎淹没在一片暴雨中，于是她把音量提高一下，继续说，“你不要这么心急，你还——很年轻啊！”

虽然她不明白空泽到底经历了什么，才会如此热切地想要变得很强大，比最强大的人还要强大，但是——也要正视一下自己啊。

空泽又沉默了一会儿，然后说：“没事了，我就发一下牢骚。”

他停在一块空阔的地域，双手贴合，身边的雨水迅速散开，连带他身上的水渍也迅速消失，长发干燥得近乎飘逸。像是支开一道结界，但又没有边缘，倾盆而下的雨水只是再自然不过地避让开，随即连带凌桑湿透的全身也迅速干燥起来。

她仰头，尽管上方还是阴云密布，电闪雷鸣，但是以空泽为中心的一个空间区域已经没有了任何的雨水。

闭上眼的空泽将右手举过头顶再挥下，从他身上散发出细密的水汽，迅速向四周扫荡开来。

水性的空泽，可以轻易地改变水的轨迹。

如果不是对自然属性的压制，他甚至可以轻易地改变局部地区的天气。

第二十二章 最棘手的任务：异形降临

—FENGZHISHOUWANGZHE—

“找个干净的地方过夜就好。”空泽慵懒地扔下石头，双手环胸。

“……”凌桑默默地接受潜在指令，去找可以过夜的地方。

在干燥的环境里绕了一圈后，她看中了一块底部略微凹陷的巨石，不过凹陷实在过小并且周围杂草丛生，应该藏不下两个人。她跪在地上把身子探进去，为了更好地探测这块石头埋得有多深，她更加费力地向里面钻，导致屁股撅了起来。

不用说她也知道自己现在的姿势很丑。

撅起来的屁股忽然被踹了一脚。“嗷！”她惨叫。

“别挖了，出来。”空泽大概以为她在挖洞。

“……”你把我踹进去了啊！现在上半身都卡进去塞住了啊！

我会不会有一天死在你手里啊？

空泽揪住凌桑的一只脚踝，让她以相当诡异的姿势被僵直地拖了出来，她捂着头在地上蜷缩成一个球。

好痛！

空泽抽出一张纸符甩了过去，爆破符笔直地插入岩石凹陷的底部。虽然大型的符咒不能使用，但最低等的符咒似乎并不在禁止之列。岩石下爆开金光，随即轰炸出了容积达两立方米的裂洞，裂洞深处还有更加宽阔的地下空间。

空泽挥动手指，洞穴内侧的碎屑全部清除到外部，还有一大部分撒在凌桑身上。

凌桑盘腿坐在地上哀怨地看着他。

“进去。”空泽此时倒有让女生先行的觉悟。

“不要。”她继续哀怨地看着他。

“进不进去？”空泽的双眼眯起。

“我宁死不屈。”

“……”空泽没再说话，直接俯身踏入洞穴内，身形完全隐匿在黑暗中。

凌桑依然哀怨地坐在洞口外。

一滴雨落在她的鼻尖。

她仰头。

像是积累了几千年能量的瓢泼大雨轰然落下。

这个像是被尼亚加拉大瀑布冲刷的感觉究竟是怎么回事？

凌桑默默地抱着宁死不屈的心态爬进了洞穴。

因为空泽对水的掌控，洞穴内并没有水渗进来。她靠在一边甩头发，湿掉的一束马尾“啪”的一声拍在空泽的脸上。

空泽的眼睛又眯了起来，开口：“说好的宁死不屈呢？”

“混着你的节操一起吃了。”

“……”

在空泽气息的影响下，她全身的水渍迅速消失。凌桑悄无声息地蹭过去一点儿，再蹭过去一点儿，然后“啪”地一下，她的左胳膊贴在了空泽右胳膊上。

于是靠在一起了。她满意地舒展身体，伸了个懒腰。

打开背包翻出干粮，她忽然发现函数不在，怪不得背包这么轻……她望着一片朦胧的洞口，放声唤道：“函数——”

“函数是什么？”已经闭上眼休息的空泽将眼睛睁开一条缝。

“是兔子的名字啊……”

“这真的是名字吗？”

“当然是啊——函数！”凌桑又喊了一声，因暴雨充斥而混沌的天地间亮出了一个纯色的白点，白点疾速跃入洞内，后腿一蹬就让凌桑抱了个满怀。

兔子就像沾满水的白色浴球，耳朵耷拉下来，摸起来已经没有了毛茸茸的手感。

“这是我的役使兽。”凌桑双手抄在兔子两条前腿的后面把它举了起来。

“我从没见过把兔子当役使兽的。”空泽的眼睛再次闭上。

函数在凌桑怀里蹭着，然后安静下来等待白毛晾干。洞穴内再次没有了声音。

“……”好别扭。

空泽闭上眼一副要睡觉了的模样，凌桑还处于亢奋状态，根本无法平静。放在腿上贴着自己肚子的兔子又开始“咔哧咔哧”地啃着什么东西……什么东西……

算了，衣服本来就破得一塌糊涂了，随便啃好了，但愿兔子不会得胃病。

“好吵。”空泽忽然吐出两个字。

“……”凌桑再低头看函数。函数毫无顾忌地继续发出“咔哧咔哧”的咀嚼声。这是硬伤，好吗……总不能把它扔出去吧。

空泽的眼睛睁开：“对于野外生存之类有什么想问的，你提出来就好。”反正此时也睡不着。

“我想问……你真的不吃东西吗？”凌桑从背包里拿出一包面包拆开，把面包叼在嘴里。

“不用。两天时间还是撑得住的。”他相当无所谓地回复。

“你的胃还好吗？”

“反正还没穿孔。”

即使没穿孔，这样紊乱的进食规律——啊呸！这样完全没有规律可言的进食对胃的伤害已经极其严重了吧。

她拿出另一包面包塞给空泽：“不用谢。”

凌桑一边啃面包一边低头看着专心啃衣角的函数，忽然听到左侧面包包装袋撕开的“刺啦”声。

“我有点儿技术可以教给你。”空泽打开通信表。

“嗯？独家秘诀之类的吗？”凌桑好奇地侧过头去看他的通信表。

等等，好像有哪里被忽略了……

空泽你是怎么做到在两秒的时间内把面包吃掉的……地上只有一个包装袋，没有其他东西了。

刚刚是不是把一段时间掐掉了？空泽你有没有不知不觉掐掉别人时间的秘诀？

如果不是的话，这进食速度才是野外生存的奥义所在吧！

“怎么？”空泽不解地抬眼看她。

“没事，只是我突然感受到了宇宙的浩瀚和我的卑微与渺小。”凌桑捂脸。

“……”

呼出一口气用力压制住太阳穴上暴出的青筋，他轻声开口：“你看着，虽然每个人的通信表散发的波段都不同，但波段都相差不大，并且集中在这个频率区域。”

空泽打开通信表的查询功能，手动输入频率接收波段并按下搜寻，瞬间荧屏变黑呈现出信号图，中间就是代表空泽的红色信号点以及凌桑的蓝色信号点。

而在红点的四周有十三个分散的蓝色信号点，多数呈现两点绑定的形式，很明显是负责关系的学生聚在一起。

“实际上我与你的通信表能够绑定的原理很简单，就是连接对方固定的信号频率进行信息互换而已。”

“空泽你一定是物理天才……”她感慨。

“因为我拆过两个。”空泽毫不客气地点头承认。

“……”为什么凌桑忽然想说“你真是作死小能手”，到头来还是把这句话咽了回去，委婉地问道，“拆破了通信表有没有受到老师的教育？”

“原本的设定是一旦戴上就无法在毕业前摘下或损坏，既然我能够拆开，那只能说明技术支持还不够，这不是我的问题。”他继续毫无罪恶感地承认，“虽然确实被技术部的人找过去谈了一下人生，不过还是促进了通信表技术的发展。”

你在推动科技进步吗？手贱才是科技发展的最大推动力吗？

“总之就是这样把原理剖析出来。”再转回话题，空泽望着屏幕上的蓝点，“掌握这个至少可以轻易地勘察附近所有学生的动向，然后就可以清除障碍。”

他从怀里抽出三张爆破符夹在右手的指缝间，轻声念出咒语后，三张柔软的纸符忽然僵直，然后手掌打开，纸符笔直地飞出洞穴，朝三个不同的方向飞去。

死寂五秒。

顿时比雷声更响的爆炸声响起，凌桑在洞穴中感觉到非常明显的地表震动，一瞬间就连函数咀嚼的节奏都漏了好几拍。

空泽通信表屏幕上的三个蓝点消失。

消失了……

“怎么会消失的啊？”凌桑惨叫。连人带通信表都被炸掉了吗？

“只是在给你做示范，不用在意这些细节。”空泽无比冷静地闭上眼，关闭通信表的频率搜索功能，“以后在活动中你要是与我在对立组的话，请务必关闭你的通信表系统，以免被远程袭击。”

凌桑继续捂头。

虽说在学习上空泽绝对算不上是好学生，但是在某种探究程度上，他绝对是学霸，而且是祸害无穷的那一种。

她呼出一口气，将后背靠在后侧岩石上。

大雨依然肆虐。

他们安稳地窝在洞穴内，里面比外面要温和许多。函数依旧发出“咔哧”的咀嚼声，空泽也没再抱怨什么，继续闭上眼休息，轻声说:“明天早点儿醒，去抢石头。”

“嗯。”凌桑搂着函数闭上眼，不过还是睡不着。

狂暴的雨声与雷电声在耳边接连不断地响起，闪电的白光闪入洞穴内，她即使闭着眼也能感觉到一片又一片闪过的惨白光线。

耳朵捕捉到空泽平稳的呼吸声。

“空泽。”她轻声唤道。

“怎么？”果然没睡。

“没什么……”忽然又不知道该说什么，也不知道刚才为什么要叫他。

那种微妙的情绪完全不敢传达，他对自己的感觉到底是怎么样的呢……虽然可以确定他并不讨厌自己，但到底是怎么样的呢……

“该睡了，桑。”空泽闭着眼喃喃，“你好好睡觉的话，应该还可以再长高一截。”

“……”空泽你不是特别高就是因为睡眠不足吗？话说空泽你再这么下去就把所有继续长高的可能性扼杀了吧。

“空泽也睡吧。”她轻声说道。

“啊，我尽量。”

也不知道什么时候雨变小了，等到凌桑瞬间惊醒的时候洞穴外已经一片清爽，但是还没有任何亮光。打开通信表，确认时间是清晨四点。

她侧头看空泽，空泽确实是睡着了。她忽然蹦出一个念头：她得努力让空泽保持正常的作息习惯。

在她没来以前，一般都是源溯照顾空泽，委婉地劝说他要按时休息、定时吃饭，扮演可悲的老妈子的角色。不过对空泽而言，这样的劝说一直收效甚微。

空泽安静地靠在岩石上。

凌桑轻手轻脚地向外爬出，将头探出洞外，看到蒙蒙亮的清晨光景。经过一夜的风雨摧残，树林已经一片凌乱，却极其寂静安宁，完全不能想象昨晚的混乱。

流动的湿润空气携来的气息让人神清气爽。

“桀——”

凌桑还没来得及判断异样的叫声来源于哪里，就被一个从天而降的苍白生物扑倒，它张口露出獠牙咬向她的脖子，但在她的挣扎下只咬在了右肩。

“啊——”凌桑滚在地上发出惨叫，在挣扎中，她感觉自己的右脚被拽住，继而猛地被拖入洞穴，洞口处的结界将那只不明生物硬生生地从凌桑身上剥离，再将它强制性弹出。这是空泽在入睡前就布置好的结界。

凌桑惊恐地蜷缩成一团，大口喘息，那种被勒住的触感冰冷黏腻，就像是死人的尸体一样。

空泽放下她，探出洞口观察情况，随即洞外传来巨大的爆炸声，并伴随着某种生物的惨叫。

“大概是某种野兽。”空泽回到洞内看着她。

凌桑已经安静下来，但还是缩成一团躺在地上。

“不是野兽……”她开口，左手捂住右肩，“是非常不祥的东西……”

她感觉得出来，那种浓郁的恶意让她觉得异常恐惧。

不知道为什么，她的情绪在右肩剧痛的刺激下变得异常狂躁。她强忍住那种想大喊大叫打人的冲动，继续蜷缩着。

空泽看出了异样，一把揪住她的衣领把她拎起来坐好，再粗暴地扯下她的领口。

“别动我！”她突然按捺不住地大声咆哮。

空泽一惊，僵住了动作，随后冷笑一声放开她，将双手环抱在胸口：“好啊。”

凌桑左手指甲嵌入右肩的皮肉中。

“呜……抱歉。”她竭力冷静下来。此时心脏已经在超负荷运作，她几乎无法顺畅地呼吸。大概是毒素的作用。

空泽再次把手伸过去，凌桑忽然又狂躁起来，挥手打在他的手腕上：“别过来！”

空泽眯起双眼：“你中毒了，想死吗？”

凌桑的脸色死灰一片，左手忽然松开右肩，抽出腰间的匕首猛地划在右肩上。

红黑色的污血迸溅，她竟然连眼睛都没眨一下，布满冰霜的双眼茫然地望着洞顶。

她的神志已经不清醒了，空泽再碰她一下，指不定她就会扑上来咬他。凌桑隐约还在的意识就是——这种场景在末日电影里好常见啊……

空泽继续看着她，这样果断的反应真是有些出乎他的意料了。

虽然有这样的决心是好事，但是……

“你好像割到静脉了。”空泽相当好心地提醒她。

“……”血液的急速流失让凌桑好歹清醒了一下。

然后感想就是——对不起，我真的错了。

她侧过头，一脸凄惨地对空泽微笑：“学长救命。”

空泽抽出最后一张治愈符，猛地拍在她右侧脖子上，手掌用力按压下去后，他将上身靠了过去，左手搂住凌桑的腰，将她扯入自己怀里，他的头侧过去，嘴唇贴在符咒上念咒。

他念出的咒分辨不出咒文，只能听到不断的气音，像是深夜里的呓语，始终重复着同一个字段。喷涌而出的暗红色血液迅速止住，凌桑一动不动地僵在他的怀里。

治愈符只能起到微弱的辅助作用，空泽真正动用的是用水性控制血液的流动。沾染毒素的血液浓缩成黑色液体从符咒下渗出。

她将脸贴在空泽胸口。靠得好近，好像从没有这么近过，空泽微凉的体温围裹着她。她的神经松弛下来，全身瘫软在对方怀里。

“可以了。”空泽松开她，揭开已经变黑的符咒，抹去凌桑脖子上最后的黑色污渍，“你自残的样子有点儿可怕。”

“哦……”她有气无力地应了一声。幸好空泽是个耿直又缺乏情调的男孩，不然凌桑觉得自己很可能会听到“你自残的样子很美”。

结果这次野生竞，空泽什么事都没有，始终受伤的却是凌桑。

“跟在我后面。”空泽走出洞外，她努力打起精神，一声不吭地跟了上去。

出了结界后，空泽忽然意识到一件奇怪的事：刚才在使用水性时，能力似乎没有再受到任何压制。

他将右手举在眼前，手掌瞬间燃烧起近乎纯白色的火焰。对自然属性的压制已经撤销。这么说的话……今天还有很难完成的任务吗？

“空泽殿你的石头……”全身仿佛散架了一样的凌桑拖着石头跟了过来，函数软塌塌地伏在她的头上。

“桀——”

再次听到这个声音，凌桑整个人都不好了，直往空泽身上贴。

三个不明生物从后侧的岩石顶端俯冲下来，空泽一脚踹倒凌桑飞跃而起，空手劈出一道气刃，将那三只生物拦腰斩断。

能力没有任何压制的情况下真是轻松不少。

落地后，他走上前去查看那东西到底是什么。在看到它们的真面目后，空泽的瞳孔收缩，轻声吐出两个字：“异形。”

是来自另一个世界的生物，在以前的任务中他也与大量异形交过手。普通异形战斗力一般，但通常都是群扑而上，让人体力耗竭，能让异形来到这个世界的只有开启黄泉印。如果不能关闭黄泉印，就会有无穷无尽的异形不断涌到这个世界来。

“桑，你赶紧去抢一块石头过来，我们还有更棘手的事要完成。”空泽转身离开的瞬间，地上的异形燃起蓝色的火焰化为灰烬。

趁着这里的异形还不多。

黄泉之下充斥着不能够往生的恶灵，在不断地互相吞噬后，它们生前的形体发生改变，演变成这种被称为“异形”的怪物。

今天的任务看来是关闭黄泉印。

天色渐亮，凌桑伏在灌木丛中，看着一个青年右手抱着一块石头走了过来。距离大致合适。她忽然从灌木丛中翻身跃出，夸张地“哈”了一声站定在青年面前。

“……”青年无视了她，转个方向继续走。

“喂！把石头留下！”她小跑着追了上去。

“……”青年继续无视这个貌似脑子有点儿问题的小家伙。

“函数！”

一片阴影覆盖上空。

青年这才惊愕地抬头，看见一个巨大的物体坠落，这是什么？

一声巨响后长尾兔落地，刚刚还在青年手里的石头滚了过来，在凌桑脚边停下。

“我们真的赶时间。”右脚踏在石头上，凌桑抚摸着函数，“回去喂你吃胡萝卜。”

空泽从远处走过来，俯身用带子把石头打包后扛起来。比他想的要快，大概是这只兔子必杀技的原因。

“话说为什么要叫函数？”他很疑惑地问起，仰头看向一脸纯良的红眼兔子。

“啊，是这样子的。”凌桑举起右手，大喊，“函数！”

“咔！”兔子一个扭头咬住了一棵树。

没错，它的嘴正好把一棵树的树冠满满地含住……

含树……原来自己理解错了吗？空泽捂头。

兔子发出巨大的咀嚼声，稍后将头抬离树冠，整棵树瞬间光秃一片，只剩下枝丫。

“……”空泽继续沉默。

为什么觉得有点儿无聊？

继续含着一棵树的叶子咀嚼的兔子不明所以地看着两个人。

凌桑重新输入她的石头号码后确认，与空泽一起离开，函数重新缩小成普通兔子，在凌桑后方跳跃着追赶。

“你可以找一个容器让它寄居。”空泽建议道。一般大型役使兽都不能太过于暴露，就像是安明让役使兽寄居在水晶片中一样。

“没事啊，反正函数也可以这样变得很小……在这里吃饱了回去后就不用喂它了……它不闹的，只是一直吃……啊，对了，空泽你有役使兽吗？”

“有，不过放养在异界，因为危险性有点儿高所以很少用，而且它经常闹脾气，给我添麻烦。”当空泽说到这里的时候，忽然发现养一只温驯的兔子也是很不错的。

在凌桑身后跳跃的兔子忽然竖起双耳，前肢抬起来用后脚站立，然后纵身一跃就跳上凌桑的头并牢牢贴住，开始粗暴地啃凌桑的头发。

“都说了不要啃头发啊！”凌桑把兔子从头上拔下来，再从兔子嘴里抽出一缕变形的头发。

举着兔子的凌桑随后撞上了空泽的后背：“咦？”

“空气中有杂质。”站立的空泽双手握拳相贴，掌心间浮现出两把长刀。灵器已经解封，可以使用了。

“雾霾吗？”她不解地抱着兔子，兔子很紧张地蹬着两条后腿。

“霾你个头。”完全不知道雾霾是什么的空泽缓慢地向前走了两步。

从四面八方涌来密集的异形，顿时嘶叫声、咆哮声混在一起响成一片。凌桑见状立刻蹲下，护住头部，但还是被迎面撞过来的两块石头掀翻在地，又一阵狂暴的风扫荡而出：“都滚回去！”

银光炸裂，异形的断肢散落一地。凌桑眼睁睁地看着一只被拦腰斩断的异形将肢体重新拼接起来，顺便还接上了另一只异形的断肢。

她的眼睛抽搐了一下。我什么都没看见。

第二十三章 迎战大恶灵

—FENGZHISHOUWANGZHE—

“遁，乾火之影，徇。”

空泽将右手食指与中指贴在唇前念咒，身上散发的蓝色荧光在面前汇聚成火焰，在手势的指导下，火焰笔直地向外发散，前行而去。

“桑，你先留在这里。”他将一枚结界石抛给凌桑，随即纵身跃出去追赶火焰。

异形从前方涌来，嘶叫着向空泽扑来。他将双刀并在胸前然后拉开，劈出一道银光将前方挡路的杂碎绞杀。有结界石在的话凌桑暂时安全，如果将她带在身边，自己在这么混乱的情况下极有可能误伤她。

通信表振动，他可以敏感地分辨出每一种不同的呼叫音以及振动的具体含义。根据信号来看，这应该是一个蓝服在向周围五百米之内的所有服级人员求助。

蓝服的信息一般不能无视。空泽将原本握在右手的长刀咬在嘴里，抽出手打开通信表查看信息。没有文字，但是底图上明确标出了求助蓝服所在地点，他立刻偏转方向前往事发区域。

如果仅仅是低等异形的话，以蓝服的水平还不至于发出紧急求助信号。

更多的异形涌现，躯体比最初所见的更加庞大，变异到无法辨认出究竟是什么物种，体色也更加趋近纯黑。

中等异形也突破黄泉印了。空泽大喝一声重新挥刀，一个旋身劈落面前异形的头颅。失去头颅的异形仍然能够持续地向他攻来，甚至从脖子裂口处张开一条巨缝，露出尖锐的獠牙，重新生长为一张嘴。

“去死吧！”他发出咆哮，跃至半空将双刀劈下，巨大的异形立即对半分开，但在两秒后，分离的两半身体拉出丝线般的黏液重新粘连在一起。

管不了那么多了。空泽抛下恢复的异形，跃上五米高的树枝，沿着树林上空向前飞跃，咧开嘴吐出近乎纯白的火焰。这次的事情真是相当棘手啊……恐怕还没有赶到事发地就要损耗不少体力。好在他昨天没有被玩坏，今天力量非常充沛。

涌现的异形已经挂满了树杈，空泽越发靠近目的地，树林呈现的扭曲姿态就更加明显，在黄泉之力的影响下，众多树林已经枯萎。

脚下的枯枝断裂，他一个侧空翻重新落地，挥展双刀，将地上聚集的异形劈成了碎片。

那些在他之前赶到的人处境一定相当糟糕吧。通信表再次振动，是白服学生发来的求助信息。

“知道了。”空泽咬牙。实际上他也相当焦急，自己已经在用全力赶过去了。

远处一片开阔的空地上浮现出一点儿细微的荧光，能量汇聚后迅速爆炸，产生气浪，气浪向外翻滚抹杀一切。

大型咒术！

他睁大双眼，显得难以置信。需要发动对身体损伤巨大的大型破坏咒术吗？有能力支撑起这个咒术的人，在高二部除了自己，只有……席勒！

火焰与气浪铺天盖地席卷至空泽面前，他深深吸入一口气，凝聚力量，支开一道结界将自己包裹住。焚烧一切的火焰瞬间消散，他撤掉结界，四周已经没有了任何生命迹象，只有他一个人站在空阔一片的焦黑土地上。

不对，还有灵力波动！

空泽僵硬地转过头。

气喘吁吁地拖着两块石头跟来的凌桑站在他身后，捂着因为剧烈奔跑而疼痛的小腹上气不接下气地说：“我觉得……还是跟……着你安全点儿 ……”

他真想用十成的力度一巴掌抽死这个家伙。

“席勒！”结界撤掉后，一个蓝服冲了过去，从后面搂住席勒的腰支撑住他。

“与空泽联系上了吗？”席勒低声问道。

“他已经给出空白的回复，一定已经在赶来的路上了。”

“但愿能再快一点儿。”席勒站稳了身体，望向一片焦土中央完好无损的黄泉印。

那是一个黑色的圆形图阵，直径长达二十米，最外围一圈的菱形棱角是黄泉印最突出的特征。被席勒轰炸后，黄泉印已经呈现出关闭状态，也不再有异形涌出，但是印记并没有消失。

黄泉，传说是一个无法往生的灵魂都会到达的地方，那里镇压着虎视眈眈地窥探着这个世界的所有恶灵。

在这时，图阵的边缘泛起暗红色的流光，整个图阵如活动的岩浆般扭曲起来。

在场的一共九个人，黑服的席勒自然是领导者。

“后退。”他发出指令。

这里有三个蓝服与五个白服。至于无服的学生，已经被席勒命令有多远滚多远，找个安全的地方凉快去了。

席勒已经意识到这一次任务的艰巨程度。

服级越高的人，越要承担起更大的责任。

在场的也有源溯与慕德兰，均是极度不安地看着黄泉印在变化。大型咒术都没能摧毁的连接点，到底应该如何应对？

黄泉印图阵周围散发出白烟，暗红色的熔岩伴随着荧光的斑点流纹继续向外扩展，图阵中央终于有了崩塌的动静，暗红色与鲜红色交杂的熔浆向图阵中央涌去，填补了塌陷的地方。这时，一双巨大的爪子从熔岩中伸出，滚烫的岩浆从巨型爪子上流下，现出灰白色的皮肤，缠绕在皮肤之上的血管里涌动着灼烧的红光。

即使是高等异形，也不会用这样的方式出场。

席勒纵身跃出，正面攻击出现的巨大恶灵。岩浆中浮现出一只突兀的灰白眼睛，接着是一整张惨白的脸跟着露了出来。席勒跃至恶灵正上空，挥甩出缠绕在右臂上的铁链，铁链顶端的巨大玄铁猛地向下凿击在恶灵脸上，硬生生将它打回了熔浆中。

当他刚在半空找到平衡点想要后撤时，缠绕在他右肩与左腰之间的铁链猛地紧缩，熔岩中一张惨白的脸再次浮出，咧开至耳畔的嘴里紧紧咬着铁链的另一头，一个扭头就将席勒甩了出去。

恶灵大半的身躯跃出熔岩，人形的恶灵生长着黑色的长发，双手伏在地上，努力将剩下的躯体拖出，它赤裸的后背上布满青灰色的鳞片，像是蜥蜴。

慕德兰从旁侧跃起，挡下撞击过来的席勒，抽出短刀砍断铁链。此时源溯已经出现在恶灵头顶，他抽出长刀用力劈下，将它的后脑砍碎。

黑色的污浊血液四射，喷溅在空气中发出灼热的白烟。

"桀——"恶灵发出咆哮，已经残缺大半的头部猛然扭转，张开嘴咬向源溯。

"可以去死了！"一声怒吼骤然响起，一块圆柱形的巨石几乎笔直地戳入了恶灵张大的嘴里，再从它脑后头颅穿出一半。

79号石块卡在它的脖子之上，恶灵仰着头半天没发出动静。

安全落地的源溯惊魂未定地迅速撤离原地，所有人的目光都投向那个无比彪悍地投出石头的家伙。

终于赶到了！

空泽站在远处，手里提着另一个石块，他正由于急速奔跑而大口喘息着调整状态。

需要赶紧冷静下来，首先要辨别黄泉印的性质。普通的黄泉印怎么会转化为掺杂火阵的复合体，王级程度的大恶灵又怎么会突然冲破束缚降临到这个世界？这绝对不是野外竞技所能处理的级别！

他的冷静尝试失败。

“全部后退！”空泽冲上前对所有人咆哮，拉开双刀，双刀尾部相互贴合，迸射出蓝色的火焰。

“乾鳞！觉醒！”

双刀散发的火焰疾速席卷开来，形态迅速变化融为一体，变成近三米长的戈，细长的银质把手刻满蓝色流纹，顶端的镂空利刃燃烧着蓝色的火焰。

就连难得一见的王器都召唤出来了。

空泽凌跃至半空猛地挥甩乾鳞，掀起巨大的气流。一道银光炸开，卡在恶灵口中的石块忽然熔化成岩浆流下。

“桀！”一声躁烈的咆哮，恶灵咬合的上下颚竟然硬生生克制住乾鳞的攻势，将锋刃全部咬在嘴里。

乾鳞的火焰焚烧恶灵的嘴部，露出恶灵惨白的獠牙。恶灵想将长戈咬断，但是发现似乎无法做到。

空泽松开乾鳞，跃身一跳踏上乾鳞的长柄冲到恶灵脸部，一个飞身踢猛地将右脚踹入恶灵没有被头发遮掩住的左眼！

“桀！”恶灵张口喷出灼热的白色烟气，乾鳞飞出，重新落回到空泽手中。

空泽再度劈下乾鳞，将恶灵的头颅彻底击碎。

飞溅的黑色血液划过空泽的皮肤，竟然将接触到的皮肤腐蚀。

周围所有人都被空泽的凶残彻底镇住，这就是高二部最强黑服的实力！

空泽落在黄泉印边缘大口喘息，被腐蚀的皮肤处传来剧烈的刺痛。恶灵还呈现僵硬的姿势矗立于中央，随后身体后倾似乎要倒下。但它在倾斜至一半时忽然定格，破碎的脖子开始自下而上生长出组织与骨骼，要重新产生一个头颅。

“呵！”空泽大声咆哮，拎起挂在背上的挂着最后一块石头的肩带，抡起带子将石头猛地甩出，柱状的石块扎在恶灵复原的脖子上，将它的脖子砸成了肉泥。

要是找不到复原的核心，它就会一直复原下去！

“源溯！攻击心脏！”空泽大喊。

在恶灵背后的源溯立刻冲上前，右手凌空画出图阵后，将图阵推出击在恶灵心脏处。图阵刻画在恶灵青灰色的皮肤上，泛出金光后猛地爆破，将恶灵整个胸腔轰炸成空洞。不仅是心脏，连其他所有重要器官都摧毁。

如果这样都不能杀死它的话……

众人屏息。源溯准备再度使用咒术将恶灵剩下的身体躯壳完全摧毁，它却忽然一个转身抬手，巨大的手背拍在源溯身上，把他掀出去五六米。

恶灵的双手撑在地上，将它剩余的身体从黄泉印中拉出。它的后半部分是庞大的蜥蜴尾部，青灰色鳞片缝隙中闪现出红色荧光。它的全身都散发出灼热的白色烟气，头部与胸腔迅速愈合，嘴部咧开，吐出细长的白色舌头。

“愚蠢的后辈啊，竟然衰弱至此……”

它口中发出浑浊的杂音，灰白色的眼睛扫视众人。

“混账！”席勒再也无法忍受这种无力感，咆哮一声冲出，抽出长刀劈出了风刃。

“席勒退下！”空泽更加狂躁地咆哮，但是自知已经无法阻止他，只能自己也纵身冲出，“你才是混账！”

竟然不听从我的号令，竟然要在我眼皮子底下找死！

“桀——”

来自地狱的火焰腾出，恶灵一个迅猛转身，张口吞噬风刃，再近乎灵巧地侧头，一口咬住了席勒的腰部！

血液喷溅，席勒惨叫一声瞬间就没了声息。空泽挥出乾鳞劈出银光斩向恶灵的脖子，恶灵挥出左爪抵挡，整个手掌被乾鳞割断。但恶灵此时已经腾出右爪，猛然拍向空泽将他按压至地面，地表塌陷泥土迸溅。

“只有如此的水平吗……真是柔弱的后辈啊……”

将口中的席勒吐出，恶灵握住空泽的双腿将他抡起，随即又猛地将他砸在地面。

“空泽！”源溯咆哮，恶灵后脑再度被打爆，像是镂空一般只剩下一张残余的面皮。面皮转向后侧的源溯，终于有了机会的空泽劈断恶灵的手臂，挣脱恶灵的钳制。

他的面部已经布满了血污，在剧烈的撞击中不知道断裂了几根肋骨，错位的骨骼损伤了内脏让他无法轻松地呼吸。

始终被他紧握在手里的长戈发出剧烈的颤抖。

“我还能再坚持一下，乾鳞。”他低声安慰器灵，再将视线投向远处一动不动的席勒。席勒能够承受吗……如此强大的咬合度一定已经挤碎了他的胸腔，他的腹部已经是一片血肉模糊。

源溯又被一爪打在胸口甩了出去，慕德兰在这个间隙向前跃出，空泽也忍痛向前冲去。

色泽暗淡的乾鳞重新焕发出光芒，水汽旋绕散化成破碎的冰晶。

“慕德兰你退下！”

空泽暴怒地呵斥，将乾鳞扬过头顶，重伤的骨骼在拉伸中发出不祥的摩擦声。

“流破！”

最后一次的努力，拼上全身的力气发动破坏力最强的水系咒术。

温度骤降，黄泉印上覆盖着冰面，压制住涌动的岩浆，乾鳞蓝色的幽火在半空划出轨迹。冰凌冲天而起，在半空中一个后转俯冲而下，笔直地射向黄泉印中央的大恶灵，冰凌摩擦声伴随着血肉挤压的声音，万里冰封。

“碎！”咆哮声中乾鳞再度劈下，凝固的冰凌从中间裂开，被困在冰块中的恶灵整个碎裂成粉末。

黄泉印迸发出红色的流光，冰凌迅速消融。解冻后的残骸化为流动的脓水重新汇聚，但至少给了所有人喘息的时间。

一道身影瞬间出现在黄泉印中央，右手握着一块银色圆盘。

是木离。

他也疲惫地喘气，因为先前听从了席勒的命令，特地赶回 Sritana 取到雷王，然后用最快的速度赶回。他发现席勒已经丧失意识，便自然地转向空泽寻求确认。

“全部撤离，快！”空泽对木离点头后，对其余人发出指令。

木离将雷王按入血浆，启动雷王后，红光四射。

慕德兰背起席勒，刚跑出两步就体力不支地扑倒在地上。忽然背后变轻，木离架起了席勒，对慕德兰示意后纵身跃出离开原地。

所有人都以最快的速度疏散。空泽急速跑出几十米后忽然瞳孔扩张，呆愣住。

凌桑……这家伙……不见了！

竟然把她给忽视……了……

“空泽！快！”远处的蓝服对他大喊，他迅速回过神加速撤退。

重新复活的大恶灵盘绕在黄泉印中央。

体内貌似融合了什么异样的东西……它的手按入胸口，从体内抓出了一个暗红色的肉团，血肉消失后露出银白色的雷王。

“仅仅是玩具……”恶灵挥手想将雷王甩出，然而雷王竟牢牢粘在它的手掌上，延伸出来的金属脚嵌入了皮肉。

该死……它用左手将雷王从皮表扯出，拉出的金属脚扯带出大量的肌肉纤维与血丝，忽然金属脚反方向翻转，瞬间嵌入大恶灵左手，并且死死攀住骨骼。

好烦的玩具！

“桀！”恶灵发出咆哮。

一，零。

刺眼的白光射出。

正在向远处奔跑逃离的众人感知到背后炸裂的绚烂银光，随即一声惊天巨响，灼热的气浪从后侧扑袭而来，巨大的冲击力还是将来不及躲避的人全部掀出。

空泽的身体猛地坠落在地上，然后滑出了十余米远。由于已经无力再做出自我保护，这一次的撞击似乎让全身骨骼再次受到重创，黑服撕裂，皮肉直接摩擦在地上拉出一道血痕。

好歹还有一口气在。他呛出血液，大口喘息，右手刚支起上身，手肘关节就无法支撑地忽然错位，他又重新砸回到地上。

“桑……”他发出微弱的声音。那个家伙跑到哪里去了……虽然吼了她一顿让她滚远，但她绝对不会滚很远——那么，有没有被波及……

“还好吗？”黑服的精灵在他面前蹲下，银白色的长发柔和地披散。他的右手贴在空泽心脏处，用灵力稳住他的心脉，让他呼吸顺畅一些。

“我看起来很好吗？”空泽涣散的双眼努力直视他。

“本来我们是打算亲手处理这件事的，不过看到大家如此朝气蓬勃的样子，就想让你们来试一下。”埃斯利亚露出微笑。

“哪来的朝气啊？”空泽发出咆哮，由于情绪过度激动，他再次呛出血液。不过这么一来反而疏通了堵塞的气管，他竟然觉得舒服了不少。

“别说话，不要动。”埃斯利亚顿了两秒再轻声告诉他，“你们都表现得相当出色呢……虽然任务相当艰巨，但也算是完成了。”

医务室的红服青年出现，迅速检查他的骨骼，然后用最轻的方式把他横抱起来。

“桑。”空泽说出这个字，虽然体力已经透支，但眼神依旧是不饶人地盯着埃斯利亚。

“交给我就好，我会把她平安带回来交给你的。”黑服精灵点头保证。

空泽这才闭上眼，任由医务室的青年抱着转身离开。

埃斯利亚打开通信表，将唇部靠近屏幕进行语音对话：“蒙格洛，黄泉印处理得如何？”

“已经由雷王彻底炸毁，王级恶灵残渣已经打回黄泉。这帮家伙已经处理完了。”

“那么后续工作就麻烦你了，我去追查到底是谁释放的王级。”

埃斯利亚关闭通信表屏幕，纵身化为一道银光，瞬间穿越整片森林。凌桑，你可不要跑得太远啊。

蒙格洛站在一片凹陷的焦土边缘，身边还站着黑服高阶的冥罗。

“虽然是一场意外，但这帮小崽子能够处理还是让我相当欣慰啊！”冥罗大喊。

“你小声点儿，我可以听见。”蒙格洛眯起眼，双手环胸，看着雷王炸出来的巨坑。

“你说什么？”

“我说我不想和你站在一起。”

为了配合这一次的野外生存竞技，教师们只是设置了一个低级的黄泉印。但是没料到稳定的低级黄泉印竟然会扭曲成镇压王级恶灵的高级印……是谁动的手脚？当他们察觉到有变化时赶到这里，看见了竭尽全力破坏黄泉印的学生，最终还是决定采取围观的态度看着事态发展。

成功采用雷王爆破，虽然学生们都精疲力竭，但每个人的能力都得到了展现。

“我觉得空泽以后工作了，可以在公局带领联军。”蒙格洛感慨。

“你说什么？”

“我不想和你说话。”

她在山林中疾速奔跑。她听得到……那个声音……

“过来。”

借助着风，她的速度就连身后疾速跳跃的兔子也无法追赶上。

从空泽的反应来看，事态的发展已经超出了所有人的预料。而现在，那个对黄泉印动了手脚的人竟然还能说出她的名字。

那个声音就像是在她耳边轻念一样：“你……叫凌桑。”

究竟是谁？为什么会知道自己的名字……会不会是……父亲……

别搞笑了！

“过来，我在这里。”

继续穿越一片树林后她终于站定，急促地喘息着。她看到在山丘之上站立着一个裹着宽大白色风衣的人，看身形可以判断是一个高大的男人。他的头部上侧全部被白色的风帽遮住，脖颈儿处缠绕着一条白色丝巾，掩住了下半张脸。

山风吹拂，宽大的白色风衣向后翻卷。

“你有什么不可见人的面目吗？”凌桑站在他身侧，右手已经搭上了腰间的折扇，但是并没有轻举妄动，只是警惕地盯着他。

她不知道他是谁，只知道他绝对不会是友人。

“原来你长这个样子。”男人侧过身。他的声音低沉，但是听上去相当年轻，而且语气平静到听不出任何情绪。

“你是谁？”凌桑喊叫，音调尖细，嘴巴咧开，牙齿紧紧咬合。

“你很生气吗？我只是来做一个勘察——”

一道风刃猛地劈出，斜扫在男人面部，割裂白色的风帽以及脖颈儿处的丝巾，帽檐向后掀开，露出了他的面孔。男人漫不经心地扯住破碎的风帽，向下一拉遮住自己的脸，凌桑在瞬间看到的是——

一副白色的面具，面具额间的位置绘制有金色的图腾，全封闭的面具上用暗红色颜料绘制出两条细纹作为眼睛。

“你真是不客气。”

第二十四章 Maskiter，侦察潜入

—FENGZHISHOUWANGZHE—

男人跃起，宽大的风衣飘荡，使他看上去像是一只翩飞的白蝶。他双手一挥，瞬间数十道风刃自上而下劈落，能量比凌桑的风刃强大了近十倍！

凌桑喊叫一声，再度挥出折扇用风刃反击。双方的风刃撞击出金色的火花后轰然炸开，巨大的冲击力将凌桑向后推出十余米，而那个男人还悬浮在半空中，没有受到任何的波及。

“挺好的。”

说出这句话的时候，男人依然十分平静，但或多或少地还是能察觉出一种欣赏。

凌桑竟然会觉得对方没有恶意，便停止了攻击，毕竟攻击他也没用。

男人的视线似乎投在远处，强大的灵压已经迫近。他的背后豁然张开一道裂口，拉开黑色的空间将他吞噬。

“再见。”

一阵劲风从后面吹来，一道银光从凌桑背后猛地向空中的裂口射出，笔直地撞上已经关闭的裂口，顿时半空中像是炸开了星云一样，迸发出绚烂的银白色火焰。

裂口依然关闭了，银光坠落散开，埃斯利亚从银白色的火焰中踏出。

“没赶上。”他喃喃地说。竟然没有留下任何可以追踪的气息。

凌桑安静地站在原地。

埃斯利亚转身对她露出微笑：“已经没事了，竞赛也提前结束，你回去休息吧。”

“嗯。”她发出微微的鼻音算作回复，沉默几秒后又问道，“是意外吗？”

“如果是必然要发生的事，那么就没有意外这一说。”埃斯利亚平和地解释。

他也许会隐瞒其他人，但对于凌桑，他竟然觉得她会理解。

凌桑的心情瞬间跌至谷底，像是突然之间什么都明白了一样。

世上根本就没有“意外”这个说法，一切发生的事既然已经发生，那么就是必然，自己出生是必然的，自己来到这个世界是必然的，这些不明不白的事情也是必然的……

“怎么了？”埃斯利亚走到她面前俯下身，用微凉的右手抚摸她的侧脸，“你很恐惧吗？”

“没事。”她露出微笑，然后展开双手搂住埃斯利亚的脖子。

精灵的气息柔和。

埃斯利亚抬起右手抚摸凌桑的头顶，她的意识忽然涣散，身体瘫软在精灵的怀里。

全身都动不了……她睁眼看着寝室的天花板。自己是怎么回来的呢？已经完全记不清了。

由于过度运动，自己在睡了一夜之后肌肉完全废掉了，求拯救……

小铁笼的门敞开着，兔子在铁笼里面啃着干草，发出“咔哧咔哧”的咀嚼声。

两天后。

话说两天是怎么过去的？

貌似除了上课就是在寝室趴着或是吃东西，要把那损伤的肌肉补回来。

本来想去医务室探望空泽，不过在通信表中被他吼了一顿之后，凌桑觉得还是不要去找他寻死比较好。既然他有力气吼人，就说明他活得很好，并没什么生命危险。

于是只要在精神上关心一下他就好了吧。

每年一次的大赛竞技的初赛已经在筹备中。貌似在大赛竞技之前还有什么别的活动要参与，凌桑吃力地翻译着通信表文件中的英文长篇信息。

“特殊班开始招新了哦，在大赛竞技的准备中特殊班会发挥相当大的作用。”凌桑翻译了半天得到的信息还抵不上伊娜的这一句话简洁。

“特殊班吗？”

“是啊，特殊班是独立于固定班级之外的一种比较活跃的集体，基本上大家都会踊跃参加，因为可以拿很高的学分哟，以后就可以少选几门无聊的选修课了。”

凌桑一想到类似于“心理咨询师培训”之类的选修，就背脊发凉。

“一旦录取完毕，特殊班就立刻开始运作了呢，好期待。”伊娜双手合十。

“你报了哪个班？”凌桑问她。

“模拟班的暗杀部哟。”

“暗杀部是什么部啊？”

特殊班一共分为五个班级：“技术班”“行政班”“医疗班”“模拟班”“信息班”。

貌似没有一个名字可以吸引她……要去咨询一下空泽吗？

空泽被关押在医务室。即使是一向秉承以人为本的医务室，遇见像空泽那样心灵扭曲的变态伤员，也不得不使用强制性手段将他封锁在房间内。

打听到空泽所在房间后，凌桑走到门口，红服的青年解开结界示意她进去就好。

空泽坐在床上相当无聊地看电视。

看电视……进医务室还能看电视消遣，这是不是太奢侈了一点儿啊！

“有事吗？”连续被关押了三天的空泽心情差到了极点，但此时反而出奇地冷静，虽然整个房间都充满了幽怨的蓝色鬼火。

“呃……空泽什么时候可以出去呢？”她相当小心地问。

“随时可以打出去。”空泽继续冷静地看电视。

要打出去的啊！

“咳！”她恢复冷静，低头咳嗽一声，右手食指弯曲贴在下巴上，“我来咨询一下特殊班的事。”

“你先坐。”空泽的眼睛一瞥旁边的椅子，按下遥控器关上电视。他已经换了一套衣服，穿着白色的长袖T恤衫以及同色的运动长裤，这让他的视觉冲击力上升到了另一个档次——

怎么说呢？这么看的话空泽还是和普通人差不多的，而且感觉更容易亲近一些。

“空泽当初报了什么特殊班呢？”凌桑坐下后问道。

“技术班机械部，主要学习辅助机械操作以及制作。”

“哇哦！”听上去相当高端，不过机械这种东西应该会摧毁她的大脑。

“即使你报名了特殊班，每个部门的部长与副部长还是会进行挑选，被录取的可能性保持在五分之一左右。”空泽将事实转告给她，“所以也别把特殊班想象成没有门槛的俱乐部，实际上门槛相当高，还得看你有没有天分。”

如此透彻地一解释，瞬间打消了她不切实际的期待。沉默一会儿，她再问：“那么……冷门总有的吧？”

“确实有，这就要看你的意愿了。要说最冷门的话……信息班应该是最冷清的。”

“那么……还有其他的像是艺术班之类的吗？”她最后垂死挣扎。

“你直接去死好了。”空泽闭上眼。

“……”

凌桑沉默良久，空泽忽然开口说道：“帮我倒杯水。”

“哦！好。”她立刻去饮水机边倒了一半的凉水再倒一半的热水融合成温水，回过身把陶瓷杯递给空泽。

空泽右手接过杯子把手，凌桑顺势松开杯子，但杯子突然倾斜，水洒在了床单上。她急促地惊叫一声，连忙再去握杯子把它端正，好在反应及时，水只洒出了一点儿。

她不安地看着空泽，视线投在他右手手肘关节处。虽然他穿了长袖，但还是隐约可以看见手肘处缠紧的绷带。

“你的手还好吧？”她把茶杯递到他左手中，再托起他的手，把杯子送到他唇前。

他在愣了两秒后终于张开嘴大口将水喝下去。

“还要吗？”见他几口就将水喝完，凌桑轻声问道。

“不用。我再休息一阵就可以回去了。至于特殊班的事，还是看你自己意愿，别错过报名时间就好，不知道报什么的话就都报一遍。”空泽还是相当有耐心地交代。

“啊，是。”

“没事的话就出去。”

“那么你要是有事的话随时呼叫我。”凌桑简单地告辞后离开。

凌桑在学生会宣传部领取了特殊班的报名表。由于她获知信息一向都慢一拍，因此向宣传部询问时，得知几乎所有班级都已经爆满，除了“信息班”。

空泽的信息确实精确。

宣传栏里贴着一大张海报，绘制着每个特殊班下分的部门以及每个部门的部长和副部长的名字。当她将视线扫到信息班时，看到的却是一片空白。

连部长和副部长的名字都没有啊！信息一片空白的信息班啊！

“因为信息班想把自己搞得神秘一点儿，所以涉及隐秘的信息都会做保密处理，包括成员也都会被打上马赛克。”空泽通过通信表与她视频通话，详细地和她解释，“他们招纳的人员也很少，至于内部职能是什么，你只有在加入后才会知道。”

虽然觉得异常诡异，但她还是义无反顾地填写好了报名表投给信息班。

至于分配到什么空白的部门……还是学分重要。

她在报名截止的那天投出报名表，很多早就报名的同学都没有收到消息，她却在第二天就从通信表中得到回应：

请凌桑同学于下午一时到副教楼 304 开会。信息班勘察部。附注：请勿将此消息扩散。

“酷哦……”她发出感慨。

凌桑提前到达副教楼 304 以显示出礼貌，空旷的教室里，就她一个人伏在桌子上百无聊赖地使用通信表玩俄罗斯方块。大概是为了不让学生成瘾，通信表中默认的游戏只有最为传统的俄罗斯方块、贪吃蛇以及推箱子等让人怀念的经典之作，不过对于凌桑来说，这些已经是足够新鲜的游戏了。

前面悄无声息地坐下一个人。当她意识到前面有人后抬起头，那个人已经不知道坐了多久了。在她看清楚前面的人是谁时，顿时惊讶地张大嘴，但是说不出一句话。

这个人是……木离！

黑色头发有些蓬松的木离安静地看着她，棕色眼睛向下瞥，似乎是很认真地看了一眼她在玩什么游戏，但还是没有说话。

“你也是……勘察部的？”凌桑问起。

木离点头。

“有人来了吗——”门口响起了一道声音，随即一个身形并不高的瘦削蓝服低阶青年走了进来，在空旷的教室里随意地侧身坐在一张桌子上，对凌桑介绍道，“我是辛络，信息班勘察部副部长，这是部长木离，虽然不会说话，但是请不要欺负他。”

为什么瞬间有一种木离很好欺负的错觉？啊呸！如此真实的错觉是怎么回事？

木离伸出右手拍了拍凌桑的头以示友好，真有一种大哥哥的亲切感。

“话说现在的学生都喜欢准点来开会吗？”辛络看时间后皱眉抱怨，虽然还没到下午一点，不过让两个部长等候可不是很礼貌的行为。

一名女生探头进来，再抬头看了眼门牌号，确认是 304 后进来对所有人问好。随即又有两名男生很准时地在一点整火急火燎地赶到，让凌桑相当吃惊的是，其中一个男生她不但认识，还相当熟悉。

“慕德兰？”她喊出对方的名字。作为黑服的被负责人兼公认的高一年级最强学生，怎么会报名信息班这种冷门……

慕德兰对她抬了一下手以示问候，然后在椅子上随意地坐下。

“好了，到齐了。”辛络抬起右腿架在桌子上，显得相当随意又有气势。

高一部的学生环顾四周。

“不用看了，只招了四个人。”辛络闭上眼冷笑，“现在再来介绍一下，我是勘察副部，高二（C）班辛络。这是部长木离，是高二（B）班的。由于勘察部工作量不多但是需要极为严肃地对待，所以我们只招纳四个成员就足够了。最近的重要工作必须尽快展开，即获得 Kinto 与 Maskiter 的最新服级信息，这对 Sritana 参加大赛竞技的人员安排有着非常重要的影响，我们必须根据这两个院校的服级水平来规划我校初赛、复赛以及决赛的人员安排。”

四个新成员正在消化强大的信息量。

辛络顿了两秒继续解说：“我负责勘察 Kinto，木离勘察 Maskiter，所以我们每人会带领两个同学作为协助，算作你们的实践。我们从所有报名学生中录取你们，也是考量过你们在勘察方面的优势。那么现在由部长先挑选。”

木离抬起右手，指向不是慕德兰的另一名男生，然后再指向凌桑。

“好，连祁与凌桑跟随部长，慕德兰与纱也跟我走。”辛络很干脆地做出划分。

慕德兰忽然举手：“话说我们也有选择权利吧，我要选——部长。”

慕德兰的手挥下，笔直地指向木离，很直白地补充说：“既然能当监察部部长，那么一定比副部更优秀。”

“行吧。”辛络无奈地耸肩，侧过头去看木离，“换不换？”

木离点头。

“那么慕德兰与凌桑一组，连祁归我。”辛络相当无所谓地双手环抱在胸前，“现在就准备出发。”

凌桑默默侧头看了眼摆出霸气姿态的慕德兰。

话说……这家伙到底是来干吗的啊？

辛络先带着另外两名学生离开，走出教室后却又退了回来，相当严肃地对凌桑与慕德兰说：“你们两个！不要欺负部长，知道吗？”

“是！”她和慕德兰举双手保证。

辛络带着一脸怀疑的表情走开，随即教室里一片死寂。木离安静地打开通信表，然后在键盘上打字，随即凌桑与慕德兰的通信表同时振动提示收到信息：我们也出发。

“……”木离真的好可爱！

当凌桑抬起头的时候，就看到慕德兰已经站了起来，相当用力地揉着木离蓬松的头发：“你真的不能说话吗？听力没问题的话怎么会不能说话？”

“啊啊啊，慕德兰你在做什么啊？”凌桑惨叫。副部长前脚刚走你就去欺负部长了啊！直接就去揉他的头发了啊！

“你真的不说话吗？”慕德兰疑惑。

“人家说不说话和你有什么关系啦！”凌桑扑上去掰开慕德兰的手。

木离依然平静地坐在位子上，然后起身走向门口。凌桑转身跟着他出门，慕德兰愣了两秒也跟上去。

木离直接翻过栏杆纵身跃下三楼……

在异能开发学院为了赶时间而直接跳楼的现象相当常见，只要不做出太丧心病狂的行为，学院也不会禁止。在所有学院中，Sritana一直是学风最为粗犷的领头院校。

虽然没有“跳楼课”这一门课，但掌握从高空跳跃的平衡是必修的技能之一，所以凌桑在半空一个前空翻后还是能够平稳落地的。

随即接到木离发送来的第二条信息：如果你们不需要做准备活动，那现在就出发。

在凌桑眼里，使用通信表打字最快的是空泽，不过今天木离终于以快空泽两倍的速度刷新纪录。他在打字时，肉眼简直辨认不出食指按键的轨迹。

木离每天都依靠这个方式和别人对话吗？

“嗯……不用了，尽快完成任务就好。”凌桑回复。

慕德兰在通信表打字回复：好的。

凌桑忽然轻声说：“你可以直接和他说话的。”

“哦，对哦。”慕德兰这才意识到自己被木离带偏了。

木离招手示意两个人跟他走。

他们这一分队最先去的地方是学院北门外的商业街。上一次凌桑陪空泽来的时候是夜晚，现在白天的状态与夜间完全不同，大街上到处都是过往的行人，并且各种扩音器发出的声音充斥耳膜。

怎么说呢，已经可以和人类的菜市场相比了。

木离双手环胸走在前面，凌桑走两步再小跑两步地勉强跟着。木离没有用言语解释，所以她也不清楚为什么要先来商业街，所以要询问的话也只能问慕德兰了。

她侧过头去看慕德兰。其实她还真没仔细打量过这个家伙，慕德兰的体格发育得很好，目前身高已经有一米七五以上了，而且感觉他以后还会再长高一点儿。他的短发是很顺眼的青灰色，面部轮廓略微偏向西方，眼睛是浅淡的青色，瞳孔却是纯黑的，这样的搭配让他的眼睛看上去很是奇怪，但又让人说不出到底哪里奇怪。

总之仔细看上去，他是属于柔和视觉系的男生，至于性格貌似也没有太糟糕，一定很能让女孩子喜欢。

凌桑将视线收回，先是放松两秒，再故作随意地提起：“去 Maskiter 要经过商业街吗？”

“嗯，这是比较好混的方法。”慕德兰回复。他是 Sritana 初中部直升上来的学生，因此对许多事相当了解，“每个学院都在商业街设有连接点，所以我们通过连接点混进去是最方便的，也不容易被发现。”

凌桑低头看着自己白服的左胸前位置织有属于 Sritana 的校徽图案，慕德兰和木离穿的也是带有 Sritana 校徽的白服。“话说我们的校徽暴露得很明显呢。”

“有难度才有挑战，能够最招摇地进去还不被发现，那才是勘察最大的奥义。”慕德兰一脸励志的表情。

“你不要无故给自己增加难度啊。”自己刁难自己这种事也就只有你们干得出来吧。

经过一个广场后就可以看到一个巨大的图阵，只要通过图阵就可以直接到达 Maskiter 学院。一般情况下转移阵会自动辨认制服的校徽将学生转送。

勘察必备的能力之一就是蒙混这种非智能的低等图阵。

木离向他们发送信息：不要暴露自己的身份。进入 Maskiter 后不能滞留，首要目标是窃取档案信息。

在大赛竞技前期，每个学院都会暗中派遣学生对各个学院进行监察并窃取有关大赛的信息，然后根据信息做出人员的调整，进行最大的资源优化。能够合理分配初赛、复赛与决赛的人员，是确保最终能够获胜的重要因素。

所有学院虽然都没有提倡这一种勘察活动，但也不会抵制，一年一年沿袭下来反而逐渐变成了约定俗成的勘察传统。不过对于他校的勘察，本校的学生也会采取措施抵制，在大赛期间都会加强防备，甚至成立专门的反勘察小组。

Sritana防备森严，在前几年的活动中就一连抓住好几个来勘察的他校的学生，直接把那几个学生关押到大赛结束。据说被关押期间的伙食不够好，还因此让两个学院之间闹了一点儿小矛盾。

所以这真的是相当有风险的工作，毕竟他们不知道Maskiter的伙食好不好。

木离站在转移阵中央，图阵没有启动。他将右手食指贴在唇边念咒，没有发出任何声音，但是嘴唇分明在略微张合，随即他略微俯下身伸出右腿，左脚尖踮起成为轴心，右脚画圆，右脚脚尖所经过之处，图阵散发出微光。

就像是一个古老种族在举行传统的仪式。木离的双手水平展开，再将手掌贴合击打出声，脚下的移送阵忽然启动焕发出银光，三个人的身影瞬间消失。

银光消散后，凌桑发现他们已经到达一条完全陌生的道路，一眼向前望过去皆是草坪，视野宽阔，可以看到远处高大的教学楼。

草坪的高度只勉强到脚踝，看上去相当干净舒适，还有两匹白色的马跑过。不过人工铺制的草地总归没有Sritana那样放养的茂盛草原来得震撼。

通信表再次收到信息：抽空我会把刚才使用的咒术教给你们，强制驱动转移阵是勘察的必备能力。

“好。”凌桑应道。

最后强调一遍，不要暴露，否则后续处理会相当棘手。

“放心，这家伙交给我就好。”慕德兰忽然粗暴地用右手一把勾住凌桑的脖子。

“哎哎哎！”凌桑受惊地侧向一边，然后更加粗暴地一掌按在对方脸上把他推了出去，“你干什么？”

“哦，没什么。”慕德兰有些奇怪地瞥她，“你怎么了？”

“咦？”她眨眼。自己好像太过于敏感了，也许在其他种族眼里这样用胳膊勾一下异性是相当正常的事。

现在想想，她好像只和空泽偶尔亲近一下，还没和别的男生特别靠近过……

“怎么了？”慕德兰很是不解地追问。

“啊，没事，我习惯一下就好了。”她连忙抬起双手，笑着解释，“我的国家性别教育很严格的，我可能需要点儿时间来适应你们的文化。”

自己现在已经非常适应和空泽接近了，应该也能很快适应和别的男生接近吧。

“哦。”慕德兰半懂不懂地点头。

第二十五章 慕德兰，搭档的对象

—FENGZHISHOUWANGZHE—

木离对着两个人做出一个“噤声”的手势，用唇语吐出两个字：“开始。”

随即他转身开始奔跑，凌桑与慕德兰愣了一下，之后连忙起跑跟上。但要跟上木离绝对是相当困难的事，在半分钟后两个人站在教学楼区域边缘，再也找不到木离的影子。

Maskiter 总面积并没有 Sritana 那么大，但是招纳的学生比 Sritana 多一点儿。在教学楼附近可以看到下课时相当多的学生从教学楼涌出，考虑到隐蔽性的原则，慕德兰一手扯起凌桑就把她拖到远处绿化区的一块装饰用的花岗岩巨石后。

“我们大概需要拟订一个计划。”慕德兰蹲下后背靠着石块，侧过身去观察远处的行人，显得相当有勘察技术水准。

“……”

“作为勘察人员，要拿出活力来！”慕德兰转头教育凌桑，看到的却是凌桑眯着眼有些奇怪的表情。

“我就想问……”凌桑顿了两秒后开口，“你怎么会报考信息班勘察部……”

“我不想去扎堆而已。”慕德兰高贵冷艳地闭上眼笑了一声，双手环抱在胸前，“另外听说木离是‘瞬闪’的高手，我来看看能不能学到一些技巧。”

“啊，这样啊。”凌桑豁然开朗地点头。

“另外顺便来问你一件事。”继续高冷的慕德兰说道，然后硬生生地停顿了五秒。

凌桑眨巴着眼睛看着他，没说话。

“你就不好奇吗？”在沉默中再也高冷不下去的慕德兰哀怨地开口。

凌桑愣了半天，忽然“啊哈哈”地干笑了几声，很配合地说：“我真的很好奇啊——”

这样勉强地配合真的好吗？慕德兰做出相当冷静的表情，右手握拳搁在下巴上，认真说：“是关于大赛竞技的事。”

“大赛竞技？”凌桑忽然有了兴趣。

"嗯。"慕德兰满意地点头，挑起眼眸看了她一眼，"你还没有确定搭档的对象吧？"

"还没。"她承认。

"那么——往我这里看。"慕德兰高傲地抬起头，眯起青色的眼眸。

凌桑的视线落在了他白皙的脖子与领口内侧的锁骨上，"啧。"她的右手拍在脸上。

"啊喂！你能认真一点儿吗？"慕德兰终于无法忍耐地咆哮。

"啊！抱歉，我只是真的没想到是因为这样……"凌桑轻声解释，右手依然捂脸，"其实我是觉得……"

"我们不合适？"慕德兰皱眉，语气僵硬到极点，右手一掌击在石块上，将花岗岩打出了一个蜘蛛网形的密集裂缝。

凌桑被吓了一跳，瞬间忘掉了本来想要解释的话。

"你可以有更好的选择。"她愣了几秒后反应过来，平静地轻声解释，"我只是人类，而且我的能力也不是很好……"

"现在是我来征求你的意见好吗？"慕德兰揪住凌桑的衣领，"你只要回答你愿不愿意。"

她避开对方的视线，沉默很久后才轻声开口说："我愿意。"

"喂喂！"一道陌生的声音插了进来。

两个人都一惊。糟糕，被发现了！

在 Maskiter 讨论这种事真是太嚣张了……不过实际上慕德兰加入勘察部，就是因为知道凌桑这个家伙跑到了那里，所以才想到了报名信息部的这个"好主意"，避开所有同学的视线，抓住机会和她单独谈谈搭档的问题。

啊呸！这时候独白出这个真相有什么用……

发现他们两个人的是一个蓝服低阶的青年。青年右脚踏在石头的一侧，视线越过石头顶部，再落在石头后侧的两个人身上。

慕德兰已经拎起了凌桑的衣领正打算拖着她逃跑，但那个青年看着他们，并没有说出"来这里的目的是什么"之类的话，而是相当生气地憋了半天，终于吼出来："在广场上卿卿我我成何体统！给我滚开！"

"……"是重点错了吗？

"对不起，学长，我们马上去找隐蔽的地方！"反射弧超短的凌桑反手揪住慕德兰，拖起他撒腿就跑。

蓝服在原地愣了半天，忽然反应过来大吼一声"站住"，就追了上去："你们要干什么？纪律何在？"

凌桑转头。追上来了啊！“学长你管得太多了啊！”她惨叫。

“这个怎么能不管？”咆哮的学长一脸悲痛地追赶两个失足的少男少女。

“求放过啊！”

一路穿过广场跑入无人的树林，慕德兰忽然挣脱开凌桑，回身一个漂亮的飞身踢踹在蓝服青年的脸上把他击出。

“老师没有告诉你不要打扰别人的好事吗？”慕德兰双脚打开，做好随时攻击与防御的准备。

“……”凌桑站在原地。

貌似哪里不对……老师会告诉你这种事吗？

蓝服青年近乎暴怒地站起，灵力从他身上散发出来，汇聚成蓝色的荧光。

“胆子真是够大啊——”当他向前迈出两步后，忽然注意到这两个白服胸口的校徽有问题。脚步顿住，眉头皱起，他轻声喃喃，“Sritana 的入侵者……”

凌桑忽然将右手的结界石向上一抛再接住，一道结界瞬间支开，将三个人与外部隔离。

慕德兰露出微笑，将左手向前伸出：“来决战吧，Maskiter 的学长。”

“呵！”蓝服大喝一声将右手一甩，立即展开一道金色的光鞭，他纵身跃上前将右手举过头顶，猛地将光鞭挥下。慕德兰侧身避开，光鞭击在地表，轰然将整个结界内部的地面炸裂。凌桑用袖口捂脸挡住飞溅的尘土，在一阵撞击声与亢奋的咆哮声中，她将眼睛眯成一条缝，或许一开始她就应该退出结界外的……

慕德兰一脚将已经昏迷的蓝服青年踢出，露出轻蔑的冷笑：“怎么就这个档次而已……”

“所以你为什么要把他打昏？”凌桑撤掉结界，阴郁地眯着眼睛。

“如果运气好的话，应该可以从他的通信表中拷贝到关键资料。”慕德兰熟练地甩出一张符咒，符咒在半空展开图阵，他的手伸入图阵内，像是从另一个空间扯出什么储备的东西。最后手收回来的时候拖出了一捆白色的细线，细线两端是金属插口。

传说中的数据线……

慕德兰蹲下身，把数据线的一端插入自己通信表的插口，再把另一端连上蓝服的通信表，接着在自己通信表上操作，把所有资料文档全部复制过来。

“这样都可以吗？”凌桑再次感叹科技的神奇。

“嗯……席勒教我的。”

“哈。”原来每个黑服都有独家秘籍。不过她更在意的是另一个问题，“席勒拆破过几个通信表你知道吗？”

“据说是一个……怎么了？”

“没什么，我忽然好有优越感。”凌桑挪开视线。不过话说回来她也不知道自己为什么会对空泽比席勒多拆了一个通信表感到自豪。

还有，为什么大家都喜欢没事拆通信表玩啊？

完全不明白凌桑在想什么的慕德兰继续沉默，等所有数据拷贝完成后，他把数据线再扔回另一个次元的空间，站起身说道：“我们先去找木离。”

“好。”她跟着慕德兰往外走，走在她面前的慕德兰忽然又开口说道，“搭档的事就这么决定了。”

“嗯，不过我还是想知道你为什么要找我。”明明有那么多更好的选择……不过如果慕德兰要说说她的优点的话，她其实会觉得相当愉快的。

“老师说在选择面前产生的第一个想法不需要理由。”

“……”

你家老师到底是谁啊？不要把所有的责任都推给你的老师好吗？你的老师会哭的好吗？

他们依然回到那块花岗岩巨石后，凌桑只是跟着他行动而已。

“目测 Maskiter 的行政部在西南侧，现在前进。”慕德兰完全沉浸在勘察的自我幻想中。

“……”凌桑无奈地看着他推着花岗岩前进。

这让我怎么吐槽，完全吐槽不出来好吗？

慕德兰的力量巨大，这块体积达到五六立方米的岩石竟然真的可以被他缓缓推动，整块石头摩擦在水泥地上发出类似于惨叫的声音，在地上划出了一道深深的白色擦痕。

凌桑感觉自己的智商受到了成吨的暴击。

“你是嫌我们被发现得不够快吗？”凌桑干脆笔直地戳在后面，哀怨地看着他推石头。她瞬间后悔有这么一个搭档了，怎么回事？

慕德兰完全不理解地对她咆哮：“你这么戳着是要被发现吗？过来躲着！”

“……”

什么是掩耳盗铃？这就是空前绝后的典范。

到时候辛络绝对有可能会对木离大吼“今年勘察部招了什么？两个笨蛋吗？”这样的话。嗯，她现在妥妥地觉得她自己也是一个笨蛋。

嗯，在没有看清对方是笨蛋的本质之前就答应了组成搭档这样的请求，自己毋庸置疑就是个笨蛋。

于是凌桑就看着慕德兰非常认真地把花岗岩巨石推出几十米的距离，周围经过的学生全都用关爱病人的眼光看着他，如此一来倒是谁都没有把注意力投在他们制服的校徽上。

你赢了。

“抓住了一个 Sritana 的勘察人员？”

听到这句话的时候，石头瞬间停止了移动。

“潜入行政大楼信息部，正好被黑服逮住也真是倒霉透顶了吧。”

“今年打击勘察的力度相当大啊，还特地加大了反勘察队伍的人数……”

凌桑与慕德兰都靠在花岗岩背后，将眼睛眯成一条缝仔细听着。

木离被发现了……这个世界上只有笨蛋好端端的没有被发现，这真的符合进化论吗？话说真的有反勘察小组吗？那打击力度又是怎么回事？为什么还能让他们这两个勘察笨蛋如此猖狂……

计划改变。

慕德兰瞬间抛弃花岗岩飞奔而出，凌桑紧随其后俯身冲刺穿越人群。

如果在行政大楼被发现，那么木离应该还困在那里。行政部一般不会关门，无事的学生一般也不会进去找死，因此他们两个人冲进去的时候没有受到任何阻拦。隐藏了气息，慕德兰靠在墙面转角处观察形势，凌桑在奔跑后大口喘息着调整呼吸。

两个人的通信表同时振动。打开屏幕，可以清楚地看到代表他们的蓝点与代表木离的红点的位置。这是……木离建立起的连接吗？

“这里。”慕德兰拖起凌桑转向另一个通道口。

一个蓝服高阶的青年缓缓踏出通道口的尽头，露出微笑：“果然 Sritana 的勘察还有同党啊。”

作为男生，慕德兰理所当然地挡在凌桑面前，右手抽出腰间的长刀挡在身前做出攻击准备：“识相就让开。”

“只是白服就敢如此嚣张吗？”

蓝服高阶的双手略微打开，灵力爆开席卷整个走廊，蓝服与白服的力量差距显露无遗。

“你真的不怕吗？”蓝服露出戏谑的笑容。

慕德兰咧开嘴露出尖牙，站在原地丝毫没有退缩。

念咒声响起，散发的灵力化为金色的火焰，蓝服青年脚下金色的图阵扩展开来。

“一、龙兴啸；二、风连刃；三、朦运业——”

慕德兰终于醒悟过来，抓起凌桑转身就跑。这样强大的咒术他绝对无力抵挡，但是凌桑突然挣脱开他冲上去。

“你做什么？”慕德兰焦急地大喊着去追赶她，此时凌桑已经在蓝服面前跃起至半空。

“你的咒语还能再长一点儿吗？你以为我真的会等你念完吗？”

凌桑一个飞身一脚踹在对方脸上，瞬间把他踢飞出去。

这个世界真的是由笨蛋组成的吗？

慕德兰僵硬地站在原地，喃喃：“竟然……能够阻止咒术的发动……”

“我不是在阻止咒术发动，而是在消灭创世纪以来没被淘汰的、大脑发育不健全的生物。”凌桑一脚踩在蓝服青年的胸口上。

“……”

“另外，”凌桑忽然转头，对慕德兰莞尔一笑，“我刚刚被我的负责人附身了，请你自动把奇怪的片段剪掉。”

“……”

两人踩过因后脑着地而昏迷的蓝服继续前进，拐过一个转角后就看到走廊内侧的一个房间，看通信表可以确认他们与木离的位置几乎重叠。

慕德兰再次自主代人勘察模式靠在墙边，将头探出去后觉得胸口下方有点儿挤，低下头，下巴正好磕在凌桑的头顶。

这个女孩子站在自己下方，就像一只相当温顺的兔子。

凌桑眯起眼看那个房间内侧，房间没有关门，一张桌子放在中央，木离坐在一侧，手脚也没有任何禁锢的束缚，而他的对面坐着一个黑服低阶的青年，整个房间寂静无声。

两个人都在埋头使用通信表。

那个黑服和木离在用这种最方便的形式沟通吗？不过，看他们如此严肃的表情真的是在沟通吗……

两个面对面坐着的人几乎以刷屏的速度在打字。

“打字比赛吗……”凌桑眯着眼喃喃。

“我怎么觉得是在打游戏呢……”慕德兰也眯眼。

那两个人继续以神一样的按键速度刷屏。凌桑完全抛弃了隐蔽，大幅度地侧过头去看那个黑服青年的通信表上到底显示了什么。

彩色马赛克……马赛克……

马赛克……

两个人联机玩俄罗斯方块，你们，还能再丧心病狂一点儿吗？

黑服的刷屏速度明显已经力不从心，他咬牙，抬头看见对面的木离还在无比从容地用肉眼无法捕捉的速度点击屏幕。

木离按下最后一个按键停止，黑服的通信表瞬间蓝屏，显示出“YOU LOSE（你失败了）”的信息提示。

黑服暴怒，拍桌而起，木离依然平静地坐在原地看着他。

面对一个永远沉默的对手，满腔怨气无法发泄的黑服终于泄气地重新坐下，右手捂头呼出一口气。

木离起身，发出一条信息传到黑服通信表中：那么我走了。

黑服挥挥手示意他可以滚蛋了。

木离走出房间，在转角处看见两个人，对他们点头后经过他们继续往外走，凌桑与慕德兰的通信表立刻同时振动：跟我走，这次不要跟丢了。

凌桑哀怨地给慕德兰发信息：这个世界越来越不是我能够理解的了。

慕德兰回复：我也不想说话了。

“……”

“……”

离开 Maskiter 重新进入商业街，他们要徒步走回 Sritana 连接点。一路上慕德兰始终都在看着自己的通信表笑个不停，凌桑和木离都用相当奇怪的眼神瞥着他。

作为高一部最强的学生，这样放肆地大笑对于形象的保持真的很不利。

毕竟高二部的空泽和席勒一直都是高冷的风格，高三部的横野等人也都一本正经的。

“那个 Maskiter 学长的报告真是太搞笑了！”慕德兰继续刷屏狂笑。

凌桑忽然真的很庆幸她没有在通信表储存一些奇怪信息。

她默默地把视线投向木离：“那么部长，关于我们要调查的信息已经得到了吗？”

木离点头，双手快速地比画打出手势，大意应该是已经第一时间就把信息传回了学院，因此那个黑服即使抓住他，也无可奈何了。

最新情报：

Maskiter 学院学生中共有两个黑服低阶，均分布于高三，蓝服 43 人，白服 317 人。附录为所有服级学生的姓名与基础信息。

“那么我们学院的服级分布是怎样的呢？”凌桑倒是没有关注过这个问题。

停住狂笑的慕德兰终于关闭通信表屏幕，对凌桑解释：“Sritana 的黑服，高二部有两人，高三部有 4 人，蓝服根据最新的记录，是 81 人。至于白服的总数……那个也没什么好关心的，很多就是了。”

“哇！”果然在服级人数上，Sritana 绝对压倒其余学院。

三个人重回 Sritana。

这一次的勘察任务完成之后并没有其他事务，木离在吩咐他们两个“有任务会发送通知呼叫你们”后就宣布就地解散。

凌桑与慕德兰明明是分开走的，可是最后又撞在了一起，因为两个人的目标都是医务室。

“你是去……”凌桑不解。

“哦，我去照顾一下席勒。看他的情况，至少在初赛前是没法恢复了。”慕德兰有点儿无奈地提起这件事。上次黄泉印事件中席勒虽然没失去性命，不过骨骼碎裂、内脏受损这些杂七杂八的伤势加起来也确实够严重。

那一次凌桑作死地转身去寻找那个呼唤她的人，所以也不清楚情况到底如何惨烈。不过看到空泽的伤势还是可以想象惨烈到何种程度的。

“以医务室的水平，好起来应该也是很快的。”她耸肩笑道。

走到医务室三楼，慕德兰问她：“你要去顺便拜访一下我家那个整天玩打火机的负责人吗？我带你进去，既然都已经是搭档关系了，我想让他见见你。”

“嗯，以后吧。”她礼貌地推辞，“感觉就像见家长一样，我会很紧张的。而且他现在身体不适的话，还是不方便接待我的吧。”

“那也行。”慕德兰考虑到席勒这段时间可能并不适合见其他人，也就理解地与凌桑挥手告别。

凌桑进入空泽所在的房间，发现空泽已经离开了。

于是她果断地转身去三号馆找他。

凌桑敲门，许久之后里面才传来微弱的一声：“谁？”

“是我啦。”她说道。

门锁忽然打开。凌桑推开门进去，看见空泽没脱衣服就躺在床上，抬起的右手刚刚放下。大概是用手挥出气流开的门吧。

“真是够懒啊，这么睡觉不舒服的。”凌桑靠过去把被子铺开，空泽勉强地侧过身再坐起来，双眼无神地看着凌桑把被子铺到他的腿上，连带盖住他的腹部。

“待会儿睡觉的时候把裤子脱掉，好习惯是要慢慢养成的。”凌桑轻声吩咐。

“你这老妈子语气是怎么回事？”空泽眯着眼。

“哪有，”凌桑站在床边双手环抱在胸前，“关照一下你这个生活自理残而已，另外，我还有一件事要通知你——”

“你被信息班勘察部录取的事。”空泽表示他早就知道。

“啊！不只这个，”凌桑靠过去坐在床沿上，侧过身与他说话，“我还跟着部长去了一趟 Maskiter 哟，还确认了搭档的对象。”

“是吗？”空泽身体向后缓缓挪了挪，让自己的上身可以轻松地靠在床背上，冷笑一声表示欣慰，“我还在想等你察觉到自己没有搭档的时候，别人早就成双成对了。”

第二十六章 最抢手的搭档就是辅助

—FENGZHISHOUWANGZHE—

“啊……在有人提起这件事之前，我确实什么情况都不知道呢。”凌桑也自嘲地笑起来。

“那么搭档是谁？”

“慕德兰。”

“是吗？”空泽露出惊讶的表情，然后很快接受现实，说，“那么是他来找你的？”

“是啊……我真的很吃惊呢。”凌桑点头承认，“没想到他这么优秀的人会来找我做搭档……”

“并不是两个优秀的人才能成为搭档，这一点，以后你会清楚。”空泽平静地闭上眼，轻声提起他以前的经验，“去年这时候也是我去找了源溯，希望可以与他搭档。那时候他也是难以置信我会找他，但是有一个这样的同伴，我会感觉很轻松。他是不会崭露锋芒的人，可以把辅助工作做到最好，也不会在意我完全无视他直接自己做决策。他是一个完美的支持者。”

说到底，自身已经足够强大的人，都希望有一个打辅助的同伴，而不是再来一个和自己一样强大的人来互相伤害。

凌桑沉默良久后点头：“那么对于慕德兰来说……我大概也适合打辅助吧。”

“你本来就像个打辅助的。”此外，性格还如此好，简直就是一个天生的辅助。

“不过你们能合作，已经是相当不得了的事了，行政部知道了会很高兴的。”空泽说完这话后沉默良久，忽然像是漫不经心地提起，“你有见到席勒吗？”

“啊。”凌桑发出一个急促的声音，回复说，“本来是可以见到的，不过我还是觉得应该过几天再去探望他，所以现在还没见过。”

“哦……”空泽也只是发出了一个字就没了下文。

“不过听慕德兰说他目前恢复得还不错，”凌桑又说，“所以你也不用太担心啦。”

“谁要担心他？”空泽始终闭着眼，顿了两秒后又提起，“不过让他受伤也是因为我没掌控好局面。要回顾搭档这种历史的话……其实第一个向我提出要搭档的人，就是他。”

“咦？”席勒会向空泽抛出橄榄枝？凌桑反应了两秒，问道，“但是你拒绝了吗？”

“对，我还是很执着地去找了源溯。后来我才知道他先后有过三个临时搭档，都因为合作不理想而散伙，至今的话……也没看见他在任务中有什么陪伴的人。”

至今还没有一个固定的搭档吗？凌桑忽然觉得有些可惜。

空泽不愿意与他搭档，大概是两个锋芒毕露的人根本就无法兼容吧……即使搭档了也会在不久后产生矛盾。

“你还有相当充裕的时间与慕德兰磨合，不过你应该也没什么理由去挑剔他。”

“我有……”凌桑哀怨地眯起眼。

“如果不能长久合作的话，事后还是可以再解散更换。不过有慕德兰在，你要打入决赛就完全不是问题了，还是请你珍惜这个机会。”

“嗯。”她点头。空泽应该也能毫无压力地打入决赛吧。凌桑站起来对空泽鞠躬后说道，“那我就不打扰了，你好好休息。”

“一路走好。”

“……”不知为什么，忽然听到如此有爱的祝福，她的后背猛地像是被一块冰山蹭了蹭。

“凌桑！你给我留下！”在实践课完成后她听到一声突兀的喊叫，有些迟钝地回首一看，竟然是薇薇安。

感觉好久都没有见过她，以至于自己都快要忘记她的存在了。

“有事吗？”其实凌桑觉得薇薇安除了性格有点儿躁烈以外，倒也没什么让她反感的地方。并且她觉得薇薇安的内心世界其实挺单纯的。

“我有事找你，过来。”薇薇安向她招了招手后就转身离开。

到了无人的走廊转角后，薇薇安靠在墙上，抬起头低下眼，用那种看起来相当高贵冷艳，实际上却相当阻碍视线的费力方式看着凌桑。

“请问，有事吗？”凌桑不解地又问了一遍。

话说这样用鼻孔看人真的相当累吧……

“我问你——你有搭档了吗？”

“嗯？”

她没想到薇薇安会问这个问题。不对呀……像薇薇安这样出色的人应该早就找好搭档了才对吧？

难道到头来最抢手的是那批在搭档中甘愿打辅助的人吗？

话说她真的就那么像打辅助的吗？

这么想的话，倒是可以解释源溯的人际关系为什么如此好了……实际上凌桑因为性格温和，人际关系也是相当好的。

不然也不会有眼前这样的尴尬了。

“不好意思啊，我已经有搭档了。”她有些愧疚地轻声回复，虽然完全不知道自己愧疚什么。

“真的有了吗？”薇薇安有些惊讶，但还是抱着最后的希望，问道，“还是因为你不想和我搭档才找借口推辞？”

“是真的已经确认好了，”她点头耐心地解释，“对方是慕德兰，我觉得他挺好的，就答应了。”

“……”

长久地无言。

接着凌桑也不知道该说什么好，最后只是对薇薇安低头说了一声：“如果没有其他事的话，我就走了。”

说完她就直接转身离开转角。

薇薇安还站在原地，心里充满了强烈的失落感。

果然找个打辅助的很难吗？

“那么你的搭档是谁呢？”凌桑在食堂吃饭时问伊娜。

初赛的来临让一拨还没搭配成功的学生乱了阵脚，高一部掀起了乱搭错搭循环搭的混乱浪潮，已经搭档完毕的凌桑相当悠闲地享受着宁静的生活。

嗯，感谢慕德兰。

“早就定好了的，真正高明的人应该在开学时就开始物色对象了。”伊娜相当自豪地伸出左手，对远处在另一张桌上吃面条的安明招手，“亲爱的，你过来一下。”

“……”这已经不是在物色比赛搭档的对象，而是在物色一生的对象了吧？

“你过来。”安明头也不抬地继续吃面条。

“啊喂！你就不能迁就我一点儿吗？你好歹也是男生啊。”伊娜虽然口头如此抱怨着，但还是端起盘子走了过去，于是凌桑也端着盘子跟了过去，三个人凑成一堆。

实际上搭档大多都是男生与男生或者女生与女生，异性的搭档还是比较少见。

“马上要去打初赛了，真是好兴奋呢。”伊娜把吃饭的兴致完全转移到比赛这个话题上。

“初赛怎么分配的？”对于这些信息，凌桑一向不精通。

“分为高一组、高二组与高三组。”

回答这话的并不是伊娜，而是一道柔和低沉的男性声音，同时空气里似乎有隐约的热气铺展过来。三个人有些惊异地转过头去看这个已经在桌边坐下的男人。

“夙凤……”凌桑想了几秒后说出了对方的名字。因为这个妖媚的男人与空泽对战的那一场给她留下的印象过于深刻，所以她竟然意外地没有在头脑中过滤掉他的名字。

“哟！高一的孩子们应该已经很适应高中生活了吧？”夙凤侧身，将手肘靠在桌上微笑道。

“啊！挺好的。”凌桑点头。

伊娜与安明完全蒙了地看着凌桑与一个非高中部的黑服中阶相当和谐地扯家常。

“你是刚到这里吗？前几天没看见你呀。”凌桑问道。

“高中部的大赛竞技是相当盛大的活动呢，所以大学部还是得调派人员过来维持秩序，以及做一些后援工作。”夙凤细长的眼眸瞥向另一侧，示意凌桑看过去，“喏，来了不少人哦。”

食堂内相当安静，高中部的学生都看着十余个大学部的蓝服与黑服从门口进入食堂，都感觉在食堂看见如此壮观的一幕还真是不可思议。本以为一群人应该在一起订一个房间吃饭，结果都是大家分散开的，在各个窗口端自己中意的菜，然后继续分散开坐下，默默地吃起来。

“大家都好冷淡啊……”凌桑看着这群完全没有共同语言的大学生呢喃。

“服级越高的人相处起来就越麻烦，”夙凤眯起眼发出细长的笑声，“很搞笑的是我们宁愿在通信表上交流，也不愿意面对面说上几句，相比较起来，反而是我与你这样的高中部小孩子还有几句话可以说。”

“大概是可以比较轻松地说话吧。”凌桑微笑，“潜台词什么的也少一点儿。”

伊娜与安明继续发蒙地看着凌桑与一个黑服中阶扯家常。

“桑。”又有一个声音插了进来，不过这个声音熟悉到让凌桑整个人都颤了一下。

“啊，是空泽小弟啊。”夙凤眯眼看着空泽走了过来。

空泽端着一个相当大的盘子，盘子里装了一份分量惊人的炒饭。

空泽相当不愉快地在最近的餐桌坐下，将盘子重重地放在桌面上，炒饭被震得几乎重新搅拌了一次。

“所以，是谁把你从床上拖出来的？”凌桑现在已经相当理解空泽那些看上去莫名其妙的情绪，对于这种憋着起床气没处发泄的感觉，她竟然还很感同身受——

啊呸！谁想和你感同身受？

她瞬间自我吐槽，抹消混入自己意识的不明想法。

空泽把勺子戳在炒饭中央，一连戳到了盘底。如果那个远程操控他通信表给他上了三次闹钟呼叫连带振动的行政部人员出现在他眼前，他绝对会用勺子捅死他。

“Sritana 全体黑服午饭后集体开会。”空泽把勺子提起来再戳下去。

众人本是很期待地想要目睹空泽如何吃炒饭，不过很可惜只看到他在那里用勺子戳无辜的炒饭。

点那么大一盘炒饭原来就是因为戳起来很爽是不是？

“全体黑服吗？那么……”凌桑又侧头张望，果然看见同样一脸睡意弥漫的席勒有些精神恍惚地走向一食堂二楼的那个会议厅。

神情恍惚也比空泽这样有爱得多啊！

慕德兰是陪着席勒来的，送他大伤初愈的负责人平安滚去开会后，他在一楼窗口要了一杯奶茶，然后朝着这一群人走了过来，在凌桑一侧坐下说道：“很热闹啊。”

“下午就要开始初赛了。”空泽一边漫不经心地说着，一边还在凶残地戳着盘子里的炒饭。

“饭要凉了。”凌桑相当友好地微笑着提醒。

“关你什么事？”空泽眯起眼，勺子又戳在炒饭中央。

你就真的不能满足一下大家想看你吃饭的好奇心吗？

“哦！对了，初赛，”慕德兰打开通信表，告诉凌桑，“下午有外校的两场要打，你收到信息了吗？”

“嗯，收到了。”她点头回复。

“那么待会儿吃完饭就跟我走。”慕德兰语调平静，但也认真到容不得任何反驳。

“好啊，”她继续应着。

空泽露出不易察觉的冷笑。凌桑果然像源溯那样是一个完美的辅助，不过这样的话，她本身所具有的潜力反而会无法彻底发挥。

另外担忧的事就是，把凌桑交给慕德兰总觉得有点儿怪怪的。

大概就像嫁女儿一样吧……

别扭这种东西就是因为不知道为什么别扭才叫别扭。他的眼睛又眯起来，敏锐地察觉到了什么，眼眸向侧后方向偏转过去。

本来是去二楼会议室的席勒在楼梯上走到一半时又退了下来，默默地经过这里，在附近位置坐下。

感受到众人投来的目光，他耸肩说道：“开会时间还早。”

“真的很多人啊。”又有一个熟悉的声音插入，刚进入食堂的横野手里抓着一个用餐纸裹着的肉卷也就近坐下。他今天还特地把亚麻色长发绑起来扎在脑后，显得相当有精神。

顺带一提，他就坐在空泽旁边。

“空泽你不用介意，大胆地吃饭吧。”横野相当优雅地咬了一口肉卷后望着空泽说道。

“……”空泽露出已经完全不想吃饭的表情，良久后他端起盘子起身离开，幽幽抛下一句，“我去打包，你们慢聊。”

“……”

今天食堂的气氛尤其诡异。

“都扎堆坐了啊。”一个女声传来，一个黑服低阶坐在了横野身边。这个女生大家都比较熟悉，因为是Sritana学生中唯一一个女性黑服，虽然平日里比较低调，但是一旦出手也会有相当恐怖的效果。

在这个男生大都喜欢留长发的世界里，这个学姐反而留了齐肩的短发，前长后短的及肩发像是被一把刀斜上地劈成的。她的身形精瘦，身高约有一米七，嘴唇上抹了一层浅紫色的口红，如此高贵冷艳的外表足够让她保持无人敢骚扰的状态，听说她的男友在大学部学习，不过也没人确认过。

“这是薰，大家应该认识。”横野介绍道，“初赛的话，所有外出的学生都由薰负责。”

“学姐好。”在黑服的包围下，这几个白服的高一学生压力巨大地勉强露出笑脸。

“嗯。”薰点头微笑，“很期待高一部的表现。”

接下来一片死寂。夙凤抬起修长的右手捂住脸，用没人能听到的声音喃喃：“果然是气氛太诡异了吗？”

“这是常态对吧。”

出乎意料地，他听到了另一句用气音说出来的话，貌似除了他之外也没有别人听见了。眼眸轻轻瞥过去，看见的是用手托着额头像是在休息的凌桑。

继续一片死寂，甚至整个食堂都是一片死寂。

黑服与黑服之间真的没有话题好聊吗……聊聊天气什么的也是极好的……吧。

“既然没事的话，你们这群学长就散了吧。”薰终于开口，打发这几个反正也没什么话可以说的人。

学长们竟然真的很默契地都走了。

于是又剩下了四个高一学生。

“学姐你是来驱散恶灵的吗？”慕德兰开口。

“是的呢，真是一群无聊的家伙，不过我也够无聊的。”薰略微仰起头，眯眼望着上方喃喃，“有时候越往上追逐，就越感觉不到意义在哪里了……你们目前还不会这么觉得吧。”

“……”众人完全不知道她在说什么。

“至少对我们而言，大赛竞技这种事……已经没有任何吸引力了，不过你们还是可以好好激动一阵子的。”薰再侧过头来，对他们露出柔和的微笑，“你们四个实力都不错啊……你们的天下到来了。”

她也起身离开，走向楼梯口。

在最后一个黑服离开后，凌桑恍然觉得刚才一切似乎都是幻觉。四个白服学生还坐在原地，不过都已经没有兴致继续吃午饭了。

“咳，我去准备一下下午的外出。”凌桑无力地站起来离开食堂。

初赛是以学院为单位的淘汰赛，Sritana 的所有精英都会外出前往各个学院进行初赛，目的就是用最彪悍的人员把一批不入流的小学院刷死在初赛中，以绝后患。

凌桑在到达一所学院后，还不知道这个学院叫什么名字。虽然无法准确形容 Sritana 到底是如何雄伟，但在习惯了 Sritana 的视觉感之后到达这所学校，确实会觉得视觉有种莫名的受挤压感。

在招待生的带领下他们走入竞技场。竞技场呈长方形，从观众席上看过去并不大，不过沿着固定通道进入场地，一眼看过去还是相当宽阔的，完全足够舒展手脚。

慕德兰与凌桑是第一场。他们这两个黑服负责的学生搭档已经被视为高一组最强悍的组合，慕德兰表示他一个人就可以把这个学院参加初赛的人搞定。

“来来，喝水。”凌桑在通道口的休息厅里，把矿泉水递给慕德兰。

“给我按摩。”慕德兰耸肩。

凌桑微笑着一掌甩在慕德兰头上，把他从椅子上拍到地面：“不要得寸进尺啊，搭档。”

“……”

休息厅里的其他人都默默地看着这一对明明看起来很奇怪，却又说不出到底哪里奇怪的搭档。

哨声响起，入场。慕德兰起身出去，回头对凌桑吩咐：“没我指示，别给我乱动添麻烦。”

“好的好的。”凌桑双手环胸，也跟着出去。

对手是两个男生，一个白服高阶与一个白服中阶。铃声响起，慕德兰瞬间冲出，迎接从对面同时飞奔而来的两个人，凌桑依然站在原地安静地观看。

从观众席看过去，如此悠闲的凌桑似乎才是全场最为神秘的人，是根本就不值得她亲自出手吗？一个白服低阶竟然还会有这样自信的姿态……

半分钟后，慕德兰将一个对手抡出，一个过肩摔后把他甩出去砸在防护栏上。

“好棒好棒！”凌桑双眼眯成一条缝，微笑着拍手。

“……”本来全场围观的人是想惊叹来自 Sritana 的学生果然如此彪悍，但是此时，所有人全部一脸忧郁地看着站在赛场一边拍手的凌桑。

竟然只用一个人来战斗，这样的分配是在侮辱这个学院没有可以与之平等较量的对手吗？

慕德兰轻松地把第二个人也甩了出去，两分钟完胜。铃声响起宣告结束。

“慕德兰好棒好棒！”凌桑继续微笑拍手，回归的慕德兰一掌推在凌桑脸上，她仰头倒下。

“噗！好痛！”她捂着后脑在地上滚了一圈。

“你别搞笑了。”另外，扯平了。

回到休息室，他用毛巾擦了手后朝里走去，见到了准备上场的 Sritana 的高二学长：“你们待会儿是不是还要前往另一个学院参加初赛？”

“是啊。”高二的白服中阶靠在墙上笑了起来，“怎么，你这是想连带着把高二组的这一份也打掉？”

“我说了我一个人就可以把这个学院给刷掉。”慕德兰露出笑意，“希望你成全。”

“阿诺，你觉得呢？”白服中阶的青年望向他的搭档。

“我没意见，高二组可以给你打，不过高三组你还是不要插手了。”白服高阶的学长没有反对。虽然同样是白服高阶，但他知道慕德兰的能力高于他。

还有，在战略上分配的是高一组和高三组必须获胜，高二组可以当炮灰也可以不当炮灰，所以将高二组交给慕德兰来打也没有什么问题。

“好。”慕德兰满意地转身离开。

高一组、高二组和高三组，只要赢了其中两组就获胜。凌桑跟着慕德兰过来，见他走了，于是默默侧过头看了那两个学长一眼，又跟着慕德兰离开。

“这个学妹也够可怜的，基本只能围观慕德兰。”已经准备离开前往下一个学院的青年轻声笑道。

“这个叫凌桑的女生在 Sritana 的名气并不比慕德兰小，据说是个后发制人的家伙……但是都说是因为有黑服的指导才会有质的飞跃，她本身的潜力倒被忽视了。”

“有个太优秀的负责人总会有些负面影响，不过相比于慕德兰，她的锋芒也掩藏得太好了。”

柔和的外表，无法揣摩的内心。

第二十七章 风之贵族

—FENGZHISHOUWANGZHE—

慕德兰与凌桑再度走入场地，毫无疑问这是对这个学院更大的侮辱。

“你觉得这样真的好吗？”始终跟在他身后的凌桑终于相当冷静地轻声开口。

“哪样？”

“这样奔放地挥霍青春。”凌桑还是用了相当委婉的说法。

“是说我太招摇了吗？”慕德兰的眼睛向后瞥，与凌桑的视线相遇，“不过我可以先告诉你内幕消息——我们不参加复赛，直接进入决赛，所以初赛可以尽兴地打几场。”

“直接进决赛吗？”凌桑觉得这个消息好像并没有很出乎意料。

他们两个人能够联合，那么直接入决赛无疑。打复赛如果稍有不慎造成过大的身体伤害，对决赛会有相当大的影响，所以 Sritana 会从根本上避免这种风险，让学生保存实力到决赛。

“所以初赛就是热身了。”慕德兰低下头露出微笑，“另外，青春啊，就是用来抛洒的，你看我们负责人在历经沧桑之后，对于大赛竞技都已经没什么兴致了。”

“你是指他们老了吗？”

“我可没这么说。”

“当我什么都没说。”

这次的对手是一个蓝服中阶与一个蓝服低阶的组合。大概是继续用高一组来挑战高二组的这种行为真的激怒了对方学院，对方选手在出场前还拖延了一阵，像是进行了人员更换，出来的两个青年比白服的那组等级整整提高了一档。

“所以……要帮忙吗？”站在慕德兰身后做备胎的凌桑微笑着问道。

“你负责鼓掌就好。”慕德兰似乎感觉到了凌桑过分温柔的话里隐含的嘲讽，于是冷笑一声做出回复。

“慕德兰加油！”凌桑将眼睛眯成一条缝，微笑鼓掌。

“……”你不要再搞笑了！

两组人分别站在长方形场地的两端，一声清脆的铃响后比赛开始。这一次慕德兰没有像上次那样贸然向前冲刺，双方都是极其冷静地站在原地观察形势。

蓝服中阶将右手食指贴在唇前念咒，随后从他脚下旋绕起一圈黄色的散沙。他提起右脚，以他的左脚为中心，黄色的细沙迅速向外铺展，瞬间黄沙的浪潮掀起两米高，气势汹汹地向慕德兰推来。

不是黄沙覆盖了地面，而是地面彻底化成了黄沙！这也是属性的一种吗？属黄沙的吗……谁信。

一开始就发动了最适合自己战斗模式的特技。黄沙迅速涌过场地中线，慕德兰双手食指与中指相互贴合念咒，双脚拉开降低重心后，前方地面出现了一道向两侧延展的水平金线。

“起！”他将右手猛地向前打出，金色的细线向上蔓延，变成一道气流化作的屏障，与扑来的黄沙相撞。

屏障将黄沙向后推回，在场地中央形成一堵一米宽三米高的黄沙城墙。僵持的双方均伸展右手驭使黄沙与屏障，他们的力量虽然暂时还不能较量出高低，但是还有另外两个人闲在一边。

另一个蓝服踏上黄沙猛然向前冲跃，身形轻盈到仿佛没有重量，脚尖踮在黄沙上只是产生了一个凹陷下去的小点，然后立即复原。

在慕德兰那一侧根本看不到对面是什么情景，这时屏障忽然碎裂，竟是一道劲烈的风横扫而来，撕裂了慕德兰的屏障！

是风的驭使！凌桑睁大眼眸，瞳孔收缩。

蓝服低阶跃起至半空，强大的风性让他足以在空中悬浮，近乎两吨重的黄沙也在空中聚集成形化为长龙。

对付你们,一击就足够了。蓝服低阶露出轻蔑的冷笑,扬起的右手指挥长龙扑下。

成形的长龙忽然从张大的嘴根处撕裂，像是有一把刀水平地扫过去将长龙劈成了两个横截面！

蓝服惊愕地仰头。刚才……劈过去的是一道狭长的风刃……迅速到他竟然没有任何的察觉！

被水平切割的长龙瞬间崩溃成散沙向下坠落，黄沙瀑布把蓝服低阶的青年压下去扑到地面上，又覆盖上一层把他彻底掩埋。

要反击，一击就足够了。凌桑右手拇指一拨，合拢折扇。此刻全场无风。

观众席已经沸腾至喧闹。那个女孩子竟然也能驾驭风！两个具有风性的学生能够站在同一个场地比赛真是难得一见的巧合。

“咳——”蓝服青年挣扎着从黄沙堆中抬起上身，背上的黄沙撒落在地。他大口地咳嗽，猛地一甩头甩掉黄沙后抬起脸，愠恼的眼睛里露出些许惊讶的神色：“难得啊……竟然也是风性。”

黄沙从他身边迅速退散，被风扫出一块白色的圆形空地。

凌桑无视了蓝服的视线，侧头问慕德兰：“你是什么性？”

虽然现在问有点儿晚，不过你有什么特性技能就赶紧发动一下，拜托了。

“我是雄性。”慕德兰灿烂一笑。

凌桑还是默默转过头对上蓝服的凌厉目光。

突然回忆起来，慕德兰似乎是烂大街的火性。火性在这一场对决中，真是一点儿用处都没有。

“风性那个人就交给你了。”慕德兰水平伸展右手，右手手腕上的银环忽然发出荧光，扩大后脱离他的手腕，“出来吧！焚天！”

火焰蔓延，他的右手握住金属把手，兵器完全在火焰中现形，是一把长刀，刀身宽阔浑厚，刀刃形成弯月弧度，将刃部完全突出。

火焰印刻在刀身上流转出暗红色的纹路，火光将慕德兰青色的眼眸映照出嗜杀的红光。

“看来是无比常见的火属性啊……”蓝服低阶轻蔑地笑了起来，脚底轻松地脱离地面凌空俯视他们，双手打开，风刃汇聚。

“你好烦，我先干掉你再说。”慕德兰纵身跃起，劈出长刀斩断落下的风刃，然而身形忽然僵在半空——

他的左脚被紧追上来的黄沙死死束缚，像是被一条带子系在地面上，随即右手手腕也被缠绕。

远处的蓝服中阶始终没有上前，而是依靠双手结印操控了黄沙。

“真是狂妄自大的小子啊！”悬空的蓝服低阶右手小幅度地划出一道风刃，只需要轻易地一击就可以将禁锢的对方彻底踢出局。

慕德兰微笑。

一只近乎冰凉的胳膊环过蓝服青年的脖子，他惊恐得全身僵硬。

“和女主角用同一个属性就算了，可不可以不要这么嚣张？”

轻和的声音浸在危险的杀气中。凌桑贴在蓝服身后，侧过头将下巴轻轻搁在他的左肩上，往他脖子边吹了一口凉气。

两人悬浮在空中互相克制，这时黄沙在凌桑身后汇聚成三条细长的蛇形，顶端尖锐到足够将人体刺穿。

凌桑的眼眸向后瞥去。

就在三条细线猛地向她刺来时，风忽然爆开，黄沙瞬间散开向四周抛洒而下，风在浑浊的空气中显现出清晰的运动轨迹，抛出的风刃撞击在竞技场的结界上，擦出明亮的火花。

所有黄沙被扫到结界壁上，顿时竞技场像是被一层黄色盔甲包裹。

结界碎裂。

怎么可能？

所有围观的学生惊呼，黄沙从结界缝隙中迸溅射出，像是泄洪的巨闸忽然打开，结界彻底碎裂，黄沙铺天盖地地向观众席袭来，顿时整个空间充斥着混乱的尖叫声。然后，一道风柔和地扫过，一切静止。

因为不是每个学院都有一个结界高手埃斯利亚。

除了几个反应够快及时支开结界自我保护的人安然无恙，其余人全部从沙浴中挣扎出来，抖着满头满身的黄沙。

看上去就像是一排排的观众种在了黄沙地中。

竞技场四面墙壁破碎，但是场地内清洁程度令人发指。

凌桑踩在蓝服低阶的后背上，对着慕德兰招手：“上吧。”

撤掉自保结界的慕德兰瞬间从原地消失，化作一道残影冲向还站在原地的蓝服中阶，蓝服中阶闪身避开，他原本身后的墙面忽然炸裂出一个巨洞，升腾出飞溅的火焰。

巨大的冲击力之下双方的头发蓬乱，制服长袍的下摆掀起发出剧烈的鼓动声。虽然以白服高阶去挑战蓝服中阶是件不可思议的事，但是经过一学期的时间，慕德兰的实力还没有再次评估过，加上各个学院的教学水平不同，他们竟然呈现不相上下之势。

如果自己去帮忙的话，慕德兰会觉得不爽吧。凌桑很清楚慕德兰找她做搭档是看中了她哪一点。整个竞技场几乎是以轰炸之势被接连不断地破坏，只能通过破坏进展到哪里来判定那两个家伙此时所在的位置。一声咆哮后，竞技场中央在撞击之下坍塌出一个巨坑。

被凌桑踩在脚下的人试图站起来。

“要和我一起拍手吗？”凌桑低头微笑，蹲下来几乎骑在他背上。

青年勉强地侧过头看她，在被凌桑的风席卷之后，他已经彻底丧失了力气。如此强大的风性与如此纯净的灵力，一般人很难辨别，但同样作为风的使用者，他可以说是完全受到了震撼。

“风之贵族吗？”他的眼里全是敬畏。

自己一向引以为傲的风性，在贵族面前果然不堪一击。

“我是人类啦。”凌桑一掌拍在他的后脑上，继续看慕德兰的情况。

蓝服忽然发出了放肆的笑声，但是因为被拍在地上，所以笑出来声音相当细长并且无比诡异。

“人类？你想骗谁？”

凌桑将视线挪下来，低头看他。

青年终于提起力气一个侧身猛地掀开凌桑，刚想继续发表言论，但又被迎面猛扑过来的凌桑撞在地上。

她右脚压住对方腹部，右手扼住他的喉咙，眼睛睁大，没有任何表情地看着他：“有什么不对吗？”

“你不是人类。”下方的青年望着她露出微笑，“你是风。”

“……”凌桑默默地松开他站了起来，然后一脚猛踏在他的腹部，让他惨叫着蜷缩成一团。

“你是风儿，我是沙。”凌桑配合了一下对方。

慕德兰终于处于劣势。“终于”这个词似乎给人感觉……怪怪的。

凌桑打开折扇平展右手，猛地冲上前去对慕德兰大喊：“放开那个蓝服让我来！”

半空旋转过羽凤半透明的风影，尾羽轻柔地垂散。

顿时风声咆哮，像是千军万马奔腾而来，一道庞大的气流打出，冲碎蓝服的防御结界，他整个人笔直地向后飞出，撞击在身后的墙面上，像是没有燃尽的陨石坠落于地表。

连带上方观众席都已经坍塌陷落。

铃声响起，比赛结束。

“羽凤。”蓝服低阶轻声吐出这个名字。虽然在别人眼里那只是一把普通的应战折扇，但同样作为风性的异能者，他看到了羽凤的身影。

羽凤刚才现身了，其余人没有看见，但是他看见了。

羽凤、云龙，王者之器。

高傲的羽凤绝不会纡尊降贵，只有风之贵族才能驭使……但羽凤能承认的主人必须比贵族还要高贵……

他的眼眸忽然扩张成银白色。好像忽略了一件最重要的事！

折扇羽凤……传闻不是堙主的配物吗？

“嗯？”凌桑忽然侧过头看他，原本没有多少神色的眼里忽然挑起微微的笑意。

如此谜样的微笑让蓝服低阶一惊后连忙避开视线，随即手忙脚乱地站起来去查看他的搭档。

“你还好吗？”凌桑挪回视线，低头看蹲在地上的慕德兰。他几乎跪在了地上，还在大口喘息调整气息。

“玩脱了吧……”凌桑双手环胸，用老妈子的表情和语气教育他。

“啰唆！”慕德兰咆哮，“我还没打完，你插什么手——呜。”

凌桑已经蹲下来，双手抄在他的腋下稳住他的身体。当两个人的身体靠近到可以感知对方的体温时，慕德兰就什么火也发不出来了，也不知道该做什么反应地僵硬在原地。

“现在就伤成这样，晚上那场还怎么打？”凌桑继续用老妈子的语气轻声抱怨，站起来顺势把慕德兰提起。

慕德兰勉强站起来，双脚迈开，稳住重心。他的白服已经撕裂出三道裂口，胸口、右肩、后背都有红黑色血污沾染。

“喊！这才叫青春。”他不屑地冷笑一声，将身体重量全部压在凌桑身上，顺便抽出力气动一动酸痛到几乎要报废的小腿。

两个医务室人员赶到，要用担架把他抬出去。他相当凶恶地吼出一句“滚开”就把医务室的人打发掉，活动完脚踝后，他松开凌桑走向通道口，凌桑依然跟在他身后没出声。

“帮我拿瓶水。”慕德兰坐在休息厅的椅子上，脱掉白服外套的时候，痛到无法再自主控制动作，于是放弃地倒在椅背上，闭上眼喘气。

只打一场高一组完全不尽兴，现在感觉……好爽！

“受虐偏执是病。”凌桑看了他一眼后转身去找水。

休息室桌子上放了三大箱矿泉水，参赛者可以免费领取。当凌桑走过去的时候，那两个在桌子边有一搭没一搭地闲聊的白服用若有若无的视线扫了她一眼。

她毫不在意，也没有抬头，直接就伸过手要去拿一瓶水出来，但整个箱子向后挪了一截。她终于懒懒地抬眼瞥了一眼那个把箱子往后拉的女生。

“连续打了两场……真是好样儿的啊。”

她感觉得到对方语气中的讽刺，但还是毫不恼怒地伸手去取了一瓶水，默默拧开之后把水泼在了那个女生的脸上。一声凄厉的女高音瞬间拔起。

“请安静一点儿。”凌桑露出微笑，拿过第二瓶水后转身回去。

回去的路已经被四五个人的后背堵住。瞬间变得……好挤？

“让一下让一下。”她挤开学生们进去，看见一个白服学生从远处被抛了过来，她俯下身让那个学生从她头顶飞过，砸倒了后面的一群人。

非常热闹？她眯起眼往前走，听见前方传来喧闹的吵架声与咆哮声，以及一声惨叫是属于……慕德兰！

“让开！”凌桑发出尖锐的喊叫，一把推开在面前挡路的白服冲了过去，看见一个白服高阶的男生往已经蜷缩在地上的慕德兰胸口上踹，而地上还有几个打滚的人，似乎是被慕德兰撂倒的异校学生。一个年长一些的学生勒住踹人的学生呵斥他，然而还有一个暴怒的家伙一脚踢在慕德兰侧腰上，把他掀了出去。

一道风刃劈在踹人的学生的腹部，那学生惨叫一声向后倒了下去。

凌桑一路走过来靠近慕德兰，没有任何手头的动作，微弱的风却在她的身边环绕。

“你们这样欺负我的搭档……真的好吗？”她发出阴森低沉的笑声。

休息厅的光线并不好，所有人都可以看见荧亮的灵力化为幽蓝色的火焰在室内散开，瞬间全体死寂。

她走到慕德兰身边停住。“有什么话就直接对我说——”她侧过头回眸，平静的眼里仿佛没有任何波澜，但是一丝一缕地渗透出浓郁的杀气，“要撒野的话，也来找我。”

“撒野吗？嚣张的可是你们！”一个白服咆哮，他已经做好了防御风刃正面攻击的准备，但还是瞬间惨叫一声跪下，后背衣服撕裂出一道大口子，喷涌出鲜血。“浑蛋！”他咆哮。

“在这里我们都是拿实力说话，高一组打高二组，对于你们并没有任何不公平。”

数百道风刃悬浮在半空蠢蠢欲动，像是勉强被束缚住，随时都有集体发射的可能。根据她的风刃能够轻易撕裂结界的经验来看，这些风刃一旦全部发射，绝对是血洗休息室的后果。

“动过他的人全部给我出来！”凌桑眼眸睁大，瞳孔收缩，棕黑色的虹膜转化为暴戾的银白色。

一个人站出来：“好啊，我倒要看看你能嚣张到什么程度——”

风刃已经难以控制地颤抖起来，凌桑咧开嘴露出虎牙，刚要抬起右手发动风刃，忽然一个黑影落在那个学生背后，一个手掌猛地甩出，赏了他一个力量绝不小的巴掌。

叫嚣的学生整个被掀出去拍在墙上，而此刻出现在凌桑面前的是对方学院的一个蓝服中阶。

“虽然不知道到底是什么情况……但看上去是我方的错误，请你先冷静一下。”蓝服青年还是相当有礼貌地对凌桑点头表示歉意，“这群粗鲁的家伙……我会教训。”

“不用，是我们与他们的事，和你没有关系，请你让开就好。”凌桑撤掉了风刃后相当冷静，再次露出意义不明的笑容。

蜷缩在地上的慕德兰忽然转身平躺，因为右眼充血，所以只能勉强睁开左眼看向凌桑。

“喂喂！这可一点儿都不像你。”慕德兰笑着说。

“你给我继续装死就好。”怒气未消的凌桑始终背对他，继续望着蓝服。

一个白服冲了上来：“都说了这是私人的事！”

蓝服冷静地右手握拳向后挥出，手背砸入白服的面部还深深地陷了进去：“还嫌丢脸丢得不够吗？”拳头迸发出的气流将白服向后甩出，全场除了这个白服发出的一声惨叫外一片死寂。

“还有人的脑子需要修理吗？”蓝服的眼睛向后瞥，虽然没有任何的情绪，但是杀气已经完全包裹在里面。

没有人敢回复。

蓝服中阶终于爆发似的发出最后通牒：“都给我滚出去！玫飒纳，把所有在这里的人都给我记下来！事后我一个个找你们谈人生！”

所有人都迅速散去，没准儿跑得快不容易被抓住记名字。

凌桑还在与蓝服对视。

“我先带他去医务室，你跟我来就好。”蓝服似乎是不想与凌桑对视下去，于是避开她的视线，走向慕德兰，把他抱起来走出休息厅。

“所以你还是要去打高三组吗？”凌桑问这个蓝服中阶的学长。不管怎样，他们对这个学长的印象还是比较好的，学长就应该有学长的样子。

“是的，虽然连输两场已经是彻底的战败，但最后还是要完整收尾，这也是我们学院的尊严吧。”蓝服青年耐心解释，“论实力，我们自知是比不上 Sritana 的。”

这一刻凌桑忽然觉得可惜。如果这个学长被 Sritana 录取的话，取得的成就会比现在大得多吧，或许能够就此成就新的传奇也说不定。但是他当年没能够被 Sritana 招收，最终局限于这个环境……

而她自己，如果不是那时候意外被招收，也只是一个普通人，压抑着风的力量就那么随便地过完一生了吧……

“我已经由 Sritana 大学部特招，”这个蓝服似乎可以揣摩出凌桑在想什么，露出温和的微笑，侧过身体与她小声说起这件还没有被其他人知道的事，“所以也不是太可惜……只要自己真的足够努力，机会总是有的。”

靠在床背上的慕德兰一面喝着一杯温水补充水分，一面听那两个家伙说悄悄话。

凌桑真是先天具有优良的八卦基因，这么快就和那个看上去相当严肃的蓝服打成一片，并且套出了他连最亲近的人都没有讲的秘密。

“高三组比赛要开始了，我就先走了。”蓝服起身与两个人告辞，“待会儿结束后我会过来的。”

“学长加油！”凌桑双手拍合，微笑着说出美好的祝愿。

第二十八章 破碎的通信表

—FENGZHISHOUWANGZHE—

于是在蓝服青年离开后，狭小的房间里只剩下了凌桑与慕德兰，空气中充满了消毒水的味道。

“晚上那场你还能打吗？”凌桑担忧地看向慕德兰。

“当然可以，你当我是什么？”慕德兰相当不屑地笑了一声，将杯子放在床头柜上后翻身下床，取过已经撕裂的外套披上。他虽然体形瘦削，但是骨骼与肌肉很结实，此时一把勾住凌桑的脖子将她扯到自己面前。

他低下头让自己的额头贴上凌桑的额头。

“嗯？”这样的亲近让她不知所措，一时又不知道该怎么办才好地僵立在原地。

慕德兰也是酝酿了半天，才认真地吐出三个字：“谢谢了。”

“啊，必须的——呜！”

慕德兰本来就贴着她的额头，此刻他调整了下位置，嘴唇轻触在她脸上。

这个是……什么情况……

“够了！”凌桑反应过来后，提起右膝击向慕德兰小腹将他踹出，右手挡在身前做出对敌时才有的防御姿势。

慕德兰一脸不解地看着她：“你们人类不允许这么做吗？”

“啊？”她的防御状态瞬间被打破，凌桑露出一脸呆萌的表情。

“在我的族群，这样表示感谢是常态。”慕德兰露出一脸“你真不理解这个世界”的悲痛表情摇头，随后右手捂脸。

“这个你骗不了我的！”凌桑咆哮。

再奔放的种族也不会用这种方式表达感谢的！

“本来想直接去下一个学院，不过还是得先回一趟 Sritana 换一身衣服。”自动清除上一个片段的慕德兰扣上白服身侧的扣搭，虽然身体还是相当不适，不过行动已经没有大碍了。他云淡风轻又道貌岸然地打开房门走了出去。

“你就这么无视上一个情节了啊！”凌桑尖叫一声冲了出去，追赶某个占了她便宜却直接拍拍屁股走人的浑蛋。占完便宜就想跑吗？

在大赛期间各个院校均设置有连接点，确认身份后就可以转送。在大赛竞技期间人员流动比较频繁，所以难免会造成混乱，因此还会有人员专门负责传送的鉴定与记录。

凌桑经过连接点到达 Sritana。

她只是打理了一下头发就没有其他事了。一号馆与二号馆的男女生宿舍都是分开的，中间隔着一堵看上去相当和谐的矮墙，矮墙两边还看似相当有意境地种满花草，不过翻过矮墙的人下场都不是很美好。至于三号馆那边是没有男女限制的，毕竟黑服如果执意要做出一些什么事，没有人阻止得了……

凌桑在通信表上打字发给慕德兰："时间还早，你再休息一下。"

一分钟后传来回复："我已经在女舍门口了。"

啊？她连忙翻身下床跑出寝室。

在 Sritana，男生在女舍门口等人的现象并不少见，伊娜就经常让安明在门口等她。在其余人眼里，那些人十有八九都已经成双成对了。

"你不用这么积极啊——"凌桑哀怨地跑出女舍，慕德兰就靠在门卫休息室的外侧墙面上，值班室的宿管阿姨正一脸陶醉地看着他。

"这个给你。"慕德兰递过来一个一分米长、半分米宽的白色小盒子。

"嗯？"她好奇又兴奋地接过，放到耳边摇了摇，里面发出硬物撞击纸板的声音。

"……"慕德兰不理解为什么凌桑接到礼物会是这个反应。顿了两秒，他转身离开留下了一句话："我先去 Logeka 学院准备夜间场了，过一会儿我们再联系。"

"你真的没问题吗？"没有连带脑子也被打坏吗？不过你的脑子什么时候正常过……

"我去给你打辅助怎么样？"慕德兰侧过头露出微笑，"你也是时候该展露一下能力了吧。"

凌桑的实力究竟怎么样，探究起来还真是给人一种很迷茫的感觉呢。

"我不太喜欢暴力的……"她耸起肩，眯着眼笑道。

"拿出活力来啊！"慕德兰背对她挥挥右手，迈步离开。

凌桑低头看向手里的小盒子。

好开心，收到礼物了呢！虽然不知道他为什么要送东西给自己。

夜间场。

慕德兰完全没有动手，就站在入口处围观。凌桑一开始还有一人打两人份的劲头，到了后面就被两个对手追着全场跑。

"救救救救救命——慕德兰！"凌桑一边跑一边惨叫。

然后还是得靠慕德兰冲上去把那两个对手给撂倒。

大概在普通状态下，热爱和平的凌桑真的只适合打辅助吧。

他们两人的初赛任务完成。

明天将会有两场初赛在Sritana进行，但他们两个都没什么重要的事要做，因此很空闲。

空泽也是打完夜间场才回来，凌桑正在空泽的房门口等他。

“你在等我吗？”虽然一整天打了五场初赛，但是他似乎并没有受伤，不过他让五场的对手都受了伤。

“嗯，好久没来了。”凌桑微笑。

“好，进来给我洗一下衣服。”空泽冷漠地开门走进房间。

“……”你只想到了洗衣服吗？话说，空泽能想到自己的衣服还没洗，貌似已经很不错了。

她把空泽堆积了一个星期的衣服洗完晾在阳台上，再拿着扫把出来清理地板。

“空泽一定是直接进决赛了吧？”她提起。

“嗯，复赛不用打。这几天因为大赛，公局也不会拨任务给我。”空泽慵懒地倒在床上，望着天花板出神。

“那你也不能太懒了啊，总该在决赛前多锻炼，保持最佳状态——”凌桑说着自己都觉得有些多余的话，不过总是要扯出话题来聊一聊的。

“哦。”他敷衍地回复一声。

过了一会儿，空泽忽然侧过头，抬起左手张开五指，像是要凭空抓什么东西……一个银色的物体忽然从凌桑口袋中飞出去，到了空泽的掌心中。握住。

“啊！”凌桑有些慌张地叫喊，这个是慕德兰给她的东西……不过空泽怎么会知道？

将左手摊开，空泽将银色的物体拿到眼前——一只打火机。

打火机……他的双眼眯起来。

“有什么问题吗？”凌桑抱着空泽什么都不知道的侥幸心理。

“我就觉得有席勒的气息……真的是他的东西。你怎么拿到的？”

为什么会扯到席勒……虽然席勒确实经常没事就玩打火机，慕德兰也对她抱怨过这件事，但这与席勒应该没有关系吧？

难道是慕德兰从席勒那里拿来的打火机？

“说。”空泽干脆地吐出一个字，蓝色的眼睛犀利地看着凌桑。

“是慕德兰送的。”她只能如实说明。

空泽又瞥向这只相当小巧的打火机。纯银的，镂空的纹路是两只向上攀爬的异兽。

“他送你这个干什么？”他继续问。

“大概是……”凌桑仰头思索。定情信物？啊呸！这个脑洞太大了……

于是她捂头：“我也不知道。”

“没收了。”空泽将银色打火机向上一抛，在它落下时握入掌心。

“不行啊！这是送给我的。”凌桑做出无力的反抗，扑上床要去抢。空泽顺势向后一倒，左手一掌拍在她的肩膀处，把她压下来的身体架在自己身体上方：“如果真的该给你，我之后一定会还给你。”

她一动不动地挂在空泽上方，回应：“好吧。”

对于空泽，她是完全信任的。如果空泽有什么理由的话……她也会很耐心地去理解。

第二天凌桑碰巧和慕德兰见面的时候，很悲伤地提起那只打火机的遭遇。慕德兰松了口气后仰头：“那就好。”

“好你个头。”

“别介意啦，实际上——你还不知道空泽他是自己一个人打了五场初赛的吧？”

“咦？”凌桑有点儿惊异，“怎么回事？”

空泽不是和源溯搭档去打初赛了吗？还有，空泽到头来还是没有接受横野的邀请，依然执着地选择了源溯，两个人你情我愿愉快地去打高二组了。

“具体的我也不清楚啦，不过听说就是这么一回事，你直接去问空泽比较好。”慕德兰解释。

“哦哦哦。”凌桑点头。

这几日学校没有课，如果有兴趣的话可以去竞技场观众席围观，那里会配备专业的教师讲解每个参赛者所使用的招式与能力，这个形式比平时上课更精彩。

虽然接下来没什么事，不过空泽竟然很神奇地没有颓废在睡眠的慢性自杀中，而是外出走动，顺便去竞技场看了一下初赛的形势。

在这里比赛的一共有十所异能学院，初赛就要淘汰五所，复赛淘汰两所，剩下三个学院决战分出名次。

黑服有专门的观战区域。空泽伏在黑服观战区栏杆上向下看着，忽然察觉到一个追踪术法蔓延到他脚下。他直接提起右脚将术法踏碎，再缓缓转身将后背靠在栏杆上。

果然是席勒。

“追踪一个打火机？”他露出冰冷的微笑。

“怎么会在你手里？”

空泽转身离开，却用眼神示意席勒跟他走。两个人转入竞技场休息厅的走廊死角，周围没有其他人。

空泽抽出打火机甩手抛给他：“如果有什么事就直说，你家慕德兰特地给你创造了这个机会。”

若是平时，他们两个即使迎面走过也不会互相看上一眼，都会刻意避开对方的视线，无比和谐地擦肩而过。

“你觉得我有话对你说？”席勒在日常生活中比空泽更严肃一点儿。

“至少慕德兰觉得有。”空泽双手环胸看着他，眼里露出微微的笑意。此时他竟然也出奇地有耐心，没有立刻说“如果没事就散了”这样的话。

席勒一时无语。那个小子真是太……胡来了。

“如果没事的话——”空泽还是没能忍住，正要缓缓地说出“就散了”，席勒终于无奈地开口：“搭档的事。”

“……”空泽沉默。

果然是这件事。

席勒声音依然平稳却又异常认真地说：“如果你还在记恨我当初对你说的无礼的话……我在这里向你道歉，希望你原谅。”

“……”空泽本来是想说点儿什么，但看到席勒这样的态度，还是没有说出口。

如果他开口了，那一定会本能地说出非常伤人的话。

不是谁都能像凌桑那样脑回路蜿蜒，说话又委婉。

记恨……是记恨吗？

那始终蛰伏在他内心深处的隔阂，只是因为最开始的一件小事，之后不管席勒如何对自己表现出友好的态度，他都没有接受。

就是那时的……记恨吗？

“呵。”他抬起右手，指尖搭在额头上。

真的是这样吗？

“空泽刚进入 Sritana 时状态很糟糕，在高一开学时的负责人挑选赛中他败给了席勒。”慕德兰解释给凌桑，这些信息也是席勒告诉他的。

“所以是因为败了，所以才不喜欢他吗？”凌桑问道。

“不是，是席勒的过错。因为他是从初中部直升上来的最强者，他那时还过于狂傲，所以在战胜后相当无礼地奚落了空泽。”

所以那时尽管已经战败，尽管比赛已经喊停，并且双方都已经有了负责人愿意接纳，但始终沉默的空泽忽然一拳挥过去打在了席勒的脸上。

是没有任何征兆的正面袭击，带着类似于野兽的咆哮，席勒被击出去砸在地上。而空泽扑在他身上继续往他脸上揍去。

也就是因为这样，尼萨亚看中了空泽。他与空泽原来的负责人商量后，把这个埃斯利亚不知从哪里特招进来的落魄家伙收在自己身边。

“原来是这样啊。”凌桑惋惜地叹道。

虽然是一件很小的事情，但确实足够让人介怀。

“不要对别人说。”慕德兰将右手食指贴在自己唇前，微笑道，“我想要他们两个好好谈谈，他们都是不会好好说话的人。”

“我担心这次他们还是不会好好说话。”

“如果不行的话，那么我也尽力了。至少我觉得我已经尽力了就好。”

“是啊。”凌桑也微笑。

微笑着的凌桑忽然想起另一件事，渐渐地，笑容从脸上消失。自己那么直接地拒绝薇薇安，也是因为这样的记恨吧。虽然凌桑不承认自己是非常记仇的人，但那种奇怪的情绪确实就在心里扎了根，从潜意识中为自己做出了选择。薇薇安一定也会失落吧……

即使慕德兰没有先找她，她也一定不会选择与薇薇安做好朋友。

真是想得太多了，她闭上眼。

她忽然又想到，慕德兰以后大概会变成大暖男吧。

空泽推开医务室房间的门，源溯躺在床上还在昏睡。

他也不打算叫醒他，所以尽量不发出声音地小心翼翼地走了进去，轻声关上门。

源溯只是陪他打了第一场，在前往下一个学院时，他们短暂分开了一段时间。但是在第二场比赛时，源溯没有准时赶到。他相当潦草地一个人打完两人份，使用定位连接，却根本搜索不到源溯的信号。

通信表的能源直接由体能供应，基本不存在自然停机的现象，而且很少有力量能够损坏已经是最尖端科技的通信表。

后来是那个学院的学生在北侧树林里发现了源溯。他的腹部遭受了重创，整个人陷入了深度昏迷，左手通信表已经损坏，连带他的手腕一同被利器贯穿，手腕骨骼粉碎。

这件事在空泽的命令下并没有声张。源溯作为蓝服中阶，也不会随随便便就被伤成这样。像这样重创他还能不留下任何痕迹的，不可能是这个学院的学生。

大赛竞技中人员流动量大，换种说法就是人员往来简直混乱，出了这种事还是直接报告给行政部，不要在大赛中声张为好。

回忆结束。

源溯在先前已经醒过一次，给他讲了个大概。按照他的叙述，那个袭击他的人绝对有黑服的实力，但服级制度只是学院以及公局通用的制度，一定会有脱离公局之外的无服人员实力远远高于黑服。

所以到目前为止没有任何有用的线索。

“你还在想呢。”源溯睁开眼，看着空泽微笑。

“叫你乱跑，自找。”空泽冷笑，“我都答应席勒了。”

“他终于表白了吗？”

空泽一拳击在源溯脑门上：“找死我送你。”

“痛痛痛痛痛啦！”源溯右手捂头倒吸了口凉气，由于腹部实在伤得严重，所以还没办法动弹。

只袭击了腹部，弄碎通信表与手腕这种事……根本只是挑衅吧。

“左手伸过来。”空泽命令道。

源溯抬起左手手臂，手腕与小臂处缠了绷带，一挪动牵动神经就是刺心的疼痛。他刚抬起一截就僵住了，空泽从下面抬住他的手臂减轻他的疼痛。

“没了通信表的重量感觉好奇怪呢。”源溯从剧痛中缓过来，重新露出微笑。

被破坏的通信表已经拆除，等到储备信息重新装载好后会给他分配一个新的。

“你该祈祷你通信表内储存的信息不会泄露。”空泽右手食指与中指贴在源溯手腕上，使用灵力加速他局部血液流动，帮他减缓肿胀与瘀血。

“如果资源丢失的话，我会相当心痛的。” 源溯笑出声。

“这话你也就敢对我说了。”空泽把他左手放回原处安置，又认真地开口问，“他的目的是破坏通信表吧，不过这么解释还是不成立，如果破坏通信表只是为了让你与我们失去联络的话，他完全可以直接杀了你。”

“是啊……我也不理解，我的家族也没什么有着深仇大恨的仇敌吧。”源溯眼眸半敛，色泽暗淡，庆幸自己还活着，“他那时好像是要……砍断我的手……情况紧急，我只能用通信表挡了一下，毕竟通信表的坚硬程度是相当令人发指的……然后他才用刀劈碎了通信表。”

“左手吗……通信表。”坐在椅子上的空泽低下头，脸上逐渐浮现出阴森的笑容，左手拳头握紧。

“空泽！”源溯忽然惊慌地叫了一声。

“我没事。”

“手松开，流血了。”源溯提醒道。

“哦……”空泽松开左手，刚才握拳时指甲嵌入了掌心……一点儿也不痛……

不够痛。

“别这样，要我说几次才好，我不管你的话，你怎么照顾自己……我会心疼的啊！”源溯即使在这种状态下也免不了要苦口婆心地劝说空泽还真是悲哀。

“我才不是自虐狂。”空泽闭上眼，过了一会儿又睁开蓝色的眼睛望着源溯，认真地说道，“如果我说——他袭击你只是在挑衅我呢？”

“怎么了？空泽……”源溯不解地眯起眼，轻声说道，“空泽你也累了吧，别再想了，回去休息吧，但是别睡得太久了。”

“我才没有说笑！”空泽愤怒地驳斥道，“你与我最亲近，他是在刺激我！”

“他……”源溯被空泽吼得一脸无辜。

“他认识我！”

空泽情绪激动地起身离开。

“空泽！”源溯焦急地想要坐起来，刚用右手支起上身，腹部的剧痛就袭遍全身击溃了神经，他惨叫一声倒下，意识溃散之际模糊地看到空泽冰冷的脸，感觉到他的一只手掌正按在自己的腹部止血。

“放轻松啊……”源溯勾起温和的微笑对空泽说道，眼睛合上，再度失去意识。

不久之后凌桑的通信表忽然收到一条陌生消息：“是凌桑吗？”

“是。你是？”

“我是源溯，我在测试我的新通信表。”

“原来换了一个通信表啊。”

凌桑把这个陌生的编号备注成“源溯”，并且添加至联系人。不过通过给她发信息来测试通信表，这也太奇怪了吧。

“空泽那里请你最近多关照一下，他如果有什么过激举动或者情绪消沉，请你务必阻止他，并且及时通知我。”

“放心啦，我会管好的。其实他一直都在这两个极端状态跳跃没有中庸过吧。”

“我是认真的。”

“嗯，好。”

虽然不明白究竟发生了什么，不过听说源溯这几天在医务室休息还不能走动……是在初赛第一场时被打伤了吗？她又发过去一条信息：“你身体怎么样了？”

“我没事。只是没法看管空泽了，他情绪很不稳定。”

“放心，我会注意的。”

晚上凌桑去空泽房间，看见他坐在床上，靠着床背正在出神。

“你觉得我有问题吗？”空泽没有看她，忽然毫无征兆地开口询问。

“当你问起这个问题的时候，我就觉得你有问题了。”她如实回复。

“……”无言两秒，蓝色的眼睛充满杀气地瞥向她，“别听源溯瞎说，他神经质。”

“相较而言你更神经质一点儿。”凌桑低头看了一眼左手的通信表，猛然醒悟过来大声尖叫，“你又干了什么？”

“我说过我可以看到你的全部信息。”

“连聊天儿的隐私都没有，人权到底何在啊！你到底是有多无聊才会来翻我的历史记录啊！”

“不想被我看到吗？”空泽竟然很认真地问她。

“谁会喜欢自己的所有信息暴露啊？”

“那我以后不看就是了。”空泽平静地闭眼回复。

“嗯？”凌桑忽然安静下来。

自己刚才是不是太狂躁了……看到空泽如此轻易地妥协，自己的罪恶感油然而生是怎么回事？

“那个……其实也没什么啦。”她讪讪地笑起来。空泽你赶紧劈头盖脸咆哮我一顿吧，不然怎么这么别扭，好像我哪里亏欠了你一样。“如果真的是太无聊的话，你还是可以翻一翻的，反正我也没什么太丧心病狂的信息储存在里面……”

通信表忽然振动。她掀开屏幕，看到慕德兰发来的信息：要出来吃夜宵吗？我请客。

丧心病狂的信息出现了啊！

她连忙回复“不用了”，然后赶紧关闭屏幕。

空泽相当有兴趣地看着凌桑扭曲的表情，随即低下头将右手虎口托在自己下巴上：“见不得人的信息总会有一点儿的。”

“才没有啦！”

“一学期接近末尾……你也习惯了吧，之后你要做出自己的选择，我不会再过多干预。”

“这是什么话……”凌桑有些哀怨地开口，“怎么感觉你要随风而去了一样？”

“一学期的时间后，虽然负责人的名义还在，但负责人的职能已经完成了。”

“……”确实只有一学期的时间。她露出微笑望向他，“不过你还是我的负责人啊。”

“喊！”空泽也笑了，“从我第一眼看见你到现在，你都已经长高很多了。不要怀疑我的错觉。”

“你自己都说是错觉了……”

“你可以去量一下身高。”

“你已经把话题转移得够远了。”凌桑终于一句话戳穿。

“……”竟然真的能看出自己在转移话题吗？刚才那诡异的温馨场面全部是白搭吗？

“还是回归原点吧，虽然刚刚我确实很感动，但还是把首要问题扯出来谈谈——”凌桑坐在床沿上凑过去，“如果你有什么事不能说，那么我和源溯也不会勉强你说。但是如果是你无法说出口的事……我们还是希望你可以告诉我们，有些事一个人承担会很累，你一定要相信我们可以保守秘密。”

一开始就建立了信任，无论发生什么，都会遵守诺言。

空泽一掌拍在凌桑脸上，把她整张脸按住。

“真是一个比一个神经质，我才没有那么多八卦给你们掏。”

“呜……没有就好。”脸被按住的凌桑说话相当扭曲。

空泽推开她后甩了一下双手：“上次你在野生竞时是不是看到什么奇怪的人了？”

“是的，埃斯利亚也没能抓住他……不过他对我倒没有太大的敌意。”凌桑皱眉。

现在回忆起来，如果真的有敌意的话，她是完全不可能有存活机会的。而那时自己竟然真的会去找他……真是鲁莽。

“是同一个人。他会袭击源溯，也就有可能袭击你，你还是要提高警惕。”

空泽的逻辑很奇怪……按照目前所知道的全部线索，空泽根本无法推断出那就是同一个人，而这里他给出的结论却是如此肯定。

也许他们之前就见过面了，所以很熟悉？

所以空泽可能知道那个人是谁？

凌桑也没有明确提出来。还是不要让这个太恐怖的推断刺激空泽，毕竟空泽的神经真的很脆弱。他不愿意直接表示，那自己也不要直接确认，给出缓冲的空间就好。

她点头表示她会注意安全。

通信表在两分钟前又振动过一次。凌桑向空泽告别后直接离开，实际上这一趟还是没有从空泽那里得到什么确切信息呢……

她打开通信表看到慕德兰的回复：真的不来吗？

她回复：不来了，挺晚了，休息吧。

第二十九章 面具下的脸

—FENGZHISHOUWANGZHE—

第二日早晨，凌桑收到了木离发来的消息：“八点半副教楼 304 开会。”

信息班勘察部又要运作了吗……是因为最近的形势真的太过于混乱了吧。不过由于不需要准备复赛，她相当乐意有事情做。

现在已经是八点十五分，凌桑一路跑到副教楼。想必这次是紧急集合，在她到达五分钟后，其余三个人也都跑了进来。

“这么短时间内集合真是辛苦大家了。”站在教室最前方的副部长辛络背靠着讲台，双手拍合发出“啪”的一声，“因为行政部也刚将命令下达，信息班要立刻启动，并且在大赛中运作，所以信息班勘察部在此集合。”

木离坐在教室前方的桌子上，向辛络打出手势，辛络顿了一秒后又说道：“信息班其他部门将分散在其余学院，勘察部作为信息班最核心的部门将留驻 Sritana，监察每一个进入 Sritana 的外校人员，一旦发现异常，可以在第一时间采取极端手段干预，行政部给予我们这个特权，即使我们出现干预失误，行政部也会承担后果。我们拥有的权利越大，责任也就越重，这点你们要清楚。任何异样都要立即向我们报告，我们会反馈给行政部。”

已经被事件严重性惊到的四个成员不约而同地点头。慕德兰举手问道：“那么学长，可以说明为什么要采取措施以及事态到底发展到什么地步了吗？”

“行政部没有说明。信息班只负责执行命令，而没有权利过问。部长还有话要交代吗？”辛络看向木离。

木离再次做出手势。

“部长提醒大家不要暴露自己的身份。”辛络翻译说，“我忽然又想起一件事，想要学手语的可以单独找我交流。”

木离捂头，感觉又被戳中痛点。

凌桑回忆了一下，一切异样的开始就是黄泉印的忽然变质，隔了相当平静的一段时间后就是源溯被袭。大赛竞技中虽然已经有相关人员控制杂类的混入，但是如果预谋要混入一个学院，也并不是完全无法做到的事。

空泽这几天没能成功颓废大概也是因为如此，所有黑服都已经收到提高警惕的通知。

但是凌桑能做到的也就只有多去各个地方转一转，监督那些进入 Sritana 的异校学生，但这样的方法几乎没有任何用处。

如果大家所要提防的人，就是那天她见到的那个男人的话……那他一定不会暴露真面目的。

没有任何线索的情况下，凌桑直接去找监管转移阵的工作人员询问。虽然那个人使用正规方式入侵的可能性不大，但是按照她的脑回路来思考，虽然用意想不到的方式入侵比较有技术性，也更有成就感，但真的要不按常理出牌的话，还是直接走正门更加刺激。

“就是会把脸蒙起来的那种……”凌桑很耐心地与两个蓝服解释，“所以有什么很奇怪的人进来，你们也应该会印象深刻。”

阐述完的时候凌桑感觉自己脑回路断了。也许对方换了一件衣服，换了一个形象呢……

“要说面目不清的确实有一个，”一个蓝服回忆说，“是前天晚上吧……戴着风帽看不到脸的。”

“风帽吗？”凌桑眯起眼。还真的有这样的人啊……

“不过是我们本校的学生，制服校徽确认无误，所以就放进来了，另外……她是女的，身高只比你高一点儿而已，白服，只是因为天气有点儿冷，所以在外面披了一件风衣吧。”

“欸。”果然不是吗……

初赛全部顺利完成，没有任何问题出现。

接下来是复赛和决赛。决赛之后还有最为恐怖的混合赛，由前两名的学院挑出最优秀的五名学生，不分年级组自由搭档。虽然混合赛成绩不纳入大赛竞技的总分，但这历年都是最受关注、声势浩大的赛事，能够获得胜利是学院的另一项荣耀。

凌桑依然没有感觉到有任何的异样，这几天一有空闲就在学院到处走——万一就撞见鬼了呢。

Sritana 建筑风格采用欧式，因此房间外都会有宽阔的长廊贯通，长廊外侧的墙面镶嵌着巨大的玻璃窗，窗面由金属细线隔成柔美的西式纹路，每一块被隔开的玻璃都有着不同的浅淡色泽。

虽然简约，但是一路走过去都不会觉得视觉疲劳。

那个穿着风衣的人走在前面。

出于结界的保护，学院的冬天并不会冷，身上即使只套着一件制服也已经足够。对方在白天还要穿得这么多……不可疑也难说。

多数人都集中在竞技场，这个时候空旷的长廊里没有其他人，光线从玻璃窗外直接折射进来，落在白色大理石地面上，透出绚烂的光泽。

凌桑根据对方身高判断出是一名女性。她极远地跟在后面，当作只是顺路经过这里。

还是通报一下木离吧……虽然自己确实有点儿神经质了，但还是备个份比较好。她抬起左手让通信表的摄像头对准前面的女人，准备拍一张照片传输给木离。

按下拍摄键，却发现拍摄出来的照片一片漆黑——面前光线被拦截，挡出一片阴影。

凌桑惊恐地抬头，看见那个比她高了一些的人就站在她面前，但还是看不到对方的脸，隐约看到的只是阴暗下的一副惨白色面具。

怎么可能在不到一秒的时间内瞬间移动如此长的路程？她的瞳孔急剧收缩，恐惧弥漫全身，整个人一时无法动弹，瞬时只感到腹部上侧剧烈疼痛，瞬间喷涌出温热的液体。

太快了！

剧痛让她以最短的时间反应过来重新掌控四肢，一个侧身甩出右腿击在对方的脖颈儿处。

“呵！”凌桑大喝一声，等对方被掀出还没站稳之际，她毫不犹豫地劈出一道两米高的竖直风刃，对方面前展开一道屏障，风刃劈在屏障上竟然硬生生地被反弹开！

凌桑避开迎面弹回的风刃，风刃径直劈在她先前还感慨了半天的巨大玻璃窗上，一声巨大的响声后，整面玻璃碎裂，向外迸溅出无数细小的碎片。

由于反应及时，凌桑腹部伤害并不严重，而对面那个白色风衣下的家伙右手袖口沾满血迹。

到底是不是错觉？也许真的与那一天见到的风衣男子是同一人？虽然身形差距实在太大，但这实力同样太强了！

“让我看看你的脸！”凌桑咆哮一声，借助风的速度向前冲刺，面前狂风爆开，她打开折扇挥出风刃。

“佑姬！”

清脆的鸟鸣声在空阔的长廊回荡，羽凤的尾翼拂出气流，三道风刃汇聚成前所未见的蓝色荧光从天而降骤然劈落，防御屏障瞬间崩溃，大理石地板炸裂，碎片与烟尘溅起三米高，将走廊顶部也冲撞出裂缝。

凌桑大口喘息，腹部失血过多让她双眼出现重影。她用右手在通信表上按下与空泽的连接按键，随后闭上眼猛地一甩头，再睁开眼时重影终于汇聚成完整的清晰画面。

一片废墟，没有任何人影。

凌桑迅速回头侧身避开，挥下的长刀没能劈到她的脖子，只是刀尖砍上了她的左肩，再倾斜地划过整个后背。

无法避免地二次受伤之后她只能倒地，以翻滚的形式逃离一米远，折扇扫开风刃，将对方逼退两米。当对方要打出屏障削减风刃的攻击力时，背后忽地也裂开喷出血液。

凌桑的风刃从后面袭击了她。

“真是够了。”凌桑站起来，双脚迈开稳住重心。对面的女性在后背遭受风刃袭击后，竟然完全没有反应。

空气中现出千万道密集的风刃，笔直地指向对面的女人。折扇打开，穿风衣的女性竟然毫无顾忌地纵身扑杀上来。

“赦！”

凌桑原本并不想发动如此庞大数量的风刃，但眼下已经顾不了那么多了，只能释放所有能量。扩散的风刃瞬间射向同一点，气流冲撞爆裂，巨大的冲击力将距离过近的凌桑也掀出十余米远。

她猛地撞击在地面上呛出血沫，朦胧中看见一片烟尘中走出身形完好的女人，风衣在紊乱的气流中飘荡。

就像是瞬间……就否定了她的所有！

自己所具备的能力……竟然是如此不堪一击！

“绝望吧……”始终没有开口的女性终于发出感慨。

这个声音……她似乎并不陌生……

在哪里……听到过……

她坐起来用折扇做出最后的攻击准备。绝望什么呢？凌桑露出狰狞的笑意，自己还有足够的力气与你这个猖狂的家伙同归于——

“桑！”

一声狂躁的叫喊，银白色的光刃水平扫荡整个长廊。凌桑迅速向后倒下，看着光刃从自己头顶上空飞过——要我死的是你吧，空泽。

若是反应慢一点儿，自己整个头都会被削掉的啊！她的意识在放松后开始涣散，勉强坐起来但已经全身瘫软无法振作。

即使用最快速的招式水平扫荡，被拦腰斩成两段的，只是空荡的风衣。

一个穿白服高阶制服的女人腾跃至半空，黑色的长发散开，面部被白色的面具覆盖。女人在半空一个敏捷的翻身后迅速落地，毫无停滞，立即提起长刀冲向空泽。

“太放肆了！”空泽睁大眼，绷紧全身的肌肉，同时纵身冲出，双手拉出他惯用的双刀，两道猛烈的气流对撞。

二楼的大理石地板再度炸裂，这回直接坍塌，可以直接透视到一楼大厅。没有碎裂的玻璃全体崩裂向外射出，凌桑用袖口护在脸前挡开碎片。

行政部会报销这个损失的吧？

双方已经凌跃至半空，在空泽的猛烈攻击下，白服高阶的女人竟然没有任何的创伤。

白服与黑服的下身衣摆在空中发出猎猎的响声，空泽向后退去，降落到一楼的地面，落地瞬间再次纵身跃出，灵力爆开化为发散的冰棱——他要失控了！

刚刚是因为觉得对方是白服并且是女性才本能地压抑了力量，但他现在已经被彻底激怒——

让你留不下全尸！

“去死吧！”

沿着长刀掠过的轨迹，半空凭空出现千万道尖锐的冰凌同时射击出去。女人闪身后退，敏捷地避开攻击时，空泽疾速跃上前的身形忽然出现在女人面前，右手的长刀笔直刺入女人面具的眉心处！

“空泽！”凌桑惊叫，“停下！”

在凌桑声音的刺激下，他终究还是遏制住了自己狂暴的杀意，长刀没有用力捅下去贯穿对方的头颅。

“她是……”凌桑的声音震颤，极近抽泣。

但是面具已经被长刀贯穿，一声清脆的裂响后，面具从破损处开始碎裂，裂缝蔓延至边缘时整副面具崩裂成碎片。

长刀抵在女人面部的眉心，刀尖已经刺破皮肤渗出血液。

一个人类女性的苍白面孔。

“青陡！”凌桑喊出这个名字。

女人从风衣中显现身形时，她就已经有了这个预感。但是……但是怎么能就这么确认……她一直都不愿意去确认……对方就是……

“桑！闭嘴！”空泽呵斥，收回长刀，随即一掌甩在青陡脸上把她砸倒在地，“醒过来！”青陡微弱地呻吟一声后伏在地上不再动弹。凌桑看着暴怒的空泽不敢吱声，而空泽依旧紧盯着青陡。这个女人抽搐了两下，终于像是苏醒了一般恢复了知觉，她的眼眸睁开，双眼瞳孔涣散。

她缓缓地抬头，看到了空泽的脸。

“啊——”

尖锐的惨叫穿透空气，凌桑蜷缩起身体，感觉全身的伤口像是又被撕裂了一次。

“够了！”空泽一个抬腿把青陡的头猛地踩在地上让她消音。

已经有人出现在走廊尽头，来查看出了什么事。木离疾速跑来出现在他们视线之内。

当时凌桑完全没办法使用复杂的操作联系到其他人，只能使用快捷键紧急通知到负责人，传达给他自己的具体位置。

凌桑缓了两口气，通信表的紧急呼叫功能真是帮了大忙。

“这个被控制的蠢货就交给你了，”空泽强行让自己冷静下来，对木离说道，“调查到什么就报告给我，如果什么也调查不出来就把她扔出 Sritana。”

木离点头应允，抱起昏迷的青陡起身就要离开。

“等一下。”已经镇定下来的空泽觉得之前确实过于草率了，他走到木离身前，食指贴在唇前念了三遍短咒后，将食指点在青陡额头画出咒文。

必须防止她的神志再次被操控，不然再闹起来又会产生巨大的损失。

“可以了。”空泽对木离点头，随即径直走向凌桑，抬头看着在远处围观的十余人，“想死吗？”

围观的不明真相的群众瞬间消失。

他站在凌桑面前俯视她。

凌桑有点儿惊恐未定地仰头和他对视。她忽然意识到自己刚才也太激动了，竟然真的要竭尽全力想要和青陡以死相搏……

空泽什么也没说，只是蹲下身抱起她站了起来。凌桑在一阵剧痛下短促地叫了两声后就不敢再出声，紧闭着眼把头靠过去贴在他的胸口。

感觉好多了，她全身放松下来。

再次来到医务室时她已经昏厥。

“痛痛痛啦……别碰我！”她在自己的喊叫声中惊醒，一脚踹开了红服青年的胳膊，让他手里的毛巾飞了出去。

啊不对，做出这样剧烈的动作后好像更加不妙了啊……

“啊啊啊啊啊——”她在床上打滚，不过越滚越痛，她持续发出惨叫。

“闭嘴！”一个拳头猛地砸在她的后脑。

凌桑瞬间躺尸。

“你果然是欠揍。”空泽收回拳头双手环胸。

对不起，我真的欠揍。啊呸！我为什么要对不起？

“没关系，这是常态。”已经见怪不怪的红服青年重新清理了毛巾后给她擦拭血迹，凌桑硬是强忍着没有再用脚踹他，不过这难受程度让她躺着也不舒服趴着也不舒服。

“以后受伤的时候请尽量让伤口集中在一面。”很有耐心的青年告诉凌桑，“这样比较适合之后的休养。”

“这是我能控制的吗……”她抽搐。

话说这床单好像挺贴身的，像是自己什么衣服都没穿一样……她不祥地眯起眼。

分明自己就是除了裤子都被剥光了啊！

“啊啊啊啊啊——”她再度惨叫着踹掉红服青年手里的毛巾，然后迎面而来的又是一个拳头。

“不要放弃治疗。”空泽把她打回原形。

“不行啊！这个我不能当作什么都不知道啊！”誓死反抗。

又是一拳下去。

“世界大同……”瞬间妥协。

“……”

无比耐心的红服青年又洗了毛巾后，把她掀过去擦背：“没关系的，我们也已经习惯了，等你多经历几次也可以习惯的。”

“我一定不会习惯的。”她眯起眼，哀怨地开口，“还有，空泽你什么都没看见对不对？”

“是的。”始终盯着她看的空泽点头应道。

红服青年笑了起来。

“对了……我该怎么称呼你？”她侧头问红服青年。因为每次进医务室几乎都是受他的照顾，而且他确实是一个相当好心的大哥。

“叫我小明就好。”红服青年微笑。

“小明……”凌桑的头上飘起鬼火。

“嗯。”温柔的小明点头。

为什么会有这样的名字……她把头砸在枕头里：“大华夏学生周围无处不在的那个小明语文数学物理化学样样都不知道简直笨死了还要大家帮忙答题的那个……”

“啊不，‘明’代表希望以及神的眷顾。”青年很耐心地解释。

“抱歉。”

“为什么要抱歉？”

“因为我欠揍。”

“……”

擦上药水后给凌桑缠上纱布，小明看了一眼还守在一边的空泽，先告辞离开。

凌桑蜷缩在被子里。因为腹部和后背的伤都很严重，所以只能侧躺着，这让她很不舒服。

空泽还在床边，这时候拖来椅子坐下，然后与半死不活的凌桑对视。

“怎么了？”凌桑轻声问道。

“没什么。”他很随便地回复，确实没什么。

凌桑支起身，右手支在床上，伸出左手张开手臂做出示意。

给一个抱抱吧。

从小，她就是如此求得周围人的关注的，用那变质的温度来填补自己同样变质的空洞内心。

抱抱我……可以吗?

空泽的眼眸半敛，缓缓将身体侧了过去。

他环起右臂穿过凌桑腋下，将面前的人搂在怀里，左手也伸过去抱住她的腰。

温热的身体贴在他身上，凌桑的侧脸再次贴在他的胸前。

拥抱在一起，安静得只有呼吸声。

空泽本来想将头低下去靠近她的脸，但顿了一下还是没有动。湛蓝的眼睛闭上。

本是他操纵着凌桑的一切，但是在不知不觉间倒是这个家伙用温情让他陷落……

“还没有人拒绝过我的拥抱。”凌桑轻声开口，她相当清楚她在说什么，双眼平静得没有波澜，“去夺取别人的关注……我也厌倦了，本来觉得有没有人在意我都是一样的，我只是这么无耻地去获得那些对我来说其实并没有任何用处的东西……本来觉得，这个世界，实在太冷了。”

空泽左手抚摸上她的后脑，指尖插入她的发间。

“在我知道你愿意接受我的时候……我真的……好高兴。”

空泽不知道该说什么，良久才压低声音开口：“那就好。”

她松开手臂侧过身，空泽将她放回床上站了起来。

“我走了。”

“顺风哟。”她微笑。

空泽关上门离开。

第三十章 相似的脸：反巫女秋道川

—FENGZHISHOUWANGZHE—

期间小明进来把凌桑叫醒了一次，让她喝了两杯水。之后凌桑又睡了过去，直到听到敲门声。小明会直接毫无声息地进来，所以这应该是别的什么人。

“凌桑在里面吗？”慕德兰的声音。

她连忙把糟糕的睡相整理一下，扯过被踹成一团的被子盖住全身。

“在呢。”她应道。

“那我进来了。”慕德兰打开门进来顺手关上，走到床边不满地说教，“我已经听说了，跟踪这种事不管怎么样也要先通知我吧。”

“因为时间来不及嘛……”她干笑着。

“决赛还可以打吗？不行的话就不要勉强，我一个人上就好——”

“其实我早就可以跑出去了，不过——”她阴郁地眯起眼，再一扯被子，“他们不给我衣服穿，所以我没法跑出去啊！”

对于男生，还得想别的方法阻止他们逃离医务室。但是对于女生来说，只要不给衣服穿就可以了。

“真没穿？”慕德兰右手伸向被子。

“你爪子挪开。”凌桑抽出右手拍在他手上，瞬间坐起来，一把扯过床单把上身裹严实，“我正在考虑直接带走这床被子。”

医务室的治疗水平已经让她恢复了大半。

“我的制服你先穿着好了。”慕德兰刚要脱下自己的白服，忽然反应过来，双手重新环抱在胸前，“哦，不行，我才不会让你提前出去，你给我好好休息。”

凌桑捂头。看来真的只能等到小明同意了吗？

“那么现在我也挺空闲的，你说说调查出什么来了吧，不然在这里我的节操真是白掉了。”

“那个青陡，确实是神志被控制，听辛络说她神志本来就不太对劲，这次更是没救了。”慕德兰坐在椅子上，慢慢解释。这个房间不大，所以只要轻声说话就可以很清晰地被对方听到，“至于是谁使用的操纵术……确实无法确认。在青陡恢复意识的时候，对她的控制已经完全撤销。所以目前所能做的就是把她的情绪稳定下来，再联系武城部把她领回去好好看管。”

“说到底，还是我的错啊……”她无奈地微笑。

因与果，从来都是联结在一起的。

那么空泽……又是怎么想的呢？他到底知道些什么……

忽然就很想与横野聊聊，那个能够看透人心的家伙一定能够理清她紊乱的思绪，再用一套虽然不那么可靠但就是可以让人信服的鬼理论把自己洗脑吧。

“放松，我们上头还有那么多人顶着，你现在操心什么都是白搭。”慕德兰相当看得开地安慰她，“我们的决赛场次已经出来了，每个年级组四场，我们分在第二场，就是三天后，在 Kinto。不久后正式通知就会下达，你现在的情况可以吗？”

“当然可以——”她举起右手热情满满地叫喊一声。

“什么时候被放出来了就通知我一声，我来接你。”慕德兰微笑，与她挥起的右手击掌，“不打扰了。”

“嗯，再见。”

再度陷入寂静之后凌桑勾起右腿，下巴搁在膝盖上眯起眼。

嗯……那个图阵背了似乎还没忘掉。她平伸右手，在面前的空气中画出一个圆。

手指运行过的轨迹汇聚出蓝色丝线，圆内勾勒出五角星，四周绘制符咒相互联结——“开启。”她的指尖轻轻向上一挑。

图阵中央打开一道黑色的缝隙，连接了另一端的空间。缝隙扩大露出里面的白色光芒，忽然一团蓬松的毛绒堵住洞口，接着猛地跃出，一下子扑在凌桑脸上。

“函数！”凌桑抄着兔子的前肢把它提到面前，兔子蹬了蹬后腿表示开心。

“把我的衣服从柜子里拖过来。”她把函数扔回到撕裂的空间裂缝里。

十秒钟后一只毛球飞了出来砸在凌桑脸上。

“啾！”

“啾个头啊！函数你在干什么？”凌桑把毛球也扔回空间裂缝中。

半分钟后函数的头探了出来，艰难地叼着一件衣服的袖口，用蓬松的身体挤开裂缝。随即它的身体挤出来滚在床上，叼着的衣服也顺着被拽出了缝隙。

凌桑挥了两下食指，裂缝关闭，图阵消失。

“函数好样儿的。”她挠了挠兔子的耳后根，立刻掀开被子穿上另外一件储备的白服。那一件坏了的白服还得抽时间去总务处报销。

她滚下床打开窗户。这时候忽然响起开门声，小明手里端着不明的药水进来，一脸惊讶地看着她。

凌桑一瞥后回头，赶紧把兔子扔出窗子，随即自己也跳了出去："函数进化！"

"喂！"小明倍感惊悚地喊了一声。

窗外忽然爆开大风，随后一只巨大的兔子驮着凌桑几乎以飞行的姿态跃出。

好大的兔子……尾巴那么长，这真的是兔子吗？

杀入决赛的三个学院，毫无意外依然是 Sritana、Kinto 与 Maskiter。

决赛当日凌桑他们到达 Kinto，决赛开始前他们还有足够的时间去看一下场地。

Sritana 是创立最早的异能开发学院，其余学院在随后的建设中，都不可避免地参考过 Sritana 的风格，在建筑设计上虽然有相似之处，但在细节设置上总归比不上 Sritana 那么有内涵。

虽然在公局公布的综合实力评定上，Kinto 和 Maskiter 比不上 Sritana，但毕竟都是实力稳居前三的学院，近年的发展也非常迅速，历年决赛中所展现的力量正在逐步赶超 Sritana。

Kinto 的综合实力排名第二，所以凌桑与慕德兰的一组安排在这里，行政部要求他们这一组必须稳获胜利，不能有任何差错。

参观完下午的场地后，距离比赛还有相当长一段时间，凌桑与慕德兰在 Kinto 接待者的带领下又去参观了学院的整体环境。决赛期间 Sritana 的学生都可以前来围观，因此空泽也就莫名其妙地加入了围观的队伍，与凌桑走在一起。

有时候慕德兰想去拍一拍凌桑后脑，总会觉得脊背突然发凉，然后瞥过眼睛去看似乎完全没有注意的空泽。

Sritana 更注重与自然的结合，而 Kinto 更多地展现了人文气息，建筑曲线虽然没有 Sritana 的柔和，但规整的排列透露着庄严，显得气势恢宏。

"这是行政部。"带领他们的蓝服青年介绍这个几乎是全校最大的建筑。建在黄金地段，外墙由水晶铺制，显得非常奢华，半透明的墙面可以看到内壁岩石的流纹。

"行政部比主教楼更厉害的样子。"凌桑仰头看亮闪闪的水晶，惊叹。

"Kinto 的行政能力是最出色的，这一点 Sritana 也无法超越。"接待者自豪地说。

"教育还是不要被行政干涉太多为好。"一路上保持沉默的空泽忽然开口。

接待者有些错愕竟有人发表这样的言论，但一看出自黑服之口，也就没敢反驳。

"空泽……"凌桑小声提醒他不要在别人的学校说出太犀利的话。

慕德兰瞬间开口用 rap（说唱）打断："我们可以进去参观你们这个传说中最出色的据说与公局联系最紧密还有一些公局元老级人物驻扎的行政部吗？"

接待者严肃地回答道："要进去的话还是需要获得许可的，那么我现在去通报，你们先稍等——”

“不用了，这里我来过不下十次。”空泽说出第二句话，直接转身踏入行政部大门。

“说进去就进去了啊。”于是凌桑说完也跟了进去，慕德兰也满足地跟了进去，留下接待者一个人戳在原地。

行政部大厅宽阔明亮，地板由水晶石铺就，整个空间充斥着凛冽的寒气。

凌桑仰头看着晶莹的天花板，感觉真的好威严。

“是空泽啊，难得来。”一个蓝服高阶的男人从大厅里面出现，俯身行礼后将目光投向空泽身后的两个人，“是你带来的吗？”

“Sritana高一组决赛学生。”空泽介绍说。

“打决赛的啊，”男人温和地眯起眼看着两个人，“那么将来一定是了不得的人物呢，有意愿为公局效力吗？”

“所以我说教育要与行政独立。”空泽没有摆出好脸色，左手叉腰近乎自言自语。

“空泽你好歹也是公局成员，怎么还是这么莫名其妙地自损呢？”

“放心，我再损公局，上面也不会搭理我的。”

当两个人近乎无聊地拌嘴时，一道低沉的声音插入：“空泽。”

众人看过去，发现说话的是一个黑服中阶的男人，三十岁左右的外貌，体形高大，西方人的面部轮廓，有些瘦长，皮肤白皙。凌桑忽然发现脸形过长原来也并不好看……尤其是还要配上一个把头发全部向后撩，完全暴露发际线的发型。

“如果不忙就过来坐，喝杯茶。”

似乎空泽与行政部的人都很熟悉啊……凌桑眯着眼想着。当她的眼眸向旁侧一瞥时，就看到那个黑服中阶的男人正用金色的眼眸打量她，黑色的瞳孔很小，显得有些……恐怖。

她在触及对方的视线后，有些不知所措地站在原地。虽然并没有将惧怕表现出来，但她有点儿不敢再直视这个男人。

“你是人类吧？”男人将视线放柔和。虽然露出了微笑显得友好一些，但似乎这样更恐怖了。

“是的。”她应道。毕竟自己十几年来都当了人类……虽然到如今，她还真的有些怀疑自己是什么其他种族，不过在本质上，她还是坚定地以人类自居。

“几岁了？”男人耐心地问道。

“马上就要十六了。”

“父母叫什么名字，可以告诉我吗？”

“呜……”虽然问题有些突兀，不过好在自己确实不知道。在她回复之前，空泽已经毫不客气地插入：“托曼，Sritana 的学生不需要你来调查户口。”

更何况连 Sritana 都调查不到她的背景。

“那么，你的名字，可以让我知道吧？”黑服中阶略微欠身，右手搭在凌桑头上。

有精纯的风灵……但肉体确实是人类。

“凌桑。”她说道。

“很美好的名字。”当托曼的手离开她时，一道细微的银白色光线扫在她的脸上。是来自于……她偷瞄过去，看到这个男人左手佩戴的通信表指示灯闪烁后熄灭。

“怎么？”空泽面无表情地问道，蓝色的眼看着托曼。

“与一个故人太像了。”托曼微笑。相似到让他看到第一眼，视线就被牢牢地吸引。不过仔细看得久一点儿……这确实是一张完全陌生的面孔，“所以我在想，也许是有什么血缘关系吧。”

凌桑的精神忽然振奋起来，双眼望向托曼。

这双美好的眼睛充满了期待，倒是让托曼有些爱怜起这个小家伙了，他顿了几秒还是说：“给我点儿时间再来联系你吧，左手伸过来。”

她伸过左手露出通信表，托曼将自己的左手手腕翻转，两个通信表贴合后发出“嘀”的指示音。

“桑，走了。”空泽催促一声，侧脸瞥向托曼，“抽空来找你喝茶。”

“我在此随时恭候。”托曼点头。

空泽把已经蹿到大厅里面的慕德兰也拖出行政部。等他们离开后，托曼抬起左手的通信表，打开后屏幕扫描出一张清晰的彩色照片——是凌桑的照片，刚才拍的。

盯着看久了，反而觉得不太像了……他闭上眼，许久后再把眼睛睁开。

第一眼的直觉，没错，Kinto 曾经的学生。

高一组决赛第二场。

凌桑随着慕德兰走过通道，到达主竞技场入口处。观众席在竞技场边缘上方，围观的学生加起来大约有七百人，黑服与行政部人员有专门划分出来的区域。

“那个女孩子……”一个黑服的成熟女人伏在栏杆上向下望去，眼睛眯起来，“真是相当神似。”

“你也想起来了吗？”托曼此时相当放松地向下望着，一面漫不经心地提起，“你还记得那个女人的名字吧。”

“名字啊……名字倒是没在意，毕竟过了这么久了，我也只记得她在公局里出现过一阵……是反巫女吧？这个我还是记得的。”

“秋道川。”

“哦哦，这么说的话印象确实还有一些，毕竟公局成员里的人类相当稀少呢。”

“外貌判定不了事实。”托曼不得不承认，“也许到头来只是相似而已。”

“去探查一下？”女人露出笑意。

“信息提取过了，追溯不到任何的历史记录。”

“那当然了……也不想想反巫女是死了多久的人物了……不过与她的年龄还真是相当契合。”

“我至今也不能做出一个准确判定，只能暂且搁置着。”

对于 Kinto 行政部中隶属于公局的人员来说，大部分人第一眼见到凌桑都会觉得一阵莫名的熟悉。只不过那部分人中的部分人不会在意这件事，还有一部分人完全想不起到底与谁相像，另一部分人觉得大概是某种意外的巧合。

清脆的铃声在急促响起后瞬间消音。

宽阔的竞技场，双方光是从入口处冲杀至中央地带，都需要五秒以上的时间。

这次依然是慕德兰掌控率先的攻击，凌桑平静地守在原地观察情况。

她的目光缓缓投向水晶制的地板。水晶地面下似乎有异样的色泽在穿行，像是水中的鱼一般流畅地划出柔和的弧度。

这是……在决赛中营造特效吗?

在观众席上的黑服与行政人员专区，一个黑服低阶的女人双手结印置于胸前，指尖旋绕起蓝色的荧光，她的唇角勾起，露出阴柔的笑容。

每一场决赛的难度都是不同的，而不同的难度又会以不同的方式展现出来。决赛的学生需要在任何情况下都能克服障碍，竭尽全力战斗。

这一类暗中操纵环境的人员称为“潜设者”。潜设者均由资深公局成员担任，又采取随机抽签调遣制度，所以没有人会知道一场决赛的潜在设定障碍是什么。

根据往年经验，最奇葩的一次决赛是要一边战斗一边回答数学问题，一题回答不出来就要在总分里扣十分。除了那一次的“障碍”真的让参赛者脑子很受伤之外，别的似乎都还能让人接受。

黑服的女人闭上眼，张嘴以微弱的气音念出咒言。

水晶地面瞬间焕发出蓝色荧光，像是下方出现了一片海洋，还有银色的鱼在海水中游弋。

主竞技场上的四人察觉到不妙，但完全不知道到底会出现什么样的障碍。在慕德兰召唤出焚天即将与两个人交锋时，地表突然一声裂响——

是千万声裂响的合奏，尖锐的钢刀瞬间从地表出现，密集地铺满了整个竞技场——刀山!

慕德兰及时跳离原地，跃起至半空，对面的两个人中已经有一个人陷入刀阵，发出了凄厉的惨叫。

所以该感谢这个设定吗？慕德兰呆愣了两秒。

还没开始动手，就被设定干掉了一个对手是怎么回事……

他失去了上升的动力，到了最高点后向下坠落，必须在落地之前在地上打出一片平地。刚挥起焚天打算发动大型攻击摧毁下方刀阵，他的腋下忽然被一双手卡住。慕德兰悬浮在半空，凌桑从后环住他，把他拎住。

风的悬浮之力。

另一个白服高阶的男生落下，轻盈地将脚尖踮在最高的钢刀的刀刃顶部，气流环绕身体周围。

“完全没有管搭档的死活啊，”施咒的黑服女人微笑，“这样真的好吗？”

“你是不是把难度设定得太高了？”托曼瞥了她一眼。

“哪有哪有。”女人勾起尾音。

“尤拉诺斯似乎抛弃了他的同伴，在配合程度上 Sritana 的选手更胜一筹——”谜之解说员的声音传来，这个清脆的萝莉音在经过电子加工后变成混合音，在场地内的凌桑可以模糊地听到中文，场外播报的似乎是英文。

“真是无聊的解说。”慕德兰不屑。

对面的尤拉诺斯毫不介意地露出微笑：“搭档啊……我会给你报仇的。”

一个能力比不上自己的同伴，如果不能做垫脚石的话，那么只会变成绊脚石了。

他纵身跃出，瞬间向前冲刺。全身忽然缠绕起的紫色闪电让他可以凌空飞行，疾行的速度带起狂暴的气流，让他几乎化为紫色的光流向两个人袭来。

“紫色闪电。艾瑞妖精贵族独有的特术，继承了高贵血统的尤拉诺斯已经将紫色闪电发挥到极致，速度与力量无与伦比——”

“真是够吵的。”慕德兰哀怨地眯起眼。虽然结界屏蔽了大半的解说音，但还是可以清晰地听到。

“那么来自 Sritana 的参赛者会如何应对呢？”

“搭档你好好去吧。”凌桑语毕，猛地推出风浪，将慕德兰掀出，“上吧，慕德兰！”

“扔出去了！凌桑的应战策略竟然是把同伴用风扔了出去！”

凌桑仰头。可以先用风刃劈解说员吗……

被凌桑掀飞的慕德兰爆开火焰，尤拉诺斯水平掠过的身躯忽然翻转出巨大的弧度。更加狂暴的紫色闪电四处飞溅，他的双手拉开，从指间拖出银色的丝线，随着身体的旋转，丝线呈螺旋状飘起。

“不会把自己给缠死吗？”慕德兰冷笑，双手举过头顶劈下在火焰中燃烧的长刀，“焚天！炎烙！”

炎龙随着长刀的轨迹前进，猛地向下冲撞上紫色闪电，将尤拉诺斯撞击到地表的刀阵。在一阵钢刀折断的声响中，地面轰然爆开一个巨洞。

慕德兰本以为自己会下坠,但他似乎悬浮在了半空,他伸手向前触摸,真的是风。

凌桑始终低空悬浮，右脚略微提起，画出一个微弱的弧度作为预备，忽然整个身体疾速侧向旋转一圈，瞬间千万道风刃从她身上四散劈下，横扫地面的刀山——

折断的钢刀受力飞至半空后无力地落下。

“凌桑用风刃彻底破坏了刀阵！那么尤拉诺斯现在到底是什么情况？”

慕德兰始终望着火焰还在燃烧蔓延的地面，他的身上缠绕着火焰，更像是火焰将他托举在半空。

“阿桑！”他大喊一声，凌桑听令后挥手掀起地表的气流，将剩余的火焰扑散——地上出现了一个深陷的半径达五米的巨坑，但坑内没有任何物体。

“真是有趣。”慕德兰微笑。

“你也很有趣。”他的身后传来耳语。

“尤拉诺斯竟然避开了炎龙攻击！”

凌桑也才突然看到尤拉诺斯出现在慕德兰的背后，但是现在操纵风刃攻击，唯恐尤拉诺斯可以躲过，而误伤慕德兰。她只能疾速飞行过去，打开折扇掀起气流随时准备攻击。尤拉诺斯一个侧身将左膝击在慕德兰后背，将他撞向地面，右手甩出银色细线向下劈落。

轻飘的细线坠落在地表，竟然产生剧烈的爆裂，像是一条浑身布满尖刺的长蛇瞬间攀爬在地表，露出狰狞的毒牙。

此时风刃终于可以发动攻击，尤拉诺斯的速度可以轻易避开风刃，向前笔直飞行后将攻击目标转向凌桑，凌桑的左手忽然扬出在半空握住。

空气瞬间停滞。

抓住……你了，她露出微笑。

尤拉诺斯的身体在半空定格。他努力挣脱，却发现不是空气的凝固，而更像是……身体被一只虚无的手给牢牢握住！

“是风的实体化吗？这是风之奥义的终极所在吗？”

黑服观众区里站立的空泽眯起眼也喃喃地吐出一句话：“真是无聊的解说。”

凌桑右手抬起，将折扇上下扇动出微小的弧度，地面上折断的钢刀在颤抖后全部悬浮在半空。在她的手腕旋转将折扇挥出一个更大的弧度后，千万刀刃笔直地指向被风禁锢的尤拉诺斯。

缓缓地，被禁锢的青年露出了神秘的微笑。

紫色闪电爆开。

第三十一章 “殿”不是名字的三分之一

—FENGZHISHOUWANGZHE—

蹿越的闪电撕破空气笔直地向凌桑袭来，“呲！”凌桑全身在闪电的围裹下一阵抽搐。

勾起左手打破风的禁锢，尤拉诺斯在挣脱的瞬间右脚虚空一踏，身形倏地向前飞射而出，右手的丝线甩到凌桑腹前——

腹部瞬间被撕裂喷出血液，凌桑向后翻出一个弧度，通过下坠来避开另一条割向脖颈儿的细线。新伤叠旧伤真是好样儿的……她咬牙，用尽全力挥出折扇：“赦！”

悬浮在半空待命的千万钢刀瞬间齐发飞向尤拉诺斯，瞬间他的身形淹没在一片刀光中。

“呵！”尤拉诺斯发出一声大喝，再一个旋身，十指甩出银线绞碎最前一波靠近的钢刀，银白的钢刀碎片迸射向竞技场四周的结界。但是在钢刀的持续攻击下，他终于避之不及地被一片钢刀插入后背，瞬间脱力，笔直坠落。

终于全都下来了。坐在地上已经休息够了的慕德兰站起来，露出了狰狞的笑容。

“三个人在实力相当的情况下无法确认到底哪方占了优势，而且三个人都已经伤痕累累，还能再继续吗？”

“年轻人的精力还真是旺盛呢。”作为潜设者的黑服女人再次将双手食指与中指贴合，蓝色荧光发散出来。

千疮百孔的水晶地表忽然发出剧烈的震动，地表再度裂开，涌出第二轮的刀阵。

该死！

慕德兰与尤拉诺斯竭尽全力再度跃至半空，伏在地上喘气的凌桑也迅速凌空，水平横扫出风刃，右脚踏在风刃上纵身跃出追赶上慕德兰。

“女人滚一边去！”慕德兰忽然侧头对她咆哮。

“呃？”她吃惊地愣住。慕德兰的灰色虹膜……变成了暗红色。

“交给我就好。”慕德兰放缓语气安慰她。之前让凌桑单独支撑了那么久，他非常过意不去。

凌桑很理解地没有反驳，挥了一下手，转身在刀阵外落下。

慕德兰踩在竖立的刀尖上，他的青灰色短发蓬松到近乎狂野，张嘴露出尖锐的獠牙，发出震耳欲聋的咆哮。

对面的尤拉诺斯已经极度狼狈地大口喘息，双眼同样赤红到近乎渗血。

毫无预兆。

双方同时向对方冲去，红色火焰与紫色闪电在空中冲撞在一起。

最后一击必须竭尽全力。

最盛大的一次爆炸像是绽放于全场的绚烂烟火。

刀阵第二次被彻底粉碎。凌桑支开结界抵挡射来的钢刀碎屑，呼口气后疾速向前冲出，眼睛盯着正在坠落的慕德兰，随后打出一道风的屏障，降低慕德兰的降落速度，然后跳到半空，从后面搂住他的腰。

她的后背砸在一片粉碎的地表，可以清晰地感受到碎片扎入背部的刺痛。在剧烈的冲击力下她与慕德兰缠在一起，不得不向外滚了好几圈才停了下来。

“好姿势！”

谜之解说员加入了莫名的赞叹。

竞技场结界内的炽热空气几乎让人窒息，在十余秒后烟尘散落，温度在外界术法的影响下骤降。从观众席上可以看到场内所有人都滚落在地上静止，包括一开始就意外躺尸的那个同学。

“对抗已经结束，胜者到底是哪一方？”

凌桑从剧痛中缓过来，使劲推了推压在身上失去意识的慕德兰，大喊：“醒过来……慕德兰！”

没有意识。

“阿兰！”

“什么？”慕德兰猛地睁开眼，一掌拍在凌桑胸口，支起上身张望四周，“谁？”

“……”真是一条好反射弧。后来凌桑才知道会叫他“阿兰”的只有他老妈。

慕德兰忽然意识到身下的人是谁，他默默地收回了寻找老妈的视线，默默地爬起来，捉住凌桑的手把她也拽了起来。

尤拉诺斯依然一动不动。

“高一组第二场获胜者！ Sritana！”

观众席传来了 Sritana 学生的欢呼声。

空泽露出微笑，随即笑容淡下去，视线投在竞技场对面的观众席上。聚集的白服群体中有一个高大的人影——穿着一件白色风衣，与白服完美地融合在一起。

已经站在那里很久了，似乎一开始就站在那里。

虽然相隔如此之远，互相看不清视线，但他感觉对方也知道他们此时都在彼此直视着。

你真的回来了。

出乎意料地，空泽就是如此平静地望着他。

那个身影在白服群中隐去。

竞技场结界撤销，他纵身跃过栏杆，下降十余米，到达完全不堪入目的竞技场地面。刚要退场的凌桑见到空泽，欣喜地对他睁大眼扬起双手。

又是这个眼神和姿势。

“你够了。”空泽冷笑一声，但还是无法拒绝地略微俯身，抱起凌桑离开。

慕德兰很受伤地“唉”了一声。

“你家席勒也在吧。”空泽抛下一句径直离开。

慕德兰缓缓转过身，看见顶着一头银白色短发的黑服青年就站在自己身后。什么时候出现的……应该也是看完全场了吧。

席勒一掌甩在慕德兰后脑上，让他瞬间九十度低头。

本来看到自家负责人是有些惊喜的，不过这待遇差……也真是太差了一点儿。

……

再度滚回 Sritana 医务室，再次受到小明的照料后，凌桑即使是想跑也不得不趴了两天没法动弹。

“好筋骨就是这么磨出来的啊。”对这种事已经见怪不怪的小明每次都会与她聊好一阵。

“我想知道空泽滚入医务室的频率有多高。”她哀怨地眯着眼。

“空泽殿啊……他高一时，尤其是上学期经常光顾呢，频率绝对比你高。”小明笑了起来。

“啊，是吗……”莫名地就这么找到了心理安慰？

“一开始他的攻击性太强又太好战，所以经常把自己搞得乱七八糟，就总是被他负责人拖过来关上几天。不过一学期后他就平静了不少，大概是发现大家并没有太多恶意吧。”

“嗯？空泽觉得大家有恶意吗？”凌桑不解。她即使是人类，也觉得这里的同学都很善良，她很快就融入这个疯狂的大家庭了。

“嗯，至少我是这么觉得的。空泽殿高一刚入学的时候，看见谁都觉得像敌人，一言不合就打架，性格和脾气简直差劲得超乎想象。不过适应了一学期之后他就改善了很多呢，后来也慢慢变得亲切起来了，到现在，我觉得他真的成熟了不少呢。

大概空泽殿以前一直接受贵族教育,没有接受过正常的公立教育,所以还不习惯吧。"

"哎……这样啊。"凌桑很惊奇自己竟然能听到有关空泽的这些事,"话说,他是贵族吗?我竟然一直不知道他的身份欸。"

"这个不清楚……不过埃斯利亚一开始就像是开玩笑一样地说他的身份很高贵呢,也是行政部内部最开始称呼他为'空泽殿'的,之后这个称呼流传开了,多数人就以为他的名字是三个字了吧。"

于是很多人也把"殿"认为是名字的三分之一吗?

平日空泽对自己名字后面再加一个字并没有多大反应,不过确实偶尔也会流露出一些微弱的厌恶情绪。

原来一开始这就是行政部的那些家伙开玩笑的称呼啊……

自己和源溯也会在对他无可奈何的时候,假装很生气地喊他"空泽殿"来着。

"可以确定是贵族,不过其余的,行政部就没有再透露了。"小明最后解释说,然后很随意地转移话题,"小家伙你的骨骼密度不像是人类啊。"

"你已经检查过我的骨骼了吗?"如今对于这个话题她已经见怪不怪。

"做医疗工作的人都会对骨骼以及尸体很执着。"小明揉着她的头,"虽然长了一副人类的外表,但是本质似乎不是啊。"

"你可以鉴定一下吗?"半死不活地趴着的凌桑眯起眼。

"只要你的负责人同意把你送给我解剖就可以。"小明露出谜样的微笑。

"那还是不要了……"

就在她关禁闭的这两天,高二组的决赛已经结束。高二组四场打赢了三场,空泽与席勒搭档的一组虽然毫无配合性可言,但是双方一同冲上去,把那战斗合作得恩恩爱爱如胶似漆你侬我侬不可分离的两个对手强行拆开,再一人撂倒一个,仅用十分钟时间完胜,成为本届大赛用时最短的赛事。

空泽来医务室看她时,凌桑正在一边啃着香蕉一边翻书看。

"什么书?"空泽随口问。

"《弓形虫的预防及治疗》。"

空泽一巴掌拍在她的后脑上。

凌桑眯着眼,哀怨地转过头去看空泽,就看到空泽的右手缠了绷带。

"你受伤了吗?"她轻声问道。

"啊,被气流误伤的。"空泽右手张了张,表示完全没事。如果是与源溯搭档的话就不会有这些顾忌,与席勒完全没有配合可言,在气流扫荡时自己人牵连自己人,误伤也是再正常不过的事。顿了两秒,他又说:"我以为你会来观众席。"

"小明不放我出去啦!"凌桑裹着被子在床上打滚。因为又不给衣服穿,而且这次小明还把函数拎走拿去做生物研究，再加上封了她的转移能力——她忽然停止滚动伏在床上。

“嗯？”她侧过头去看空泽。

空泽是在期待自己去围观吧……虽然他完全没有什么失落的情绪表现出来，但从心底里他还是希望自己能够看到他决赛的吧……

“怎么了？”空泽双手环胸眯着眼。

“啊，没什么。”她又裹着被子滚了一圈，砸在地上滚到了空泽脚下。

“看来小明把你养得挺不错。”空泽要给医务室好评。

“那你就快点把我拎出医务室啊！”凌桑终于咆哮。

高三组决赛完成后一天，公局公布今年冬季大赛竞技的排名：Sritana 第一；Kinto 第二；Maskiter 第三。

以 Sritana 的综合实力位居第一才是常态，只是今年总成绩并没有与第二的 Kinto 拉出很大的差距，Sritana 行政部总结出今年的失败之处在于合作的契合度不够。

评委全部来自公局，在评判上不会产生任何偏颇。在分数上，不仅仅凭借每场比赛的结果，还要根据同一组人员的配合以及真正能力所在进行判定。

所以凌桑一脸茫然地看到一拨黑服与蓝服被行政部叫过去好生问候，然后都一脸不爽地被轰了出来。

腾出了一天的时间修复竞技场地，最后的观赏性竞技在 Sritana 最大的辅助广场开展。

组合赛。

Sritana 参加者名单公布：

“横野、空泽、席勒、羽镜、伊多利法。”

一个黑服中阶，四个黑服低阶。组合赛是用来展示最高能力的，虽然不计入总分，但是所有人明显对此更加期待。

组合赛只有前两名的学院能够参与，Kinto 的参赛者名单随后公布：五名黑服低阶。

两个学院全都选派了黑服。

组合赛这一日早上八点，凌桑准时敲响空泽的房门想把他闹醒，空泽只是懒懒地应了一声又没了动静。

“起床了！你真的记得你还要去参加组合赛这回事吗——”凌桑隔着门板喊他。

空泽又睡死了过去，没再给出回应。

凌桑身后一个阴影覆盖，随即一只比她的手大上许多的手掌拍在门上，修长的五指张开。

她侧头惊喜地叫道："源溯！"

"你也是来叫他起床的啊……"源溯微笑，"需要两个人来轰炸的话，还真是没救了。"

"我可以请教一下你是怎么做到让他起床的吗？"凌桑虚心求教。

"你应该知道 Sritana 的一切设施都有自动修复功能的吧……只要不是毁坏得太严重。"

"嗯，是的。"

"那么只要这样就好了。"

源溯将她轻轻推开,然后后退半步,随即瞬间抬起右脚猛地踹在门板上彻底"破"门而入。

"空泽殿！你给我起来！"

"……"

凌桑默默地站在原地，然后默默地看着源溯整个人在一声惨叫后飞了出来，砸在走廊墙上。

就这样磨蹭到了九点钟，好歹让空泽准时参加了组合赛人员的集合。

辅助广场有四个主竞技场大小，虽然场地十分平坦，但一眼扫过去几乎看不到对面的边缘。组合赛允许所有学院学生前来观看，因此即使有如此宽阔的边缘，也依然挤满了围观的学生。凌桑果断靠着源溯的身份去了较为空旷的蓝服专区享受贵宾待遇。

蓝服专区隔壁就是黑服专区，凌桑可以看到埃斯利亚站在那里，为了巩固结界，他的脖子上再次挂满了水晶。

源溯没有参加这次的决赛应该会感到很可惜吧……她看着源溯，只见他望着远处依然一脸平静。

还是不要问他了吧。其实她还真的揣测不出源溯的想法。

最看不透的，反而就是像他这般看似最为简单的人。

第一次的铃声响起，清脆的尾音萦绕在整个广场上空。

"开始了。"蒙格洛露出微笑，眼眸瞥向埃斯利亚。

埃斯利亚点头闭上眼，双手贴合在一起结印，开始吟唱精灵的咒言。

他是这次组合赛的潜设者。

石质的广场忽然泛起柔和的白色荧光，随即场地中央以一个浅绿色的点为圆心，迅速向外扩散出绿色的波纹，几乎在瞬间整个广场铺展为一片茂盛的草原。在观众的一片惊叹声中，草原的地表升腾起白色的荧光，忽然从地表生长出细小的藤蔓，瞬间墨绿色的藤蔓从四面八方冲天而起，相互缠绕勾结，最底端木化为坚硬的棕褐色粗壮枝干。

短短不到五秒的时间后，疯狂的藤蔓瞬间停止生长，广场已经被缠绕的藤蔓彻底覆盖，像是一座巨大的镂空式碉堡。

这就是精灵的自然之力。所有人惊叹。

广场的边缘处凭空出现了水晶的隔离栏，加固的结界瞬间显现后再度隐形。

第二声铃响，观众席传来热烈的欢呼声。

Sritana 参赛者入场。

为首的是横野，五个黑服进入广场内部。凌桑欣喜地睁大眼，这个视角可以很轻易地看到那个最矮的就是空泽。

等等，似乎用了什么奇怪的形容词……

不过在黑服群里一对比，确实得出了什么不得了的结论，而且因为距离太远，空泽的蓝毛看上去并不明显，于是身高就成了最明显的区分特征。

凌桑隐约觉得是不是因为这样，所以空泽才不怎么喜欢和其他黑服接近。

观众席的呐喊声震耳欲聋。

源溯也相当兴奋地将身体前倾，大喊一声“空泽”并向他招手。

所以……在这么混乱的场景下，应该没有人会注意到自己喊了什么吧。

她伏在栏杆上挥动双手，竭尽全力地大喊：

“空泽——我喜欢你！”

一瞬间整个蓝服区与黑服区寂静了。

黄泉印现世从不是意外，

掩埋于时光的秘密终会因此大白于世。

彼时，被命运相连的凌桑与空泽将何去何从？

《风之守望者》第二册，揭秘过往，开启新的未来！

篇外篇

在休息一星期后进入期末考，不过在学期末服级鉴定的压力下，期末考倒显得微不足道起来。

反正一向无所谓，叫源溯帮忙突击几门通识课，再把桑抓过来帮忙突击选修课理论，实践内容自己随便就可以完成。其实只要把自己的专业课程认真对待考出优秀水平，其余的课程那些老师都会睁一只眼闭一只眼，不会找自己麻烦。

在期末的服级鉴定中，他终于成功考取黑服中阶。这一次来自大学部的对手不是夙凤，并且这个中阶的力量也没有夙凤那样强大。不过说到底……自己还真是很勉强地考取到了中阶。

勉强到他与那个中阶的对手以平局的态势僵持到最后都没有质的突破，而他的身体机能已经彻底在战斗中崩溃了。

他与中阶最后都是被医务室人员给拖出去的。他觉得很不舒服，各种不舒服。

埃斯利亚这个家伙照例会在他发生重大事件的时候出现，来说教他两句，而他已经疲惫到根本就不想理这只挂着一脸美好笑容的精灵。

“首先还是要恭喜你晋级为黑服中阶了。”埃斯利亚的双眼眯成一条缝。

不知道一直眯着眼睛走路会不会撞上什么东西。

“啊……”他从喉咙发出嘶哑的回应。

埃斯利亚刚要继续说什么，空泽在积蓄了一些说话的力气后果断插入：

“麻烦你把我的结果取消，我自愿放弃进阶。”

说出一句话后他的胸口堵得难受，在床上侧过身子蜷缩起来大口喘息。精灵俯下身将右手环过去拍在他的后背上，温润的自然灵力灌入，让他内脏的燥热缓解了不少。

“放弃吗？”埃斯利亚微笑着，并没有多大的惊异，他真是再了解空泽不过了，“那就继续努力吧。”

在舒适的自然之力包裹下，他又昏沉地睡了过去。

“你要变得更强……是为了什么？”埃斯利亚轻声问他。

“那么你呢？”他的眼睛已经死死合上，不愿睁开。

“是要用力量去做值得做的事——我有责任去改变这个世界。”精灵轻柔的语调像是在吟咏祝福的歌谣。

“我……大概是想改变而力不从心吧。”他平静地回复。

“顺其自然吧，如果始终强求什么，会很容易感到迷茫的啊。”

“……”空泽的听觉已经模糊，只觉得精灵像是在唱歌……音调最后都融入一片混沌的寂静中去。

平静。

“找到自己前进的方向，慢慢来吧。”

埃斯利亚睁开透明的眼眸，右手轻柔地抚摸空泽的侧脸。他已经没有知觉了。

休息了两日，他固执地一掌推开阻拦的小明走出房间。

“有什么急事吗？”在医务室大厅里看书的莉亚抬起头望着他离开的背影。

“我手下的那个家伙出了点儿小问题。”他披上防寒的宽大白色外套。

“都过了一学期了，还给自己负责人添麻烦，这可不好啊。”

“她一直都在努力不给我添麻烦。”空泽走出大门。

只是另一个人……要给自己添麻烦。

在白天还感受不到，但是在夜间足够好好感受冰冷的凉风。

踏出移送阵离开学院后，他纵身开始奔跑，一道白色的残影在屋顶扫过。

凌桑在完成期末考后就接到通知去处理人类世界的异象，然后用通信表给他传回了什么不得了的信息。

他跃下四楼高的屋顶，在空中一个前空翻，白色长袍掀起，他双脚轻盈落地，瞬间再疾速向前冲出。

通信表定位显示重叠。

一个普通的公园，凌晨的公园没有其他人。

摇椅式的秋千微微晃动，银色的链条泛出冷光。

凌桑毫无知觉地睡在秋千下侧的摇椅上，侧着身子倒在镂空的金属靠背上，像是断了线的玩偶。她的左侧坐着那个裹着白色风衣的男人，凌桑的左手放置在男人的大腿上，通信表打开，男人漫不经心地用右手点击着通信表的按键。

“放开她！”他怒吼，然而却停在秋千前没有冲上去。

如今能够说上的第一句话，却是近乎诅咒一般的仇恨语言。

男人终于缓缓将头抬起，夜间幽暗的光映照在白色的面具上，投下一半阴影。

“空泽。”男人唤他。

空泽站在原地，没有任何的惊恐，也没有欣喜。

“你变了不少。”男人说。

他咬牙没有发出任何声音，那积蓄已久的情绪到底能抑制多久……

吸入一口气，他终于平静地开口：“我不想再看见你。”

冰凌从他脚下向四周蔓延，白色的身影瞬间掠至他面前，宽大的风衣飘摆。一只手的尖锐指甲抵在他的腹部。

瞬间定格，空泽没有躲避，对方也没有瞬间掏烂他的肚子——白色风衣男人站在原处。

“真相信我不会对你动手吗？”

“你是我在这里，完全相信的第一个人。”空泽的右手抬起，搭在男人整副面具上，在他五指的触碰之下，面具忽然受到微弱气流的冲击而碎裂开来。

“是我太相信你了，尼萨亚。”

破碎的面具脱落。

空泽化出长刀水平横扫，白色风衣在他面前被拦腰斩成两段，上下分离。

白色的敏捷身影跳跃至上空，黑色中短发飘着，整张脸笼罩在一片阴影下。但空泽仰望，还是能看到他的左脸已经彻底毁坏，布满浅色的疤痕。

男人打开双臂寻找到平衡点，宽大的袖口飘荡看不见他的手掌。男人一个跃身向后落下单脚着地，终于彻底地露出原形。

“你是否真的希望让我为我所做的一切付出代价？”空泽将长刀横挡在身前，扩散的冰凌已经遍布整个公园。

温度再度骤降。

“跟我走。”尼萨亚伸出右手笔直地指向他，就在指尖一个挑动的动作下，所有冰凌碎裂成粉末。

碎末密集地弥漫于空中，折射出莹白的微光。

“……”冰晶拂在他的脸颊上，瞬间融化。

“这个代价我会承担。”尼萨亚翻转右手，掌心朝上，“跟我走。”

“不需要。”空泽挪开视线，解开长袍走向已经静止的秋千，用长袍裹住凌桑将她抱起，“我只是来领她回去。”

径直离开前，他背对尼萨亚，忽然发出一声冷笑，垂下眼睛遮掩眸光：

“我做的事，后果我自己承担。”

意林
YILIN
幻青春
Fantasy
“意林幻青春”系列重点图书
我不成仙
WO BU
CHENG XIAN
时镜 著
百万读者翘首以待
触发前所未有的幻想体验
开创女性修仙全新时代！
【作品简介】
她持剑纵横，无数仙人在她剑下丧命。
于是，好事者多名之曰：仙见愁。
仙见愁仙见愁，仙人见了也发愁。
后来，他们叫她“见愁仙子”。
传闻，她有过一个曾杀妻证道的夫君。
“仙见愁”是个女人，是这浩浩三千界唯一一个不想成仙的修仙人。
我不成仙之断绝尘念
时镜 著
一步凌天，摘星揽月，绝代无双！
千般造化，转危为机，三界尊仰！
晋江金榜作家 时镜 凝心之作
看史上最帅仙侠女主，如何践行“拔剑”美学，创十九洲不灭传说！
晋江积分破10亿作品
全站总分榜仙侠类第1名
纵你成仙，也逃不出我这一剑。

“意林幻青春”系列精品推荐